家藏文库

牡丹亭 窦娥冤

牡丹亭／〔明〕汤显祖 著
窦娥冤／〔元〕关汉卿 著
孙新梅 校注

中州古籍出版社
·郑州·

图书在版编目(CIP)数据

牡丹亭 /（明）汤显祖著；孙新梅校注．窦娥冤 /（元）关汉卿著；孙新梅校注．—郑州：中州古籍出版社，2019. 3（2023. 5重印）

（家藏文库）

ISBN 978-7-5348-7998-2

Ⅰ．①牡… ②窦… Ⅱ．①汤… ②关… ③孙… Ⅲ．①传奇剧（戏曲）– 剧本 – 中国 – 明代②杂剧 – 剧本 – 中国 – 元代 Ⅳ．① I237

中国版本图书馆 CIP 数据核字（2018）第 205006 号

JIACANG WENKU : MUDAN TING DOU E YUAN

家藏文库：牡丹亭 窦娥冤

出 版 人	许绍山
选题策划	卢欣欣
约稿统筹	卢欣欣
责任编辑	张　佳
责任校对	周　靖
封面设计	王　歌
版式设计	曾晶晶

出 版 社	中州古籍出版社（地址：郑州市郑东新区祥盛街27号6层邮编：450016　电话：0371-65723280）
发行单位	河南省新华书店发行集团有限公司
承印单位	河南新华印刷集团有限公司
开　　本	640 mm×960 mm　1/16
印　　张	25.25
字　　数	340千字
版　　次	2019年3月第1版
印　　次	2023年5月第3次印刷
定　　价	49.00元

本书如有印装质量问题，请联系出版社调换。

目 录

牡丹亭

前 言 3
作者题词 6
第一出 标 目 8
第二出 言 怀 11
第三出 训 女 17
第四出 腐 叹 23
第五出 延 师 27
第六出 怅 眺 33
第七出 闺 塾 40
第八出 劝 农 47
第九出 肃 苑 55
第十出 惊 梦 61
第十一出 慈 戒 70
第十二出 寻 梦 73
第十三出 诀 谒 80

第十四出 写　真	85
第十五出 虏　谍	92
第十六出 诘　病	96
第十七出 道　觋	102
第十八出 诊　祟	111
第十九出 牝　贼	119
第二十出 闹　殇	122
第二十一出 谒　遇	132
第二十二出 旅　寄	140
第二十三出 冥　判	144
第二十四出 拾　画	162
第二十五出 忆　女	167
第二十六出 玩　真	170
第二十七出 魂　游	175
第二十八出 幽　媾	183
第二十九出 旁　疑	192
第三十出 欢　挠	198
第三十一出 缮　备	204
第三十二出 冥　誓	208
第三十三出 秘　议	217
第三十四出 诇　药	222
第三十五出 回　生	224
第三十六出 婚　走	229
第三十七出 骇　变	237

第三十八出 淮 警 ... 241

第三十九出 如 杭 ... 245

第四十出 仆 侦 ... 250

第四十一出 耽 试 ... 255

第四十二出 移 镇 ... 263

第四十三出 御 淮 ... 267

第四十四出 急 难 ... 273

第四十五出 寇 间 ... 278

第四十六出 折 寇 ... 283

第四十七出 围 释 ... 288

第四十八出 遇 母 ... 297

第四十九出 淮 泊 ... 304

第五十出 闹 宴 ... 309

第五十一出 榜 下 ... 317

第五十二出 索 元 ... 320

第五十三出 硬 拷 ... 324

第五十四出 闻 喜 ... 334

第五十五出 圆 驾 ... 339

窦娥冤

前 言 ... 353

楔 子 ... 356

第一折 ... 361

第二折 ... 368

第三折 378
第四折 385

牡丹亭

前　言

《牡丹亭》，全名《牡丹亭还魂记》，改编自明代话本小说《杜丽娘慕色还魂》，是明朝剧作家汤显祖的代表作之一。

汤显祖（1550～1616），字义仍，号若士、海若、海若士，别署清远道人。江西临川人。出身书香门第，青年时期即富诗名。然科举之路坎坷，十四岁入学，二十一岁中举，三十四岁方中进士。历任南京太常寺博士、詹事府主簿、礼部祠祭司主事等职。万历十九年（1591），上《论辅臣科臣疏》，抨击朝政，揭露社会黑暗，被黜为广东徐闻县典史。两年后，调任浙江遂昌知县，任职五年，为官清廉，深受百姓爱戴。万历二十六年（1598），弃官归乡，《牡丹亭还魂记》即完成于此时。汤显祖才华横溢，创作了大量诗文，有《玉茗堂集》《红泉逸草》《问棘邮草》等传世。但最闻名于世的还是他的戏曲，他是继元关汉卿之后又一位伟大的戏剧家。其代表作是"玉茗堂四梦"——《牡丹亭》《南柯记》《紫钗记》《邯郸记》，以《牡丹亭》成就最高。汤显祖自谓"一生四梦，得意处惟在《牡丹》"。

《牡丹亭》写南宋初年，南安太守杜宝之女杜丽娘长期生长在深闺之中，受到《关雎》的诱发，在侍女春香的逗引下，私自到后花园游玩。

美好的春光，引发了杜丽娘对爱情的向往。梦中遇到一位手执柳枝的书生，两人在牡丹亭旁的梅树下幽会。醒后，丽娘难忘梦中情人，因春情难抒，伤情而死。临死前，她将自画像藏在后花园的湖山石边，并恳求父亲将其葬在梅树下。三年后，岭南柳梦梅赴临安应试，途经南安，借宿梅花观，拾到杜丽娘画像，深为爱慕，并与杜丽娘鬼魂相遇。柳梦梅按照杜丽娘鬼魂的嘱托，挖坟开棺，使丽娘起死回生，两人结为夫妻。固执保守的杜宝坚决不同意两人的婚姻，最后因皇帝钦点，才勉强认下女儿女婿。

该剧共五十五出，按照故事情节的发展，可分为四个部分。第一出《标目》至第六出《怅眺》，是开端部分，交代了剧中主要人物以及故事起因。分别叙述了杜丽娘和柳梦梅的身世、家庭环境，剧中的重要人物围绕他们依次登场。第七出《闺塾》至第二十出《闹殇》，是第二部分，写杜丽娘伤情而死。在情与理面前，矛盾冲突逐渐展开。第二十一出《谒遇》至第三十五出《回生》，是第三部分，写杜丽娘因情而生。杜丽娘死后仍然对爱情充满向往，遇到梦中人柳梦梅死而回生，强化了矛盾冲突，为该剧最后的高潮奠定了基础。第三十六出《婚走》至第五十五出《圆驾》，是第四部分，也是情与理冲突的高潮和完美结局。一般的爱情戏剧，故事发展到杜丽娘回生，与柳梦梅结成夫妻，剧情就圆满结束了。但汤显祖在《回生》之后，多写了二十出，充分展现了杜丽娘、柳梦梅与杜宝之间的矛盾冲突，把剧情推向高潮，揭示了追求爱情自由与封建礼教之间的矛盾。汤显祖站在封建礼教的对立面，阐发人们追求自由幸福的理想，具有强烈的反封建势力与反封建礼教的色彩。

汤显祖的《牡丹亭》自问世后，好评如潮，誉满曲坛，明沈德符《顾曲杂言》言："家传户诵，几令《西厢》减价。"张琦在《衡曲麈谈》中也说："临川学士，旗鼓词坛，今玉茗诸曲，争脍人口。其最者杜丽娘一剧，上薄风骚，下夺屈宋，可与《西厢》交胜。"《牡丹亭》使用了浪漫主义的创作手法，着重刻画人物，讲究辞藻，影响了同时代和后代的戏曲作家，如来集之、冯延年、阮大铖、吴炳、孟称舜、凌濛初等人，他们在汤显祖剧作影响下，形成了明代后期剧坛上的一个流派，谓之"临川派"或"玉茗堂派"。《牡丹亭》自明中叶问世以来，一直保持着很强的艺术生命力，自明清而迄于今，它作为一个优秀的传统剧目，不论是全本还是单出，一直盛演不衰。

汤显祖于万历二十六年（1598）完成《牡丹亭》，初未付梓，以抄本传示朋友。《玉茗堂尺牍》卷四中，汤氏《答张梦泽》信中说："谨以玉茗编《紫钗记》操缦以前，余若《牡丹魂》《南柯梦》缮写而上。"后广为传刻，有明玉茗堂初刻本、明金陵文林阁《新刻牡丹亭还魂记》本、明万历间石林居士《牡丹亭》本、明万历四十五年（1617）《牡丹亭还魂记》本、明泰昌元年（1620）《牡丹亭》朱墨套印本（《古本戏曲丛刊》据此影印）、明朱元镇校刻《重镌绣像牡丹亭还魂记》本、明冯梦龙《墨憨斋重定三会亲风流梦传奇》改本、明柳浪馆《批评玉茗堂还魂记》本、明硕园居士《牡丹亭》改本、明末毛晋汲古阁《六十种曲》所收《绣刻还魂记》本、清初竹林堂刻《玉茗堂四种曲》所收《汤义仍先生还魂记》本、清康熙钮少雅《格正还魂记词调》本、清乾隆笠阁渔翁《才子牡丹亭》本、清道光二十八年（1848）刻本、清光绪十二年（1886）同文书局石印本等。

本次校注，参考了诸多已有的研究成果，谨表感谢。校注中存在的不足之处，敬祈批评。

校注者

作者题词

　　天下女子有情，宁有如杜丽娘者乎！梦其人即病，病即弥连①，至手画形容②，传于世而后死。死三年矣，复能溟莫③中求得其所梦者而生。如丽娘者，乃可谓之有情人耳。情不知所起，一往而深。生者可以死，死可以生。生而不可与死，死而不可复生者，皆非情之至也。梦中之情，何必非真？天下岂少梦中之人耶！必因荐枕④而成亲，待挂冠⑤而为密者，皆形骸之论也。传杜太守事⑥者，

---

① 弥连：即弥留，重病不愈。
② 形容：形体容貌。
③ 溟莫：昏暗的暮色。这里指阴间，鬼神世界。
④ 荐枕：亦作"荐枕席"，进献枕席，借指女子献身侍寝。
⑤ 挂冠：比喻辞去官职。
⑥ 杜太守事：指杜太守的女儿杜丽娘和柳梦梅的爱情故事，出自明代话本《杜丽娘慕色还魂》。

仿佛晋武都守李仲文①、广州守冯孝将儿女事②。予稍为更而演之。至于杜守收拷柳生，亦如汉睢阳王收拷谈生③也。嗟夫！人世之事，非人世所可尽。自非通人，恒以理相格耳！第云理之所必无，安知情之所必有邪！

万历戊戌秋清远道人④题

---

① 晋武都守李仲文：《搜神后记》卷四："晋时，武都太守李仲文丧女，暂葬郡城北。其后任张世之之男子长，梦此女来就，遂共枕席。后被人发现，发棺视之，女尸已生肉，颜姿如故。自尔之后遂死，肉烂不得生矣。"又见《法苑珠林》"张子长"条。

② 广州守冯孝将儿女事：《搜神后记》卷四：晋时，冯孝将为广州太守。儿名马子，梦见一女子说："我是前太守北海徐玄方女，不幸早亡，亡来今已四年，为鬼所枉杀。案生录，当为八十余，听我更生，应为君妻。"后来在女子本命年的生日，掘棺开视，女子体貌如故，遂为夫妇。又见《异苑》及《幽明录》之"冯孝将"条。

③ 汉睢阳王收拷谈生：《列异传》"谈生"条载：汉睢阳王女儿，不幸早亡，阴魂不散，与谈生结为夫妇，育有一子。谈生没有遵守三年内不以火光照妻子身体的承诺，致使其妻破魂，临别留下珠袍一件。谈生生活困难，出卖珠袍。后被睢阳王发现是其女的殉葬品，拷问谈生，谈生据实以对。

④ 清远道人：明代戏曲家汤显祖的别号之一。

第一出① 标 目②

【蝶恋花③】（末④上）忙处抛人闲处住⑤。百计思量，没个为欢处。白日消磨肠断句，世间只有情难诉⑥。玉茗堂⑦前朝复暮，红

---

① 出：传奇中的一回，相当于现代戏剧中的一场，传奇剧本一般由若干出组成。

② 标目：标明纲目，传奇剧本开场白的引子，即第一出，用以介绍创作缘起和全剧梗概，这种格式有标目、家门、开宗等称呼。

③ 蝶恋花：词牌或曲牌名，一般用以书写情感。以下各出正文中用方头括号（【】）和六角括号（〔〕）圈住者，皆曲牌或词牌名，不另出注。

④ 末：传统戏曲里的一种角色，多为中年以上的男性，行专司引戏的职能，如打头出场者，反其义而称为"末"。传奇第一出一般由副末开场，本剧以末代替副末，作用一样。

⑤ 忙处抛人闲处住：指离开繁忙的官场回归故里。《牡丹亭》于明万历二十六年（1598）完成，此时汤显祖已辞官回到江西临川故乡。

⑥ 世间只有情难诉：语出唐顾况《送李侍御往吴兴》："世间只有情难说，今夜应无不醉人。"

⑦ 玉茗堂：汤显祖在临川故乡的书斋名。玉茗花，白色的山茶花。

烛迎人①,俊得江山助②。但是③相思莫相负,牡丹亭上三生路④。

〔汉宫春〕杜宝黄堂⑤,生丽娘小姐,爱踏春阳⑥。感梦书生折柳,竟为情伤。写真⑦留记,葬梅花道院凄凉。三年上,有梦梅柳子,于此赴高唐⑧。果尔回生定配。赴临安取试,寇起淮扬。正把杜公围困,小姐惊惶。教柳郎行探,反遭疑激恼平章⑨。风流况⑩,施行⑪正苦,报中状元郎。

---

① 红烛迎人:语出唐韩翃《赠李翼》:"门外碧潭春洗马,楼前红烛夜迎人。"

② 俊得江山助:文章写得好得益于江山之美。语出南朝刘勰《文心雕龙》卷十《物色》:"然屈平所以能洞鉴风骚之情者,抑亦江山之助乎?"俊,美,此指文章的秀美。与第八出"俊煞"之"俊"相通。

③ 但是:只要,只要是。

④ 牡丹亭上三生路:指杜丽娘死而复生与柳梦梅团圆的爱情故事。牡丹亭,指约定再世姻缘的地方。三生路,从三生石故事演变而来。三生源于佛教的因果轮回说,后成为中国历史上情定终身的象征。唐袁郊《甘泽谣·圆泽》载,李源与惠林寺和尚圆观友善,圆泽临终时,与李源约定,十二年后中秋之夜在杭州天竺寺外相见,李源如期前往,遇一牧童(圆泽的后身)唱《竹枝词》:"三生石上旧精魂,赏月吟风不要论。惭愧情人远相访,此身虽异性长存。"三生石的典故由此而得。

⑤ 黄堂:古代太守衙门中的正堂,借指太守本人,此指杜宝。《后汉书·郭丹传》:"敕以丹事编署黄堂,以为后法。"李贤注:"黄堂,太守之厅事。"

⑥ 踏春阳:踏青,春天到郊外散步游玩。唐沈亚之《异梦录》载,邢凤昼寝,梦见美人授他诗卷,第一篇《春阳曲》云:"长安少女踏春阳,何处春阳不断肠。"

⑦ 写真:画像。

⑧ 赴高唐:指男女欢会。战国楚宋玉《高唐赋》载,楚怀王游高唐,梦与巫山神女欢会。临别,神女曰:"妾在巫山之阳,高丘之阻,旦为朝云,暮为行雨。朝朝暮暮,阳台之下。"后因以高唐、巫山、云雨、阳台、楚台代指男女欢会。

⑨ 平章:古代官名,原义为商量处理,为平章军国重事或同平章军国事的省略,唐代始设,宋代因之,相当于丞相。此指杜宝。

⑩ 风流况:男女风流事。况,情况。

⑪ 施行:用刑。

杜丽娘梦写丹青①记,

陈教授说下梨花枪②。

柳秀才偷载回生女,

杜平章刁打状元郎③。

---

① 丹青:原为绘画中常用的两种颜料,后代指绘画。

② "陈教授"句:指杜宝派陈最良去招降李全和他的妻子。教授,学官名,宋代州、县学均置教授,这里是对陈最良的尊称。梨花枪,指李全之妻。《宋史》卷四七七《李全传》载,李全妻曾对其部下郑衍德等人说:"二十年梨花枪,天下无敌手。"

③ 最后四句诗是下场诗,简略叙述剧情。

第二出　言　怀

【真珠帘】（生①上）河东旧族②、柳氏名门最。论星宿，连张带鬼③。几叶④到寒儒，受雨打风吹。谩说书中能富贵，颜如玉，和黄金那里⑤？贫薄把人灰⑥，且养就这浩然之气⑦。

---

① 生：中国传统戏曲扮演男子的角色，传奇中的男主角，相当于元代杂剧中的正末。
② 河东旧族：河东郡的名门望族。河东，郡名，秦置，唐时改蒲州为河东郡，指山西西南部。
③ 论星宿（xiù），连张带鬼：用星宿来说明河东的位置。星宿，中国古时指星座，共分二十八宿。我国古代天文学家以星宿与地上某一州郡对应。张、鬼，星宿名。张宿主河东、河内、河南，鬼宿主雍州，与河东相邻，故云"连张带鬼"。
④ 几叶：几代。
⑤ "谩说"三句：语出宋赵真宗赵恒《励学篇》："书中自有千钟粟，书中自有黄金屋，书中自有颜如玉。"意谓读书可以带来荣华富贵。谩说，枉说。
⑥ 灰：意气沮丧。
⑦ 且养就这浩然之气：语出《孟子·公孙丑上》："我善养吾浩然之气。"浩然之气，就是刚直博大之气。与上句"贫薄把人灰"形成对比，说明贫穷易使人意气沮丧，但有志之士却养就浩然之气。

〔鹧鸪天①〕"刮尽鲸鳌背上霜②,寒儒偏喜住炎方③。凭依造化④三分福,绍接⑤诗书一脉香。能凿壁⑥,会悬梁⑦,偷天妙手⑧绣文章。必须砍得蟾宫桂⑨,始信人间玉斧长。"小生姓柳,名梦梅,表字春卿。原系唐朝柳州司马柳宗元⑩之后,留家岭南。父亲朝散⑪之职,母亲县君⑫

---

① 鹧鸪天:词牌名。此词自"刮尽"句至"始信"句,是本出生角的上场诗。可由剧作家自撰,也可引用前人诗词,略做改动。此首是汤显祖自撰。

② 刮尽鲸鳌背上霜:意谓刻苦学习,仍未能获取功名,生活反而更加贫困。鳌,传说中海里的大龟或大鳖。科举时代,状元及第为独占鳌头。唐宋时的皇宫正殿,放置了龙和鳌的石雕像于正中台阶石板上。考中殿试进士者,列队立在阶下迎接金榜,而头名状元则站在鳌的石像前,故称"独占鳌头"。霜,喻贫寒。

③ 炎方:南方。

④ 造化:上天。此指福分,命运。

⑤ 绍接:继承。

⑥ 凿壁:即凿壁偷光,是西汉大文学家匡衡幼时凿穿墙壁引邻舍之烛光读书的故事。事见《西京杂记》卷二。

⑦ 悬梁:是汉代政治家孙敬悬梁苦读的故事。事见《楚国先贤传》:"孙敬,字文宝,常闭户读书,睡则以绳系颈,悬之梁上。"凿壁、悬梁都是家贫苦读的典故。

⑧ 偷天妙手:文才出众。语出宋陆游《文章》诗:"文章本天成,妙手偶得之。"

⑨ 砍得蟾宫桂:意谓取得功名。蟾宫,即月宫,相传月中有蟾蜍。桂,桂树的枝条。因桂树叶碧绿油润,我国古代把夺冠登科比喻成折桂,古时科举考试正处在秋季,恰逢桂花开的时候,故借喻高中状元。典出《晋书·郤诜传》。

⑩ 唐朝柳州司马柳宗元:柳宗元(773~819),字子厚,唐代著名文学家,曾任永州司马、柳州刺史,人称"柳柳州"。司马,隋唐时州郡的属官,掌管军事。刺史,州的长官。这里把柳宗元曾任永州司马和柳州刺史混在一起。

⑪ 朝散:朝散大夫的简称。隋时设置的散职文官。

⑫ 县君:中国古代宗女、命妇的位号。"县君"一号始于西汉,是唐代五品官的母亲和妻子所受的封号。

之封。(叹介①) 所恨俺自小孤单,生事微渺②。喜的是今日成人长大,二十过头,志慧聪明,三场得手③。只恨未遭时势④,不免饥寒。赖有始祖柳州公,带下郭橐驼⑤,柳州衙舍,栽接花果。橐驼遗下一个驼孙,也跟随俺广州种树,相依过活。虽然如此,不是男儿结果之场。每日情思昏昏⑥,忽然半月之前,做下一梦。梦到一园,梅花树下,立着个美人,不长不短,如送如迎。说道:"柳生,柳生,遇俺方有姻缘之分,发迹⑦之期。"因此改名梦梅,春卿为字。正是:"梦短梦长俱是梦,年来年去是何年!"

【九回肠】〔解三酲〕虽则俺改名换字,俏魂儿⑧未卜先知?定佳期盼煞蟾宫桂,柳梦梅不卖查梨⑨。还则怕嫦娥妒色花颓气⑩,等的

---

① 介:中国传统戏曲术语,指动作、表情。
② 生事微渺:生活艰难。生事,生计。
③ 三场得手:乡试的三场考试顺利通过,成为举人。科举时代,童生经本省考试及格,进入府、州、县学的称生员,即秀才。生员经乡试中试者为举人,举人经会试和廷试取为进士。乡试、会试分三场进行,一场考三天。
④ 未遭时势:没有遇到机会,还没有做官。
⑤ 郭橐(tuó)驼:唐代柳宗元《种树郭橐驼传》中人物,姓郭,驼背,故称郭橐驼。此处作者将其化为柳宗元家的仆人。
⑥ 每日情思昏昏:语出《西厢记》杂剧二本一折《油葫芦》:"每日价情思睡昏昏。"
⑦ 发迹:做官,飞黄腾达。
⑧ 俏魂儿:梦中的美人。
⑨ 不卖查(zhā)梨:不空口说大话。元无名氏《百花亭》第三折有卖查梨条的小贩夸张地叫卖自己的货物。卖查梨,亦作卖楂梨,比喻人卖弄口舌,言语不实。
⑩ 嫦娥妒色花颓气:嫦娥妒忌花的美色,使它凋谢。元白朴《墙头马上》第二折《梁州第七》:"深拜你个嫦娥不妒色。"花,暗指梦中梅花树下的美人。颓气,倒霉、倒运。

俺梅子酸心柳皱眉①,浑如醉。〔三学士〕无萤②凿遍了邻家壁,甚东墙③不许人窥!有一日春光暗度黄金柳,雪意冲开了白玉梅。〔急三枪〕那时节走马在、章台④内,丝儿翠、笼定个、百花魁⑤。

虽然这般说,有个朋友韩子才,是韩昌黎⑥之后,寄居赵佗王台⑦。他虽是香火秀才⑧,却有些谈吐,不免随喜⑨一会。

门前梅柳烂春晖,张窈窕

梦见君王觉后疑。王昌龄

心似百花开未得,曹　松

---

① 等的俺梅子酸心柳皱眉:柳梦梅等待与美人再见面时的难受心情。梅、柳,这里是嵌用剧中人物的姓名。下文中的"春光暗度黄金柳,雪意冲开白玉梅"也是由柳梦梅名字联想而来。

② 无萤:这里用了车胤"囊萤"和匡衡"凿壁"苦读的典故。车胤事见《晋书·车胤传》:"(胤)博学多通,家贫不常得油,夏月则练囊盛数十萤火以照书,以夜继日焉。"

③ 东墙:"东墙"由上句"邻家壁"引起,语义双关。暗喻男女相爱的故事。《孟子·告子》:"逾东家墙而搂其处子。"

④ 章台:秦汉时的宫殿。台下有街名章台街,是京城内最繁华的地方。全句意思是取得功名后骑马游街。典出《汉书》卷七十六,张敞"走马章台"的故事。

⑤ "丝儿翠"句:意为官宦人家要我接受他们的丝鞭,与他们的小姐结亲。丝儿翠,即翠丝儿,丝鞭。接受女家丝鞭,是古代订婚的一种仪式。百花魁,指梦中美人。

⑥ 韩昌黎:唐代著名文学家韩愈(768～824),字退之,自称系出昌黎韩氏,后人因称"韩昌黎"。

⑦ 赵佗王台:即越王台,故址在今广州越秀山上,相传为赵佗王所建。

⑧ 香火秀才:即奉祀生。因其为贤圣之后,不经科举考试,赐予秀才功名,以管理先祖祠庙的祭祀。参见下文第六出:"表请敕封小生为昌黎祠香火秀才。"

⑨ 随喜:佛家语,原指见人做善事而生欢喜心。此指游览寺院。

托身须上万年枝①。韩　偓

---

① "门前"四句：这四句是下场诗。明清传奇常采唐诗作为每出结尾的下场诗，称集唐。门前梅柳烂春晖，语出唐张窈窕《春思二首》之一："门前梅柳烂春晖，闲妾深闺绣舞衣。"梦见君王觉后疑，语出唐王昌龄《长信秋词》之四："真成薄命久寻思，梦见君王觉后疑。"心似百花开未得，语出唐曹松《南海旅次》："心似百花开未得，年年争发被春催。"托身须上万年枝，语出唐韩偓《鹊》："莫怪天涯栖不稳，托身须是万年枝。"

清光绪十二年同文书局石印本《牡丹亭还魂记》图

第三出　训　女

【**满庭芳**】（外①扮杜太守上）西蜀名儒，南安②太守，几番廊庙江湖③。紫袍金带④，功业未全无。华发⑤不堪回首。意抽簪万里桥西⑥，还只怕君恩未许，五马欲踟蹰⑦。

"一生名宦守南安，莫作寻常太守看。到来只饮官中水⑧，归去惟看屋外山。"自家南安太守杜宝，表字子充，乃唐朝杜子美⑨之后。流落巴蜀，年过五旬。想廿岁登科⑩，三年出守，清名惠政，播在人间。内有夫

---

① 　外：中国传统戏曲角色名。传奇中扮演老年男性。
② 　南安：宋代设南安军，元代升为路，明代改为府。府治在江西省大庾。
③ 　几番廊庙江湖：几次做官又退隐。廊庙，本指朝廷，此处引申为做官。江湖，指在野，不为官。
④ 　紫袍金带：高官的服装。唐代五品以上官员可穿朱红或紫色的袍服，宋代四品以上官才可系金带。
⑤ 　华发：花白的头发，指老年人。
⑥ 　意抽簪万里桥西：想辞官归隐故乡。簪，用来绾住头发的一种首饰。古代做官人用簪束发戴冠，用抽簪喻指弃官归隐。万里桥，在四川成都，桥西有杜甫草堂。剧中杜宝自称为杜甫后人，所以"万里桥西"代指故乡。
⑦ 　五马欲踟蹰：去留未定。五马，古代太守的代称。汉时太守乘坐的车用五匹马驾辕。踟蹰，犹豫、徘徊。
⑧ 　到来只饮官中水：形容杜宝做官清廉。典出《晋书·邓攸传》，晋邓攸做吴郡太守，不受俸禄，自己带米到任，只饮用当地的水。
⑨ 　杜子美：唐代著名诗人杜甫（712～770），字子美。安史之乱后，曾移居成都。
⑩ 　登科：唐代设科取士，有明经、进士、明法、明算等科，故称考中进士为登科，亦称"登第"。

人甄氏,乃魏朝甄皇后①嫡派。此家峨眉山,见世出贤德夫人。单生小女,才貌端妍,唤名丽娘,未议婚配。看起自来淑女,无不知书。今日政有余闲,不免请出夫人,商议此事。正是:"中郎学富单传女②,伯道官贫更少儿③。"

【绕池游】(老旦④上)甄妃洛浦,嫡派来西蜀,封大郡南安杜母⑤。

(见介)(外)"老拜名邦无甚德,(老旦)妾沾封诰⑥有何功!(外)春来闺阁闲多少?(老旦)也长向花阴课女工⑦。"(外)女工一事,想女儿精巧过人。看来古今贤淑,多晓诗书。他日嫁一书生,不枉了谈吐相称。你意下如何?(老旦)但凭尊意。

---

① 甄皇后:魏文帝曹丕的皇后甄氏。后文说的"甄妃洛浦"是把曹植《洛神赋》的洛水之神宓妃和甄后混为一人了。事见《类说》卷三十二引《洛浦神女感甄赋》。

② 中郎学富单传女:中郎,东汉末著名学者蔡邕,曾任左中郎将。他只有一个女儿蔡琰,字文姬,富有才学。事见《后汉书·蔡邕传》《后汉书·董祀妻传》。

③ 伯道官贫更少儿:伯道,晋代邓攸,字伯道,为官清廉。任河东太守时,遭石勒之乱,为保全侄儿,丢弃了自己的儿子。上句和本句,语出《韩昌黎集》卷十《游西林寺题萧二兄郎中旧堂》诗:"中郎有女能传业,伯道无儿可保家。"

④ 老旦:中国传统戏曲角色名。在传奇中指老年妇女。

⑤ 封大郡南安杜母:指杜宝妻被朝廷封为南安郡夫人。郡夫人是宋代朝廷命妇的一个等级。

⑥ 封诰:古代社会帝王对有功之官员及其先代和妻室授予封典的诰命。

⑦ 课女工:课,教。女工,即女红、女功,指古代妇女从事的纺织、刺绣、缝纫等事情。

【前腔①】（贴②持酒台，随旦上）娇莺欲语，眼见春如许。寸草心，怎报的春光一二③！

（见介）爹娘万福④。（外）孩儿，后面捧着酒肴，是何主意？（旦跪介）今日春光明媚，爹娘宽坐后堂，女孩儿敢进三爵之觞⑤，少效千春之祝⑥。（外笑介）生受⑦你。

【玉山颓】（旦进酒介）爹娘万福，女孩儿无限欢娱。坐黄堂百岁春光，进美酒一家天禄⑧。祝萱花椿树⑨，虽则是子生迟暮，守得见这蟠桃⑩熟。（合⑪）且提壶，花间竹下长引着凤凰雏⑫。

（外）春香，酌小姐一杯。

---

① 前腔：戏曲音乐名词。同曲变体连用。在南曲中，一个曲牌被反复运用，一般从第二曲起称为前腔。即与前面一曲的腔调相同之意。
② 贴：传统戏剧角色名，即贴旦，次要的旦角。
③ "寸草心"二句：儿女报答不了父母的恩情，犹如小草报答不了春光的化育之恩。语出唐孟郊《游子吟》："谁言寸草心，报得三春晖。"
④ 万福：一种古代妇女相见行礼的方式，此种行礼方式多口称"万福"。
⑤ 三爵之觞（shāng）：敬三杯酒。爵、觞都是古代盛酒的器皿，形状不同。
⑥ 千春之祝：祝人长寿的意思。
⑦ 生受：辛苦、有劳、麻烦，含有道谢的意思。
⑧ 天禄：酒。语出《汉书·食货志》："酒者，天之美禄。"
⑨ 萱花椿树：指父母。萱花，即萱草。《诗经·卫风·伯兮》："焉得谖（萱）草，言树之背。"就是在北堂种萱草。北堂是母亲的居所，故以萱堂、萱草代指母亲。椿树长寿，语出《庄子·逍遥游》："上古有大椿者，以八千岁为春，八千岁为秋。"后因以代指父亲。
⑩ 蟠桃：古代神话中的仙桃，相传三千年结一次果。比喻晚年得子。
⑪ 合：戏曲术语。传奇中同一曲牌连用二次以上，结尾几句文字相同的合唱词叫合头，简称"合"。
⑫ 凤凰雏：指儿女。古代传说中，凤凰是百鸟之王，雄的叫"凤"，雌的叫"凰"。全句意思是生子虽晚，终必儿女双全，一家团圆。

【前腔】吾家杜甫,为飘零老愧妻孥①。(泪介)夫人,我比子美公公更可怜也。他还有^{念老夫}诗句男儿②,俺则有^{学母氏}画眉娇女③。(老旦)相公休焦,倘然招得好女婿,与儿子一般。(外笑介)可一般呢!(老旦)"做门楣"古语④,为甚的这叨叨絮絮,才到中年路。(合前⑤)

(外)女孩儿,把台盏收去。(旦下介)(外)叫春香。俺问你小姐终日绣房,有何生活⑥?(贴)绣房中则是绣。(外)绣的许多?(贴)绣了打绵⑦。(外)甚么绵?(贴)睡眠。(外)好哩,好哩。夫人,你才说"长向花阴课女工",却纵容女孩儿闲眠,是何家教?叫女孩儿。(旦上)爹爹有何分付?(外)适问春香,你白日眠眠,是何道理?假如刺绣余闲,有架上图书,可以寓目⑧。他日到人家,知书知礼,父母光辉。这都是你娘亲失教也。

【玉抱肚】宦囊清苦,也不曾诗书误儒。你好些时做客为儿⑨,

---

① 为飘零老愧妻孥(nú):妻孥,妻子和儿女。语出杜甫《自阆州领妻子却赴蜀山行三首》:"何日干戈尽,飘飘愧老妻。"

② 念老夫诗句男儿:语出唐杜甫《遗兴》:"骥子好男儿,前年学语时。问知人客姓,诵得老夫诗。"杜甫儿子宗武小名骥子。

③ 学母氏画眉娇女:语出唐杜甫《北征》:"瘦妻面复光,痴女头自栉。学母无不为,晓妆随手抹。移时施朱铅,狼藉画眉阔。"

④ "做门楣"古语:语出《资治通鉴》卷二一五"天宝五载"条载,"生男勿喜女勿悲,君今看女作门楣"。唐杨贵妃受到唐明皇的宠幸,杨氏一门都受到封赏。门楣,门框上部的横梁,比喻门面、名声。做门楣,就是女儿嫁个好女婿,可以为家族增光。

⑤ 合前:重复前一曲的末数句,即"且提壶,花间竹下长引着凤凰雏"。

⑥ 生活:指工作、劳动。

⑦ 打绵:纺棉纱。此处是"打眠"的谐音。

⑧ 寓目:阅读。

⑨ 做客为儿:女儿未出嫁前,在娘家好像做客一样。

有一日把家当户①。是为爹的疏散不儿拘,道的个为娘是女模②。

【前腔】(老旦)眼前儿女,俺为娘心苏体劬③。娇养他掌上明珠,出落的④人中美玉。儿呵,爹三分说话你自心模⑤,难道八字梳头做目呼⑥。

【前腔】(旦)黄堂父母,倚娇痴惯习如愚。刚打⑦的秋千画图,闲榻⑧著鸳鸯绣谱。从今后茶余饭饱破工夫,玉镜台前插架书。

(老旦)虽然如此,要个女先生讲解才好。(外)不能够。

【前腔】后堂公所⑨,请先生则是黉⑩腐儒。(老旦)女儿呵,怎念遍的孔子诗书,但略识周公礼数⑪。(合)不枉了银娘玉姐只做个纺砖儿,谢女班姬女校书⑫。

(外)请先生不难,则要好生管待。

---

① 把家当户:女儿出嫁后,自立门户,操持家务。
② 道的个为娘是女模:常言道母亲是女儿的榜样。
③ 心苏体劬(qú):身体劳累,但心里高兴。劬,劳苦。
④ 出落的:显出,出挑。青年人多指女性的体态容貌向美好的方面变化。
⑤ 模:同"摸",体会、揣摩。
⑥ 难道八字梳头做目呼:难道一个小姐竟不认识字!八字梳,一种梳子。做目呼,四字认作目字,笑人不识字。
⑦ 打:画。
⑧ 榻:即拓,将纸放在画谱上摹画。
⑨ 后堂公所:衙门里面的官员住所。
⑩ 黉(hóng)门:古代称学校的门,现在借指学校。
⑪ 周公礼数:封建礼节。相传周公制订周代礼乐制度,作《周礼》。
⑫ "不枉了"二句:意思是官家的小姐不能只会做纺纱这样的活,应该成为像晋代谢道韫和东汉班昭那样的才女。纺砖儿,古代纺纱的用具。

【尾声】说与你夫人爱女休禽犊①,馆明师②茶饭须清楚。你看俺治国齐家、也则是数卷书。

往年何事乞西宾?柳宗元

主领春风只在君。王　建

伯道暮年无嗣子,苗　发

女中谁是卫夫人③?刘禹锡

---

① 禽犊:指鸟兽疼爱幼仔,比喻父母溺爱子女。
② 明师:有学问的老师。
③ 下场诗四句:往年何事乞西宾,语出唐柳宗元《重赠》:"若道柳家无子弟,往年何事乞西宾。"西宾,旧时宾位在西,故称。常用作对家塾教师或幕友的敬称。主领春风只在君,语出唐王建《对酒》:"从来事事关身少,主领春风只在君。"春风,此喻教育。伯道暮年无嗣子,语出唐苗发《送孙德谕罢官往黔州》:"伯道暮年无嗣子,欲将家事托门生。"女中谁是卫夫人,语出唐刘禹锡《酬柳柳州家鸡之赠》之《答前篇》:"闻彼梦熊犹未兆,女中谁是卫夫人。"卫夫人,名铄,字茂漪,晋代著名书法家。卫铄为汝阴太守李矩之妻,世称卫夫人。

第四出　腐　叹

【双劝酒】（末扮老儒上）灯窗苦吟，寒酸撒吞①。科场苦禁②，蹉跎直恁③！可怜辜负看书心。吼儿病④年来进侵。

"咳嗽病多疏酒盏，村童俸薄减厨烟。争知天上无人住，吊下春愁鹤发仙⑤。"自家南安府儒学生员⑥陈最良，表字伯粹。祖父行医。小子自幼习儒。十二岁进学，超增补廪⑦。观场一十五次⑧。不幸前任宗师⑨，考居劣等停廪。兼且两年失馆⑩，衣食单薄。这些后生都顺口叫我"陈绝

---

① 撒吞：装傻，痴呆。
② 科场苦禁：一直未能考中举人。禁，受得住，耐久。
③ 蹉跎直恁：蹉跎，虚度光阴。直恁，宋元方言，竟然如此，简直是。
④ 吼儿病：哮喘病。
⑤ "争知"二句：语出唐陆龟蒙《自遣》："争知天上无人住，亦有春愁鹤发翁。"争，怎。鹤发仙，即白发仙人，此指陈最良。
⑥ 儒学生员：秀才。儒学，科举时代设立在各州、府、县的学堂。读书人须通过县、府、院（道）考试，才能进入儒学，称为生员，就是秀才。
⑦ 超增补廪(lǐn)：明清两代由公家给以膳食的生员称廪膳生。生员有定额，皆食廪。其后名额增多，因谓初设食廪者为廪膳生员，省称"廪生"，增多者谓之"增广生员"，省称"增生"。生员经岁、科两试成绩优秀者，增生可依次升廪生，谓之"补廪"，即超增补廪。廪生考试得劣等，就停止供膳，谓之"停廪"。
⑧ 观场一十五次：观场，参加考试。多指代乡试。乡试三年一次，观场十五次，就是四十五年。
⑨ 宗师：秀才对主持一省科举考试考官的称呼。
⑩ 失馆：没人请他做老师。馆，古代指教学的地方。

粮①"。因我医、卜、地理②，所事③皆知，又改我表字伯粹做"百杂碎"。明年是第六个旬头④，也不想甚的了。有个祖父药店，依然开张在此。"儒变医，菜变齑⑤"，这都不在话下。昨日听见本府杜太守，有个小姐，要请先生。好些奔竞的钻去。他可为甚的？乡邦好说话，一也；通关节⑥，二也；撞太岁⑦，三也；穿他门子管家⑧，改窜文卷，四也；别处吹嘘进身，五也；下头官儿怕他，六也；家里骗人，七也。为此七事，没了头⑨要去。他们都不知官衙可是好踏的！况且女学生一发⑩难教，轻不得，重不得。倘然间体面有些不臻⑪，啼不得，笑不得。似我老人家罢了。"正是有书遮老眼，不妨无药散闲愁。"（丑⑫扮府学门子上）"天下秀才穷到底，学中门子老成精。"（见介）陈斋长⑬报喜。（末）何喜？（丑）杜太爷要请个先生教小姐，掌教老爷⑭开了十数名去都不中，说要老成的。我去掌教老爷处禀上了你，太爷有请帖在此。（末）"人之患在

---

① 陈绝粮：孔子曾在陈绝粮。此以"陈最良"的谐音来调侃其穷困潦倒。
② 地理：风水堪舆。
③ 所事：凡事、所有事情。
④ 第六个旬头：六十岁。旬，十岁为一旬。
⑤ 齑（jī）：同"齌"。本意指腌制过的菜，也泛指经腌制、切碎制成的菜。
⑥ 通关节：指暗中托请勾通有权势者。
⑦ 撞太岁：勾结官府，赚取财物。
⑧ 穿他门子管家：串通官衙中的差役和管家。穿，串通。门子，旧时在官衙中侍候官员的差役。
⑨ 没了头：拼命。
⑩ 一发：更加、越发。
⑪ 不臻：不周到、不周全。
⑫ 丑：中国传统戏曲角色名，大多是风趣幽默的喜剧人物。
⑬ 斋长：明代亦称国子监的班长为斋长。沿用为塾师的敬称。
⑭ 掌教老爷：称府、县教官及书院主讲。

好为人师①。"(丑)人之饭,有得你吃哩。(末)这等便行。(行介)

【洞仙歌】(末)咱头巾②破了修,靴头绽了兜③。(丑)你坐老斋头,衫襟没了后头。(合)砚水漱净口,去承官饭溲④,剔牙杖敢黄齑臭⑤。

【前腔】(丑)咱门儿寻事头,你斋长干罢休⑥?(末)要我谢酬,知那里留不留?(合)不论端阳九⑦,但逢出府游,则捻着衫儿袖⑧。

(丑)望见府门了。

(丑)世间荣乐本逡巡, 李商隐

(末)谁睬髭须白似银? 曹　唐

(丑)风流太守容闲坐, 朱庆余

---

① 人之患在好为人师:人的毛病在于喜欢做别人的老师。语出《孟子·离娄上》。
② 头巾:明清时规定给读书人戴的儒巾。
③ 绽了兜:破了缝起来。绽,衣缝脱线解开,引申为裂开。兜,笼住。
④ 溲:同"馊",食物因变质而发出酸臭味。此处用"溲"字便于押韵。
⑤ 剔牙杖敢黄齑臭:意思是刚到官府吃饭,饭后剔牙,牙签上恐怕还沾有先前吃咸菜时留下来的臭味。
⑥ "咱门儿"二句:意思是我做门子的为你找到了差事,你这秀才难道不酬谢我吗?
⑦ 不论端阳九:旧时在端阳、重阳两个节日,主人要宴请塾师并馈赠礼物。
⑧ 则捻着衫儿袖:门子让陈最良把获得的礼物藏在衫袖内带出来给他。捻,捏。

（合）便有无边求福人①。韩　愈

---

①　下场诗四句：世间荣乐本逡巡，语出唐李商隐《春日寄怀》："世间荣落重逡巡，我独丘园坐四春。"逡（qūn）巡，来去不定。谁睬髭须白似银，语出唐曹唐《羽林贾中丞》："胸中别有安边计，谁睬髭须白似银。"风流太守容闲坐，语出唐朱庆余《湖州韩使君置宴》："高情太守容闲坐，借与青山尽日看。"便有无边求福人，语出唐韩愈《题木居士二首》："偶然题作木居士，便有无穷求福人。"

第五出 延 师

【浣沙溪】(外引贴扮门子,丑扮皂隶①上)山色好,讼庭稀。朝看飞鸟暮飞回。印床②花落帘垂地。

"杜母③高风不可攀,甘棠④游憩在南安。虽然为政多阴德⑤,尚少阶前玉树兰⑥。"我杜宝出守此间,只有夫人一女。寻个老儒教训他。昨日府学开送一名廪生陈最良。年可六旬,从来饱学。一来可以教授小女,二来可以陪伴老夫。今日放了衙参⑦,分付安排礼酒,叫门子伺候。(众应介)

【前腔】(末儒巾蓝衫⑧上)须抖擞,要拳奇⑨。衣冠欠整老而

---

① 皂隶:古代衙门里的差役。
② 印床:放置印章的一种文具,床形。这句和上句形容衙门清闲无事。
③ 杜母:指东汉杜诗。他与西汉召信臣都做过南阳太守,有政绩,受爱戴。故谚语曰:"前有召父,后有杜母。"后遂以"杜母"赞扬父母官。
④ 甘棠:西周召公出巡乡邑,曾在甘棠树下处理政务,百姓作《甘棠》诗来赞扬他。后遂以"甘棠"称颂循吏的美政,指好官。
⑤ 阴德:暗中做的有德于人的事。迷信说积阴德必得好报。典出《汉书·于定国传》,于定国父亲曰:"我治狱多阴德,未尝有所冤,子孙必有兴者。"
⑥ 玉树兰:玉树、芝兰。后用玉树和芝兰喻优秀子弟。这里是指儿子。典出《世说新语·言语》:"譬如芝兰玉树,欲使其生于阶庭耳。"
⑦ 放了衙参:不办公。衙参,古代官吏到上司衙门,排班参见,禀告公事。
⑧ 蓝衫:明代生员所穿服装。色蓝,镶以青色边缘,故称。
⑨ 拳奇:当作权奇,奇谲非凡,多形容良马善行。此处指人机灵善变。

衰。养浩然分庭还抗礼①。

（丑禀介）陈斋长到门。（外）就请衙内相见。（丑唱门②介）南安府学生员进。（下）（末跪，起揖，又跪介）生员陈最良禀拜。（拜介）（末）"讲学开书院，（外）崇儒引席珍③。（末）献酬樽俎列④，（外）宾主位班陈⑤。"叫左右，陈斋长在此清叙，着门役散回，家丁伺候。（众应下）（净扮家童上）（外）久闻先生饱学。敢问尊年有几，祖上可也习儒？（末）容禀。

【锁南枝】将耳顺⑥，望古稀⑦，儒冠误人霜鬓丝。（外）近来？（末）君子要知医，悬壶⑧旧家世。（外）原来世医。还有他长？（末）凡杂作，可试为；但诸家，略通的。

（外）这等一发有用。

【前腔】闻名久，识面初，果然大邦生大儒。（末）不敢。（外）

---

① 分庭还抗礼：庭即庭院。抗原作"伉"，是对等、相当的意思。抗礼即行平等的礼。分庭抗礼指的是古代宾主相见，分站在庭的两边相对行礼，以示平等。比喻双方平起平坐，实力相当，可以抗衡。语出《庄子·杂篇·渔父》："万乘之主，千乘之君，见夫子未尝不分庭伉礼。"

② 唱门：在门口高声通报来客或进见者。

③ 崇儒引席珍：崇儒，崇尚儒学。席珍，亦称"席上珍"，形容儒生有才德，如坐席上的珍宝。《礼记·儒行》："儒有席上之珍以待聘。"比喻杰出的人才。

④ 献酬樽俎列：献，敬献。酬，答谢。宾主相互敬酒。樽俎，青铜器，古代盛酒肉的器皿。樽以盛酒，俎以盛肉。后来常用作宴席的代称。

⑤ 宾主位班陈：按礼数规定排列好宾主的座位次序。以上四句，语出唐李隆基《集贤书院成，送张说上集贤学士，赐宴得珍字》。

⑥ 耳顺：六十岁。语出《论语·为政》："六十而耳顺。"

⑦ 古稀：七十岁。语出唐杜甫《曲江》："人生七十古来稀。"

⑧ 悬壶：指行医、卖药。典出《后汉书·费长房传》："市中有老翁卖药，悬一壶于肆头。"

有女颇知书,先生长训诂①。(末)当得②。则怕做不得小姐之师。(外)那女学士,你做的班大姑③。今日选良辰,叫他拜师傅。

(外)院子,敲云板④,请小姐出来。

【前腔】(旦引贴上)添眉翠⑤,摇佩珠,绣屏中生成士女图⑥。莲步鲤庭趋⑦,儒门旧家数⑧。(贴)先生来了怎好?(旦)那少不得去。丫头,那贤达女,都是些古镜模⑨。你便略知书,也做好奴仆。

(净报介)小姐到。(见介)(外)我儿过来。"玉不琢,不成器;人不学,不知道⑩。"今日吉辰,来拜了先生。(内鼓吹介)(旦拜)学生自

---

① 训诂:解释语言文字或方言的一门学问,此指教人读书识字。
② 当得:应该、理所当然。一种应酬时谦逊的口语。
③ 班大姑:指班昭。班昭博学高才,其兄班固著《汉书》,未完而卒,班昭奉旨入东观藏书阁,续写《汉书》。后汉和帝多次召班昭入宫,并让皇后和贵人们视其为老师,号"大家"。因音同,讹为"大姑"。
④ 云板:击奏体鸣乐器,也称"云版",俗称"点"。铁铸厚板,通常制作成云形。上系绳,悬而用槌击板发声,用来报时报事。
⑤ 翠:即黛,青黑色的颜料,古代女子用来画眉。黛色与翠色相近,故可连用和通用。
⑥ 士女图:美人图。士女,古代官宦人家的女子。
⑦ 鲤庭趋:孔鲤因敬畏父亲孔子,快步经过孔子所在的厅堂,受到孔子学诗、学礼的教诲。典出《论语·季氏》,后以"过庭鲤、鲤庭趋"等指子妇或学生受教。趋,快步走。
⑧ 家数:家法传统。
⑨ 镜模:榜样、楷模。
⑩ "玉不琢"四句:语出《礼记·学记》。道,指主张和思想。

愧蒲柳之姿①,敢烦桃李之教②。(末)愚老恭承捧珠之爱③,谬加琢玉之功④。(外)春香丫头,向陈师父叩头。着他伴读。(贴叩头介)(末)敢问小姐所读何书?(外)男、女《四书》⑤,他都成诵了。则看些经旨罢。《易经》以道阴阳,义理深奥;《书》以道政事,与妇女没相干;《春秋》《礼记》,又是孤经⑥;则《诗经》开首便是后妃之德⑦,四个字儿顺口,且是学生家传⑧,习《诗》罢。其余书史尽有,则可惜他是个女儿。

【前腔】我年将半⑨,性喜书,牙签插架三万余⑩。(叹介)我伯道恐无儿,中郎有谁付?先生,他要看的书尽看。有不臻的所在,打丫头。(贴)哎哟!(外)冠儿下,他做个女秘书⑪。小梅香,要防护。

---

① 蒲柳之姿:即水杨,枝叶易凋,故有"蒲柳之姿,望秋而落;松柏之质,经霜弥茂"之说,古人常用"蒲柳之姿"自喻体质衰弱,是客套之语。语出《世说新语·言语》。
② 桃李之教:指老师的教诲。
③ 捧珠之爱:像捧着珍珠一样的爱惜。多指对孩子的疼爱,特别是女孩。
④ 谬加琢玉之功:错误地让我来当老师。这是一种谦虚的说法。
⑤ 男、女《四书》:男《四书》,是《论语》《孟子》《大学》《中庸》的合称。女《四书》,中国封建社会对妇女进行教育所用的《女诫》《内训》《女论语》《女范捷录》四本书汇集的总称。
⑥ 孤经:没有他义例可以说明的单条经文。此处指不适合女子学习的经文。
⑦ 后妃之德:后妃,天子之妻,旧说指周文王妃太姒。《关雎》本是描写男女爱情,儒家说《关雎》是称颂后妃美德。
⑧ 学生家传:杜宝自命为杜甫的后代,故说诗是他的家传。学生,是自谦。杜甫在《宗武生日》里说:"诗是吾家事。"
⑨ 半:指半百,五十岁。
⑩ 牙签插架三万余:形容藏书很多。牙签,用牙骨制成便于翻检的签牌。
⑪ "冠儿"二句:杜丽娘成人后能阅读和掌管父亲的藏书。古代男子二十而冠,表示成人。此处指女儿杜丽娘。秘书,古代称掌管图书之官。

（末）谨领。（外）春香伴小姐进衙，我陪先生酒去。（旦拜介）"酒是先生馔①，女为君子儒②。"（下）（外）请先生后花园饮酒。

（外）门馆无私白日闲，薛　能

（末）百年粗粝腐儒餐。杜　甫

（外）左家弄玉惟娇女，柳宗元

（合）花里寻师到杏坛③。钱　起

---

①　酒是先生馔：酒是先生吃的。语出《论语·为政》："有酒食，先生馔。"先生，原文指父兄。此处是打诨。

②　女为君子儒：做道德高尚的儒生。语出《论语·雍也》："子谓子夏曰：'女为君子儒，无为小人儒。'"原文"女"，同"汝"。此处指打诨。

③　下场诗四句：门馆无私白日闲，语出唐薛能《献仆射相公》："朝廷有道青春好，门馆无私白日闲。"门馆，书院，相当于学校。这里借指家塾。百年粗粝腐儒餐，语出唐杜甫《有客》："竟日淹留佳客坐，百年粗粝腐儒餐。"粗粝，糙米。泛指粗劣的食物。左家弄玉惟娇女，语出唐柳宗元《叠前》："左家弄玉唯娇女，空觉庭前鸟迹多。"弄玉，即弄璋，指生男孩。花里寻师到杏坛，语出唐钱起《幽居春暮书怀》诗："更怜童子宜春服，花里寻师指杏坛。"杏坛，相传为孔子聚徒授业讲学之处，泛指授徒讲学之处。

清光绪十二年同文书局石印本《牡丹亭还魂记》图

第六出 怅 眺

【番卜算】（丑扮韩秀才上）家世大唐年，寄籍潮阳县①。越王台上海连天，可是鹏程②便？

"榕树梢头访古台，下看甲子海门③开。越王歌舞今何在？时有鹧鸪④飞去来。"自家韩子才。俺公公唐朝韩退之，为上了《破佛骨表》⑤，贬落潮州。一出门蓝关雪阻⑥，马不能前。先祖心里暗暗道，第一程采

---

① 寄籍潮阳县：寄籍，指长期离开本籍，居住外地，附于外地的籍贯，区别于原籍。潮阳县，广东东南沿海，东晋置潮阳县。因处山之南，海之北，而名"潮阳"。

② 鹏程：鹏鸟的飞程，比喻远大的前程。语出《庄子·逍遥游》："鹏之徙于南溟也，水击三千里，抟扶摇而上者九万里。"

③ 甲子海门：广东省陆丰市东南有甲子门港口。因港口有大石壁排列如门，与天干地支六十甲子字相符，故称甲子。

④ 鹧鸪（zhègū）：鸟名，多生活在丘陵、山地的草丛或灌木丛中。雄性鹧鸪好斗，叫声特殊。

⑤ 《破佛骨表》：即《论佛骨表》。唐元和十四年（819），唐宪宗迎接释迦佛骨入宫，韩愈反对佞佛，遂上表加以谏阻。宪宗得表大怒，贬韩愈为潮州刺史。

⑥ 蓝关雪阻：蓝关，即蓝田关，是历代贬官谪臣南来北往的重要通道。语出唐韩愈《左迁至蓝关示侄孙湘》："云横秦岭家何在？雪拥蓝关马不前。"

头①罢了。正苦中间，忽然有个湘子侄儿，乃下八洞神仙②，蓝缕③相见。俺退之公公一发心里不快。呵融冻笔，题一首诗在蓝关草驿之上。末二句单指着湘子说道："知汝远来应有意，好收吾骨瘴江边。"湘子袖④了这诗，长笑一声，腾空而去。果然后来退之公公潮州瘴死⑤，举目无亲。那湘子恰在云端看见，想起前诗，按下云头，收其骨殖⑥。到得衙中，四顾无人，单单则有湘子原妻一个在衙。四目相视，把湘子一点凡心顿起。当时生下一支，留在水潮⑦，传了宗祀⑧。小生乃其嫡派苗裔⑨也。因乱流来广城⑩。官府念是先贤之后，表请敕封小生为昌黎祠香火秀才。寄居赵佗王台子之上。正是："虽然乞相⑪寒儒，却是仙风道骨。"呀，早一位朋友上来。谁也？

【前腔】（生上）经史腹便便⑫，昼梦人还倦。欲寻高耸看云烟，海色光平面。

---

① 采头：犹兆头。
② 下八洞神仙：八洞，道教称神仙所居的洞天，分为上八洞、中八洞及下八洞。八仙是中国民间传说中广为流传的道教八位神仙。八仙之名，明代以前说法不一，有汉代八仙、唐代八仙、宋元八仙，所列神仙各不相同。至明代吴元泰《东游记》始定为：铁拐李、汉钟离、张果老、吕洞宾、何仙姑、蓝采和、韩湘子、曹国舅。
③ 蓝缕：破旧的衣服。蓝，通"褴"。
④ 袖：作动词用，放入衣袖内。
⑤ 退之公公潮州瘴死：这是剧作家编造出来的韩愈事迹，非历史事实。
⑥ 骨殖：遗骨、尸骨。
⑦ 水潮：潮州附近的地名。
⑧ 宗祀：谓对祖宗的祭祀。
⑨ 嫡派苗裔：嫡派，指家族相传的正支。苗裔，子孙后代。
⑩ 广城：即广州。
⑪ 乞相：即乞儿相，寒酸相。
⑫ 经史腹便便：满肚子都是学问。典出《后汉书·边韶传》："边孝先，腹便便。懒读书，但欲眠。"

清光绪十二年同文书局石印本《牡丹亭还魂记》图

（相见介）（丑）是柳春卿，甚风儿吹的老兄来？（生）偶尔孤游上此台。（丑）这台上风光尽可矣。（生）则无奈登临不快哉。（丑）小弟此间受用①也。（生）小弟想起来，到是不读书的人受用。（丑）谁？（生）赵佗王②便是。

【锁窗寒】祖龙飞、鹿走中原③，尉佗呵，他倚定着摩崖④半壁天。称孤道寡⑤，是他英雄本然。白占了江山，猛起些宫殿。似吾侪⑥读尽万卷书，可有半块土么？那半部⑦上山河不见。（合）由天，那攀今吊古⑧也徒然，荒台古树寒烟。

（丑）小弟看兄气象言谈，似有无聊之叹。先祖昌黎公有云："不患有司之不明，只患文章之不精；不患有司之不公，只患经书之不通⑨。"老兄，还则怕工夫有不到处。（生）这话休提。比如我公公柳宗元，与你公公韩退之，他都是饱学才子，却也时运不济。你公公错题了《佛骨

---

① 受用：享受。
② 赵佗王：别称尉佗。原为秦朝将领，任南海尉，与任嚣南下攻打百越。秦末大乱时，赵佗割据岭南，建立南越国。见《史记·南越列传》。
③ 祖龙飞、鹿走中原：祖龙，特指秦始皇嬴政。飞，死。事见《史记·秦始皇本纪》。鹿走中原，指群雄并起，争夺天下。典出《史记·淮阴侯列传》："秦失其鹿，天下共逐之。"
④ 摩崖：本指把文字直接书刻在山崖石壁上称"摩崖"，这里指山崖高竿、地形险峻。
⑤ 称孤道寡：孤、寡，古代封建帝王自称"孤"或"寡人"。意为称帝称王。比喻自封为王，或以首脑自居。
⑥ 吾侪（chái）：我辈，我们这类人。语出《左传·宣公十一年》。
⑦ 半部：指半部《论语》。宋赵普曾说以半部《论语》帮助太祖打天下，以另外半部帮助太宗治理国家。典出宋罗大经《鹤林玉露》卷七。此处说读书无用。
⑧ 攀今吊古：犹言谈古论今。从今到古无所不谈，无不评论。
⑨ "不患有司"四句：语出韩愈《进学解》："诸生业患不能精，无患有司之不明；行患不能成，无患有司之不公。"作者略作改动，以显示书生迂腐。

表》,贬职潮阳。我公公则为在朝阳殿与王叔文丞相下棋子,惊了圣驾,直贬做柳州司马。都是边海烟瘴地方。那时两公一路而来,旅舍之中,两个挑灯细论。你公公说道:"宗元,宗元,我和你两人文章,三六九比势:我有《王泥水传》,你便有《梓人传》;我有《毛中书传》,你便有《郭驼子传》;我有《祭鳄鱼文》,你便有《捕蛇者说》。这也罢了。则我《进平淮西碑》,取奉取奉朝廷,你却又进个平淮西的雅。一篇一篇,你都放俺不过。恰如今贬窜烟方,也合着一处。岂非时乎,运乎,命乎!"韩兄,这长远的事休提了。假如俺和你论如常,难道便应这等寒落。因何俺公公造下一篇《乞巧文》,到俺二十八代元孙,再不曾乞得一些巧来?便是你公公立意做下《送穷文》,到老兄二十几辈了,还不曾送的个穷去?算来都则为时运二字所亏①。(丑)是也。春卿兄。

【前腔】你费家资制买书田②,怎知他卖向明时③不值钱。虽然如此,你看赵佗王当时,也是个秀才陆贾④,拜为奉使中大夫到此。赵佗王多少尊重他。他归朝燕⑤,黄金累千。那时汉高皇厌见读书之人,但有个带儒巾⑥的,都拿来

---

① "我公公"至"所亏"数句:这段属于剧作家虚构故事,非史实。三六九比势,谓旗鼓相当,势均力敌。《王泥水传》,即《圬者王承福传》,圬,泥瓦工人用的抹子。《毛中书传》,即《毛颖传》。取奉,趋奉,迎合奉承。烟方,瘴气雾气流行之地。

② 制买书田:即买书,因读书可以升官,买田可以收租,故有此说。书田,以耕田比喻读书。

③ 明时:政治清明的时代。

④ 陆贾:西汉政治家,善辩,曾出使南越,劝赵佗归汉,后被封为太中大夫。下文"黄金累千"是赵佗给他的赏赐。事见《史记·郦生陆贾列传》。

⑤ 燕:同"宴",宴饮。

⑥ 儒巾:是古时读书人所戴的一种头巾,借指读书人。

溺尿。这陆贾秀才，端然带了四方巾，深衣①大摆，去见汉高皇。那高皇望见，这又是个掉尿鳖子②的来了。便迎着陆贾骂道："你老子用马上得天下，何用诗书？"那陆生有趣，不多应他，只回他一句："陛下马上取天下，能以马上治之乎？"汉高皇听了，哑然一笑，说道："便依你说。不管什么文字，念了与寡人听之。"陆大夫不慌不忙，袖里出一卷文字，恰是平日灯窗下纂集的《新语》一十三篇③，高声奏上。那高皇才听了一篇，龙颜大喜。后来一篇一篇，都喝采称善。立封他做个关内侯。那一日好不气象④！休道汉高皇，便是那两班文武，见者皆呼万岁。**一言掷地，万岁喧天**⑤。（生叹介）则俺连篇累牍无人见。（合前）

（丑）再问春卿，在家何以为生？（生）寄食⑥园公。（丑）依小弟说，不如干谒⑦些须，可图前进。（生）你不知，今人少趣哩。（丑）老兄可知？有个钦差识宝中郎苗老先生，到是个知趣人。今秋任满，例于香山嶴⑧多宝寺中赛宝。那时一往何如？（生）领教。

应念愁中恨索居，段成式

青云器业俺全疏。李商隐

越王自指高台笑，皮日休

---

① 深衣：古代长袍之类的制服。上衣和下裳相连在一起，用不同色彩的布料作为边缘，其特点是使身体深藏不露，雍容典雅。
② 尿鳖子：尿壶。
③ 《新语》一十三篇：西汉陆贾作，共十二篇，记历代政治得失、成败存亡之事。剧中说它有一十三篇，为误记。
④ 好不气象：好不气派。
⑤ "那时汉高皇"至"万岁喧天"：事见《史记·郦生陆贾列传》，剧作家略作改动。
⑥ 寄食：依赖别人过日子。
⑦ 干谒：为某种目的而求见地位高的人。
⑧ 香山嶴：在今广东省中山市境内，是对外贸易港口，明代为洋商聚居之地。

刘项原来不读书①。章　碣

---

① 下场诗四句：应念愁中恨索居，语出唐段成式《送穆郎中赴阙》："应念愁中恨索居，鹂歌声里且踟蹰。"索居，孤独地散居一方。青云器业俺全疏，语出唐李商隐《和刘评事永乐闲居见寄》："白社幽闲君暂居，青云器业我全疏。"青云器业，比喻有做高官的才能。越王自指高台笑，语出唐皮日休《馆娃宫怀古五绝》："越王定指高台笑，却见当时金镂楣。"刘项原来不读书，语出唐章碣《焚书坑》："坑灰未冷山东乱，刘项元来不读书。"刘项，汉高祖刘邦和楚霸王项羽。

第七出　闺　塾

（末上）"吟余改抹前春句，饭后寻思午晌茶。蚁上案头沿砚水，蜂穿窗眼咂瓶花。"我陈最良杜衙设帐①，杜小姐家传《毛诗》②。极承老夫人管待③。今日早膳已过，我且把毛注潜玩④一遍。（念介）"关关雎鸠，在河之洲。窈窕淑女，君子好逑⑤。"好者好也，逑者求也。（看介）这早晚⑥了，还不见女学生进馆。却也娇养的凶。待我敲三声云板。（敲云板介）春香，请小姐解书。

【绕池游】（旦引贴捧书上）素妆⑦才罢，缓步书堂下。对净几明窗潇洒。（贴）《昔氏贤文》⑧，把人禁⑨杀，恁时节则好教鹦哥⑩唤茶。

---

① 设帐：指设馆教书，语出《后汉书·马融传》。
② 《毛诗》：即《毛诗故训传》，战国时毛亨著，是一部解释《诗经》的书。当时，鲁人申培、齐人辕固、燕人韩婴都传《诗》。但这三家先后亡佚，只有毛传留存，后来《毛诗》就成为《诗经》的代称。
③ 管待：照顾接待，用饭菜等招待。
④ 潜玩：深入玩味。
⑤ "关关雎鸠"四句：《诗经》的第一首诗《关雎》的头四句，用雌雄雎鸠的和鸣声来形容男女之间的爱情。关关，鸟类雌雄相和的鸣声。后亦泛指鸟鸣声。雎鸠，鸟名。上体暗褐，下体白色。好逑，好的配偶。
⑥ 早晚：时候。
⑦ 素妆：指淡妆。谓妇女装饰打扮淡雅不浓艳。
⑧ 《昔氏贤文》：即《增广贤文》，以格言编写成的一种押韵启蒙读物。
⑨ 禁：拘束。
⑩ 恁时节：这时候。鹦哥：鹦鹉。

（见介）（旦）先生万福，（贴）先生少怪。（末）凡为女子，鸡初鸣，咸盥、漱、栉、笄，问安于父母①。日出之后，各供其事。如今女学生以读书为事，须要早起。（旦）以后不敢了。（贴）知道了。今夜不睡，三更时分，请先生上书。（末）昨日上的《毛诗》，可温习？（旦）温习了。则待讲解。（末）你念来。（旦念书介）"关关雎鸠，在河之洲。窈窕淑女，君子好逑。"（末）听讲。"关关雎鸠"，雎鸠是个鸟，关关鸟声也。（贴）怎样声儿？（末作鸠声）（贴学鸠声诨②介）（末）此鸟性喜幽静，在河之洲。（贴）是了。不是昨日是前日，不是今年是去年，俺衙内关着个斑鸠儿，被小姐放去，一去去在何知州③家。（末）胡说，这是兴④。（贴）兴个甚的那？（末）兴者起也。起那下头窈窕淑女，是幽闲女子，有那等君子好好的来求他。（贴）为甚好好的求他？（末）多嘴哩。（旦）师父，依注解书，学生自会。但把《诗经》大意，敷演⑤一番。

【掉角儿】（末）论《六经》，《诗经》最葩⑥，闺门内许多风

---

① "凡为女子"四句：语出《礼记·内则》，是封建时期女子的生活守则。盥（guàn），浇水洗手，泛指洗。漱，含水荡洗口腔。栉（zhì），梳头。笄，插簪。

② 诨：打诨。指戏曲演出中的即兴说笑逗乐。

③ 知州：古代州的行政长官。与"河之洲"谐音，玩笑用。

④ 兴：即物起兴，是诗经的表现手法之一，就是借他物来引出此物的意思，相当于现在的象征修辞方法。风、雅、颂、赋、比、兴称为《诗》的六义。

⑤ 敷演：解释，讲解。

⑥ 论《六经》，《诗经》最葩：《六经》中，以《诗经》最有文采。《六经》指《诗》《书》《礼》《乐》《易》《春秋》六部儒家经典著作，其中《乐经》失传。葩，花，引申为华美有文采。

雅：有指证，姜嫄产哇①；不嫉妒，后妃贤达②。更有那咏鸡鸣，伤燕羽，泣江皋，思汉广③，洗净铅华④。有风有化⑤，宜室宜家⑥。（旦）这经文偌多？（末）《诗》三百⑦，一言以蔽之，没多些，只"无邪"两字，付与儿家⑧。

书讲了。春香取文房四宝来模字⑨。（贴下取上）纸、墨、笔、砚在此。（末）这甚么墨？（旦）丫头错拿了，这是螺子黛⑩，画眉的。（末）这甚么笔？（旦作笑介）这便是画眉细笔。（末）俺从不曾见。拿去，拿去！这是甚么纸？（旦）薛涛笺⑪。（末）拿去，拿去。只拿那蔡伦⑫造的

---

① 姜嫄产哇：古代传说，姜嫄，一作原，姜姓，有邰氏部落之女，帝喾之妻，周朝祖先后稷的母亲。传说她于郊野践巨人足迹怀孕生稷。事见《诗·大雅·生民》。哇，通"娃"。

② 不嫉妒，后妃贤达：朱熹注认为《诗·周南》中的《蓼木》《螽斯》等篇是写后妃贤达的美德。

③ 咏鸡鸣，伤燕羽，泣江皋，思汉广：指《诗经》中《鸡鸣》《燕燕》《江有汜》《汉广》四首描写女子美德的诗。

④ 洗净铅华：洗掉它文采外衣，归之于朴素。铅华，中国古代妇女用的化妆品。古代的妆粉里面会添加铅，所以铅华是妆粉。

⑤ 有风有化：即有教育意义。

⑥ 宜室宜家：意谓能和睦夫妻、家庭间的关系。语出《诗·周南·桃夭》。室，夫妻的住房。家，指整个家庭。

⑦ 《诗》三百：《诗经》有三百零五篇诗歌，三百是约数。语出《论语·为政》。

⑧ 儿家：你们。

⑨ 文房四宝：纸、墨、笔、砚。模字：临帖。

⑩ 螺子黛：即螺黛，是古代妇女用来画眉的一种青黑色矿物颜料。

⑪ 薛涛笺：薛涛设计的笺纸，是一种便于写诗，长宽适度的笺。薛涛，唐代四川名妓，善诗歌。

⑫ 蔡伦：东汉人，相传他发明了纸。事见《后汉书·蔡伦传》。

来。这是甚么砚？是一个是两个？（旦）鸳鸯砚。（末）许多眼①？（旦）泪眼②。（末）哭什么子？一发换了来。（贴背介）好个标老儿③！待换去。（下换上）这可好？（末看介）着。（旦）学生自会临书。春香还劳把笔④。（末）看你临。（旦写字介）（末看惊介）我从不曾见这样好字。这甚么格⑤？（旦）是卫夫人传下美女簪花之格⑥。（贴）待俺写个奴婢学夫人⑦。（旦）还早哩。（贴）先生，学生领出恭牌⑧。（下）（旦）敢问师母尊年？（末）目下平头⑨六十。（旦）学生待绣对鞋儿上寿，请个样儿。（末）生受了。依《孟子》上样儿，做个"不知足而为屦⑩"罢了。（旦）还不见春香来。（末）要唤他么？（末叫三度介）（贴上）害淋的。（旦作恼介）劣丫头那里来？（贴笑介）溺尿去来。原来有座大花园。花明柳绿，好耍子哩。（末）哎也，不攻书，花园去。待俺取荆条来。（贴）荆条做甚么？

---

① 眼：指砚眼，砚石经磨制后出现的天然石纹，因圆晕如眼，故称。各砚砚眼数量多少不一，有白、赤、黄等不同颜色。广东高要市端溪出产的砚中端砚砚眼较多。

② 泪眼：端砚的眼不很清澈明朗的叫泪眼。清澈明亮的叫活眼，没有光彩的叫死眼。

③ 标老儿：固执的土老儿。

④ 把笔：初学写字者，指导者把着手拿笔写字。

⑤ 格：范本、式样。

⑥ 美女簪花之格：形容书法娟秀。语出南朝梁袁昂《古今书评》。

⑦ 奴婢学夫人：意谓形似而神不似，学不像的意思。语出《说郛》卷二十三引《宾退录》。

⑧ 出恭牌：出恭，上厕所的雅称。从元代起，科举考场中设有"出恭""入敬"牌，以防士子擅离座位。士子入厕须先领此牌。

⑨ 平头：凡计数逢十，如十、百、千、万等不带零头，俗谓之齐头，刚好。

⑩ 不知足而为屦：屦，鞋子。不知道脚的大小就做鞋子。语出《孟子·告子》。这是讽刺陈最良书呆子气。

【前腔】女郎行①那里应文科判衙②？止不过识字儿书涂嫩鸦③。（起介）（末）古人读书，有囊萤的，趁月亮的④。（贴）待映月，耀蟾蜍⑤眼花；待囊萤，把虫蚁儿活支煞⑥。（末）悬梁、刺股⑦呢？（贴）比似⑧你悬了梁，损头发；刺了股，添疤疙⑨。有甚光华！（内叫卖花介）（贴）小姐，你听一声声卖花，把读书声差⑩。（末）又引逗小姐哩。待俺当真打一下。（末做打介）（贴闪介）你待打、打这哇哇，桃李门墙⑪，崄把负荆人唬煞⑫。

（贴抢荆条投地介）（旦）死丫头，唐突⑬了师父，快跪下。（贴跪介）（旦）师父看他初犯，容学生责认⑭一遭儿。

【前腔】手不许把秋千索拿，脚不许把花园路踏。（贴）则瞧罢。

---

① 女郎行：女儿家。行，用在人称词之后，有"家""辈"的意思。
② 应文科判衙：参加科考，考取后，可做官在衙堂办事。
③ 书涂嫩鸦：比喻书法拙劣或胡乱写作。
④ 趁月亮的：南齐江泌家贫点不起灯，晚上在月亮下读书。事见《南齐书·江泌传》。
⑤ 蟾蜍：指月亮，因传说月亮里有三条腿的蟾蜍故称。
⑥ 虫蚁儿活支煞：虫蚁儿，泛指昆虫，此处指萤火虫。活支煞，活活地弄死。
⑦ 刺股：战国时苏秦刻苦学习，瞌睡时，就用锥子往自己的大腿上刺一下。事见《战国策·秦策一》。
⑧ 比似：假若。
⑨ 疤疙：疤痕。下文"光华"，光彩。
⑩ 差：同"岔"，打扰。
⑪ 门墙：指老师之门。语出《论语·子张》。
⑫ 崄把负荆人唬煞：差点把有过错的人吓坏。崄，同险，当差一点讲。负荆人，身背荆条向人请罪的人，语出《史记·廉颇蔺相如列传》。
⑬ 唐突：冲撞、冒犯。
⑭ 责认：责备。

（旦）还嘴，这招风嘴，把香头来绰疤①；招花眼，把绣针儿签瞎②。（贴）瞎了中甚用？（旦）则要你守砚台，跟书案，伴"诗云"，陪"子曰"，没的争差③。（贴）争差些罢。（旦）挦④贴发介则问你几丝儿头发，几条背花⑤？敢也怕些些夫人堂上那些家法⑥。

（贴）再不敢了。（旦）可知道？（末）也罢，松这一遭儿⑦。起来。（贴起介）

【尾声】（末）女弟子则争个不求闻达⑧，和男学生一般儿教法。你们工课完了，方可回衙。咱和公相陪话去。（合）怎辜负的这一弄⑨明窗新绛纱。（下）

（贴作背后指末骂介）村⑩老牛，痴老狗，一些趣也不知。（旦作扯介）死丫头，"一日为师，终身为父"，他打不的你？俺且问你那花园在那里？（贴做不说）（旦做笑问介）（贴指介）兀那⑪不是！（旦）可有什么景致？（贴）景致么，有亭台六七座，秋千一两架。绕的流觞曲水⑫，

---

① "这招风嘴"二句：招风，招惹是非。绰，戳。
② "招花眼"二句：招花眼，贪看花草风景的眼。签，刺。
③ 没的争差：不要出差错。
④ 挦（xián）：扯，拔。
⑤ 背花：背上被鞭打后留下的伤痕。
⑥ 家法：古代家长责打子女、奴婢的用具，如皮鞭、棍棒等。
⑦ 松这一遭儿：饶了这一次。
⑧ 不求闻达：不追求名誉和地位。闻达，有名望，显达。
⑨ 一弄：一带、一派。
⑩ 村：粗野。
⑪ 兀那：指示代词。犹那，那个。可指人、地或事。多用于宋明时期。
⑫ 流觞曲水：觞，古代酒器。曲水，弯曲的水道。古代的风俗，夏历三月上旬的巳日，在水滨聚会宴饮，以祓除不祥。后泛指水边宴集。出自晋王羲之《兰亭集序》。古人每逢农历三月上巳日于弯曲的水渠旁集会，在上游放置酒杯，杯随水流，流到谁面前，谁就取杯把酒喝下，叫作流觞。

面着太湖山石①。名花异草，委实②华丽。（旦）原来有这等一个所在，且回衙去。

（旦）也曾飞絮谢家庭，李山甫

（贴）欲化西园蝶未成。张　泌

（旦）无限春愁莫相问，赵　嘏

（合）绿阴终借暂时行③。张　祜

---

①　太湖山石：用太湖石堆成的假山。太湖石，又名窟窿石、假山石，因盛产出于太湖地区而古今闻名，是一种玲珑剔透的观赏石头。
②　委实：实在、确实、的确。
③　下场诗四句：也曾飞絮谢家庭，语出唐李山甫《柳十首》："也曾飞絮谢家庭，从此风流别有名。"欲化西园蝶未成，语出唐张泌《春夕言怀》："幽窗谩结相思梦，欲化西园蝶未成。"无限春愁莫相问，语出唐赵嘏《寄远》："无限春愁莫相问，落花流水洞房深。"绿阴终借暂时行，语出唐张祜《扬州法云寺双桧》："纵使百年为上寿，绿阴终借暂时行。"终借，终须。

第八出　劝　农①

【夜游朝】(外引净扮皂隶,贴扮门子同上)何处行春②开五马?采邠风物候秾华③。竹宇闻鸠,朱幡引鹿④。且留憩甘棠之下。

〔古调笑〕"时节时节,过了春三二月⑤。乍晴膏雨⑥烟浓,太守春深劝农。农重农重,缓理征徭词讼。"俺南安府在江广之间,春事颇早。想俺为太守的,深居府堂,那远乡僻坞,有抛荒游懒的,何由得知?昨已分付该县置买花酒,待本府亲自劝农。想已齐备。(丑扮县吏上)"承行无令史,带办有农民⑦。"禀爷爷,劝农花酒,俱已齐备。(外)分付起行。近乡之处,不许多人啰唣⑧。(众应,喝道⑨起行介)(外)正是:"为乘

---

① 劝农:地方官在春天下乡鼓励并监督农民及时耕作。这是汉代以来地方官员的职责。
② 行春:谓官吏春日出巡,督促、鼓励农民耕作。
③ 采邠(bīn)风物候秾华:在百花盛开的时候外出劝农。邠风,即《豳风》。《诗·国风》之一,共七篇二十七章。其中《七月》篇为叙述西周时代奴隶从事农事生活的篇章。后人因以《邠风》借指农歌。
④ 朱幡引鹿:朱幡,红色的车障,此指太守的车子。引鹿,东汉淮阳太守郑弘外出劝农,有白鹿跟着他的车子走,有人说这是做宰相的好兆头。典出《后汉书·郑弘传》。
⑤ 春三二月:春天二三月间。
⑥ 膏雨:滋润作物的霖雨。
⑦ "承行"二句:县吏自夸直接秉承太守意旨办事,且有农民为他帮办。令史,官名。宋元以来官府中胥吏的通称。
⑧ 啰唣:即罗唣,吵闹。
⑨ 喝道:封建时代官员出门时,前面引路的差役喝令行人让路。

阳气行春令，不是闲游玩物华①。"（下）

【前腔】（生、末扮父老上）白发年来公事寡。听儿童笑语喧哗。太守巡游，春风满马。敢借着这务农宣化②？

俺等乃是南安府清乐乡中父老。恭喜本府杜太爷，管治三年，慈祥端正，弊绝风清。凡各村乡约保甲③，义仓社学④，无不举行。极是地方有福。现今亲自各乡劝农，不免官亭⑤伺候。那祗候⑥们扛抬花酒到来也。

【普贤歌】（丑、老旦扮公人，扛酒提花上）俺天生的快手⑦贼无过。衙舍里消消没的睃⑧，扛酒去前坡。（做跌介）几乎破了哥⑨，摔破了花花你赖不的我。

（生、末）列位祗候哥到来。（老旦、丑）便是这酒埕子⑩漏了，则怕酒少，烦老官儿遮盖些。（生、末）不妨。且抬过一边，村务⑪里嗑酒

---

① "为乘"二句：语出唐王维《奉和圣制从蓬莱向兴庆阁道中留春雨中春望之作应制》："为乘阳气行时令，不是宸游玩物华。"阳气，暖气，生长之气。古人常以阴阳解释季节变化，认为春天阴气终结，阳气上升。

② 宣化：宣扬教化。

③ 乡约保甲：乡约，指在乡里订立的共同遵守的规约。保甲，旧时代统治者通过户籍编制来统治人民的制度。若干家编作一甲，若干甲编作一保。保设保长，甲设甲长。以便统治者对人民实行层层管制。

④ 义仓社学：义仓，旧时各地储粮备荒的一种社会习俗。隋开皇五年（585）创立，是一种由国家组织、以赈灾自助为目的的民间储备。社学，元、明、清三代的地方小学。创立于元二十三年（1228）。

⑤ 官亭：古代供过往官吏食宿的处所。

⑥ 祗候：宋代职官名，元明亦指官府衙役。

⑦ 快手：即捕快，古代地方官府负责缉捕的衙役。

⑧ 睃：看。

⑨ 哥：语气词，呵、啊。

⑩ 酒埕子：酒罐。

⑪ 村务：乡村酒店。务，原是宋代的造酒、卖酒的机关，后成为宋元时的酒店代称。

去。(老旦、丑下)(生、末)地方①端正坐椅,太爷到来。(虚下②)

【排歌】(外引众上)红杏深花,菖蒲③浅芽。春畴渐暖年华。竹篱茅舍酒旗儿叉④。雨过炊烟一缕斜。(生、末接介)(合)提壶⑤叫,布谷⑥喳。行看几日免排衙⑦。休头踏,省喧哗⑧,怕惊他林外野人家。

(皂禀介)禀爷,到官亭。(生、末见介)(外)众父老,此为何乡何都⑨?(生、末)南安县第一都清乐乡。(外)待我一观。(望介)(外)美哉此乡,真个清而可乐也。〔长相思〕你看山也清,水也清,人在山阴道上行⑩。春云处处生。(生、末)正是。官也清,吏也清,村民无事到公庭。农歌三两声。(外)父老,知我春游之意乎?

【八声甘州】平原麦洒,翠波摇翦翦,绿畴如画。如酥嫩雨,

---

① 地方:甲长、地保。
② 虚下:戏剧术语。谓剧中人在幕前做下场的动作,此时人虽还在台上但观众感到他已下场。
③ 菖蒲:多年生草本植物,有香气,是中国传统文化中可防疫驱邪的灵草。
④ 叉:斜挂。
⑤ 提壶:鸟名。即鹈鹕,鸣叫声如"提壶",故名。
⑥ 布谷:候鸟名,出现在春天三至五月间,叫声特点是四声一度"布谷布谷,布谷布谷",故名。
⑦ 排衙:即官衙有仪式、典礼、公事,先布置好场面。主要是差吏和衙役站好位。
⑧ 头踏:古代官员出行时排在前面的仪仗队。省喧哗:免得吵吵闹闹。
⑨ 都:古代县级以下行政区域名。夏制,十邑为都。《广雅·释地》:"八家为邻,三邻为朋,三朋为里,五里为邑,十邑为都,十都为师,州有卜二师焉。"后世都乡并称。
⑩ 人在山阴道上行:语出《世说新语·言语》。山阴道上,指今绍兴西南郊沿途一带。这里以景物美而多著称。

清光绪十二年同文书局石印本《牡丹亭还魂记》图

绕塍①春色蘦苴②。趁江南土疏田脉佳。怕人户们抛荒力不加③。还怕,有那无头官事,误了你好生涯。

(生、末)以前昼有公差,夜有盗警。老爷到后呵,

【前腔】千村转岁华④。愚父老香盆⑤,儿童竹马⑥。阳春有脚⑦,经过百姓人家。月明无犬吠黄花,雨过有人耕绿野⑧。真个,村村雨露桑麻。

(内歌《泥滑喇》介)(外)前村田歌可听。

【孝白歌】(净扮田夫上)泥滑喇,脚支沙,短耙长犁滑律的拿⑨。夜雨撒菰麻,天晴出粪渣⑩,香风馣鲊⑪。(外)歌的好。"夜雨撒菰麻,天晴出粪渣,香风馣鲊",是说那粪臭。父老呵,他却不知这粪是香的。有诗

---

① 塍(chéng):田间的土埂子,小堤。
② 蘦苴(lǎzhǎ):衰谢,破烂。
③ 抛荒力不加:不出力耕作,将田地荒芜了。
④ 转岁华:百姓过好日子。岁华,时光、年华。
⑤ 香盆:焚香之盆。旧时百姓顶此盆焚香迎接官员的仪式,表示感谢和爱戴。
⑥ 儿童竹马:东汉郭伋任并州牧,问民疾苦,推举贤良,所过县邑,老幼相携迎送。"始至行部,到西河美稷,有童儿数百,各骑竹马,道次迎拜。"后以"儿童竹马"为称颂太守之辞。典出《后汉书·郭伋传》。
⑦ 阳春有脚:即有脚阳春,典出五代王仁裕《开元天宝遗事·有脚阳春》。唐朝宰相宋璟爱民恤物,时人称赞他像长了脚的春天,到处带来了温暖。后遂用"有脚阳春"等称颂官吏的德政。
⑧ "月明"二句:元明时期戏曲习惯用语。
⑨ "泥滑喇"三句:滑喇、滑律,滑溜。支沙,行走困难。
⑩ "夜雨"二句:菰,多年生草本植物,生在浅水里,嫩茎称"茭白",可做蔬菜;果实称"菰米",可煮食。全句意思是雨天下种,晴了施肥。
⑪ 馣鲊:即腌鲊,咸鱼,味臭。

为证:"焚香列鼎①奉君王,馔玉炊金②饱即妨。直到饥时闻饭过,龙涎③不及粪渣香。"与他插花赏酒。(净插花赏酒,笑介)好老爷,好酒。(合)**官里醉流霞④,风前笑插花,把农夫们俊煞⑤**。(下)

(门子禀介)一个小厮⑥唱的来也。

【前腔】(丑扮牧童拿笛上)**春鞭打,笛儿吵⑦,倒牛背斜阳闪暮鸦**。(笛指门子介)**他一样小腰报⑧,一般双髻鬌⑨,能骑大马**。(外)歌的好。怎生指着门子唱"一样小腰报,一般双髻鬌,能骑大马?"父老,他怎知骑牛的到稳。有诗为证:"常羡人间万户侯⑩,只知骑马胜骑牛。今朝马上看山色,争似骑牛得自由。"赏他酒,插花去。(丑插花饮酒介)(合)**官里醉流霞,风前笑插花,村童们俊煞**。(下)

(门子禀介)一对妇人歌的来也。

【前腔】(旦、老旦采桑上)**那桑阴下,柳篓儿搓⑪,顺手腰身鼽**

---

① 列鼎:谓陈列置有盛馔的鼎器。形容菜肴很多。鼎,古代烹煮用的器物,一般是三足两耳。
② 馔玉炊金:馔,饮食,吃。炊,烧火做饭。形容丰盛的菜肴。
③ 龙涎:即龙涎香,一种名贵的香料。
④ 流霞:传说中天上神仙的饮料。泛指美酒。
⑤ 俊煞:美死了。
⑥ 小厮:未成年的男性仆从。
⑦ 吵:象声词,吹奏。
⑧ 腰报:腰身。
⑨ 髻鬌:发髻。
⑩ 万户侯:食邑万户之侯,泛指高爵显位。
⑪ 搓:歪斜地背在身上。

一丫①。呀,什么官员在此?俺罗敷自有家,便秋胡怎认他,提金下马②?(外)歌的好。说与他,不是鲁国秋胡,不是秦家使君,是本府太爷劝农。见此勤勚采桑,可敬也。有诗为证:"一般桃李听笙歌,此地桑阴十亩多。不比世间闲草木,丝丝叶叶是绫罗。"领酒,插花去。(二旦背插花,饮酒介)(合)**官里醉流霞,风前笑插花,采桑人俊煞。**(下)

(门子禀介)又一对妇人唱的来也。

【前腔】(老旦、丑持筐采茶上)乘谷雨③,采新茶,一旗半枪金缕芽④。呀,什么官员在此?学士雪炊他⑤,书生困想他,竹烟新瓦⑥。(外)歌的好。说与他,不是邮亭学士⑦,不是阳羡书生⑧,是本府太爷劝农。看你妇

---

① 丫:丫杈,这里指桑枝。

② "俺罗敷"三句:罗敷是一个美貌的少妇。外出采桑,被一官员调戏,罗敷以"使君自有妇,罗敷自有夫"严词拒绝。见乐府诗《陌上桑》。秋胡,是古代另一传说故事的人物,他离家十年,当上鲁国的中大夫,回乡路上调戏一采桑妇,并用黄金诱惑,被拒绝,回家后才发现被调戏的采桑妇就是自己的妻子。见唐代《秋胡变文》、元杂剧《秋胡戏妻》。这是把两个故事混在一起了。

③ 谷雨:二十四节气之一。谷雨是"雨生百谷"的意思,每年4月20日前后为谷雨。谷雨之前所采茶,称为雨前。

④ 一旗半枪金缕芽:旗枪,绿茶名。由带顶芽的小叶制成。茶芽刚刚舒展成叶称旗,尚未舒展称枪,至二旗则老。金缕芽,上等茶。

⑤ 学士雪炊他:宋代学士陶谷取雪水烹茶,使茶水更美味。见《事文类聚》。他,指茶。

⑥ 竹烟新瓦:竹烟,竹林中的雾霭。此指燃竹烧茶时发出的烟气。瓦,指陶器,此指陶制茶壶。

⑦ 邮亭学士:指宋代陶谷。陶谷出使南唐时,在邮亭爱上一名妓女秦若兰。见《宋人轶事汇编》卷四引《玉壶清话》。

⑧ 阳羡书生:这里指轻薄的书生。典出南朝吴均《续齐谐记》中"鹅笼书生"的故事。阳羡人许彦路上遇见一名书生,书生自云脚痛不能走路,请寄在许彦的鹅笼里带他走。走了一会儿,书生从口里吐出一美女,和他一起喝酒。阳羡,今江苏宜兴市,所产茶自古享有盛名。

女们采桑采茶,胜如采花。有诗为证:"只因天上少茶星,地下先开百草精①。闲煞女郎贪斗草②,风光不似斗茶③清。"领了酒,插花去。(老旦、丑插花,饮酒介)(合)官里醉流霞,风前笑插花,采茶人俊煞。(下)

（生、末跪介）禀老爷,众父老茶饭伺候。(外)不消。余花余酒,父老们领去,给散小乡村,也见官府劝农之意。叫祗候们起马。(生、末做攀留不许介)(起叫介)村中男妇领了花赏了酒的,都来送太爷。

【清江引】（前各众插花上）黄堂春游韵潇洒,身骑五花马④。村务里有光华,花酒藏风雅。男女们请了,你德政碑随路打⑤。(下)

闾阎缭绕接山巅,杜　甫

春草青青万顷田。张　继

日暮不辞停五马,羊士谔

桃花红近竹林边⑥。薛　能

---

① 百草精:指茶。语出唐齐己《咏茶十二韵》:"百草让为灵,功先百草成。"

② 斗草:称斗百草,古代流行在女孩子中的一种游戏,属于端午民俗。比赛双方先各自采摘具有一定韧性的草,然后相互交叉成"十"字状并各自用劲拉扯,以不断者为胜。

③ 斗茶:古代一种比茶好坏的游戏。

④ 五花马:毛色呈现五花色纹的马,指珍贵的马。

⑤ 你德政碑随路打:德政碑,古代为颂扬官吏政绩而立的碑石。随路打,指所到之处,都有百姓称颂。

⑥ 下场诗四句:闾阎缭绕接山巅,语出唐杜甫《夔州歌十绝句》:"赤甲白盐俱刺天,闾阎缭绕接山巅。"闾阎,此指百姓。春草青青万顷田,语出唐张继《阊门即事》:"耕夫召募逐楼船,春草青青万顷田。"日暮不辞停五马,语出唐羊士谔《野望二首》:"日暮不辞停五马,鸳鸯飞去绿江空。"桃花红近竹林边,语出唐薛能《宋氏林亭》:"地湿莎青雨后天,桃花红近竹林边。"

第九出　肃　苑①

【一江风】（贴上）小春香，一种②在人奴上，画阁里从娇养。侍娘行③，弄粉调朱，贴翠拈花，惯向妆台傍。陪他理绣床，陪他烧夜香。小苗条④吃的是夫人杖。

"花面⑤丫头十三四，春来绰约⑥省人事。终须等着个助情花⑦，处处相随步步觑。"俺春香日夜跟随小姐。看他名为国色，实守家声。嫩脸娇羞，老成尊重。只因老爷延师教授，读到《毛诗》第一章："窈窕淑女，君子好逑。"悄然废书而叹曰："圣人之情，尽见于此矣。今古同怀，岂不然乎？"春香因而进言："小姐读书困闷，怎生消遣则个⑧？"小姐一会沈吟⑨，逡巡而起。便问道："春香，你教我怎生消遣那⑩？"俺便应道："小姐，也没个甚法儿，后花园走走罢。"小姐说："死丫头，老爷闻

---

① 肃苑：打扫花园。肃，整肃，打扫。苑，泛指一般园林。
② 一种：一样，同样。
③ 娘行：娘儿们。行，排行。
④ 小苗条：此指春香。苗条，形容身材纤细。
⑤ 花面：古代妇女以花纹饰面，称"花面"。古代不少诗词都提到这种化妆。
⑥ 绰约：形容女子姿态柔美的样子，借指美女。
⑦ 助情花：据传是安禄山献给唐玄宗的一种春药。事见《开元天宝遗事》。此喻指爱人。
⑧ 则个：语气词，用在句末，本身无意义。
⑨ 沈吟：亦作"沉吟"。深思。
⑩ 那：哪。

知怎好?"春香应说:"老爷下乡,有几日了。"小姐低回①不语者久之,方才取过历书选看。说明日不佳,后日欠好,除大后日,是个小游神②吉期。预唤花郎,扫清花径。我一时应了,则怕老夫人知道。却也由他。且自叫那小花郎分付去。呀,回廊那厢,陈师父来了。正是:"年光③到处皆堪赏,说与痴翁总不知。"

【前腔】(末上)老书堂,暂借扶风帐④。日暖钩帘荡。呀,那回廊,小立双鬟⑤,似语无言,近看如何相?是春香,问你恩官在那厢?夫人在那厢?女书生怎不把书来上?

(贴)原来是陈师父。俺小姐这几日没工夫上书。(末)为甚?(贴)听呵,

【前腔】甚年光!忒煞通明相⑥,所事关情况。(末)有甚么情况?(贴)老师父还不知,老爷怪你哩。(末)何事?(贴)说你讲《毛诗》,毛的忒精⑦了。小姐呵,为诗章,讲动情肠。(末)则讲了个"关关雎鸠"。(贴)故此了。小姐说,关了的雎鸠,尚然有洲渚之兴,可以人而不如鸟乎!书要埋头,那景致则抬头望。如今分付,明后日游后花园。(末)为甚去游?(贴)他平白地为春伤。因春去的忙,后花园要把春愁漾⑧。

---

① 低回:也作低徊,徘徊。
② 小游神:传说中的吉神。小游神当值,适宜外出游玩。
③ 年光:春光。
④ 扶风帐:东汉马融,扶风茂陵人。常坐高堂,施帐,授生徒。后因以扶风帐指讲学、教书。
⑤ 双鬟:古代年轻女子的一种发式,即两个环形发髻。借指少女,此指春香。
⑥ 忒煞通明相:忒,太。通明相,聪明的模样儿。
⑦ 精:原意为深透,这里意为太奇怪了,带有讽刺。
⑧ 春愁漾:把春愁排遣。漾,抛弃,排遣。

清光绪十二年同文书局石印本《牡丹亭还魂记》图

（末）一发不该了。

【前腔】论娘行，出入人观望，步起须屏障①。春香，你师父靠天也六十来岁，从不晓得伤个春，从不曾游个花园。（贴）为甚？（末）你不知。孟夫子说的好，圣人千言万语，则要人"收其放心②"。但如常，着甚春伤？要甚春游？你放春归，怎把心儿放？小姐既不上书，我且告归几日。春香呵，你寻常③到讲堂，时常向琐窗④，怕燕泥香点浣⑤在琴书上。

我去了。"绣户⑥女郎闲斗草，下帷老子不窥园⑦。"（下）（贴吊场⑧）且喜陈师父去了。叫花郎在么？（叫介）花郎！

【普贤歌】（丑扮小花郎醉上）一生花里小随衙⑨，偷去街头学卖花。令史们将我揸⑩，祗候们将我搭，狠烧刀⑪、险把我嫩盘肠生灌杀。

（见介）春姐在此。（贴）好打。私出衙前骗酒，这几日菜也不送。

---

① 出入人观望，步起须屏障：女子出外，为了不使人看见，要把脸孔遮住。步起，出门。屏障，用来遮挡的布帛。
② 收其放心：战国时思想家孟轲认为做学问就是把善良的本性找回来。事见《孟子·告子》。此处陈最良认为做学问是要把放荡的心思重新收回来。
③ 寻常：平常。
④ 琐窗：雕刻或绘有连环形花纹之窗。此指书房。
⑤ 点浣（wò）：犹点污。
⑥ 绣户：华丽的居室，多指女子的住所。
⑦ 下帷老子不窥园：汉代学者董仲舒在帷帐内专心治学，三年不去园圃。事见《汉书·董仲舒传》。
⑧ 吊场：戏剧术语，指一出戏的结尾，其他演员都已下场，留下一二人念下场诗；或一出戏中一个场面结束，由某一演员说几句说白，转到另一个场面。这里陈最良念下场诗下，表示这一场次结束，春香的几句说白，表示另一场次开始。
⑨ 随衙：随班。也泛指跟随、侍候。
⑩ 揸：抓。下文搭，也是抓的意思。
⑪ 烧刀：亦称"烧刀子"。即烧酒。

（丑）有菜夫。（贴）水也不枧①。（丑）有水夫。（贴）花也不送。（丑）每早送花，夫人一分，小姐一分。（贴）还有一分哩？（丑）这该打。（贴）你叫什么名字？（丑）花郎。（贴）你把花郎的意思，诌个曲儿俺听。诌的好，饶打。（丑）使得。

【梨花儿】小花郎看尽了花成浪，则春姐花沁的水洸浪②。和你这日高头偷眼哏③，嗏，好花枝干鳖了作么朗④！

（贴）待俺还你也哥。

【前腔】小花郎做尽花儿浪，小郎当夹细的大当郎？（丑）哎哟。（贴）俺待到老爷回时说一浪⑤，（采丑发介）嗏，敢几个小榔头把你分的朗⑥。

（丑倒介）罢了，姐姐为甚事光降小园？（贴）小姐大后日来瞧花园，好些扫除花径。（丑）知道了。

东郊风物正薰馨，崔日用

应喜家山接女星。陈　陶

莫遣儿童触红粉，韦应物

---

① 枧：引水的竹、木管子。此指送水。
② 则春姐花沁的水洸浪：意思是说春香姐像花一样，其香气把人弄得昏头转向。沁，渗入，一般指香气。水洸浪，原意形容水波流动的样子，这里形容神魂飘荡。
③ 偷眼哏：这里暗指偷情。
④ "好花枝"句：都是偷欢的双关秽语。
⑤ 说一浪：说一下、说一番。
⑥ 敢几个小榔头把你分的朗：怕只要几下棒槌就把你打成两截。榔头，棒槌。

便教莺语太丁宁①。杜　甫

---

①　下场诗四句：东郊风物正薰馨，语出唐崔日用《奉和圣制春日幸望春宫应制》："东郊风物正薰馨，素浐凫鹥戏绿汀。"薰馨，花草的芳香。应喜家山接女星，语出唐陈陶《投赠福建路罗中丞》诗："未闻建水窥龙剑，应喜家山接女星。"女星，二十八宿之一，主扬州。莫遣儿童触红粉，语出唐韦应物《将往滁城恋新竹简崔都水示端》诗："莫遣儿童触琼粉，留待幽人回日看。"意思是不要让小儿女懂得男女之事。便教莺语太丁宁，语出唐杜甫《绝句漫兴九首》："即遣花开深造次，便觉莺语太丁宁。"意思是懂事后，言语之间就太多情了。

第十出　惊　梦

【绕池游】（旦上）梦回莺啭，乱煞年光遍①。人立小庭深院。（贴）炷尽沉烟②，抛残绣线，恁今春关情似去年？

〔乌夜啼〕"（旦）晓来望断梅关③，宿妆④残。（贴）你侧著宜春髻子⑤恰凭阑。（旦）剪不断，理还乱⑥，闷无端。（贴）已分付催花莺燕借春看。"（旦）春香，可曾叫人扫除花径？（贴）分付了。（旦）取镜台衣服来。（贴取镜台衣服上）"云髻罢梳还对镜，罗衣欲换更添香⑦。"镜台衣服在此。

【步步娇】（旦）袅晴丝⑧吹来闲庭院，摇漾春如线。停半晌、整

---

① 乱煞年光遍：到处都是缭乱的春光。年光，春光。
② 炷尽沉烟：沉香已燃尽。沉烟，沉香，一种名贵香料。
③ 梅关：古关名。即大庾岭，宋代设关，为广东、江西省交通要道。本剧故事发生地南安府，在梅关北面。
④ 宿妆：是指旧妆、残妆。
⑤ 宜春髻子：古代春日妇女所梳的髻。妇女剪彩绸成燕子形，戴在髻上，将"宜春"字样贴上，故名。
⑥ 剪不断，理还乱：语出南唐李煜《相见欢》词。描写了杜丽娘内心压抑的苦闷状态。
⑦ "云髻罢梳还对镜"两句：语出唐薛逢诗《宫词》。
⑧ 晴丝：是指虫类所吐的、在空中飘荡的游丝。

花钿①。没揣菱花,偷人半面,迤逗的彩云偏②。(行介)步香闺怎便把全身现!(贴)今日穿插的好。

【醉扶归】(旦)你道翠生生出落的裙衫儿茜,艳晶晶花簪八宝填,可知我常一生儿爱好是天然③。恰三春好处④无人见。不堤防沉鱼落雁⑤鸟惊喧,则怕的羞花闭月花愁颤。

(贴)早茶时了,请行。(行介)你看:"画廊金粉半零星,池馆苍苔一片青。踏草怕泥⑥新绣袜,惜花疼煞小金铃⑦。"(旦)不到园林,怎知春色如许!

【皂罗袍】原来姹紫嫣红⑧开遍,似这般都付与断井颓垣。良辰美景奈何天,赏心乐事谁家院⑨!恁般景致,我老爷和奶奶再不提起。(合)

---

① 花钿(diàn):是古时妇女脸上的一种花饰。花钿有红、绿、黄三种颜色,以红色为最多,以金、银制成花形,蔽于脸上,是唐代比较流行的一种首饰。

② "没揣"三句:镜子照见了丽娘的半边脸,羞得她把发卷都弄歪了。没揣,犹言不意,没料到。菱花,指菱花镜。亦泛指镜。古时铜镜背面常铸花纹一般为菱花,因此称菱花镜。迤逗(tuōdòu),可写作拖逗,挑逗、引诱。彩云,形容女子美丽的发卷。

③ "你道翠生生"三句:描述杜丽娘打扮得非常漂亮。翠生生,形容色彩鲜艳。出落的,显出、衬托出。茜,深红色。艳晶晶,形容簪子光彩闪耀。花簪八宝填,镶嵌着各种宝石的簪子。爱好,爱美。天然,天性使然。

④ 三春好处:比喻青春美貌。

⑤ 沉鱼落雁:鱼见之沉入水底,雁见之降落沙洲。形容女子容貌美丽。下文羞花闭月,同。

⑥ 泥:玷污。

⑦ 惜花疼煞小金铃:典出《开元天宝遗事》,唐天宝年间,宁王爱花,春天花开季节,就用红丝将金铃系在花枝上,有鸟鹊飞来,就拉动金铃驱散鸟鹊。疼煞,痛极,指因惜花驱鸟常常掣铃,连小金铃都被拉疼了。

⑧ 姹紫嫣红:姹、嫣,娇艳。形容各种花朵娇艳美丽。

⑨ "良辰美景"二句:语出南朝谢灵运《拟魏太子邺中集诗序》:"天下良辰美景,赏心乐事,四者难并。"谁家,那里。

朝飞暮卷①，云霞翠轩；雨丝风片，烟波画船——锦屏人忒看的这韶光贱②！

（贴）是③花都放了，那牡丹还早。

【好姐姐】（旦）遍青山啼红了杜鹃④，荼䕷⑤外烟丝醉软。春香呵，牡丹虽好，他春归怎占的先⑥！（贴）成对儿莺燕呵。（合）闲凝眄⑦，生生燕语明如翦，呖呖莺歌溜的圆。

（旦）去罢。（贴）这园子委是观之不足⑧也。（旦）提他怎的！（行介）

【隔尾】观之不足由他缱⑨，便赏遍了十二亭台是枉然。到不如兴尽回家闲过遣。

（作到介）（贴）"开我西阁门，展我东阁床⑩。瓶插映山紫⑪，炉添沉水香。"小姐，你歇息片时，俺瞧老夫人去也。（下）（旦叹介）"默地

---

① 朝飞暮卷：语出唐王勃《滕王阁诗》："画栋朝飞南浦云，珠帘暮卷西山雨。"形容轩阁的高大。

② 锦屏人忒看的这韶光贱：锦屏人，指闺中女郎，亦指富家女子。忒，太。韶光，春光。

③ 是：凡是、所有的。

④ 啼红了杜鹃：开遍了红色的杜鹃花。从杜鹃泣血传说联想起来的。传说杜鹃昼夜悲鸣，啼至血出乃止。

⑤ 荼䕷（túmí）：又称酴醾、荼縻、荼蘼。落叶灌木，在春末夏初开花，花白色，有香味。

⑥ "牡丹虽好"二句：牡丹虽然为花中之王，春尽时也和群花一起凋谢。

⑦ 凝眄（miǎn）：凝视。

⑧ 观之不足：看不厌。

⑨ 缱：留恋、缠绵。

⑩ 开我西阁门，展我东阁床：语出南北朝《木兰诗》："开我东阁门，坐我西阁床。"

⑪ 映山紫：映山红的一种，杜鹃花目，色红紫，故称。

清光绪十二年同文书局石印本《牡丹亭还魂记》图

游春转,小试宜春面。"春呵,得和你两留连,春去如何遣?咳,恁般天气,好困人也。春香那里?(作左右瞧介)(又低首沉吟介)天呵,春色恼人,信有之乎!常观诗词乐府,古之女子,因春感情,遇秋成恨,诚不谬矣。吾今年已二八,未逢折桂之夫;忽慕春情,怎得蟾宫之客?昔日韩夫人得遇于郎①,张生偶逢崔氏②,曾有《题红记》《崔徽传》二书。此佳人才子,前以密约偷期③,后皆得成秦晋④。(长叹介)吾生于宦族,长在名门。年已及笄⑤,不得早成佳配,诚为虚度青春。光阴如过隙耳。(泪介)可惜妾身颜色如花,岂料命如一叶乎⑥!

【山坡羊】没乱里⑦春情难遣,蓦地里怀人幽怨。则为俺生小婵娟⑧,拣名门一例、一例里神仙眷。甚良缘,把青春抛的远!俺的睡情谁见?则索因循腼腆⑨。想幽梦谁边,和春光暗流传?迁延,这衷怀那处言!淹煎,泼残生⑩,除问天!

---

① 韩夫人得遇于郎:明代王骥德编写唐人传奇故事《题红记》。描写唐僖宗时,宫女韩氏与于祐以红叶题诗,结成夫妻的故事。
② 张生偶逢崔氏:唐元稹编写传奇故事《莺莺传》,元王实甫改编成杂剧《西厢记》,是张生和崔莺莺的爱情故事。《崔徽传》疑为《莺莺传》之误。《崔徽传》亦为唐代传奇故事,写崔徽与裴敬中的恋爱故事,与上文所述崔张故事无关。
③ 偷期:偷情、幽会。
④ 得成秦晋:结为夫妇。原指春秋时秦、晋两国世通婚姻,后泛称两姓之联姻。
⑤ 及笄:笄,发簪。女子年满十五以笄束发,表示已到出嫁的年龄。语出《礼记·内则》。
⑥ "岂料命如一叶"句:语出金元好问《鹧鸪天·妾薄命》:"颜色如花画不成,命如叶薄可怜生"。
⑦ 没乱里:形容心烦意乱,宋元方言俗语。
⑧ 婵娟:形容姿态曼妙优雅。也可指美女、美人。
⑨ 腼腆:害羞。上文则索,只得。
⑩ 淹煎,泼残生:淹煎,受煎熬。泼残生,苦命人。泼,表示厌恶。

身子困乏了，且自隐几①而眠。（睡介）（梦生介）（生持柳枝上）"莺逢日暖歌声滑，人遇风情笑口开。一径落花随水入，今朝阮肇到天台②。"小生顺路儿跟着杜小姐回来，怎生不见？（回看介）呀，小姐，小姐！（旦作惊起介）（相见介）（生）小生那一处不寻访小姐来，却在这里！（旦作斜视不语介）（生）恰好花园内，折取垂柳半枝。姐姐，你既淹通书史，可作诗以赏此柳枝乎？（旦作惊喜，欲言又止介）（背想）这生素昧平生，何因到此？（生笑介）小姐，咱爱杀你哩！

【山桃红】则为你如花美眷，似水流年，是答儿③闲寻遍。在幽闺自怜。小姐，和你那答儿讲话去。（旦作含笑不行）（生作牵衣介）（旦低问）那边去？（生）转过这芍药栏前，紧靠着湖山石边。（旦低问）秀才，去怎的？（生低答）和你把领扣松，衣带宽，袖梢儿揾着牙儿苫④也，则待你忍耐温存一晌⑤眠。（旦作羞）（生前抱）（旦推介）（合）是那处曾相见，相看俨然，早难道⑥这好处相逢无一言？

（生强抱旦下）（末扮花神束发冠，红衣插花上）"催花御史⑦惜花天，检点春工又一年。蘸客伤心红雨下⑧，勾人悬梦采云边。"吾乃掌管南安府后花园花神是也。因杜知府小姐丽娘，与柳梦梅秀才，后日有姻缘

---

① 隐几：靠着几案。
② 阮肇到天台：见到爱人。指东汉刘晨和阮肇到天台山采药，遇到二位仙女，结为夫妻的故事。事见南朝宋刘义庆《幽明录》。
③ 是答儿：到处。下文，那答儿，那里、那边。
④ 苫（shàn）：用席、布等遮盖。
⑤ 一晌：一会儿。
⑥ 早难道：难道。
⑦ 催花御史：相传唐代宫中设有惜花御史。语出《说郛》卷二十七《云仙散录》引《玉尘集》。
⑧ 蘸客伤心红雨下：蘸，沾。红雨，喻指落花。

之分。杜小姐游春感伤，致使柳秀才入梦。咱花神专掌惜玉怜香，竟来保护他，要他云雨十分欢幸也。

【鲍老催】（末）单则是**混阳烝变**，看他似虫儿般蠢动把风情扇。一般儿娇凝翠绽魂儿颤①。这是景上缘，想内成，因中见②。呀，淫邪展污③了花台殿。咱待拈片落花儿惊醒他。（向鬼门④丢花介）他**梦酣春透了怎留连**？拈花闪碎的红如片。

秀才才到的半梦儿；梦毕之时，好送杜小姐仍归香阁。吾神去也。（下）

【山桃红】（生、旦携手上）（生）这一霎天留人便，草籍花眠。小姐可好？（旦低头介）（生）则把云鬟点，红松翠偏。小姐休忘了呵，见了你**紧相偎，慢厮连**，恨不得肉儿般团成片也，逗的个日下胭脂雨上鲜。（旦）秀才，你可去呵？（合）是那处曾相见，相看俨然，早难道这好处相逢无一言？

（生）姐姐，你身子乏了，将息，将息。（送旦依前作睡介）（轻拍旦介）姐姐，俺去了。（作回顾介）姐姐，你可十分将息，我再来瞧你那。"行来春色三分雨，睡去巫山一片云。"（下）（旦作惊醒，低叫介）秀才，秀才，你去了也？（又作痴睡介）（老旦上）"夫婿坐黄堂，娇娃立绣窗。怪他裙衩上，花鸟绣双双。"孩儿，孩儿，你为甚瞌睡在此？（旦作醒，

---

① "单则是混阳烝变"三句：幽会情景。混阳烝变，指天地变化。烝，众多。

② "这是景上缘"三句：意为杜柳这段梦幻中情缘，是前世安排好的，命中注定会实现的。景，影。见，现。佛家认为一切事物都由因缘而成。

③ 展污：弄脏、沾污。

④ 鬼门：即鬼门道，一作古门道。旧时称戏曲舞台上的上场门和下场门。因由此出入者皆是已死之古人，故名。

叫秀才介）咳也。（老旦）孩儿怎的来？（旦作惊起介）奶奶到此！（老旦）我儿，何不做些针指，或观玩书史，舒展情怀？因何昼寝于此？（旦）孩儿适在花园中闲玩，忽值春暄恼人，故此回房。无可消遣，不觉困倦少息。有失迎接，望母亲恕儿之罪。（老旦）孩儿，这后花园中冷静，少去闲行。（旦）领母亲严命。（老旦）孩儿，学堂看书去。（旦）先生不在，且自消停①。（老旦叹介）女孩儿长成，自有许多情态，且自由他。正是："宛转随儿女，辛勤做老娘。"（下）（旦长叹介）（看老旦下介）哎也，天那，今日杜丽娘有些侥幸也。偶到后花园中，百花开遍，睹景伤情。没兴而回，昼眠香阁。忽见一生，年可弱冠②，丰姿俊妍。于园中折得柳丝一枝，笑对奴家说："姐姐既淹通书史，何不将柳枝题赏一篇？"那时待要应他一声，心中自忖，素昧平生，不知名姓，何得轻与交言。正如此想间，只见那生向前说了几句伤心话儿，将奴搂抱去牡丹亭畔，芍药阑边，共成云雨之欢。两情和合，真个是千般爱惜，万种温存。欢毕之时，又送我睡眠，几声"将息"。正待自送那生出门，忽值母亲来到，唤醒将来。我一身冷汗，乃是南柯一梦③。忙身参礼母亲，又被母亲絮了许多闲话。奴家口虽无言答应，心内思想梦中之事，何曾放怀。行坐不宁，自觉如有所失。娘呵，你教我学堂看书去，知他看那一种书消闷也。（作掩泪介）

---

① 消停：休息。

② 弱冠：古代男子二十岁行冠礼，表示已经成人，但体还未壮，所以称弱冠。后世泛指男子二十左右的年纪。语出《礼记·曲礼》。冠，帽子。

③ 南柯一梦：唐李公佐传奇故事《南柯太守传》，淳于棼与友人饮于古槐树下，醉后梦见被大槐安国招为驸马，出任南柯太守，享尽荣华富贵。醒来发现槐安国是大槐树下的一个蚁穴，南柯郡是南面树枝上另一个蚁穴。事见《太平广记》卷四七五。后以南柯借指梦幻。

【绵搭絮】雨香云片①,才到梦儿边。无奈高堂,唤醒纱窗睡不便。泼新鲜冷汗粘煎,闪的俺心悠步嚲②,意软鬟偏。不争多③费尽神情,坐起谁忺④?则待去眠。

(贴上)"晚妆销粉印,春润费香篝⑤。"小姐,薰了被窝睡罢。

【尾声】(旦)困春心游赏倦,也不索香薰绣被眠。天呵,有心情那梦儿还去不远。

春望逍遥出画堂, 张　说

间梅遮柳不胜芳。 罗　隐

可知刘阮逢人处? 许　浑

回首东风一断肠⑥。 韦　庄

---

① 雨香云片:云雨,男女幽会。
② 心悠步嚲(duǒ):心神不定,脚步不动。
③ 不争多:差不多,几乎。
④ 忺(xiān):高兴、适意。
⑤ 香篝:即薰笼,薰香用。
⑥ 下场诗四句:春望逍遥出画堂,语出唐张说《奉和圣制春日出苑应制》:"禁林艳裔发青阳,春望逍遥出画堂。"间梅遮柳不胜芳,语出唐罗隐《桃花》:"暖触衣襟漠漠香,间梅遮柳不胜芳。"可知刘阮逢人处,语出唐许浑《早发天台中岩寺度关岭次天姥岑》:"可知刘阮逢人处,行尽深山又是山。"回首东风一断肠,语出唐韦庄《思归》:"暖丝无力自悠扬,牵引东风断客肠。"

第十一出　慈　戒

（老旦上）"昨日胜今日，今年老去年。可怜小儿女①，长自绣窗前。"几日不到女孩儿房中，午晌去瞧他，只见情思无聊，独眠香阁。问知他在后花园回，身子困倦。他年幼不知：凡少年女子，最不宜艳妆戏游空冷无人之处。这都是春香贱材逗引他。春香那里？（贴上）"闺中图一睡，堂上有千呼。"奶奶，怎夜分时节，还未安寝？（老旦）小姐在那里？（贴）陪过夫人到香阁中，自言自语，淹淹②春睡去了。敢在做梦也。（老旦）你这贱材，引逗小姐后花园去。倘有疏虞③，怎生是了！（贴）以后再不敢了。（老旦）听俺分付：

【征胡兵】女孩儿只合香闺坐，拈花剪朵。问绣窗针指如何？逗工夫一线多④。更昼长闲不过，琴书外自有好腾那⑤。去花园怎么？

（贴）花园好景。（老旦）丫头，不说你不知：

【前腔】后花园窣静⑥无边阔，亭台半倒落。便我中年人要去时节，尚

---

① 可怜小儿女：可怜，可爱。语出杜甫《月夜》："遥怜小儿女，未解忆长安。"
② 淹淹：昏昏沉沉。
③ 疏虞：疏忽，失误。
④ 逗工夫一线多：日子长了，可多做一些针线活。一线，刺绣时用一根线的时间。
⑤ 腾那：亦作"腾挪"，活动、翻腾，此处当消遣意思。那，同"挪"。
⑥ 窣静：幽寂，寂静。

兀自里打个磨陀①。女儿家甚做作？星辰高②犹自可。（贴）不高怎的？（老旦唱）厮撞著，有甚不著科③，教娘怎么？

  小姐不曾晚餐，早饭要早。你说与他。

  （老）风雨林中有鬼神，苏广文

  （贴）寂寥未是采花人。郑　谷

  （老）素娥毕竟难防备，段成式

  （贴）似有微词动绛唇④。唐彦谦

---

 ①　"尚兀自"句：尚兀自，犹自、尚且。磨陀，盘算。
 ②　星辰高：命好，吉星高照。
 ③　有甚不著科：出了什么意外。
 ④　下场诗四句：风雨林中有鬼神，语出唐苏广文《自商山宿隐居》："烟霞洞里无鸡犬，风雨林中有鬼神。"寂寥未是采花人，语出唐郑谷《蜀中春日》："和暖又逢挑菜日，寂寥未是探花人。"素娥毕竟难防备，语出唐段成式《嘲元中丞》："素娥毕竟难防备，烧得河车莫遣尝。"素娥，嫦娥，此指杜丽娘。似有微词动绛唇，语出唐唐彦谦《绯桃》诗："敢同俗态期青眼，似有微词动绛唇。"微词，婉转的责备、规劝。

牡丹亭 | 71

清光绪十二年同文书局石印本《牡丹亭还魂记》图

第十二出　寻　梦

【夜游宫】（贴上）腻脸朝云罢盥，倒犀簪斜插双鬟。侍香闺起早，睡意阑珊①：衣桁②前，妆阁③畔，画屏④间。

伏侍千金小姐，丫鬟一位春香。请过猫儿师父，不许老鼠放光。侥幸《毛诗》感动，小姐吉日时良。拖带春香遣闷，后花园里游芳。谁知小姐瞌睡，恰遇着夫人问当⑤。絮了小姐一会，要与春香一场⑥。春香无言知罪，以后劝止娘行⑦。夫人还是不放，少不得发咒禁当⑧。（内介）春香姐，发个甚咒来？（贴）敢再跟娘胡撞，教春香即世里不见儿郎⑨。虽然一时抵对，乌鸦管的凤凰？一夜小姐焦躁，起来促水朝妆。由他自言自语，日高花影纱窗。（内介）快请小姐早膳。（贴）"报道官厨饭熟，且去传递茶汤。"（下）

【月儿高】（旦上）几曲屏山展，残眉黛深浅。为甚衾儿里不住的柔肠转？这憔悴非关爱月眠迟倦，可为惜花，朝起庭院？

---

① 阑珊：衰减，消沉。此处是未消的意思。
② 衣桁（héng）：衣架，挂衣服的横木。
③ 妆阁：妇女的居室。
④ 画屏：有画饰的屏风。
⑤ 问当：盘问。当，语助词。
⑥ 一场：打骂一场或责备一番。
⑦ 娘行：女性通称。此指丽娘小姐。
⑧ 禁当：承受，担当。
⑨ 即世里不见儿郎：一辈子找不到丈夫。

"忽忽花间起梦情,女儿心性未分明。无眠一夜灯明灭,分①煞梅香唤不醒。"昨日偶尔春游,何人见梦。绸缪顾盼,如遇平生。独坐思量,情殊怅恍②。真个可怜人也。(闷介)(贴捧茶食上)"香饭盛来鹦鹉粒③,清茶擎出鹧鸪斑④。"小姐早膳哩。(旦)咱有甚心情也!

【前腔】梳洗了才匀面,照台儿⑤未收展。睡起无滋味,茶饭怎生咽?(贴)夫人分付,早饭要早。(旦)你猛说夫人,则待把饥人劝。你说为人在世,怎生叫做吃饭?(贴)一日三餐。(旦)咳,甚瓯儿气力与擎拳!生生的了前件⑥。

你自拿去吃便了。(贴)"受用余杯冷炙,胜如剩粉残膏。"(下)(旦)春香已去。天呵,昨日所梦,池亭俨然。只图旧梦重来,其奈新愁一段。寻思展转,竟夜无眠。咱待乘此空闲,背却春香,悄向花园寻看。(悲介)哎也,似咱这般,正是:"梦无彩凤双飞翼,心有灵犀一点通⑦。"(行介)一迳行来,喜的园门洞开,守花的都不在。则这残红满地呵!

【懒画眉】最撩人春色是今年。少甚么低就高来粉画垣⑧,元来春

---

① 分:忿,生气。
② 怅恍:恍惚、慌乱无主。
③ 鹦鹉粒:米饭。
④ 鹧鸪斑:茶盏名。因有鹧鸪斑点的花纹,故称。
⑤ 照台儿:镜台、镜子。
⑥ "甚瓯儿"二句:哪里有气力拿碗吃饭,勉强算吃过了。瓯儿,盆盂类瓦器。此指饭碗。擎拳,举拳。谓一举手之力。前件,是吃饭。
⑦ 梦无彩凤双飞翼,心有灵犀一点通:语出唐李商隐《无题》。意思为人虽不相见,情意却是相通的。灵犀,古代传说犀牛角有白纹,感应灵敏,所以称犀牛角为"灵犀"。比喻心领神会,感情共鸣。
⑧ "少甚么"句:粉墙重重关不住春园满色。少甚么,多的是。

心无处不飞悬。（绊介）哎，睡荼？抓住裙衩线，恰便是花似人心好处牵。

这一湾流水呵！

【前腔】为甚呵，玉真重溯武陵源①？也则为水点花飞在眼前。是天公不费买花钱，则咱人心上有啼红怨。咳，辜负了春三二月天。

（贴上）吃饭去，不见了小姐，则得一逐寻来。呀，小姐，你在这里！

【不是路】何意婵娟，小立在垂垂花树②边。才朝膳，个人无伴怎游园？（旦）画廊前，深深蓦见衔泥燕，随步名园是偶然。（贴）娘回转，幽闺窣③地教人见，"那些儿闲串④？那些儿闲串？"

【前腔】（旦作恼介）咳，偶尔来前，道的咱偷闲学少年。（贴）咳，不偷闲，偷淡。（旦）欺奴善，把护春台⑤都猜做谎桃源。（贴）敢胡言，这是夫人命，道春多刺绣宜添线，润逼炉香好腻笺⑥。（旦）还说甚来？（贴）这荒园堑，怕花妖木客寻常见⑦。去小庭深院，去小庭深院！

（旦）知道了。你好生答应夫人去，俺随后便来。（贴）"闲花傍砌如

---

① 玉真重溯武陵源：玉真，仙女，此喻杜丽娘。重溯武陵源，本指刘辰、阮肇在天台山桃源洞遇见仙女以后，回到人间。后又到天台山去找寻仙女。此喻杜丽娘重到花园寻梦。
② 垂垂花树：指梅花。垂垂，形容花朵下垂的样子。
③ 窣：突然钻出来。
④ 那些儿闲串：哪儿乱跑。闲串，闲逛。
⑤ 护春台：指花园。
⑥ 道春多刺绣宜添线，润逼炉香好腻笺：春香传达杜母管教丽娘的话，要她在大好春光中多做针线、好好读书。腻笺，使纸张滑润。此指读书写字。
⑦ "这荒园堑"二句：意思是花园里坑坑洼洼，怕有花妖精怪出来。堑，壕沟。木客，传说中的深山精怪。见，同"现"。

依主,娇鸟嫌笼会骂人。"(下)(旦)丫头去了,正好寻梦。

【忒忒令】那一答①可是湖山石边,这一答似牡丹亭畔。嵌雕阑芍药芽儿浅,一丝丝垂杨线,一丢丢榆荚钱②。线儿春甚金钱吊转!

呀,昨日那书生将柳枝要我题咏,强我欢会之时,好不话长!

【嘉庆子】是谁家少俊来近远,敢迤逗这香闺去沁园③?话到其间腼腆。他捏这眼,奈烦也天;咱嗽④这口,待酬言。

【尹令】那书生可意呵,咱不是前生爱眷,又素乏平生半面。则道来生出现,乍便今生梦见。生就个书生,恰恰生生⑤抱咱去眠。

那些好不动人春意也。

【品令】他倚太湖石,立著咱玉婵娟。待把俺玉山⑥推倒,便日暖玉生烟⑦。揾过雕阑,转过秋千,揳⑧著裙花展。敢席著地,怕天瞧见。好一会分明,美满幽香不可言。

梦到正好时节,甚花片儿吊下来也!

【豆叶黄】他兴心儿⑨紧咽咽,呜⑩著咱香肩。俺可也慢掂掂做意儿

---

① 一答:一处。
② 一丢丢榆荚钱:一丢丢,一串串。榆荚钱,榆树的种子,因为它酷似古代串起来的麻钱儿,故名榆钱儿。
③ 迤逗这香闺去沁园:引诱丽娘到花园去。香闺,少女的闺房,此指杜丽娘。沁园,园林名。为东汉明帝女沁水公主所有。后泛指花园。
④ 嗽:开口。
⑤ 恰恰生生:即怯怯生生、羞答答的意思。
⑥ 玉山:指身体。比喻俊美的仪容。
⑦ 日暖玉生烟:形容男女之事已成。
⑧ 揳:卡,勒住。
⑨ 兴心儿:尽意。
⑩ 呜:吻着。

周旋①。等闲间把一个照人儿②昏善,那般形现,那般软绵。忑一片撒花心的红影儿吊将来半天③。敢是咱梦魂儿厮缠?

咳,寻来寻去,都不见了。牡丹亭,芍药阑,怎生这般凄凉冷落,杳无人迹?好不伤心也!

【玉交枝】(泪介)是这等荒凉地面,没多半亭台靠边,好是咱眯瞑色眼寻难见④。明放著白日青天,猛教人抓不到魂梦前。霎时间有如活现,打方旋再得俄延⑤,呀,是这答儿压黄金钏匾⑥。

要再见那书生呵,

【月上海棠】怎赚骗,依稀想像人儿见。那来时荏苒⑦,去也迁延。非远,那雨迹云踪才一转,敢依花傍柳还重现。昨日今朝,眼下心前,阳台一座登时变。

再消停一番。(望介)呀,无人之处,忽然大梅树一株,梅子磊磊可爱。

【二犯幺令】偏则他暗香清远,伞儿般盖的周全。他趁这,他趁这春三月红绽雨肥天⑧,叶儿青。偏迸著苦仁儿里撒圆⑨。爱杀这昼阴便,再

---

① "慢掂掂"句:慢掂掂,慢吞吞。做意儿,故意。
② 照人儿:本指镜中人,此有明白的意思。
③ "忑一片撒花心"句:指梦中被花神惊醒。忑,突然。红影儿,指花瓣。
④ 好是咱眯瞑色眼寻难见:好是,正是。眯瞑,眼睛微合。
⑤ 打方旋再得俄延:打方旋,兜圈子,徘徊。俄延,延缓、耽搁。
⑥ 匾:同"扁"。
⑦ 荏苒:时间渐渐过去。常形容时光易逝。
⑧ 红绽雨肥天:春天梅子成熟的时候。
⑨ 偏迸著苦仁儿里撒圆:写梅子偏在她这苦命人跟前结得圆实。梅子圆,但果仁苦。苦仁,苦人谐音。

得到罗浮梦边①。

罢了,这梅树依依可人,我杜丽娘若死后,得葬于此,幸矣。

【江儿水】 偶然间心似缱,梅树边。这般花花草草由人恋,生生死死随人愿,便酸酸楚楚无人怨②。待打并香魂一片,阴雨梅天,守的个梅根相见③。(倦坐介)

(贴上)"佳人拾翠④春亭远,侍女添香午院清。"咳,小姐走乏了,梅树下盹。

【川拨棹】 你游花院,怎靠著梅树偃?(旦)一时间望,一时间望眼连天,忽忽地伤心自怜。(泣介)(合)知怎生情怅然,知怎生泪暗悬?

(贴)小姐甚意儿?

【前腔】 (旦)春归人面,整相看无一言,我待要折,我待要折的那柳枝儿问天,我如今悔,我如今悔不与题笺。(贴)这一句猜头儿⑤是怎言?(合前)

(贴)去罢。(旦作行又住介)

---

① 再得到罗浮梦边:意指和柳梦梅在梦里相会。罗浮梦边,传说隋开皇中,赵师雄于罗浮山遇一女郎。与之语,则芳香袭人,遂相饮竟醉,及觉,乃在大梅树下。事见旧题唐柳宗元《龙城录》。

② "这般花花草草"三句:意思是说如果生死爱恋都由自己决定,即使遇到挫折,也不会酸楚哀怨。

③ "待打并"三句:意思说拼死也要与柳梦梅再见一面。打并,拼着。香魂,指杜丽娘生命。梅根,指柳梦梅。

④ 拾翠:拾取翠鸟羽毛为首饰。后多指妇女游春。语出三国魏曹植《洛神赋》:"或采明珠,或拾翠羽。"

⑤ 猜头儿:谜语。

【前腔】为我慢归休,缓留连。(内鸟啼介)听,听这不如归①春暮天,难道我再,难道我再到这亭园,则挣的个长眠和短眠②!(合前)

(贴)到了,和小姐瞧奶奶去。(旦)罢了。

【意不尽】软咍咍③刚扶到画阑偏,报堂上夫人稳便。咱杜丽娘呵,少不得楼上花枝也则是照独眠④。

(旦)武陵何处访仙郎? 释皎然

(贴)只怪游人思易忘。 韦　庄

(旦)从此时时春梦里, 白居易

(贴)一生遗恨系心肠⑤。 张　祜

---

① 不如归:即"不如归去",杜鹃鸟的叫声很像"不如归去"。旧时常用以作思归或催人归去之辞。

② "难道我再"三句:难道我只有在梦中和死后,才能再到这亭园吗?长眠,指死。短眠,指梦。

③ 软咍(hāi)咍:软绵绵。

④ 楼上花枝也则是照独眠:语出唐刘长卿《赋得》:"机中锦字论长恨,楼上花枝笑独眠。"

⑤ 下场诗四句:武陵何处访仙郎,语出唐释皎然《晚春寻桃源观》:"武陵何处访仙乡,古观云根路已荒。"只怪游人思易忘,语出唐韦庄《和人春暮书事寄崔秀才》:"不知芳草情何限,只怪游人思易伤。"从此时时春梦里,语出唐白居易《题令狐家木兰花》:"从此时时春梦里,应添一树女郎花。"一生遗恨系心肠,语出唐张祜《太真香囊子》:"谁为君王重解得,一生遗恨系心肠。"

第十三出　诀　谒

【杏花天】（生上）虽然是饱学名儒，腹中饥，峥嵘①胀气。梦魂中紫阁丹墀②，猛抬头、破屋半间而已。

"蛟龙失水砚池枯，狡兔腾天笔势孤③。百事不成真画虎④，一枝难稳又惊乌⑤。"我柳梦梅在广州学里，也是个数一数二的秀才，捱了些数伏数九⑥的日子。于今藏身荒圃，寄口奚奴⑦。思之，思之，惶愧，惶愧。想起韩友之谈，不如外县傍州，寻觅活计。正是："家徒四壁求杨意⑧，树少千头愧木奴⑨。"老园公那里？

---

① 峥嵘：本形容山的高峻突兀，此处指满肚子的闷气。
② 紫阁丹墀：指在朝廷做官。紫阁，是金碧辉煌的殿阁，多指帝居。丹墀，皇帝殿前石阶，涂上红色，叫丹墀。
③ 狡兔腾天笔势孤：比喻不得志。毛笔是用兔毫制成。狡兔腾天，没有兔毫，难以制笔，所以笔势孤。
④ 百事不成真画虎：马援诫兄子严、敦书："所谓画虎不成，反类狗者也。"事见《后汉书·马援传》。比喻好高骛远，弄得不伦不类。
⑤ 一枝难稳又惊乌：意思是没有栖身之所。乌，乌鸦，亦泛指鸟类。
⑥ 数伏数九：指酷暑严寒。伏，一年中最热的日子。九，是一年中最冷的日子。
⑦ 寄口奚奴：依靠奴仆生活。
⑧ 求杨意：指求人荐引。杨意，指杨得意。司马相如经蜀人杨得意引荐，方能入朝见汉武帝，受到汉武帝赏识。事见《史记·司马相如列传》。
⑨ 树少千头愧木奴：意思是果树少，不能维持生活。汉末李衡为官清廉，晚年派人于武陵龙种柑橘千株。临死，留给儿子，说这是"千头木奴"，日后可以借此生活。后多用以为典，喻可以维持生计的家产，亦省作"千奴"等。事见南朝宋裴松之注《三国志》引《襄阳记》。

【字字双】（净扮郭驼上）前山低坻后山堆①，驼背；牵弓射弩做人儿，把势②；一连十个偌来回，漏地③；有时跌做绣球儿，滚气。

自家种园的郭驼子是也。祖公公郭橐驼，从唐朝柳员外来柳州。我因兵乱，跟随他二十八代玄孙柳梦梅秀才的父亲，流转到广，又是若干年矣。卖果子回来，看秀才去。（见介）秀才，读书辛苦。（生）园公，正待商量一事。我读书过了廿岁，并无发迹之期。思想起来，前路多长，岂能郁郁居此。搬柴运水，多有劳累。园中果树，都判④与伊。听我道来：

【桂花锁南枝】俺有身如寄，无人似你。俺吃尽了黄淡⑤酸甜，费你老人家浇培接植。你道俺像甚的来？镇日里似醉汉扶头⑥。甚日的和老驼伸背？自株守⑦，教怨谁？让荒园，你存济⑧。

【前腔】（净）俺橐驼风味，种园家世。（揖介）不能够展脚伸腰，也和你鞠躬尽力。秀才，你贴了俺果园那里去？（生）坐食三餐，不如走空一棍。（净）怎生叫做一棍？（生）混名打秋风⑨哩！（净）咳，你费工夫去撞府

---

① 前山低坻后山堆：腹部凹下，背部隆起，形容驼背。坻，土堆。
② 把势：装样子。
③ "一连"二句：因驼背走不稳。偌，这样。漏地，即漏蹄，牛马等牲口脚蹄上的一种病，溃烂难行。
④ 判：给予、交付。
⑤ 黄淡：咸淡。黄，即黄齑，细碎的咸菜。
⑥ "镇日"句：镇，整。扶头，形容醉态。
⑦ 自株守：即守株待兔，比喻希图不经过努力而得到成功的侥幸心理。
⑧ 存济：存活、过日子。
⑨ 秋风：同"抽丰"。指利用各种借口向人索取财物。特指向在任官员乞求遗赠。

穿州①，不如依本分登科及第。（生）你说打秋风不好？"茂陵刘郎秋风客②"，到大来③做了皇帝。（净）秀才，不要攀今吊古的。你待秋风谁？你道滕王阁，风顺随④；则怕鲁颜碑，响雷碎⑤。

（生）俺干谒之兴甚浓，休的⑥阻挡。（净）也整理些衣服去。

【尾声】把破衫衿彻骨捶挑洗。（生）学干谒黄门一布衣。（净）秀才，则要你衣锦还乡俺还见的你。

（生）此身飘泊苦西东，　杜　甫

（净）笑指生涯树树红。陆龟蒙

（生）欲尽出游那可得？武元衡

---

① 撞府穿州：撞，闯。指在江湖上东游西荡，行踪无定。

② 茂陵刘郎秋风客：语出唐李贺《金铜仙人辞汉歌》。茂陵，汉武帝的陵墓。刘郎，指汉武帝。秋风客，是说像汉武帝那样的帝王，生命短促，像秋风中的过客一样。这里语意双关。

③ 到大来：反而。

④ 滕王阁，风顺随：指运气好。唐人王勃以《滕王阁序》著名。相传王勃在马当听到洪州州牧阎伯屿在新建滕王阁举行宴会并征文的消息，连夜赶去，两地相距六七百里，由于风顺，一夜赶到，使他得以参加宴会并写下著名的《滕王阁赋并序》。事见《类说》卷三十四《摭遗》。

⑤ 鲁颜碑，响雷碎：指运气坏。相传宋代书生张镐流落饶州荐福寺，寺僧想让他拓印寺内所藏的颜鲁公碑帖一千份，以作进京赴试的路费，谁知当晚碑石被雷击毁。事见元马致远《荐福碑》杂剧。故有谚语："时来风送滕王阁，运去雷轰荐福碑。"

⑥ 休的：休得。"的"与"得"时常通用。

(净)秋风还不及春风①。王　建

---

① 下场诗四句:此身飘泊苦西东,语出唐杜甫《清明二首》:"此身飘泊苦西东,右臂偏枯半耳聋。"笑指生涯树树红,语出唐陆龟蒙《阖闾城北有卖花翁讨春之士往往造焉因招袭美》:"闲添药品年年别,笑指生涯树树红。"欲尽出游那可得,语出唐武元衡《春题龙门香山寺》:"欲尽出寻那可得,三千世界本无穷。"秋风还不及春风,语出唐王建《未央风》:"总向高楼吹舞袖,秋风还不及春风。"意思是打秋风不如参加科举考试好。春风喻指进士及第,因古代进士科试在春季举行,故称。

清光绪十二年同文书局石印本《牡丹亭还魂记》图

第十四出 写 真①

【破齐阵】(旦上)径曲梦回人杳,闺深珮冷魂销。似雾濛花,如云漏月,一点幽情动早。(贴上)怕待寻芳迷翠蝶,倦起临妆听伯劳②。春归红袖招。

〔醉桃源〕(旦)"不经人事意相关,牡丹亭梦残。(贴)断肠春色在眉弯③,倩谁临远山④?(旦)排恨叠,怯衣单,花枝红泪⑤弹。(合)蜀妆⑥晴雨画来难,高唐云影间。"(贴)小姐,你自花园游后,寝食悠悠,敢为春伤,顿成消瘦?春香愚不谏贤,那花园以后再不可行走了。(旦)你怎知就里?这是:"春梦暗随三月景,晓寒瘦减一分花。"

【刷子序犯】(旦低唱)春归恁寒峭,都来几日意懒心乔⑦,竟

---

① 写真:画人物的肖像。
② 伯劳:又叫博劳,一种鸟,额部和头部的两旁黑色,背部棕红色,有黑色波状横纹。
③ 断肠春色在眉弯:语出宋周邦彦词《诉衷情》:"一段伤春,都在眉间。"
④ 倩谁临远山:请谁来为她画眉。倩,请、央求。远山,形容女子秀丽之眉。由于古代妇女大多爱使用黛色画眉,色如远山,故亦称远山黛。
⑤ 红泪:指花上的露水,是杜丽娘以花自喻。称女子的眼泪为红泪,出自《拾遗记》。
⑥ 蜀妆:指巫山神女之妆容。这里用了巫山神女的典故。因巫山在四川,四川原为蜀国,故神女之妆为蜀妆。另外杜丽娘是四川人,故称其妆为蜀妆。
⑦ 都来:算来。心乔:心情不好。

妆成熏香独坐无聊。逍遥,怎划尽助愁芳草,甚法儿点活心苗①!真情强笑为谁娇?泪花儿打迸着梦魂飘。

【朱奴儿犯】(贴)小姐,你热性儿怎不冰著,冷泪儿几曾干燥?这两度春游忒分晓②,是禁不的燕抄③莺闹。你自窨约④,敢夫人见焦⑤。再愁烦,十分容貌怕不上九分瞧。

(旦作惊介)咳,听春香言话,俺丽娘瘦到九分九了。俺且镜前一照,委是⑥如何?(照介)(悲介)哎也,俺往日艳冶轻盈,奈何一瘦至此!若不趁此时自行描画,流在人间,一旦无常⑦,谁知西蜀杜丽娘有如此之美貌乎!春香,取素绢、丹青,看我描画。(贴下取绢、笔上)"三分春色描来易,一段伤心画出难。"绢幅、丹青,俱已齐备。(旦泣介)杜丽娘二八春容⑧,怎生便是杜丽娘自手生描也呵!

【普天乐】这些时把少年人如花貌,不多时憔悴了。不因他福分难销,可甚的红颜易老?论人间绝色偏不少,等把风光丢抹早⑨。打

---

① "逍遥"三句:意思是怎样才能铲除这愁思的芳草,点活心苗,逍遥自在呢?划,同"铲",铲除。芳草,古代诗词中,常以芳草喻愁思。
② 忒分晓:太清楚。分晓,清楚、明白。
③ 抄:同"吵"。
④ 窨约:思忖,揣度。
⑤ 敢夫人见焦:恐怕夫人焦心。焦,烦燥、焦急。
⑥ 委是:确实、果然是。
⑦ 无常:婉辞,佛家语,指人死。
⑧ 春容:青春的容貌。
⑨ 等把风光丢抹早:都早把美好的容颜衰歇了。风光,指美丽的容颜。丢抹,抛弃、撇开。

灭起离魂舍欲火三焦①，摆列着昭容阁②文房四宝，待画出西子湖眉月双高③。

【雁过声】（照镜叹介）轻绡，把镜儿擘掠④。笔花尖淡扫轻描。影儿呵，和你细评度⑤：你腮斗儿⑥恁喜谑，则待注樱桃⑦，染柳条⑧，渲云鬟烟霭飘萧⑨；眉梢青未了，个中人全在秋波妙⑩，可可的淡春山钿翠小⑪。

【倾怀序】（贴）宜笑，淡东风立细腰，又似被春愁著。（旦）谢半点江山，三分门户，一种人才，小小行乐，捻青梅闲厮调⑫。倚湖山梦晓，对垂杨风袅。忒苗条，斜添他几叶翠芭蕉。

---

① 打灭起离魂舍欲火三焦：扑灭身体内的各种欲望。离魂舍，佛家语，躯体。欲火三焦，佛家所说的三欲一说指形貌欲、姿态欲、细触欲；一说指饮食欲、睡眠欲、淫欲。

② 昭容阁：内宫。昭容，宫中的女官。

③ "待画出西子湖"句：准备画出自己美好的容貌。西子湖，比喻人。眉月，喻眉毛。

④ 擘掠：揩拭。

⑤ 评度（duó）：评论。

⑥ 腮斗儿：脸颊。

⑦ 注樱桃：画朱唇。古代诗词常以樱桃比喻女子的嘴小而红润。

⑧ 染柳条：画眉毛。古代诗词常以柳条形容女子细长秀美的眉毛。

⑨ 烟霭飘萧：形容头发蓬松飘逸。古代诗词常以烟霭渲染女子蓬松飘逸的头发。

⑩ "个中人"句：个中人，指画中人，即杜丽娘。秋波，秋天的水波，形容女子的眼睛像秋水一样清澈。

⑪ 可可的淡春山钿翠小：意思是说淡淡的眉毛恰好和小小的翠钿相称。可可的，恰好。钿（diàn）翠，是指螺钿和翡翠。引申为镶嵌金、银、玉、贝等物的首饰。

⑫ "谢半点江山"五句：半点江山，三分门户，指画中的景物；一种人才，指人，此指杜丽娘。行乐，指人身画像。捻青梅，用李千金捻青梅和裴少俊调情的故事，指杜丽娘对自由爱情的向往。厮调，相互调情。

春香,橙①起来,可厮像也?

【玉芙蓉】(贴)丹青女易描,真色②人难学。似空花水月③,影儿相照。(旦喜介)画的来可爱人也。咳,情知画到中间好,再有似生成别样娇。(贴)只少个姐夫在身傍。若是姻缘早,把风流婿招,少什么美夫妻图画在碧云高!

(旦)春香,咱不瞒你,花园游玩之时,咱也有个人儿。(贴惊介)小姐,怎的有这等方便呵?(旦)梦哩!

【山桃犯】有一个曾同笑,待想象生描著,再消详邈入其中妙,则女孩家怕漏泄风情稿④。这春容呵,似孤秋片月离云峤,甚蟾宫贵客傍的云霄⑤?

春香,记起来了。那梦里书生,曾折柳一枝赠我。此莫非他日所适之夫姓柳乎?故有此警报⑥耳。偶成一诗,暗藏春色,题于帧首之上何如?(贴)却好。(旦题吟介)"近睹分明似俨然,远观自在若飞仙。他年得傍蟾宫客,不在梅边在柳边。"(放笔叹介)春香,也有古今美女,早嫁了丈夫相爱,替他描模画样;也有美人自家写照,寄与情人。似我杜丽娘寄谁呵!

---

① 橙:同"帧",展开书画。
② 真色:佛家语,和下文"本色"的意思相近。
③ 空花水月:如水中月镜中花一般,看得到摸不到。形容真色难以捉摸。
④ "再消详邈入其中妙"二句:想慢慢地把梦中青年的神态画在上面,又恐怕泄漏了秘密。消详,慢慢地。邈,同"描"。
⑤ 甚蟾宫贵客傍的云霄:意思是谁能和画中的美人挨在一起啊?蟾宫贵客,指新考中的进士。
⑥ 警报:预兆。

【尾犯序】心喜转心焦。喜的明妆俨雅①,仙珮飘飘。则怕呵,把俺年深色浅,当了个金屋藏娇②。虚劳,寄春容教谁泪落,做真真无人唤叫③。(泪介)堪愁夭,精神出现留与后人标④。

春香,悄悄唤那花郎分付他。(贴叫介)(丑扮花郎上)"秦宫⑤一生花里活,崔徽不似卷中人⑥。"小姐有何分付?(旦)这一幅行乐图⑦,向行家⑧裱去。叫人家收拾好些。

【鲍老催】这本色人儿妙,助美的谁家裱?要练花绡帘儿莹、边阑小⑨,教他有人问著休胡嘌⑩。日炙风吹悬衬的好,怕好物不坚牢。把咱巧丹青休溅了。

(丑)小姐,裱完了,安奉在那里?

---

① 俨雅:恭敬庄重。
② 金屋藏娇:娇,原指汉武帝刘彻的表妹陈阿娇。汉武帝幼年时喜爱阿娇,并说要让她住在金屋里。指以华丽的房屋让所爱的妻妾居住。典出汉班固《汉武故事》。这里"藏"字,指收藏美人的肖像。
③ 做真真无人唤叫:唐进士赵颜于画工处得一美女图,画工曰:"余神画也,此亦有名,曰真真呼其名百日,昼夜不歇,即必应之,应则以百家彩灰酒灌之,必活。"颜如其言,遂呼之百日,果活,步下言笑如常。后二人结为夫妻。后因以"真真"泛指美人。见唐杜荀鹤《松窗杂记》。
④ 标:品题、鉴赏。
⑤ 秦宫:东汉大将军梁冀之嬖(宠幸)奴,冀与妻孙寿争之,内外得宠。见唐李贺《秦宫诗》。这里是花郎自指。
⑥ 崔徽不似卷中人:崔徽,唐代歌妓。曾与裴敬中相爱,既别,托画家写其肖像寄敬中曰:"崔徽一旦不及画中人,且为郎死。"后抱恨而卒。事见唐元稹《崔徽歌序》。后多指美丽多情或善画的少女。
⑦ 行乐图:谓作游玩消遣状的人像图画,或径指肖像画。
⑧ 行家:专事某一行业的人。此指裱画匠。
⑨ "要练花绡"句:意思是说装裱时要用漂白的生绡,画幅上方要留有空白,边栏不要留得太多。练,把织物煮熟漂白。这里用作形容词。帘儿,裱画上方的空白。
⑩ 胡嘌:胡说。

【尾声】（旦）尽香闺赏玩无人到，（贴）这形模则合挂巫山庙。（合）又怕为雨为云飞去了。

（贴）眼前珠翠与心违，崔道融

（旦）却向花前痛哭归。韦　庄

（贴）好写妖娆与教看，罗　虬

（旦）令人评泊画杨妃①。韩　偓

---

①　下场诗四句：眼前珠翠与心违，语出唐崔道融《马嵬》："万乘凄凉蜀路归，眼前朱翠与心违。"却向花前痛哭归，语出唐韦庄《残花》："江头沈醉泥斜晖，却向花前恸哭归。"好写妖娆与教看，语出唐罗虬《比红儿诗》："好写妖娆与教看，便应休更话真娘。"令人评泊画杨妃，语出唐韩偓《遥见》："白玉堂东遥见后，令人斗薄画杨妃。"评泊，评论。

清光绪十二年同文书局石印本《牡丹亭还魂记》图

第十五出 虏 谍

【一枝花】（净扮番王引众上）天心起灭了辽，世界平分了赵①。静鞭儿替了胡笳哨②。擂鼓鸣钟，看文武班齐到。骨碌碌南人笑，则个鼻凹儿蹻，脸皮儿皰，毛梢儿魋③。

"万里江山万里尘。一朝天子一朝臣。俺北地怎禁沙日月④，南人偏占锦乾坤。"自家大金皇帝完颜亮⑤是也。身为夷虏，性爱风骚⑥。俺祖公阿骨都⑦，抢了南朝⑧天下，赵康王⑨走去杭州，今又三十余年矣。听得他妆点杭州，胜似汴梁⑩风景。一座西湖，朝欢暮乐。有个曲儿，说他

---

① "天心起灭了辽"二句：意思是天意让金灭了辽，与赵宋王朝平分天下。天心，天意。赵，因宋王朝皇帝姓赵，故称。
② 静鞭儿替了胡笳哨：意思是金采用汉人礼仪，以鸣鞭代替胡笳。静鞭，古代皇帝仪仗中的一种鞭，挥鞭发出响声，使人肃静。也称鸣鞭。胡笳，我国古代北方民族的管乐器。
③ "则个"三句：鼻梁高，脸上多斑点，梳着锥形发髻。蹻，同"跷"。皰，同"疱"，脸上小斑点。魋，同"锥"，锥状的发髻。
④ 沙日月：指在沙漠中过日子。
⑤ 完颜亮：字元功，金废帝海陵王，金太祖完颜阿骨打的孙子，以荒淫暴虐著称。
⑥ 风骚：本形容女子秀丽、俊俏体态，此指女色。
⑦ 阿骨都：即完颜阿骨打，金朝开国皇帝，在灭辽的过程中发挥了重要作用。
⑧ 南朝：此指北宋政权，因北宋在金南边，故称。
⑨ 赵康王：即南宋高宗赵构，他初封康王，姓赵，故称。
⑩ 汴梁：今河南省开封市，北宋的国都。

"三秋桂子，十里荷花①"。便待起兵百万，吞取何难？兵法虚虚实实，俺待用个南人，为我乡导。喜他淮扬贼汉李全②，有万夫不当之勇。他心顺溜于俺，俺先封他为溜金王之职。限他三年内招兵买马，骚扰淮扬地方。相机而行，以开征进之路。哎哟，俺巴不到西湖上散闷儿也！

【北二犯江儿水】平分天道，虽则是平分天道③，高头偏俺照④。俺司天台标着那南朝⑤，标着他那答儿好。（众）那答里好？（净笑介）你说西子怎娇娆，向西湖上笑倚着兰桡。（众）西湖有俺这南海子、北海子大么⑥？（净）周围三百里⑦。波上花摇，云外香飘。无明夜、锦笙歌围醉绕。（众）万岁爷，借他来耍耍。（净）已潜遣画工，偷将他全景来了。那湖上有吴山⑧第一峰，画俺立马其上。俺好不狠也！吴山最高，俺立马在吴山最高。江南低小，也看见了江南低小。（舞介）俺怕不占场儿砌一个

---

① "有个曲儿"两句：曲儿，即词，宋人称词为曲子。指宋柳永描写杭州风景的一首词《望海潮》，有"三秋桂子，十里荷花"等句。金主完颜亮读了这首词，便萌发南侵临安的野心。事见《鹤林玉露》卷一。

② 李全：南宋北海人，南宋农民起义军的一个领袖。反抗金兵有功，归顺南宋。后来叛变，通元蒙，骚扰江淮。曾围攻淮安、扬州，被宋将赵善湘等击杀。事见《宋史》卷四七六、四七七。剧中李全被金人封为溜金王、兵败下海等事，皆属虚构。

③ 平分天道：意思是宋金对峙，平分天下。

④ 高头偏俺照：上天偏偏保佑我金朝。高头，上天。照，护佑。

⑤ 司天台：官署名。掌管观察天象、考定历数等职。明代以后称为钦天监。标：标出，在地图上做记录。

⑥ 南海子、北海子：即现在北京的南海、北海。金朝的中都设在北京。

⑦ 周围三百里：这是夸张说法，西湖周围约长三十里。

⑧ 吴山：山名。又名胥山，俗称城隍山。在今浙江杭州西湖东南。金主完颜亮即位后，潜遣画工混入出使宋朝的队伍中，让他偷绘杭州全景，回来后重绘于宫中屏风上，并加上金主亮立马于吴山的形象。由此表达了他要南下侵占宋都的意愿。见南宋岳珂《桯史》卷八《逆境亮辞怪》条。《大金国志》卷十四《正隆五年》条亦有类似的记载。

《锦西湖上马娇》①。

（众）奏万岁爷，怕急不能勾到西湖，何方驻驾？

【北尾】（净）呀，急切要画图中匹马把西湖哨②，且迤递的③看花向洛阳道。我呵，少不的把赵康王剩水残山都占了。

线大长江扇大天，谭　峭

旌旗遥拂雁行偏。司空曙

可胜饮尽江南酒？张　祜

交割山川直到燕④。王　建

---

① "俺怕不占场儿"句：意思是岂不要演出一场占领杭州的好戏。占场儿，在花酒场中占首。这是调侃语。场，原指勾栏。砌，串演。《锦西湖上马娇》，一个杜撰的节目，从上文"立马吴山第一峰"演绎而来。上马娇，是曲牌名，此与杜撰曲目吻合。

② 哨：探望、探视。

③ 迤递的：亦作迤逦的、迤里的，慢慢地、迂回曲折地。

④ 下场诗四句：线大长江扇大天，语出唐谭峭《大言诗》："线作长江扇作天，靸鞋抛向海东边。"旌旗遥拂雁行偏，语出唐司空曙《秋日趋府上张大夫》："鞞鼓暗惊林叶落，旌旗遥拂雁行偏。"可胜饮尽江南酒，语出唐张祜《偶作》："可胜饮尽江南酒，岁月犹残李白身。"交割山川直到燕，语出唐王建《寄贺田侍中东平功成》："开通州县斜连海，交割山河直到燕。"

清光绪十二年同文书局石印本《牡丹亭还魂记》图

第十六出　诘　病①

【三登乐】（老旦上）今生怎生？偏则是红颜薄命，眼见的孤苦仃俜②。（泣介）掌上珍，心头肉，泪珠儿暗倾。天呵，偏人家七子团圆③，一个女孩儿厮病④。

〔清平乐〕"如花娇怯，合得天饶借⑤。风雨于花生分劣⑥，作意十分凌藉⑦。止堪深阁重帘，谁教月榭风檐⑧。我发短回肠寸断，眼昏眵泪双淹⑨。"老身年将半百，单生一女丽娘。因何一病，起倒⑩半年？看他举止容谈，不似风寒暑湿。中间缘故，春香必知，则问他便了。春香贱才那

---

① 诘病：杜丽娘因情而病，杜宝夫人责问春香，得知病因。诘，追问，谴责、问罪。
② 孤苦仃俜：即孤苦伶仃。孤单困苦，没有依靠。
③ 七子团圆：祝颂用的成语。有子五人，有女二人。后用以表示子孙繁衍，有福气。
④ 厮病：害病。
⑤ 饶借：宽恕、饶免、怜惜。
⑥ 生分劣：为难。生分，即生忿，忤逆。
⑦ 凌藉：侵凌，欺压。
⑧ 月榭风檐：月下风前的亭台。
⑨ 发短回肠寸断，眼昏眵（chī）泪双淹：意思是愁得头发掉了，肠也断了。眼泪盈眶，使两眼昏花。形容愁思之深。眵，眼睛分泌出来的液体凝结成的淡黄色的东西，俗称"眼屎"。
⑩ 起倒：时好时坏。

里？（贴上）有哩。我"眼里不逢乖小使①，掌中擎着个病多娇。得知堂上夫人召，剩酒残脂要咱消"。春香叩头。（老旦）小姐闲常好好的，才着你贱才伏侍他，不上半年，偏是病害。可恼，可恼！且问近日茶饭多少？

【驻马听】（贴）他茶饭何曾，所事儿休提、叫懒应。看他娇啼隐忍，笑谵迷厮②，睡眼懵瞪③。（老旦）早早禀请太医④了。（贴）则除是八法针针断软绵情⑤。怕九还丹丹不的腌臜证⑥。（老旦）是什么病？（贴）春香不知，道他一枕秋清，却怎生还害的是春前病。

（老旦哭介）怎生了。

【前腔】他一搦⑦身形，瘦的庞儿没了四星⑧。都是小奴才逗他。大古是⑨烟花惹事，莺燕成招，云月知情。贱才还不跪！取家法来。（贴跪介）

---

① 乖小使：乖巧的仆役。乖，灵巧、乖巧。小使，书童之类的年轻男仆。

② 笑谵迷厮：意思是病人神志不清时胡言乱语。迷厮，亦作迷澌，神思恍惚散乱。谵，多说话，特指病中说胡话。

③ 懵瞪：神志模糊。

④ 太医：御医，此指一般医师。

⑤ 八法针：针灸疗法中按阴、阳、表、里、寒、热、虚、实八纲，采用不同穴位、不同针法，达到汗、吐、下、和、温、清、补、消八种治疗目的的针刺法。亦泛指高超的针法。后一个"针"字，用作动词，即针刺。软绵情：指相思病。

⑥ 九还丹：即九转丹，道教谓经九次提炼、服之能成仙的丹药。下文"丹"，用作动词，即医治。腌臜（āza）证：即相思病。腌臜，是一种地方口语，不干净、肮脏的意思。后引申可用为形容行为、动作等龌龊，有悖道德良知的层面。封建时代女子相思，不合礼法，故云。

⑦ 一搦：形容腰身纤细。

⑧ 瘦的庞儿没了四星：意思是瘦得不成样子了。四星，秤杆尾端所钉的四星，秤尾较细，四星易磨灭。因以"没了四星"形容消瘦。

⑨ 大古是：大概是，总是。

牡丹亭 | 97

春香实不知道。(老旦)因何瘦坏了玉娉婷①,你怎生触损了他娇情性?(贴)小姐好好的拈花弄柳,不知因甚病了。(老旦恼,打贴介)**打你这牢承②,嘴骨棱③的胡遮映。**

(贴)夫人休闪④了手。容春香诉来。便是那一日游花园回来,夫人撞到时节,说个秀才手里折的柳枝儿,要小姐题诗。小姐说这秀才素昧平生,也不和他题了。(老旦)不题罢了。后来?(贴)后来那、那、那秀才就一拍手把小姐端端正正抱在牡丹亭上去了。(老旦)去怎的?(贴)春香怎得知?小姐做梦哩。(老旦惊介)是梦么?(贴)是梦。(老旦)这等着鬼了。快请老爷商议。(贴请介)老爷有请。(外上)"肘后印嫌金带重⑤,掌中珠怕玉盘轻⑥。"夫人,女儿病体因何?(老旦泣介)老爷听讲:

【前腔】说起心疼,这病知他是怎生!看他长眠短起,似笑如啼,有影无形⑦。原来女儿到后花园游了。梦见一人手执柳枝,闪⑧了他去。(作叹介)怕腰身触污了柳精灵,虚嚣侧犯了花神圣⑨。老爷呵,急与禳

---

① 玉娉婷:用来形容女子姿态美好的样子。亦借指美人。
② 牢承:亦作"牢成",犹滑头。
③ 嘴骨棱:嘴硬。
④ 闪:扭伤。
⑤ 肘后印嫌金带重:意思是年老倦于当官。
⑥ 掌中珠怕玉盘轻:意思是担心女儿养不大。
⑦ 有影无形:有影子而不见形迹。此指病症蹊跷。
⑧ 闪:此当勾引讲。
⑨ 虚嚣侧犯了花神圣:虚弱的身体触犯了花神。虚嚣,虚弱。侧犯,触犯。

星①,怕流星赶月相刑迸②。

（外）却还来。我请陈斋长教书，要他拘束身心。你为母亲的，倒纵他闲游。（笑介）则是些日炙风吹，伤寒流转。便要禳解，不用师巫，则叫紫阳宫石道婆诵些经卷可矣。古语云："信巫不信医，一不治也。"我已请过陈斋长看他脉息去了。（老旦）看甚脉息。若早有了人家，敢没这病。（外）咳，古者男子三十而娶，女子二十而嫁。女儿点点年纪，知道个什么呢？

【前腔】忒恁憨生③，一个哇儿甚七情④？则不过往来潮热，大小伤寒，急慢风惊⑤。则是你为母的呵，真珠不放在掌中擎，因此娇花不奈这心头病。（泣介）（合）两口丁零⑥，告天天，半边儿⑦是咱全家命。

（丑扮院公上）"人来大庾岭，船去郁孤台⑧。"禀老爷，有使客到。

【尾声】（外）俺为官公事有期程。夫人，好看惜女儿身命，少不

---

① 禳（ráng）星：犯了煞星，需进行禳解。禳，祭名，指祈祷消除灾殃、去邪除恶之祭。星，祭星，禳解用的一种法术。
② 流星赶月相刑迸：禳祭中的冲克，将会祸及于人。流星赶月，旧时星相家认为，流星赶月，即冲克的一种。刑、迸，亦属冲克的一类，皆主凶事。
③ 忒恁憨生：那样娇憨天真的样子，形容女子年少不懂事。
④ 一个哇儿甚七情：意思是一个小女子知道什么男女相爱之情。哇，娃。七情，喜、怒、哀、乐、爱、恶、欲。
⑤ 往来潮热，大小伤寒，急慢风惊：指中医的各种病症。往来潮热，症名。即寒热往来。指恶寒与发热交替发作之症。伤寒，风寒侵袭体表而成的疾病。风惊，病症名。是一种以四肢抽搐和意识不清为主症的儿科常见症。一般分为急惊风和慢惊风两类。
⑥ 丁零：即零丁、孤单。
⑦ 半边儿：女婿称半子，此指女儿。
⑧ 郁孤台：古台名。在江西赣州市西南贺兰山顶。因高阜郁然孤起，故名。

的人向秋风病骨轻①。

（外、丑下）（老旦、贴吊场介）（老旦）"无官一身轻，有子万事足。"我看老相公则为往来使客，把女儿病都不瞧。好伤怀也。（泣介）想起来一边叫石道婆禳解，一边教陈教授下药。知他效验如何？正是："世间只有娘怜女，天下能无卜无医！"（下）

---

① 人向秋风病骨轻：意思是说人在秋天身体虚弱，容易得病。

清光绪十二年同文书局石印本《牡丹亭还魂记》图

第十七出　道　觋①

【风入松】（净扮老道姑上）人间嫁娶苦奔忙，只为有阴阳。问天天从来不具人身相②，只得来道扮男妆③，屈指有四旬之上。当人生，梦一场。

〔集唐〕"紫府空歌碧落寒④李群玉，竹石如山不敢安杜甫。长恨人心不如石刘禹锡，每逢佳处便开看韩愈。"贫道紫阳宫石道姑是也。俗家原不姓石，则因生为石女，为人所弃，故号"石姑"。思想起来：要还俗，《百家姓》⑤上有俺一家；论出身，《千字文》⑥中有俺数句。天呵，非是

---

① 道觋（xí）：杜宝请石道姑为杜丽娘禳解。古代称女巫为巫，男巫为觋。此指女道姑。
② 从来不具人身相：意思是说老道姑是石女。石女，即先天性阴道闭锁患者，与常人不同，故说其不具人身相。
③ 道扮男妆：意思是穿着道家的服装。男女道服式样没有分别。
④ 紫府：道教仙人所居。碧落：天空。
⑤ 《百家姓》：中国旧时私塾所使用的初学读本，据说是北宋年间编写的，故以赵姓为首，每四字为句，有一定的韵律。
⑥ 《千字文》：南朝梁武帝指令给事郎周兴嗣用一千个不同的字编写的文章。四字一句，对偶押韵，便于记诵，后来用为儿童启蒙读本。《百家姓》《三字经》和《千字文》并称"三百千"，都是中国古代幼儿的启蒙读物。以下说白中多引用其中语句，如求古寻论、史鱼秉直等。

俺"求古寻论",恰正是"史鱼秉直①"。俺因何住在这"楼观飞惊②",打并的"劳谦谨敕③"?看修行似"福缘善庆④",论因果是"祸因恶积⑤"。有甚么"荣业所基⑥"?几辈儿"林皋幸即⑦"。生下俺"形端表正",那些"性静情逸"。大便孔似"园莽抽条",小净处也"渠荷滴沥⑧"。只那些儿正好叉着口,"巨野洞庭⑨";偏和你灭了缝,"昆池碣石⑩"。虽则石路上可以"路侠槐卿⑪",石田中怎生"我艺黍稷⑫"?难道嫁人家"空谷传声"?则好守娘家"孝当竭力"⑬。可奈不由人"诸姑

---

① 史鱼秉直:史鱼,春秋时卫国大夫,秉性正直,以直谏著名。形容人秉性刚直不阿。此处意思是客观地直说。
② 楼观飞惊:楼台凌空欲飞,使人心惊。楼观,楼台,古代宫殿群里面最高的建筑。飞,形容建筑物之高,有凌空欲飞之势。惊,让人看了触目惊心。
③ 劳谦谨敕:勤劳谦恭,谨慎小心。
④ 福缘善庆:福气是由做善事而得来。
⑤ 祸因恶积:灾祸是作恶多端的结果。
⑥ 荣业所基:这是盛大功业的基础。
⑦ 林皋幸即:原意是退隐山林。此处指修行。林是山林,皋是水边之地,幸就是庆幸,即是接近、靠近。
⑧ 渠荷滴沥:渠荷,即荷渠,荷花。滴沥,原作"的历",形容荷花花色艳丽,这里以荷叶上水珠落下来的声音和状况别有所指。含有猥亵之意,下文中许多词句多有此意。
⑨ 巨野洞庭:巨野,古代的大湖,在今山东省巨野县一带,现已干涸。洞庭,在今湖南省北部,过去是我国第一大淡水湖。
⑩ 昆池碣石:昆池,昆明池,在陕西省西安市长安区,相传为汉武帝开凿,现已干涸,故上文说"灭了缝"。碣石,古代海边的山名,地点说法不一,有河北昌黎、乐亭、抚宁诸说。
⑪ 路侠槐卿:路边长满草木。侠,同"夹",古代侠、夹通用。槐,指三槐,代指三公。卿,指九卿。故槐卿指三公九卿。周代宫廷外种有三棵槐树,三公朝天子时,面向三槐而立。
⑫ 我艺黍稷:艺,种植。黍,黄米。稷,谷子。意思是说不能生育。
⑬ 则好守娘家"孝当竭力":意思是只好一辈子不嫁人,在家侍奉父母,以尽孝道。

伯叔"，聒噪俺"入奉母仪"①。母亲说你内才儿虽然"守真志满"，外像儿"毛施②淑姿"，是人家有个"上和下睦"，偏你石二姐没个"夫唱妇随"？便请了个有口齿的媒人，"信使可覆"。许了个大鼻子的女婿，"器欲难量"。则见不多时，那人家下定了。说道选择了一年上"日月盈昃"③，配定了八字儿"辰宿列张"④。他过的礼，"金生丽水⑤"，俺上了轿，"玉出昆冈⑥"。遮脸的"纨扇⑦圆洁"，引路的"银烛辉煌"。那新郎好不打扮的头直上"高冠陪辇"⑧。咱新人一般排比了腰儿下"束带矜庄"。请了些"亲戚故旧"，半路上"接杯举觞"。请新人"升阶纳陛⑨"，叫女伴们"侍巾帷房"。合卺⑩的"弦歌酒宴"，撒帐的"诗赞羔羊"⑪。把俺做新人嘴脸儿一寸寸"鉴貌辨色"，将俺那宝妆奁一件件都"寓目囊

---

① 聒噪俺"入奉母仪"：意思是唠唠叨叨地劝嫁人。聒噪，说话琐碎，声音喧闹，令人烦躁。入奉母仪，做母亲。
② 毛施：古代美女毛嫱、西施的并称。
③ 选择了一年上"日月盈昃"：意思是选择吉日。盈昃，盈亏。
④ 配定了八字儿"辰宿列张"：意思是推算男女双方的八字，看他们是否可以成婚。辰宿列张，指星宿散布在天上。
⑤ 金生丽水：丽水，即金沙江，古代以产金著称。指婚嫁时的聘金。
⑥ 玉出昆冈：昆冈，即昆仑山，相传是美玉的产地。这里指出嫁。
⑦ 纨扇：古扇名，用细绢制成的团扇。
⑧ 头直上"高冠陪辇"：头上戴着高高的帽子，坐在车子的右边。头直，头顶。陪辇，陪乘，坐在右方，表示受人尊敬。
⑨ 纳陛：意思是走上厅堂。纳，同"内"，进入。陛，阶石。
⑩ 合卺：古代结婚礼仪的一部分，指新郎、新娘在结婚当天的新房内共饮交杯酒。
⑪ 撒帐的"诗赞羔羊"：撒帐，古代结婚礼仪的一部分，新婚之夜，新人对拜坐床后，众妇人向床帐内撒同心金钱、五色彩果，以祈富贵吉祥，多生贵子。羔羊是《诗·国风·召南》的篇名，古代婚俗中，羔羊和雁是订婚之物，故套用《千字文》语句。

箱"。早是二更时分，新郎紧上来了。替俺说，俺两口儿活像"鸣凤在竹①"，一时间就要"白驹食场②"。则见被窝儿"盖此身发"，灯影里褪尽了这几件"乃服衣裳"。天呵，瞧了他那"驴骡犊特"；教俺好一会"悚惧恐惶"。那新郎见我害怕，说道：新人，你年纪不少了，"闰余成岁③"。俺可也不使狠，和你慢慢的"律吕调阳④"。俺听了口不应，心儿里笑着。新郎，新郎，任你"矫手顿足"，你可也"靡恃己长"。三更四更了，他则待阳台上"云腾致雨"，怎生巫峡内"露结为霜"？他一时摸不出路数儿，道是怎的？快取亮来。侧着脑要"右通广内"，踣著眼在"篮笋象床⑤"。那时节俺口不说，心下好不冷笑。新郎，新郎，俺这件东西，则许你"徘徊瞻眺"，怎许你"适口充肠"。如此者几度了，恼的他气不分的嘴劳刀"俊乂密勿⑥"，累的他凿不穿皮混沌的"天地玄黄"。和他整夜价则是"寸阴是竞"。待讲起，丑煞那"属耳垣墙⑦"。几番待悬

---

① 鸣凤在竹：凤凰在竹林中欢乐的鸣叫，相传它的出现将预示太平盛世。此处是吉庆的意思。

② 白驹食场：原意是小白马在草场上自由自在地吃着草食，套用《千字文》，喻马上成亲。

③ 闰余成岁：原意是积累数年的闰余并成一个月，许多闰月加起来补满一年。此指年龄大。

④ 律吕调阳：律吕，古代乐律的统称，可分为阳律和阴律，共十二律。阳六叫律，阴六叫吕。此喻指夫妇相爱。

⑤ 踣著眼在"篮笋象床"：踣，跌倒，此当俯下身子讲。篮笋，轿子，此指床。象床，象牙装饰的床。

⑥ 气不分的嘴劳刀"俊乂密勿"：气不分，气愤。劳刀，唠唠叨叨。俊乂，亦作"俊艾"。才德出众的人。密勿，勤勉努力。

⑦ 属耳垣墙：墙外有人偷听。

牡丹亭 | 105

梁①，待投河，"免其指斥"。若还用刀钻，用线药②，"岂敢毁伤③"？便挤做趆④了交"索居闲处"，甚法儿取他意"悦豫且康⑤"？有了，有了。他没奈何央及煞后庭花"背邙面洛"，俺也则得且随顺干荷叶⑥，和他"秋收冬藏"。哎哟，对面儿做的个"女慕贞洁"，转腰儿到做了"男效才良"。虽则暂时间"释纷利俗"，毕竟情意儿"四大五常⑦"。要留俺怕误了他"嫡后嗣续⑧"，要嫁了俺怕人笑"饥厌糟糠⑨"。这时节俺也索劝他了：官人，官人，少不得请一房"妾御绩纺"，省你气那"鸟官人皇⑩"。俺情愿"推位让国"，则要你"得能莫忘"。后来当真讨一个了。没多时做小的"宠增抗极⑪"，反揎去俺为正的"率宾归王⑫"。不怨他，只"省

---

① 悬梁：上吊、自缢。
② 线药：中医外科手术的一种。
③ 岂敢毁伤：语出《孝经》："身体发肤，受之父母，不敢毁伤，孝之始也。"
④ 趆：走开。
⑤ 悦豫且康：快乐而且健康。悦豫，是愉悦的意思。
⑥ 干荷叶：曲牌名。此处取字面意思，荷叶已干，喻指得不到实惠。
⑦ 四大五常：人要具备四大五常，才能称其为人。四大，佛家指地、水、火、风。五常，指仁、义、礼、智、信，或金、木、水、火、土。此处指伦常，即夫妇关系。全句意思是夫妻间没有正常的情谊。
⑧ 嫡后嗣续：传宗接代。嫡，封建宗法制度中指正妻。正妻所生的子为嫡子。此处嫡作动词用，当延续讲。嗣，接续，继承。后续，后代。
⑨ 饥厌糟糠：厌，通"餍"，满足，此当吃饱讲。糟糠，是指酒糟、米糠等粗劣食物，旧时穷人用来充饥的食物。借指共过患难的妻子。
⑩ 鸟官人皇：鸟官，传说远古少皞氏以鸟名官，谓鸟官、鸟师。人皇，传说是我国上古时代最早的君主之一。
⑪ 做小的"宠增抗极"：做妾的得宠争权。抗极，与皇帝相抗衡，形容权势很大。
⑫ 反揎去俺为正的"率宾归王"：正妻反而受妾的排挤摆布。揎，同"撵"。率宾，即率土之滨，所有的地方。指做妾的夺了家庭中的大权。

躬讥诚①"。出了家罢,俺则"垂拱②平章"。若论这道院里,昔年也不甚"宫殿盘郁";到老身,才开辟了"宇宙洪荒"。画真武"剑号巨阙"③,步北斗④"珠称夜光"。奉香供"果珍李柰⑤",把斋素也是"菜重芥姜"。世间味识得破"海咸河淡",人中网逃得出"鳞潜羽翔"。俺这出了家呵,把那几年前做新郎的臭粘涎"骸⑥垢想浴",将俺即世里做老婆的干柴火"执热愿凉"。则可惜做观主"游鹍独运⑦",也要知观的"顾答审详"⑧。赴会的都要"具膳餐饭",行脚的⑨也要"老少异粮"。怎生观中再没个人儿?也都则是"沉默寂寥",全不会"笺牒简要⑩"。俺老将来"年矢⑪每催",镜儿里"晦魄环照⑫"。便配不上仕女图"驰誉丹青",也要接得著仙真传"坚持雅操"。懒云游"东西二京⑬",端一味

---

① 省躬讥诚:自己检讨、自我批评。

② 垂拱:即垂衣拱手,形容毫不费力。古时比喻统治者什么都不用做,却能使天下太平。多用作称颂帝王无为而治。此处指出家后很闲静。

③ 画真武"剑号巨阙":真武,道家所崇奉的神,即真武上将,一名玄天上帝。巨阙,古代的宝剑名。

④ 步北斗:道家修炼的一种法术。按北斗星的位置移动,以召神驱鬼。

⑤ 果珍李柰:水果里最珍贵的是李子和柰子。柰,苹果的一种,通称柰子,亦称花红、沙果。

⑥ 骸:身体。

⑦ 游鹍独运:意思是自己独自主持道观,无人帮忙。鹍,古书上说的一种形似天鹅的大鸟,一飞八百里。

⑧ 也要知观的"顾答审详":知观,道观主持。顾答审详,原意是对人说话要详细周到。此处是说主持道观既要接待香客,也要处理观务。

⑨ 行脚的:原指行脚僧,行游四方求师问道的僧人。此指游方的道姑。

⑩ 笺牒简要:本指书信要简明扼要,此指向人募化。

⑪ 年矢:时光易逝,其速如箭。

⑫ 晦魄环照:本指月亮缺了又慢慢圆起来。环,循环。此指镜中人影。

⑬ 东西二京:汉隋唐建都长安,东汉建都洛阳,因长安位西,洛阳位东,故称长安为西京,洛阳为东京。意思是不愿到远方去云游。

"坐朝问道"。女冠子有几个"同气连枝①",骚道士不与他"工颦妍笑②"。怕了他暗地虎"布射辽丸"③,则守着寒水鱼"钓巧任钓"④。使唤的只一个"犹子比儿⑤",叫做癞头鼋"愚蒙等诮⑥"。(内)姑娘骂俺哩。俺是个妙人儿。(净)好不羞。"殆辱近耻",到夸奖你"并皆佳妙"。(内)杜太爷皂隶拿姑娘哩。(净)为甚么?(内)说你是个贼道。(净)咳,便道那府牌来"杜藁钟隶⑦",把俺做女妖看"诛斩贼盗"。俺可也"散虑逍遥",不用你这般"虚辉朗耀⑧"。(丑扮府差上)"承差府堂上,提名仙观中。"(见介)(净)府牌哥为何而来?

【大迓鼓】(丑)府主坐黄堂,夫人传示,衙内敲梆⑨。知他小姐年多长,染一疾,半年光。(净)俺不是女科⑩。(丑)请你修斋,一会祈禳。

---

① 同气连枝:原喻指兄弟。此指志同道合的人。
② 工颦妍笑:颦,皱眉。妍笑,甜美的笑。
③ 暗地虎"布射辽丸":意思是暗地里以阴谋诡计害人。暗地虎,暗地里。布射,指东汉吕布,善于骑射。辽丸,辽当作"僚",指春秋时楚国的熊宜僚,擅弄丸。弄丸,古代的一种技艺,两手上下抛接好多个弹丸,不使落地。
④ 则守着寒水鱼"钓巧任钓":意思是不受诱惑,自己坚守贞静。钓巧,指三国马钧,古代科技史上著名机械发明家之一,再现指南车、制造翻水车、研制"水转百戏图"、改良织绫机。事见《魏志》卷二十九。任钓,指古代传说中的任公子,曾在东海钓得一大鱼,浙江以东、广西以北的人得以饱食。
⑤ 犹子比儿:把侄儿当作儿子。犹子,侄子。
⑥ 愚蒙等诮:和愚昧无知的人一样受人讥诮。
⑦ 便道那府牌来"杜藁钟隶":府牌,府衙的差役。牌,牌军。杜藁钟隶,指东汉杜操的草书和三国魏钟繇的隶书。此处只取"隶"字,皂隶,差役。意思是差役来拘拿。
⑧ 虚辉朗耀:本指光明闪耀。此指以虚假的声势吓人。
⑨ 梆:梆子,用竹筒或挖空木头做成的发声器,用于巡更或聚众。
⑩ 女科:妇科医生。

【前腔】（净）俺仙家有禁方。小小灵符，带在身傍。教他刻下人无恙。（丑）有这等灵符！快行动些。（行介）（净）叫童儿。（内应介）（净）好看守，卧云房。殿上无人，仔细灯香。

（内）知道了。

（净）紫微宫女夜焚香，王　建

（丑）古观云根路已荒。释皎然

（净）犹有真妃长命缕，司空图

（丑）九天无事莫推忙①。曹　唐

---

①　下场诗四句：紫微宫女夜焚香，语出唐王建《宫词一百首》："秘殿清斋刻漏长，紫微宫女夜焚香。"紫微宫，帝王宫殿。古观云根路已荒，语出唐释皎然《晚春寻桃源观》："武陵何处访仙乡，古观云根路已荒。"云根，深山云起之处。犹有真妃长命缕，语出唐司空图《南至四首》："犹有玉真长命缕，樽前时唱缓羁情。"真妃，即九华真妃，道家崇奉的女仙。长命缕，又名"续命缕""五色丝"等，汉族端午节吉祥物兼饰物。用红黄蓝白黑五色丝线或绒线，拴在儿童手臂、手腕（男左女右）等处；或悬挂于儿童胸前、蚊帐、摇篮。据说，五色丝象征五色龙，可以免除瘟病，使人健康长寿。此指除病用的灵符。九天无事莫推忙，语出唐曹唐《小游仙诗九十八首》："且欲留君饮桂浆，九天无事莫推忙。"本句意思是请道姑不要借口事忙而推脱不去。九天，即九天玄女，道教供奉的女仙，此指道姑。

牡丹亭 | 109

清光绪十二年同文书局石印本《牡丹亭还魂记》图

第十八出　诊　祟①

【一江风】（贴扶病旦上）（旦）病迷厮。为甚轻憔悴？打不破愁魂谜。梦初回，燕尾翻风，乱飐起湘帘翠。春去偌多时，春去偌多时，花容只顾衰。井梧声刮的我心儿碎。

〔行香子〕春香呵，我"楚楚精神，叶叶腰身，能禁多病逡巡②！（贴）你星星措与③，种种生成，有许多娇，许多韵，许多情。（旦）咳，咱弄梅心事④，那折柳情人⑤，梦淹渐暗老残春。（贴）正好簟炉香午⑥，枕扇风清。知为谁颦，为谁瘦，为谁疼？"（旦）春香，我自春游一梦，卧病如今。不痒不疼，如痴如醉。知他怎生？（贴）小姐，梦儿里事，想他则甚！（旦）你教我怎生不想呵！

【金落索】贪他半晌痴，赚了多情泥⑦。待不思量，怎不思量

---

① 诊祟：陈最良为杜丽娘诊病，从中展现陈最良迂腐。
② 多病逡巡：多病，久病。逡巡，徘徊不去，喻疾病缠绵不去。
③ 星星措与：指每一个举动。星星，犹一点点，形容其小。措与，行为、举动、动作。
④ 弄梅心事：此指杜丽娘的怀春心思。她为自己画的肖像，手上拿着梅枝。
⑤ 折柳情人：指柳梦梅。在杜丽娘的梦中，他曾折柳赠诗。
⑥ 簟（diàn）炉香午：午间竹簟上炉香飘绕。簟，蕲竹所制竹席。
⑦ 赚了多情泥：害得她为感情所缠绵。赚，骗取，此是害得、弄得。泥，牵缠。

牡丹亭 | 111

得?就里暗销肌,怕人知。嗽腔腔①嫩喘微。哎哟,我这惯淹煎②的样子谁怜惜?自噤窄③的春心怎的支?心儿悔,悔当初一觉留春睡。(贴)老夫人替小姐冲喜④。(旦)信他冲的个甚喜?到的年时,敢犯杀花园内⑤?

【前腔】(贴)看他春归何处归,春睡何曾睡?气丝儿怎度的长天日?把心儿捧凑眉,病西施⑥。小姐,梦去知他实实谁?病来只送的个虚虚你。做行云先渴倒在巫阳会⑦。全无谓,把单相思害得忒明昧⑧。又不是困人天气,中酒心期⑨,魆魆地⑩常如醉。

(末上)"日下晒书嫌鸟迹,月中捣药要蟾酥⑪。"我陈最良承公相命,来诊视小姐脉息。到此后堂,不免打叫一声。春香贤弟有么?(贴见介)是陈师父。小姐睡哩。(末)免惊动他。我自进去。(见介)小姐。

---

① 腔腔:咳嗽声。元明方言俗语,受熬煎的意思。
② 淹煎:谓受熬煎,遭折磨。
③ 噤窄:谓闷在心里不说。噤,闭口不作声。
④ 冲喜:旧时迷信风俗,家中有人病重时,用办理喜事,如迎娶未婚妻过门等举动来驱除所谓作祟的邪气,希望病人转危为安。
⑤ 到的年时,敢犯杀花园内:这病难道是以前在花园里冲撞了鬼神而得的吗?用疑问表示否定。到的,难道。犯杀,即犯煞,冲撞了凶神。
⑥ 把心儿捧凑眉,病西施:春秋时越国美女西施心疼时捧心皱眉,样子很美。凑眉,皱眉。事见《庄子·天运》。
⑦ 做行云先渴倒在巫阳会:意思是追求情爱却先夭折了。行云,用巫山神女典。巫阳,巫山之阳。
⑧ 明昧:不明不白、不清楚、迷糊。
⑨ 中酒心期:多喝了酒,心情烦躁。中酒,醉酒。心期,本是心中向往,此当心绪、心情讲。
⑩ 魆(xū)魆地:暗暗地。此指精神恍惚。
⑪ 月中捣药要蟾酥:神话传说里有月亮上有白兔捣药的故事。蟾酥,蟾蜍耳后腺及表皮腺体的分泌物,白色乳状液体或浅黄色浆液,有毒,可以入药。

（旦作惊介）谁？（贴）陈师父哩。（旦扶起介）（旦）师父，我学生患病。久失敬了。（末）学生，学生，古书有云："学精于勤，荒于嬉①。"你因为后花园汤风②冒日，感下这疾，荒废书工。我为师的在外，寝食不安。幸喜老公相请来看病。也不料你清减至此。似这般样，几时能够起来读书？早则端阳节哩。（贴）师父，端节有你的。（末）我说端阳，难道要你粽子？小姐，望闻问切③，我且问你病症因何？（贴）师父问什么！只因你讲《毛诗》，这病便是"君子好求"上来的。（末）是那一位君子？（贴）知他是那一位君子。（末）这般说，《毛诗》病用《毛诗》去医。那头一卷就有女科圣惠方④在哩。（贴）师父，可记的《毛诗》上方儿？（末）便依他处方。小姐害了"君子"的病，用的史君子⑤。《毛诗》："既见君子，云胡不瘳⑥？"这病有了君子抽一抽，就抽好了。（旦羞介）哎也！（贴）还有甚药？（末）酸梅十个。《诗》云："摽有梅，其实七兮⑦"，又说："其实三兮。"三个打七个，是十个。此方单医男女过时思酸之病。（旦欢介）（贴）还有呢？（末）天南星⑧三个。（贴）可少？（末）再添些。《诗》云："三星在天⑨。"专医男女及时之病。（贴）还有

---

① 学精于勤，荒于嬉：语出唐韩愈《进学解》。学，原文作"业"。
② 汤风：顶着风，受了风吹。汤，顶、触。
③ 望闻问切：中医诊病的四种方法。
④ 圣惠方：灵验有效的药方。
⑤ 史君子：即"使君子"，中药名。
⑥ 既见君子，云胡不瘳：语出《诗·郑风·风雨》。君子，唱这首情歌的少女的爱人。云，语助词。胡，为什么。瘳，病愈。
⑦ 摽有梅，其实七兮：梅子落下来了，树上还留着七个。语出《诗·召南·摽有梅》。摽，落下。
⑧ 天南星：中药名，别名南星、白南星等。
⑨ 三星在天：指黄昏的时候。语出《诗·唐风·绸缪》。三星，星宿，傍晚出现在东方。

呢？（末）俺看小姐一肚子火，你可抹净一个大马桶，待我用栀子仁、当归，泻下他火来。这也是依方："之子于归，言秣其马①。"（贴）师父，这马不同那"其马"。（末）一样髀鞦窟洞下②。（旦）好个伤风切药陈先生。（贴）做的按月通经陈妈妈。（旦）师父不可执方③，还是诊脉为隐。（末看脉，错按旦手背介）（贴）师父，讨个转手。（末）女人反此背看之，正是王叔和《脉诀》④。也罢，顺手看是。（诊脉介）呀，小姐脉息，到这个分际了。

【金索挂梧桐】 他人才忒整齐，脉息恁微细。小小香闺，为甚伤憔悴？（起介）春香呵，似他这伤春怯夏肌，好扶持。病烦人容易伤秋意。小姐，我去咀药⑤来。（旦叹介）师父，少不得情栽了窍髓针难入⑥，病躲在烟花⑦你药怎知？（泣介）承尊觑，何时何日来看这女颜回⑧？（合）病中身怕的是惊疑。且将息，休烦絮。

（旦）师父且自在。送不得你了。可曾把俺八字推算么？（末）算来

---

① 之子于归，言秣其马：姑娘如肯嫁给我，我就喂饱马，驾着车去接她来。语出《诗·周南·汉广》。之子于归，栀子、当归谐音。秣其马，与抹净一个大马桶相谐，借以打诨。栀子仁、当归，中药名，但不是泻药。

② 一样髀鞦窟洞下：意思是马和马桶都是股腿坐的东西。髀，股部，大腿。鞦，即鞧，拴在牛马屁股上的皮带子。

③ 执方：按照常规办事、固执。

④ 王叔和《脉诀》：王叔和，晋代著名医学家，曾任太医令官，精于脉诊，著有《脉经》《脉诀》《脉赋》。

⑤ 咀药：古代煎药，先将药材嚼成粗粒再煎。故亦称煎药为咀药。

⑥ 情栽了窍髓针难入：相思病深到骨髓里面，针刺不进去。针，针刺。

⑦ 烟花：指风月情爱。

⑧ 女颜回：意思是有才华但短命的女学生，指杜丽娘。颜回，春秋末鲁国人，字子渊，是孔子最得意的弟子，却英年早逝，孔子为此非常遗憾。

要过中秋好。"当生止有八个字①,起死曾无三世医②。"(下)(贴)一个道姑走来了。(净上)"不闻弄玉吹箫③去,又见嫦娥窃药④来。"自家紫阳宫石道姑便是。承杜老夫人呼唤,替小姐禳解。(见贴介)(贴)姑姑为何而来?(净)吾乃紫阳宫石道姑。承夫人命,替小姐禳解。不知害的甚病?(贴)魌魊病⑤。(净)为谁来?(贴)后花园耍来。(净举三指,贴摇头介)(净举五指,贴又摇头介)(净)咳,你说是三是五,与他做主。(贴)你自问他去。(净见旦介)小姐,小姐,道姑稽首那。(旦作惊介)那里道姑?(净)紫阳宫石道姑。夫人有召,替小姐保禳。闻说小姐在后花园着魅⑥,我不信。

【前腔】你惺惺的⑦怎著迷?设设的⑧浑如魅。(旦作魇语⑨介)我的人那。(净、贴背介)你听他念念呢呢⑩,作的风风势⑪。是了,身边带有

---

① 八个字:即生辰八字。
② 三世医:祖传三代的医生。典出《礼记》:"医不三世,不服其药。"
③ 弄玉吹箫:弄玉,春秋时秦穆公之女。萧史善吹箫,作鸾凤之响。秦穆公有女弄玉,善吹笙,公以妻之,遂教弄玉作凤鸣。居十数年,凤凰来止。公为作凤台,夫妇止其上。数年,弄玉乘凤,萧史乘龙去。比喻男欢女悦,结成爱侣,共享幸福。事见汉刘向《列仙传》卷上。
④ 嫦娥窃药:上古神话传说,讲述嫦娥吃下了西王母赐给丈夫后羿的两粒不死之药后飞到了月宫的事情。喻女子求仙升天。事见《淮南子·览冥训》。
⑤ 魌魊病:即尴尬病,相思病。
⑥ 着魅:被鬼物迷惑。魅,传说中的鬼怪。
⑦ 惺惺的:聪明、机警的样子。
⑧ 设设的:痴迷状。
⑨ 魇(yǎn)语:梦魇之语,呓语。此指在昏迷状态下的胡言乱语。
⑩ 念念呢呢:形容说话含糊不清。
⑪ 风风势:形容癫狂的情态和动作。

牡丹亭

个小符儿。(取旦钗挂小符,作咒介)"赫赫扬扬,日出东方①。此符屏却恶梦,辟除不祥。急急如律令敕②。"(插钗介)这钗头小篆符③,眠坐莫教离。把闲神野梦都回避。(旦醒介)咳,这符敢不中?我那人呵,须不是**依花附木廉纤鬼**④。咱做的**弄影团风抹媚痴**⑤。(净)再痴时,请个五雷⑥打他。(旦)些儿意,正待携云握雨,你却用掌心雷。(合前)

(净)还分明说与,起个三丈高咒幡儿⑦。(旦)待说个甚么子好?

【尾声】依稀则记的个柳和梅。姑姑,你也**不索打符桩挂竹枝**,则待我冷思量,一星星咒向梦儿里。(贴扶旦下)

(贴)绿惨双蛾不自持,　步非烟

(净)道家妆束厌禳时。　薛　能

(旦)如今不在花红处,　怀　濬

---

① 赫赫扬扬,日出东方:道士治病的咒语开头两句。赫赫扬扬,形容光芒四射的样子。

② 急急如律令敕:道教的咒语的结语。本是汉代公文结语,要求下级按照律令办事。后被道教模仿,成为道士念咒语的结语,勒令鬼神按照符咒照办。

③ 篆符:指记录于诸符间的天神名讳秘文,符篆通常表现为符号、图形,一般书写于黄色纸、帛上。符篆是天神的文字,是传达天神意旨的符信,用它可以召神劾鬼,降妖镇魔,治病除灾。

④ 廉纤鬼:小鬼。廉纤,细小,细微。

⑤ 弄影团风抹媚痴:弄影团风,形容心魂不定。抹媚,痴迷、迷糊。形容害相思的神态。

⑥ 五雷:即五雷法,道家的一种禳解法术。

⑦ 咒幡儿:长条形的旗子,上书咒语,道家禳解时用。

（合）为报东风且莫吹①。李　涉

---

① 下场诗四句：绿惨双蛾不自持，语出唐步非烟《答赵子》："绿惨双蛾不自持，只缘幽恨在新诗。"道家妆束厌襈时，语出唐薛能《黄蜀葵》："记得玉人初病起，道家妆束厌襈时。"厌襈，襈解。如今不在花红处，语出唐怀濬《上归州刺史代通状二首》："而今不在花红处，花在旧时红处红。"为报东风且莫吹，语出唐李涉《春晚游鹤林寺寄使府诸公》："明朝携酒犹堪赏，为报春风且莫吹。"

清光绪十二年同文书局石印本《牡丹亭还魂记》图

第十九出　牝　贼①

【北点绛唇】（净扮李全引众上）世扰膻风，家传杂种②。刀兵动，这贼英雄，比不的穿墙洞③。

"野马千蹄合一群，眼看江海尽风尘。汉儿学得胡儿语，又替胡儿骂汉人④。"自家李全是也。本贯楚州⑤人氏。身有万夫不当之勇。南朝不用，去而为盗。以五百人出没江淮之间，正无归着。所幸大金皇帝，遥封俺为溜金王。央我骚扰淮扬，看机进取。奈我多勇少谋。所喜妻子杨氏娘娘，能使一条梨花枪，万人无敌。夫妻上阵，大有威风。则是娘娘有些吃酸，但是掳的妇人，都要送他帐下。便是军士们，都只畏惧他。正是："山妻独霸蛇吞象⑥，海贼封王鱼变龙。"

【番卜算】（丑扮杨婆持枪上）百战惹雌雄，血映燕支⑦重。（舞介）一枝枪洒落花风，点点梨花弄。

---

① 牝贼：是说李全受其妻控制。牝，鸟兽的雌性，与牡相对。
② 世扰膻风，家传杂种：世扰，世代养成。膻，羊肉的气味。膻、杂种，都是古时对少数民族的污蔑。
③ 穿墙洞：穿墙钻穴的小贼。
④ 汉儿学得胡儿语，又替胡儿骂汉人：语出唐司空图《河湟有感》："汉儿尽作胡儿语，却向城头骂汉人。"
⑤ 楚州：古州名，今江苏省淮安市。
⑥ 蛇吞象：语出《山海经·海内南经》："巴蛇食象，三岁而出其骨。"后喻贪得无厌。明罗洪先诗："人心不足蛇吞象。"
⑦ 燕支：即胭脂。一种红色的颜料，女性用作化妆品。

（见举手介）大王千岁。奴家介胄在身，不拜了①。（净）娘娘，你可知大金皇帝，封俺做溜金王？（丑）怎么叫做溜金王？（净）溜者顺也。（丑）封你何事？（净）央俺骚扰淮扬三年。待俺兵粮齐集，一举渡江，灭了赵宋。那时还封俺为帝哩！（丑）有这等事！恭喜了。借此号令，买马招军。

【六幺令】 如雷喧哄，紧辕门画鼓冬冬。哨尖儿②飞过海云东。（合）好男女，坐当中，淮扬草木都惊动。

【前腔】 聚粮收众。选高蹄战马青骢。闪盔缨斜簇玉钗红。（合前）

（净）群雄竞起向前朝，　杜　甫
（丑）折戟沉沙铁未销。　杜　牧
　　　平原好牧无人放，　曹　唐
　　　白草连天野火烧③。　王　维

---

① 介胄在身，不拜了：汉文帝刘恒到细柳营犒劳军士，将军周亚夫手持武器，作揖为礼。他说："介胄之士，不拜，请以军礼见。"事见《史记·绛侯周勃世家》。介胄，铠甲和头盔。

② 哨尖儿：探子。

③ 下场诗四句：群雄竞起向前朝，语出唐杜甫《夔州歌十绝句》："群雄竞起问前朝，王者无外见今朝。"折戟沉沙铁未销，语出唐杜牧《赤壁》："折戟沉沙铁未销，自将磨洗认前朝。"平原好牧无人放，语出唐曹唐《病马五首呈郑校书章三吴十五先辈》："平原好牧无人放，嘶向秋风苜蓿花。"白草连天野火烧，语出唐王维《横吹曲辞·出塞》："居延城外猎天骄，白草连天野火烧。"

清光绪十二年同文书局石印本《牡丹亭还魂记》图

第二十出 闹 殇①

【金珑璁】（贴上）连宵风雨重，多娇多病愁中。仙少效，药无功。

"颦有为颦，笑有为笑②。不颦不笑，哀哉年少。"春香侍奉小姐，伤春病到深秋。今夕中秋佳节，风雨萧条。小姐病转沉吟③，待我扶他消遣。正是："从来雨打中秋月，更值风摇长命灯④。"（下）

【鹊桥仙】（贴扶病旦上）拜月堂空，行云径拥，骨冷怕成秋梦。世间何物似情浓？整一片断魂心痛。

（旦）"枕函敲破漏声残⑤，似醉如呆死不难。一段暗香迷夜雨，十分清瘦怯秋寒。"春香，病境沉沉，不知今夕何夕？（贴）八月半了。（旦）哎也，是中秋佳节哩。老爷，奶奶，都为我愁烦，不曾玩赏了？（贴）这都不在话下了。（旦）听见陈师父替我推命，要过中秋。看看病势转沉，今宵欠好。你为我开轩⑥一望，月色如何？（贴开窗，旦望介）

---

① 闹殇：指杜丽娘夭折引发的风波。殇，未成年男女死去。
② 颦有为颦，笑有为笑：当忧则忧，当喜则喜。语出《韩非子·内储说》。颦，皱眉。
③ 沉吟：沉重。
④ 长命灯：昼夜燃点，祈求福寿的灯。风摇长命灯，喻指生命危险。
⑤ 枕函敲破漏声残：枕函，中间可以藏物的枕头。漏声，铜壶滴漏之声。漏，古代计时器，铜制有孔，可以滴水或漏沙，有刻度标志以计时间。
⑥ 开轩：开窗。轩，有窗的长廊或小屋。

【集贤宾】（旦）海天悠、问冰蟾①何处涌？玉杵②秋空，凭谁窃药把嫦娥奉？甚西风吹梦无踪！人去难逢，须不是神挑鬼弄。在眉峰，心坎里别是一般疼痛③。（旦冈介）

【前腔】（贴）甚春归无端厮和哄④，雾和烟两不玲珑⑤。算来人命关天重⑥，会消详、直恁匆匆⑦！为着谁侬⑧，俏样子等闲抛送？待我诳他。姐姐，月上了。月轮空，敢醮破⑨你一床幽梦。

（旦望叹介）"轮时盼节想中秋，人到中秋不自由。奴命不中孤月照，残生今夜雨中休。"

【前腔】你便好中秋月儿谁受用？剪西风泪雨梧桐⑩。楞生瘦骨加沉重⑪。趱程期⑫是那天外哀鸿。草际寒蛩，撒剌剌纸条窗缝⑬。（旦

---

① 冰蟾：月亮。传说月宫有一只三条腿的蟾蜍，而后人也把月宫叫蟾宫。
② 玉杵：传说月中有白兔持杵捣药，因以玉杵指月亮。杵，舂米或捶衣的木棒。
③ 在眉峰，心坎里别是一般疼痛：语出宋李清照词《一剪梅》："此情无计可消除。才下眉头，却上心头。"
④ 厮和哄：厮，相互。和哄，哄骗。
⑤ 雾和烟两不玲珑：指春天不好。雾、烟，指春天。
⑥ 人命关天重：古代民间俗语："人命事关天关地。"
⑦ 会消详、直恁匆匆：意思是以为病情会慢慢地好了的，谁知竟一下子更加沉重。消详，拖延。
⑧ 侬：人。吴语经典特征字。
⑨ 醮破：吵醒。
⑩ 剪西风泪雨梧桐：除掉。此处形容秋风秋雨吹落梧桐叶。
⑪ 楞生瘦骨加沉重：瘦弱的身躯，病情更加严重了。楞，同"棱"。
⑫ 趱程期：赶路，赶时辰。趱，赶。
⑬ 草际寒蛩（qióng），撒剌剌纸条窗缝：语出宋李清照词《行香子》："草际鸣蛩，惊落梧桐。"蛩，蟋蟀。撒，发出。剌剌，象声词，形容风声。

惊作昏介）冷松松，软兀剌四梢难动①。

（贴惊介）小姐冷厥②了。夫人有请。（老旦上）"百岁少忧夫主贵，一生多病女儿娇。"我的儿，病体怎生了？（贴）奶奶，欠好，欠好。（老旦）可怎了！

【前腔】不堤防你后花园闲梦铳③，不分明再不惺忪④，睡临侵⑤打不起头梢重。（泣介）恨不呵早早乘龙⑥。夜夜孤鸿，活害杀俺翠娟娟雏凤。一场空，是这答里把娘儿命送。

【啭林莺】（旦醒介）甚飞丝缱的阳神动，弄悠扬风马叮咚⑦。（泣介）娘，儿拜谢你了。（拜跌介）从小来觑的千金重，不孝女孝顺无终。娘呵，此乃天之数也。当今生花开一红，愿来生把萱椿再奉。（众泣介）（合）恨西风，一霎无端碎绿摧红。

【前腔】（老旦）并无儿、荡得个娇香种⑧，绕娘前笑眼欢容。但成人索把俺高堂送⑨。恨天涯老运孤穷。儿呵，暂时间月直年空⑩，返

---

① 软兀剌四梢难动：软兀剌，形容无力，乏劲。兀剌，蒙古语，无力貌。四梢，四肢。
② 冷厥：犹昏厥。
③ 梦铳：睡梦。
④ 不惺忪：神志不清。
⑤ 睡临侵：沉睡。临侵，词尾，表示程度。
⑥ 乘龙：比喻嫁个好女婿。
⑦ "甚飞丝缱"二句：意思是什么飞丝牵动我的阳魂呢？原来是铁马叮咚作响，把我的阳神从昏迷状态中惊醒过来。缱，牵住。阳神，生魂。
⑧ 荡得个娇香种：好不容易才荡住一个女儿。荡，飘荡不定的样子。
⑨ 高堂送：指给父母养老送终。高堂，指房屋的正室厅堂，用于称谓，对父母的敬称。
⑩ 月直年空：即月值年灾，某年或某月命定的灾难。为押韵，改动了灾字。

将息你这心烦意冗。（合前）

（旦）娘，你女儿不幸，作何处置？（老旦）奔①你回去也。儿！

【玉莺儿】（旦泣介）旅榇②梦魂中，盼家山千万重。（老旦）便远也去。（旦）是不是③听女孩儿一言。这后园中一株梅树，儿心所爱。但葬我梅树之下可矣。（老旦）这是怎的来？（旦）做不的病婵娟桂窟里长生④，则分⑤的粉骷髅向梅花古洞。（老旦泣介）看他强扶头泪蒙，冷淋心汗倾，不如我先他一命无常用。（合）恨苍穹，妒花风雨，偏在月明中。

（老旦）还去与爹讲，广做道场也。儿，"银蟾谩捣君臣药⑥，纸马重烧子母钱⑦。"（下）（旦）春香，咱可有回生之日否？

【前腔】（叹介）你生小事依从，我情中你意中。春香，你小心奉事老爷奶奶。（贴）这是当的了。（旦）春香，我记起一事来。我那春容，题诗在上，外观不雅。葬我之后，盛着紫檀匣儿，藏在太湖石底。（贴）这是主何意儿？（旦）有心灵翰墨春容，傥直那人知重⑧。（贴）姐姐宽心。你如今不幸，孤坟独影。肯将息起来，禀过老爷，但是姓梅姓柳秀才，招选一个，同生同死，可不美哉！

---

① 奔：指把遗体送到原籍。
② 旅榇（chèn）：暂寄灵柩，寄存外乡的棺木。
③ 是不是：不管怎样、无论如何。
④ 做不的病婵娟桂窟里长生：身体有病，不能像嫦娥在月宫里长生不死。婵娟，指嫦娥。神话谓月中有桂树，因称月宫为"桂窟"。
⑤ 分：甘愿，应该。
⑥ 银蟾谩捣君臣药：意思是月中玉兔徒然捣药，也救不了丽娘的命。谩，徒然、空。君臣药，方剂术语，中医开的药方。分主药和次药，前者为君，后者为臣。原指君主、臣僚，后指中药方中的各味药的不同作用。
⑦ 纸马重烧子母钱：纸马，一名甲马。印有神像供祭祀时焚化用的纸片。子母钱，本义利钱和本钱。此处指纸钱。
⑧ 傥直那人知重：也许能得到心上人的赏识。傥，同"倘"，也许。直，同"值"，遇到、碰到。知重，赏识、看重。

（旦）怕等不得了。哎哟，哎哟！（贴）这病根儿怎攻①，心上医怎逢？（旦）春香，我亡后，你常向灵位前叫唤我一声儿。（贴）他一星星说向咱伤情重。（合前）

（旦昏介）不好了，不好了，老爷奶奶快来！

【忆莺儿】（外、老旦上）鼓三冬②，愁万重。冷雨幽窗灯不红。听侍儿传言女病凶。（贴泣介）我的小姐，小姐！（外、老旦同泣介）我的儿呵，你舍的命终，抛的我途穷。当初只望把爹娘送。（合）恨匆匆，萍踪浪影，风剪了玉芙蓉。

（旦作醒介）（外）快苏醒！儿，爹在此。（旦作看外介）哎哟，爹爹扶我中堂去罢。（外）扶你也，儿。（扶介）

【尾声】（旦）怕树头树底不到的五更风③，和俺小坟边立断肠碑一统④。爹，今夜是中秋。（外）是中秋也，儿。（旦）禁了这一夜雨。（叹介）怎能够月落重生灯再红！（并下）

（贴哭上）我的小姐，我的小姐，"天有不测之风云，人有无常之祸福。"我小姐一病伤春死了。痛杀了我家老爷、我家奶奶。列位看官们，怎了也！待我哭他一会。

【红衲袄】小姐，再不叫咱把领头香心字⑤烧，再不叫咱把剔花灯红泪

---

① 攻：医治。
② 冬：鼓声，击鼓的次数。
③ 怕树头树底不到的五更风：怕满树的花朵，不待五更风的吹折，就都落下了。语出唐王建《宫词》："树头树底觅残红，一片西飞一片东。自是桃花贪结子，错教人恨五更风。"
④ 一统：一方。
⑤ 心字：即心字香，指摆成心形的香。心香，佛教语。谓中心虔诚，如供佛之焚香。

缴①，再不叫咱拈花侧眼调歌鸟，再不叫咱转镜移肩和你点绛桃②。想着你夜深深放剪刀，晓清清临画藁。提起那春容，被老爷看见了，怕奶奶伤情，分付殉了葬罢。俺想小姐临终之言，依旧向湖山石儿靠也，怕等得个拾翠人③来把画粉销。

老姑姑，你也来了。（净上）你哭得好，我也来帮你。

【前腔】春香姐，再不教你暖朱唇学弄箫。（贴）为此。（净）再不和你荡湘裙④闲斗草。（贴）便是。（净）小姐不在，春香姐也松泛多少。（贴）怎见得？（净）再不要你冷温存热絮叨，再不要你夜眠迟、朝起的早。（贴）这也惯了。（净）还有省气的所在。鸡眼睛不用你做嘴儿挑⑤，马子儿不用你随鼻儿倒⑥。（贴啐介）（净）还一件，小姐青春有了，没时间做出些儿也⑦，那老夫人呵，少不的把你后花园打折腰。

（贴）休胡说！老夫人来也。（老旦哭介）我的亲儿，

【前腔】每日绕娘身有百十遭，并不见你向人前轻一笑。他背熟的班

---

① 红泪缴：红泪，红蜡烛点燃时流下来的蜡液。缴，揩试。
② 点绛桃：点染嘴唇。点，点染。绛桃，花小而鲜红喻指嘴唇。
③ 拾翠人：拾取翠鸟羽毛的人。此借指拾画的人。
④ 荡湘裙：指荡秋千。
⑤ 鸡眼睛不用你做嘴儿挑：鸡眼睛，病名，在足趾侧长出的小硬点，状如鸡眼。做嘴儿挑，挑时努嘴作势。
⑥ 马子儿不用你随鼻儿倒：马子，指马桶。随鼻儿，掩着鼻子。
⑦ 没时间做出些儿也：不知什么时候做出些儿事来。些儿，指儿女私情。

姬《四诫》①从头学，不要得孟母三迁②把气淘。也愁他软苗条忒恁娇，谁料他病淹煎真不好。（哭介）从今后谁把亲娘叫也，一寸肝肠做了百寸焦。

（老旦闷倒，贴惊叫介）老爷，痛杀了奶奶也。快来，快来！（外哭上）我的儿也，呀，原来夫人闷倒在此。

【前腔】夫人，不是你坐孤辰把子宿罴③，则是我坐公堂冤业报。较不似老仓公多女好④。撞不着赛卢医他一病跷⑤。天，天，似俺头白中年啊，便做了大家缘何处消⑥？见放着小门楣生⑦折倒！夫人，你且自保重。便做你

---

① 班姬《四诫》：班姬，即班昭。东汉女史学家、文学家，史学家班彪之女、班固之妹，十四岁嫁同郡曹世叔为妻，故后世亦称"曹大家"。班昭博学高才，作的《女诫》七篇，是封建时代妇女的一种读物。明代一般通行的只有四篇，故称。

② 孟母三迁：孟母，孟轲的母亲。为让孟轲有好的学习环境，曾迁居三次。

③ 坐孤辰把子宿罴：意思是命运不济，没有儿子。孤辰，古代卜者的术语。天干为日，地支为辰，六甲中无天干相配之地支称孤辰。如甲子旬中无戌亥，戌亥即为孤辰；甲戌旬中无申酉，申酉即为孤辰。余类推。迷信认为人的生辰八字犯孤辰即主不吉利。子宿，子星，此指子嗣。罴，虚无。

④ 较不似老仓公多女好：意思是不像老仓公那样有众多的女儿好。较不似，比不上、不如。老仓公，即名医淳于意。西汉临淄人，姓淳于，名意。他曾任齐太仓令，故称仓公。他没有儿子，只有五个女儿。后因故获罪当刑，其女缇萦上书文帝，愿以身代，得免。事见《史记·扁鹊仓公列传》。

⑤ 撞不着赛卢医他一病跷：意思是说遇不到良医，因而她死去了。卢医，古代名医扁鹊，曾经在卢国长期居住，被人们尊称"卢医"。"赛卢医"就是"赛扁鹊"，比扁鹊的医术还高明。赛，赛过，比得上。跷，同"翘"，死去。

⑥ 便做了大家缘何处消：积聚了大量家产又有什么用啊。家缘，家业、家产。

⑦ 生：硬是、活生生地。

寸肠千断了也,则怕女儿呵,他望帝魂归不可招①。

(丑扮院公上)"人间旧恨惊鸦去,天上新恩喜鹊来。"禀老爷,朝报②高升。(外看报介)吏部③一本,奉圣旨:"金寇南窥,南安知府杜宝,可升安抚使④,镇守淮扬。即日起程,不得违误。钦此⑤。"(叹介)夫人,朝旨催人北往,女丧不便西归。院子,请陈斋长讲话。(丑)老相公有请。(末上)"彭殇真一壑⑥,吊贺每同堂。"(见介)(外)陈先生,小女长谢你了。(末哭介)正是。苦伤小姐仙逝,陈最良四顾无门。所喜老公相乔迁⑦,陈最良一发失所。(众哭介)(外)陈先生有事商量。学生奉旨,不得久停。因小女遗言,就葬后园梅树之下,又恐不便后官居住,已分付割取后园,起座梅花庵观,安置小女神位。就着这石道姑焚修看守。那道姑可承应的来?(净跪介)老道婆添香换水。但往来看顾,还得一人。(老旦)就烦陈斋长为便。(末)老夫人有命,情愿效劳。(老

---

① 望帝魂归不可招:魂魄不能回来了。望帝,相传战国时期蜀王杜宇称帝,号望帝,死后化为杜鹃鸟。

② 朝报:朝廷的公报。刊载诏令、奏章及官吏任免等事。

③ 吏部:古代官制六部之一。主管吏的任免、考课、升降、调动等事务。

④ 安抚使:中国古代官名,为由中央派遣处理地方事务的官员。宋代,为诸路灾伤及用兵的特遣专使。一般由知州兼任。

⑤ 钦此:象征皇帝到此亲自颁布诏书。旧时对帝王的决定、命令或其所做的事冠以"钦"字,以示崇高与尊敬。封建时代皇帝诏书结尾的套语。

⑥ 彭殇真一壑:长寿和短命都逃不出一死。彭,即彭祖,传说中寿命最长的人,活到八百岁。壑,深沟、坑谷,此指埋葬的地方。

⑦ 乔迁:典出《诗经·小雅·伐木》:"出自幽谷,迁于乔木。"乔迁,鸟儿飞离深谷,迁到高大的树木上去。祝贺用语,贺人迁居或贺人官职升迁之辞。

（旦）老爷，须置些祭田①才好。（外）有漏泽院②二顷虚田，拨资香火。（末）这漏泽院田，就漏在生员身上。（净）咱号道姑，堪收稻谷③。你是陈绝粮，漏不到你。（末）秀才口吃十一方④，你是姑姑，我还是孤老⑤，偏不该我收粮？（外）不消争，陈先生收给。陈先生，我在此数年，优待学校。（末）都知道。便是老公相高升，旧规有诸生遗爱记、生祠碑文，到京伴礼送人为妙。（净）陈绝粮，遗爱记是老爷遗下与令爱作表记么？（末）是老公相政迹歌谣。什么"令爱"！（净）怎么叫做生祠？（末）大祠宇塑老爷像供养，门上写着"杜公之祠"。（净）这等不如就塑小姐在傍，我普同供养。（外恼介）胡说！但是旧规，我通不用了。

【意不尽】陈先生，老道姑，咱女坟儿三尺暮云高，老夫妻一言相靠。不敢望时时看守，则清明寒食一碗饭儿浇。

（外）魂归冥漠魄归泉，　朱　褒

（老）使汝悠悠十八年。　曹　唐

（末）一叫一回肠一断，　李　白

---

① 祭田：中国古代社会中，一个家族的公共田产，用来祭祀祖先、赡族等。

② 漏泽院：宋代管理漏泽园的机构。漏泽园，古时官设的丛葬地，凡无主尸骨及家贫无葬地者，由官家丛葬，称其地为"漏泽园"。该制度始于宋。

③ 稻谷：是道姑的谐音。

④ 口吃十一方：和尚到处化缘，称口吃十方。陈最良住在庙里，连和尚道姑的也要吃，所以说口吃十一方。

⑤ 孤老：孤独而年老的人，与谷稻谐音。

（合）如今重说恨绵绵①。张　籍

---

① 下场诗四句：魂归冥漠魄归泉，语出唐朱褒《悼杨氏妓琴弦》："魂归寥廓魄归泉，只住人间十五年。"冥漠，指阴间。泉，黄泉，亦指阴间。使汝悠悠十八年，语出唐曹唐《题子侄书院双松》："莫教取次成闲梦，使汝悠悠十八年。"一叫一回肠一断，语出唐李白《宣城见杜鹃花》："一叫一回肠一断，三春三月忆三巴。"一说杜牧作。如今重说恨绵绵，语出唐张籍《送元结》："昔日同游漳水边，如今重说恨绵绵。"

第二十一出　谒　遇

【光光乍】（老旦扮僧上）一领破袈裟，香山嶴里巴①。多生多宝②多菩萨，多多照证光光乍③。

小僧广州府香山嶴多宝寺一个住持。这寺原是番鬼④们建造，以便迎接收宝官员。兹有钦差⑤苗爷任满，祭宝于多宝菩萨位前，不免迎接。

【挂真儿】（净扮苗舜宾，末扮通事⑥，外、贴扮皂卒，丑扮番鬼上）半壁天南开海汊⑦，向真珠窟⑧里排衙。（僧接介）（合）广利神

---

① 巴：指寺庙。明代广东澳门耶稣教会堂译为三巴寺。此处是为押韵用这个字。
② 多宝：菩萨名，即多宝如来，此佛为东方宝净世界的教主。
③ 光光乍：指和尚或尼姑。佛光照耀着光头，和尚自嘲的话。
④ 番鬼：明代民众称外国人为番鬼，这里指洋商。鸦片战争之后，一些外国人从经商者变为侵略者，粤语中的"番鬼"也就逐渐带上贬义色彩。
⑤ 钦差：官名。由皇帝亲自派遣，代表皇帝出外办理重大事件的官员。
⑥ 通事：指翻译人员。
⑦ 海汊：水流的分支。
⑧ 真珠窟：指香山嶴。我国南海产珍珠，这里指香山嶴在南海边。真珠，即珍珠。

王①,善财天女②,听梵放海潮音下③。

（净）"铜柱朱崖道路难,伏波横海旧登坛④。越人自贡珊瑚树,汉使何劳獬豸冠⑤?"自家钦差识宝使臣苗舜宾便是。三年任满,例当祭赛多宝菩萨。通事那里？（末见介）（丑见介）伽喇喇。（老旦见介）（净）叫通事,分付番回⑥献宝。（末）俱已陈设。（净起看宝介）奇哉宝也。真乃磊落山川,精荧日月。多宝寺不虚名矣！看香。（内鸣钟,净礼拜介）

---

① 广利神王：神话中四海龙王之一,居住在南海,地位仅次于东海龙王。《唐会要》卷四十七载,唐天宝十载封南海神为广利王。据《仇池笔记》卷下《广利王召》载,广利王富有奇珍异宝。

② 善财天女：善财,佛教菩萨之一。民间又称善财童子,和龙女一起,为观世音菩萨的协侍,善财为文殊菩萨曾住过的福城中长者五百童子之一。出生时,家中自然涌现许多珍奇财宝,因而取名为善财。事见《华严经·入法界品》。天女,传说中天上的神女。事见《维摩诘经·观众生品》。

③ 听梵放海潮音下：意思是听佛法。梵,佛教谓作法事时的歌咏赞颂之声。海潮音,佛教语。海潮按时而至,其音宏大,故以喻佛、菩萨应时适机说法的声音。

④ 铜柱朱崖道路难,伏波横海旧登坛：铜柱,东汉马援曾被封为伏波将军,征讨交趾,在今广西上思县分茅岭立铜柱,作为汉和交趾分疆标志。事见《后汉书·马援传》。朱崖,即珠崖,今海南岛一带。铜柱、朱崖,都代指穷荒僻壤、道路阻险而遥远的南方,是当年伏波将军（马援）、横海将军（韩说）拜将坛、征讨东越之地。伏波,是汉朝的一种将军名号。登坛,拜将。

⑤ 越人自贡珊瑚树,汉使何劳獬豸（xièzhì）冠：意思是珊瑚等珍宝是越人自贡,不用朝廷派使臣去索取。獬豸冠,指古代御史等执法官吏戴的帽子,后指御史等执法官吏。此指使臣。獬豸,是传说中的一种独角兽,似羊非羊,似鹿非鹿,能辨曲直,见人争斗就用角去顶坏人。以上四句诗出自唐张谓《杜侍御送贡物戏赠》。

⑥ 番回：回教徒、阿拉伯人。此处指航海到中国来的外国商人。

【亭前柳】（净）三宝唱三多①，七宝②妙无过。庄严成世界，光彩遍娑婆③。甚多，功德无边阔。（合）领拜南无④，多得宝，宝多罗多罗。

（净）和尚，替番回海商，祝赞一番。

【前腔】（老旦）大海宝藏多，船舫遇风波。商人持重宝，险路怕经过。刹那，念彼观音脱⑤。（合前）

【挂真儿】（生上）望长安⑥西日下，偏吾生海角天涯。爱宝的喇嘛⑦，抽珠⑧的佛法，滑琉璃两下难拿⑨。

自笑柳梦梅，一贫无赖，弃家而游。幸遇钦差寺中祭宝，托词进见。倘言语中间，可以打动，得其赈援，亦未可知。（见外介）（生）烦大哥

---

① 三宝唱三多：三宝，在佛教中，称"佛、法、僧"为三宝，此指僧人。三多，佛教用语。指多近善友，多闻法音，多修不净观。一说，指多供养佛，多事善友，多问法要。见《长阿含经》。
② 七宝：指七种珍宝，又称七珍。不同历史时期所译的不同版本中，所说七宝也不同，以《法华经》为例，以金、银、琉璃、砗磲、玛瑙、珍珠、玫瑰为七宝。
③ 娑婆：即娑婆世界。娑婆汉译"堪忍"，因此世界的众生，堪能忍受十恶及诸烦恼而不肯出离，故名"堪忍世界"。
④ 南无：佛学用语，又作南牟。佛教徒称合掌稽首为"南无"，并常用来加在佛名、菩萨名或经典名之前，表示对佛法的一种尊敬。
⑤ 刹那，念彼观音脱：刹那，梵语，极短的时间，一念之间。观音，观世音菩萨。佛家说，观音能救苦救难，苦难的人一念观音的佛名，菩萨就能听见，使他得到解脱。念彼观音脱，是《观世音菩萨普门品》中的一句偈语。
⑥ 长安：汉代的都城，后多代称京城。
⑦ 喇嘛：藏传佛教术语，意为上师、上人，为对藏传佛教僧侣之尊称。此泛指和尚。
⑧ 抽珠：佛教徒念一声佛或一遍经，抽拨珠串上一粒珠子以记数。也有和尚抽取珠宝的意思。此处语意双关。
⑨ 滑琉璃两下难拿：两下，指上文提到爱宝的喇嘛、抽珠的佛法。是说他们像琉璃一样圆滑，两者都靠不住。

通报一声。广州府学生员柳梦梅,来求看宝。(报介)(净)朝廷禁物①,那许人观。既系斯文②,权请相见。(见介)(生)"南海开珠殿③。(净)西方掩玉门④。(生)剖怀俟知己。(净)照乘⑤接贤人。"敢问秀才以何至此?(生)小生贫苦无聊。闻得老大人在此赛宝,愿求一观,以开怀抱。(净笑介)即逢南土之珍,何惜西昆之秘⑥。请试一观。(净引生看宝介)(生)明珠美玉,小生见而知之。其间数种,未委何名?烦老大人一一指教。

【驻云飞】(净)这是星汉神砂⑦,这是煮海金丹和铁树花⑧。少什

---

① 禁物:皇家专用,不许平民百姓私用的东西。
② 斯文:儒者、读书人。
③ 珠殿:饰以珠玉的宫殿。五代刘䶮在广州自立为王,史称南汉。他极尽奢侈,广聚南海珠宝,建立玉堂珠殿。事见《旧五代史·僭伪列传》。
④ 西方掩玉门:意思是不用到玉门关外寻求宝玉了。玉门,即玉门关,是古汉长城的关隘之一,在甘肃省西北部,是古代中国本部到西域的交通要道。玉门关外昆仑山、于阗等地盛产美玉。
⑤ 照乘:即照乘珠,指光亮能照明车辆的宝珠。典出《史记·田敬仲完世家》。此处喻贤人。
⑥ 西昆之秘:西昆,指西方昆仑群玉之山。相传是古代帝王藏书之地。此指宝玉。
⑦ 星汉神砂:即星汉砂,一种宝石。传说银河里的砂石。星汉,银河。语出唐李贺《上云乐》:"天江碎碎银沙路。"
⑧ 煮海金丹和铁树花:煮海金丹,一种宝物。神话传说,秀才张羽同龙女相约为夫妇,后受阻,张羽得宝物,煮沸大海,制服龙王,才得以成婚。铁树花,即铁树开花,铁树也叫苏铁,常绿乔木,不常开花。比喻事情非常罕见或极难实现。此处认为是一种罕见的宝物。

么猫眼①精光射，母碌②通明差。嗏，这是靺鞨柳金芽③，这是温凉玉斝④，这是吸月的蟾蜍⑤，和阳燧冰盘化⑥。（生）我广南有明月珠⑦，珊瑚树。（净）径寸明珠⑧等让他，便是几尺珊瑚碎了他⑨。

（生）小生不游大方之门⑩，何因睹此！

【前腔】天地精华，偏出在番回到帝子家⑪。禀问老大人，这宝来路多远？（净）有远三万里的，至少也有一万多程。（生）这般远，可是飞来，走来？

---

① 猫眼：即猫睛石，具有猫眼效应的金绿宝石，是珠宝中稀有而名贵的品种。

② 母碌：即祖母绿，被称为绿宝石之王，是相当贵重的宝石。

③ 靺鞨柳金芽：靺鞨，中国古代民族名，自古生息繁衍在东北地区，是满族的先祖。唐时写作靺鞨。以粟末靺鞨和黑水靺鞨最强大。后黑水靺鞨演化成女真族，建立金国，与南宋对峙。靺鞨柳金芽，是靺鞨所产的一种红宝石。靺鞨芽，即红玛瑙。

④ 温凉玉斝（jiǎ）：亦称"温凉玉盏"。传说秦国的宝物，杯中酒水的冷热随人而宜。斝，古代青铜制的酒器，圆口，三足。

⑤ 吸月的蟾蜍：疑指一种蟾蜍形状的宝物。放在点燃的香炉旁边，会把烟吸入腹内。过了许久，烟又口内徐徐吐出。事见《稗史类编》。

⑥ 阳燧冰盘化：阳燧，古代用铜制作的镜子形状的利用太阳取火的器具。根据上下文，此处指珠名，传说是大食国（阿拉伯）的国宝。事见《太平广记》卷三十四《崔炜》。冰盘，古代盛冰的盘子。冰盘化，汉代董偃以玉晶盘贮冰，冰盘被人拂倒，冰也化了。事见《三辅黄图》卷三。

⑦ 明月珠：又叫夜明珠，是一种稀有的宝物。

⑧ 径寸明珠：直径一寸的大珠。相传有波斯人在中国一方石中剖得一枚直径一寸的大珠。泛船回国途中，宝珠被海神强夺去。事见《太平广记》卷四〇二《径寸珠》。

⑨ 几尺珊瑚碎了他：是晋代王恺与石崇争豪故事。王恺拿出皇帝赐他的二尺高的珊瑚树炫富。石崇用铁如意把它击碎，恺怒，石崇以六七株高三四尺的珊瑚树赔偿给他。事见《晋书·石崇传》。珊瑚，由珊瑚虫分泌的石灰质骨骼聚结而成的东西，状如树枝，多为红色，也有白色或黑色的。

⑩ 大方之门：即大方之家，原指懂得大道理的人，后泛指见识广、有学问的内行人。语出《庄子·秋水》。此处指祭宝的大场面。

⑪ 帝子家：朝廷。帝子，帝王的子女，此处指皇帝。

清光绪十二年同文书局石印本《牡丹亭还魂记》图

（净笑介）那有飞走而至之理。都因朝廷重价购求，自来贡献。（生叹介）老大人，这宝物蠢尔无知，三万里之外，尚然无足而至；生员柳梦梅，满胸奇异，到长安三千里之近，倒无一人购取，有脚不能飞！他重价高悬下，那市舶①能奸诈，喀，浪把宝船拌②。（净）疑惑这实物欠真么？（生）老大人，便是真，饥不可食，寒不可衣，看他似虚舟飘瓦③。（净）依秀才说，何为真宝？（生）不欺，小生到是个真正献世宝④。我若载宝而朝，世上应无价。（净笑介）则怕朝廷之上，这样献世宝也多着。（生）但献宝龙宫笑杀他，便斗宝临潼⑤也赛得他。

（净）这等便好献与圣天子了。（生）寒儒薄相，要伺候官府，尚不能够。怎见的圣天子？（净）你不知到是圣天子好见。（生）则三千里路资难处。（净）一发不难。古人黄金赠壮士，我将衙门常例银两⑥，助君远行。（生）果尔，小生无父母妻子之累，就此拜辞。（净）左右，取书仪⑦，看酒。（丑上）"广南爱吃荔枝酒，直北偏飞榆荚钱。"酒到，书仪在此。（净）路费先生收下。（生）谢了。（净送酒介）

【三学士】你带微醺走出这香山罅⑧，向长安有路荣华。（生）无

---

① 市舶：古代中国对中外互市商船的通称。亦指海外贸易。

② 拌：同"划"，用桨拨水使船行动。

③ 虚舟飘瓦：虚舟，无人驾御的船只。飘瓦，坠落的瓦片。比喻没有实用价值的东西。

④ 献世宝：即现世宝，罕有的宝物。下文苗舜宾说的献世宝，用以指人，形容给人丢脸、总是出丑的人，有鄙薄、讽刺的口气。

⑤ 斗宝临潼：古代故事。其事不见史载，元杂剧中所及，以《临潼斗宝》较为完整。讲春秋时秦穆公设谋邀请十七国诸侯至临潼赴会，各出传国之宝比斗，楚伍子胥在会上举鼎示威，制服秦穆公。后因用以借指夸富斗奢、争强赌胜的行为。

⑥ 常例银两：即常例钱。按惯例送的钱。旧时官员、吏役向人勒索的名目之一。

⑦ 书仪：旧时馈赠钱物所写的礼帖和封签。泛指馈赠的钱物。

⑧ 罅（xià）：缝隙，裂缝。此指香山山口。

过献宝当今驾①,撒去收来再似他。(合)骤金鞭及早把荷衣挂②,望归来锦上花。

【前腔】(生)则怕呵,重瞳③有眼苍天瞎,似波斯④赏鉴无差。(净)由来宝色无真假,只在淘金的会拣沙。(合前)

(生)告行了。

【尾声】你赠壮士黄金气色佳。(净)一杯酒酸寒奋发,则愿的你呵,宝气冲天海上槎⑤。

(生)乌纱巾上是青天, 司空图

(净)俊骨英才气俨然。 刘长卿

(生)闻道金门堪济美, 张南史

(净)临行赠汝绕朝鞭⑥。 李　白

---

①　当今驾:指当今皇帝。
②　把荷衣挂:做官。荷衣,隐士衣服。挂,脱了挂起来,不穿。
③　重瞳:一个眼睛里有两个瞳孔,在上古神话里记载有重瞳的人一般都是圣人,如虞舜。泛指帝王的眼睛。
④　波斯:伊朗的古名。相传波斯人善鉴宝。
⑤　海上槎:比喻爬上去做官。槎,木筏。古代传说中来往于海上和天河之间的浮槎,人可乘木筏直到天河。
⑥　下场诗四句:乌纱巾上是青天,语出唐司空图《修史亭三首》:"乌纱巾上是青天,检束酬知四十年。"俊骨英才气俨然,意思是这个人长得就像成大事的人,早晚有一天会出人头地。闻道金门堪济美,语出唐张南史《江北春望赠皇甫补阙》:"闻道金门堪避世,何须身与海鸥同。"金门,即金马门,汉代宫门。许多人待诏金马门,寓意功成名就。此处指朝廷。临行赠汝绕朝鞭,语出唐李白《送羽林陶将军》:"莫道词人无胆气,临行将赠绕朝鞭。"是春秋时期秦大夫绕朝赠鞭给晋大夫士会的故事。此处是送人路费,让他奔赴前程的意思。

第二十二出　旅　寄

【捣练子】（生伞、袱，病容上）人出路，鸟离巢。（内风声介）搅天风雪梦牢骚。这几日精神寒冻倒。

"香山嶴里打包来，三水①船儿到岸开。要寄乡心值寒岁，岭南南上半枝梅。"我柳梦梅。秋风拜别中郎②，因循亲友辞饯。离船过岭③，早是暮冬。不堤防岭北风严，感了寒疾，又无扫兴而回之理。一天风雪，望见南安。好苦也！

【山坡羊】树槎牙饿鸢惊叫④，岭迢遥病魂孤吊。破头巾雹打风筛，透衣单伞做张儿哨⑤。路斜抄，急没个店儿捎⑥。雪儿呵，偏则把白面书生奚落。怎生冰凌断桥，步高低蹬着。好了。有一株柳，酬⑦将过去。

---

① 三水：地名，在广东西，因西江、北江、绥江三江在境内汇流而得名。

② 中郎：官名。郎官的一种。即省中之郎，为帝王近侍官。战国始设，汉代沿置。此指识宝使臣苗舜宾。

③ 岭：指梅岭。

④ 树槎牙饿鸢（yuān）惊叫：槎牙，亦作杈芽，形容错落不齐之状。鸢，鸟，鹰科。

⑤ 透衣单伞做张儿哨：寒风吹来，穿透了单衣，破纸伞也呜呜作响，好像吹哨一样。

⑥ 捎：捎带，此当寄宿讲。

⑦ 酬：扶。方言。

方便处柳跎腰①。(扶柳过介) 虚嚣②,尽枯杨命一条。蹊跷③,滑喇沙跌一交。(跌介)

【步步娇】(末上) 俺是个卧雪先生④没烦恼。背上驴儿笑,心知第五桥⑤。那里开年有斋村学⑥!(生作哎呀介)(末) 怎生来人怨语声高?(看介) 呀,甚城南破瓦窑⑦,闪下个精寒料⑧。

(生) 救人,救人!(末) 我陈最良,为求馆冲寒到此。彩头儿恰遇着吊水之人,且由他去。(生又叫介) 救人!(末) 听说救人,那里不是积福处。俺试问他。(问介) 你是何等之人,失脚在此?(生) 俺是读书之人。(末) 委是读书之人,待俺扶起你来。(末扶生,相跌,浑介)(末) 请问何方至此?

【风入松】(生) 五羊城一叶过南韶⑨,柳梦梅来献宝。(末) 有何宝货?(生) 我孤身取试长安道,犯严寒少衾单病了。没揣的逗着断

---

① 柳跎腰:柳树弯曲斜横在水面上,好像驼腰一样。跎,驼。
② 虚嚣:虚弱。
③ 蹊跷:奇怪、可疑。此处当不知怎的讲。
④ 卧雪先生:东汉袁安的故事。那年洛阳下起了鹅毛大雪,很多人外出乞食,唯独袁安僵卧在家里不起,洛阳县令按户巡查至袁安家门,见他十分贤能,就举他为孝廉,后来袁安相继担任阴平长官,任城县令。事见《后汉书·袁安传》李贤注引《汝南先贤传》。后因以"卧雪"为安贫清高的典实。
⑤ 背上驴儿笑,心知第五桥:坐在驴背上,驴脚步轻快,心想目的地快到了。第五桥,在长安韦曲之西。
⑥ 斋村学:村塾。
⑦ 破瓦窑:吕蒙青年时代,因家里很穷,三顿无米煮,事迫无奈,只好一边读书,一边到处乞讨,晚上住在一个破瓦窑过夜。元代杂剧《吕蒙正风雪破窑记》。
⑧ 精寒料:穷光蛋。
⑨ 五羊城一叶过南韶:五羊城,广州的别名。相传古代有五仙人乘五色羊执六穗秬而至此,故称。见《太平寰宇记·岭南道一·广州》引《续南越志》。一叶,指一只小船。南韶,即韶州,今广东省韶关市。

桥溪道，险跌折柳郎腰。

（末）你自揣高中的，方可去受这等辛苦。（生）不瞒说，小生是个擎天柱，架海梁①。（末笑介）却怎生冻折了擎天柱，扑倒了紫金梁？这也罢了，老夫颇谙医理。边近有梅花观，权将息度岁而行。

【前腔】（末）尾生般抱柱正题桥②，做倒地文星佳兆③。论草包似俺堪调药，暂将息梅花观好。（生）此去多远？（末指介）看一树雪垂垂如笑，墙直上④绣幡飘。

（生）这等望先生引进。

（生）三十无家作路人，薛　据

（末）与君相见即相亲。王　维

（生）华阳洞里仙坛上，白居易

---

① 擎天柱，架海梁：元明戏曲中常以擎天白玉柱、架海梁比喻朝廷将相或有出息的读书人。擎天柱，古代传说昆仑山有八根柱子支撑着天，后来用擎天柱比喻担负重任的人。

② 尾生般抱柱正题桥：这里用了两个典故，都同桥和书生有关。尾生般抱柱，即尾生抱柱。相传尾生与女子约定在桥梁相会，久等女子不到，水涨，乃抱桥柱而死。典出《庄子·盗跖》。后用以比喻坚守信约。题桥，即题桥柱。汉司马相如初离蜀赴长安，曾于成都城北昇仙桥题句于桥柱，自述致身通显之志，曰："不乘赤车驷马，不过汝下也！"桥名作"升迁"。后以"题桥柱"比喻对功名有所抱负。亦作题柱。典出《华阳国志》卷三《蜀志》。

③ "做倒地"句：文星，星名。即文曲星。相传文曲星主文才，后亦指有文才的人。它单足立于鳌头之上，另一脚翘起，一手执笔，一手捧斗，寓意魁星点斗、独占鳌头。民间文曲星状如倒地，亦称倒地文星。故陈最良从柳梦梅滑倒联想到文星倒地，认为是好兆头。

④ 墙直上：墙头上。

（合）似近东风别有因①。罗　隐

---

① 下场诗四句：三十无家作路人，语出唐薛据《早发上东门》："十五能文西入秦，三十无家作路人。"与君相见即相亲，语出唐王维《寄河上段十六》："与君相见即相亲，闻道君家在孟津。"华阳洞里仙坛上，语出唐白居易《华阳观中八月十五日夜招友玩月》："华阳洞里秋坛上，今夜清光此处多。"华阳洞，原诗中指华阳观，此指梅花观。华阳观与秦弄玉、萧史的故事有关，暗示着下文杜丽娘与柳梦梅相爱。似近东风别有因，语出唐罗隐《牡丹花》："似共东风别有因，绛罗高卷不胜春。"

第二十三出　冥　判

【北点绛唇】（净扮判官，丑扮鬼持笔、簿上）十地①宣差，一天封拜。阎浮界②，阳世栽埋③，又把俺这里门桯④迈。

自家十地阎罗王殿下⑤一个胡判官是也。原有十位殿下，因阳世赵大郎⑥家，和金达子⑦争占江山，损折众生，十停去了一停，因此玉皇上帝⑧，照见人民稀少，钦奉裁减事例。九州⑨九个殿下，单减了俺十殿下之位，印无归着。玉帝可怜见下官正直聪明，着权管十地狱印信。今日走

---

① 十地：梵语意译。或译为"十住"。佛家谓菩萨修行所经历的十个境界。元明戏曲提到阴司十殿都作十地。有十殿阎罗之说。这一说法始于唐末。分别是：秦广王、楚江王、宋帝王、五官王、阎罗王、卞城王、泰山王、都市王、平等王、转轮王。此十王分别居于地狱的十殿之上，因称此十殿阎王。此处指所谓阴司十殿的第十殿转轮王，主管鬼魂转世事。下文"十地阎罗王"，同。
② 阎浮界：即阎浮提。泛指人世间。
③ 栽埋：埋葬。
④ 门桯（yíng）：门槛。
⑤ 十地阎罗王殿下：殿下，属下。下文"原有十位殿下"的殿下，指十位阴司统治者。
⑥ 赵大郎：指宋代的开国皇帝赵匡胤。元罗贯中《宋太祖龙虎风云会》杂剧第三折《滚绣球》："敲门的是万岁山前赵大郎。"
⑦ 金达子：指女真族，曾在北方建立金政权，和南宋处于长期对峙局面。达子，当时对女真族的蔑称。
⑧ 玉皇上帝：是道教神话传说中的天地人神鬼五界的主宰。
⑨ 九州：将古代中国分为九个不同的州，泛指全中国。

马到任，鬼卒夜叉①，两傍刀剑，非同容易也。（丑捧笔介）新官到任，都要这笔判刑名②，押花字③。请新官喝采他一番。（净看笔介）鬼使，捧了这笔，好不干系④也。

【混江龙】这笔架在那落迦山⑤外，肉莲花⑥高耸案前排。捧的是功曹⑦令史，识字当该⑧。（丑）笔管儿？（净）笔管儿是手想骨、脚想骨⑨，竹筒般锉的圆滴溜⑩。（丑）笔毫？（净）笔毫呵，是牛头⑪须、夜叉发，铁丝儿揉定赤支毸⑫。（丑）判爷上的选⑬哩？（净）这笔头公⑭，是遮须国⑮

---

① 夜叉：梵语的音译，亦作药叉、阅叉、夜乞叉等，能啖鬼或捷疾鬼，佛教徒所说的一种吃人恶鬼或腾飞空中、速疾隐秘之恶鬼。
② 刑名：刑罚的名称，如死刑、徒刑等。
③ 花字：花押。
④ 好不干系：关系十分重大。
⑤ 落迦山：梵语地狱的音译。此处单取"山"字，指笔架。与地狱审判相关，故说这笔关系重大。
⑥ 肉莲花：莲花常用来形容山的形状，此处指笔架。肉，是说阴司笔架是用人肉做成的，形容地狱悲惨。
⑦ 功曹：古代官职官名。亦称功曹史。西汉始置，为郡守、县令的主要佐吏。主管考察记录业绩。
⑧ 当该：当值。
⑨ 手想骨、脚想骨：此处是手管骨、脚管骨。是说阴间笔管是用手骨、脚骨做成。
⑩ 圆滴溜：滚圆。
⑪ 牛头：牛头人身，阎罗殿上担任巡逻和搜捕逃跑罪人的衙役。与马面连用。
⑫ 赤支毸：亦作赤支沙、赤支砂，红色的胡须。
⑬ 上的选：制毛笔重在选毫，故毛笔笔杆上常标有某人或某商号"精选"的字样。此句意思是判官是阴司笔管的制造者。
⑭ 笔头公：指笔。北魏古弼的绰号。《魏书·古弼传》："弼头尖，世祖常名之曰'笔头'，是以时人呼为'笔公'。"
⑮ 遮须国：传说中的国名。国王为三国时的曹植。《类说》卷三二引《洛浦神女感甄赋》。

选的人才。（丑）有甚名号？（净）这管城子①，在夜郎②城受了封拜。（丑）判爷兴哩？（净作笑舞介）啸一声，支兀另汉钟馗其冠不正③。舞一回，疏喇沙斗河魁近墨者黑④。（丑）喜哩？（净）喜时节，奈河桥⑤题笔儿耍去。（丑）闷呵？（净）闷时节，鬼门关投笔归来。（丑）判爷可上榜来⑥？（净）俺也曾考神祇，朔望⑦旦名题天榜。（丑）可会书来？（净）摄星辰，井鬼⑧宿，俺可也文会书斋。（丑）判爷高才。（净）做弗迭鬼仙才⑨，白玉

---

① 管城子：唐韩愈作寓言《毛颖传》，称笔为管城子。后因以"管城子"为笔的别称。

② 夜郎：中国古族名和古国名。战国至汉时主要分布在今贵州西部、北部及云南东北部、四川南部。夜郎引申理解为成语夜郎自大，比喻骄傲无知的肤浅自负或自大行为。出自《史记·西南夷列传》。这里借"夜"字指阴间。

③ 支兀另汉钟馗其冠不正：支兀另，象声词，形容啸声。钟馗，是中国著名的民间神之一，职能是捉鬼。相传因其长相丑陋而落第。此处判官以钟馗自喻自己容貌丑陋。

④ 疏喇沙斗河魁近墨者黑：疏喇沙，形容舞蹈时的声音和动作。河魁，月中凶神。此处也是用河魁来形容判官面貌丑陋。

⑤ 奈河桥：佛教传地狱中有奈河，河上有桥名奈河桥。此桥险窄，恶人魂过时堕入河中，便为虫类所食。

⑥ 可上榜来：可曾金榜题名。是否考取功名的意思。

⑦ 朔望：阴历每月的初一、十五。

⑧ 井鬼：星宿名。此处由鬼星联想到主文运的魁星，说自己也能文的意思。

⑨ 鬼仙才：唐代诗人李白被称为仙才，李贺被称为鬼才。此处指李贺。据说他临死时看见有绯衣人带信给他，说上帝造了一座白玉楼，请他去写文章。事见李商隐《李长吉小传》。

楼摩空作赋①；陪得过风月主，芙蓉城遇晚书怀②。便写不尽四大洲③转轮日月，也差的着五瘟使④号令风雷。（丑）判爷见有地分⑤？（净）有地分，则合北斗司、阎浮殿，立俺边傍⑥；没衙门，却怎生东岳观、城隍庙，也塑人左侧⑦。（丑）让谁？（净）便百里城高捧手⑧，让大菩萨，好相庄严乘坐位⑨。（丑）恼谁？（净）怎三尺土，低分气⑩，对小鬼卒，清奇古怪立基阶。（丑）纱帽古气些。（净）但站脚，一管笔、一本簿，尘泥轩冕⑪。

---

① 摩空作赋：语出唐李贺《高轩过》："殿前作赋声摩空。"形容读赋的声音很高，直上天空。

② "陪得过风月主"二句：风月主，指宋代文人石曼卿。芙蓉城，传说宋代文人石曼卿死后为芙蓉城主。

③ 四大洲：佛家说人间有四个天下，亦即四大部洲，一是东胜神洲，二是南赡部洲，三是西牛贺洲，四是北俱卢洲。

④ 五瘟使：亦称五瘟神。迷信传说中主管人间疫病之神。

⑤ 见有地分：现在的地位。见，同"现"。

⑥ 则合北斗司、阎浮殿，立俺边傍：指判官的塑像立在北斗司的北斗星君和阎浮殿的阎罗王旁边。北斗星君，传说主管人的生死命运。阎浮，阎罗王。

⑦ 东岳观、城隍庙，也塑人左侧：意思是在东岳观、城隍庙里，判官的塑像也立在东岳大帝和城隍的左侧。东岳观，即东岳庙，道教所奉东岳庙中的泰山神，祀东岳大帝。迷信谓其掌管人间生死。每年夏历三月二十八日举行祭祀。城隍，中国民间和道教信奉守护城池之神。

⑧ 百里城高捧手：百里城，即百里侯，原指县官，以百里见方的地域作为县的建制。此处指权管十地狱印信的判官。高捧手，判官的塑像，通常都是站着，手捧笔和文卷。

⑨ 好相庄严乘坐位：好相，好看的形象。佛教语，指佛陀所具有的三十二种相和八十种好。乘坐位，有座位坐着。

⑩ 怎三尺土，低分气：意思是判官的塑像用土制成，不过三尺高，不神气，没有体面。

⑪ 尘泥轩冕：意思是判官的衣冠上全是尘土。轩，古代一种有围棚或帷幕的车。冕，中国古代帝王及地位在大夫以上的官员们戴的礼帽。轩冕是大夫以上官员的车乘和冕服。

(丑)笔干了。(净)要润笔①,十锭金、十贯钞,纸陌钱②财。(丑)点鬼簿在此。(净)则见没揣三展花分鱼尾册③,无赏一挂日子虎头牌④。真乃是鬼董狐落了款⑤,《春秋传》⑥某年某月某日下,崩薨葬卒大注脚⑦。假如他支祈兽上了样,把禹王鼎各山各水各路上,魍魉魑魅细分腮⑧。

---

① 润笔:请人家写文章、写字、作画的报酬。润,湿润、圆润。这里是贿赂的意思,由上文"笔干了"引起。

② 陌钱:一百文的钱串。计钱币之数,称一百钱为"陌"。

③ 没揣三展花分鱼尾册:没揣三,亦作"没店三"。谓不知轻重,欠考虑,糊涂。展,打开,翻阅。花分,开列名字。古代登录户口,户称花户,口称花名。鱼尾册,簿册,因古代簿页中缝有鱼尾形标志,故称。花分鱼尾册,指点鬼簿。此句意思是胡乱地翻阅了点鬼簿。

④ 无赏一挂日子虎头牌:无赏一,一无奖赏,引申为处分,此指判处死刑。挂日子,按照日期。虎头牌,指摄魂牌。全句意思是按照点鬼簿开出的名字、日期,一一去传拿。

⑤ 鬼董狐落了款:董狐,春秋时晋国的史官,敢于秉笔直书,尊重史实,不阿权贵的正直史家。晋干宝撰《搜神记》,刘真长说他是鬼董狐。见《世说新语·排调》。此是判官自比。落了款,签了名。

⑥ 《春秋传》:《春秋》,我国最早编年体史书,是孔子根据鲁史修订而成,六经之一。传,对经书阐明经义。《春秋》有公羊、穀梁、左氏三传。

⑦ 崩薨葬卒大注脚:封建时代对不同等级的人的死亡有不同的叫法。《礼·曲礼》:"天子死曰崩,诸侯曰薨。"唐代制度,二品以上官死叫薨,五品以上曰卒。注脚,注解、说明文字。

⑧ "假如他"三句:形容点鬼簿上各种人物俱全,全无遗漏,就如禹王鼎上不仅铸有支祈兽,各地山林水泽的神怪,都在鼎上现着原形。支祈兽,即无支祈,传说中淮水的水神。他的形状像猿猴,头颈长达百尺,力气超过九头大象,常在淮水兴风作浪,危害百姓。大神禹治淮水时,制服无支祁。事见《太平广记》卷四百六十七《李汤》。上了样,铸在鼎上。禹王鼎,相传是大禹在建立夏朝以后,用天下九牧所贡之金铸成九鼎,象征九州。鼎上有百物的图像,包括魍魉魑魅在内。魍(wǎng)、魉(liǎng)、魑(chī)、魅,古代传说中的山林水泽鬼怪。细分腮,细细地区分他们的形貌。

（丑）待俺磨墨。（净）看他子时砚，忔忔察察①，乌龙蘸眼②显精神。（丑）鸡唱了。（净）听丁字牌，冬冬登登③，金鸡觉梦追魂魄。（丑）禀爷点卷。（净）但点上格子眼，串出四万八千三界④，有漏⑤人名，乌星炮粲。怎按下笔尖头，插入一百四十二重无间地狱，铁树花开⑥。（丑）大押花。（净）哎也，押花字，止不过发落簿锉、烧、舂、磨⑦一灵儿。（丑）少一个请字。（净）登请书，左则是那虚无堂，瘫、痨、蛊、膈四正客⑧。（丑）吊起称竿来。（众卒应介）（净）髮称竿，看业⑨重身轻，衡石程书秦

---

① 子时砚，忔忔察察：子时砚，是半夜子时用的砚。忔忔察察，形容磨墨时的声音。

② 乌龙蘸眼：乌龙，指墨。《盛世新声·端正好套曲·倘秀才》："磨着定（锭）乌龙墨。"蘸眼，耀眼，形容墨汁闪闪发光。

③ 听丁字牌，冬冬登登：丁字牌，丁字形的摄魂牌。冬冬登登，形容摄魂牌碰撞时发出的声音。

④ 但点上格子眼，串出四万八千三界：四万八千，形容人死后将遭受各种不同的命运。三界，佛教术语中指众生所居之欲界、色界、无色界。全句意思是判官的笔在点鬼簿格子内的名字上一点，每个人在来生就有各种不同的命运了。

⑤ 有漏：佛教语。指世间一切有烦恼的事物。漏，或译为烦恼。下文，乌星炮粲，是指爆竹炸裂的碎片。比喻人多。

⑥ "怎按下笔尖头"三句：全句意思是搁下笔不把罪鬼打入无间地狱，是罕见的事。无间地狱，音译即"阿鼻地狱"，"阿鼻"的意思就是无间。无间地狱是八大地狱之第八，也是八大地狱中最苦的一个。铁树花开，比喻事情非常罕见或极难实现。

⑦ 锉（cuò）、烧、舂（chōng）、磨：地狱的各种刑罚。

⑧ 虚无堂，瘫、痨、蛊、膈四正客：虚无堂，疑指四正客的住所。瘫，瘫痪、风瘫。痨，痨病、结核病。蛊，传说中的一种人工培养的毒虫，专用来害人。膈，反胃，吃不下东西。四种都是疾病名。正客，凶神。

⑨ 业：罪孽，佛教指善行、恶行的报应。

狱吏①。（内作"哎哟"，叫"饶也，若也"介）（丑）隔壁九殿下拷鬼。（净）肉鼓吹②，听神啼鬼哭，毛钳刀笔汉乔才③。这时节呵，你便是没关节包待制、"人厌其笑"④。（内哭介）恁风景，谁听的无棺椁颜修文、"子哭之哀"⑤！（丑）判爷害怕哩。（净恼介）哎，《楼炭经》，是俺六科

---

① 衡石程书秦狱吏：衡，衡量、称重。石，衡名，百二十斤为石。当时没有纸，公文写在简册上，以重量计算。意思是说秦始皇每天称一百二十斤公文批阅，没有看完绝不休息。事见《史记·秦始皇本纪》。形容办案迅速。

② 肉鼓吹：谓体罚犯人的声音。五代后蜀官僚李匡远，性情残暴，几乎每天要逮捕人。他听到有人受刑时的惨叫声，就说：这是一部肉鼓吹。见宋《类说》卷二七引《外史梼杌》。鼓吹，音乐。

③ 毛钳刀笔汉乔才：毛钳，当作毛锥、毛笔。刀笔，古代在竹简上刻字记事，用刀子刮去错字，因此把有关案牍的事叫刀笔。此指刀笔吏，主管文书的吏人。乔才，指恶棍、坏蛋。此指酷吏。

④ "你便是没关节"二句：关节，古代指暗中说人情、行贿勾通官吏的事。包待制，宋代包拯，做过天章阁待制、龙图阁直学士。童稚妇女，亦知其名，呼曰"包待制"。有谚语曰："关节不到，有阎罗包老。"说他铁面无私，不受贿赂。人厌其笑，语出《论语·宪问》："人不厌其笑。"此处略改，对仗下句"子哭之哀"。全句意思是你即便是铁面无私的包待制那样难得一笑，那笑声也是令人讨厌的。形容地狱惨状。

⑤ 无棺椁颜修文、"子哭之哀"：无棺椁，棺椁即棺材和套棺（古代套棺于棺外的大棺），泛指棺材。颜渊死了，他的父亲颜路请求孔子卖掉车子，给颜渊买个外椁。孔丘不答应。因为按照他的身份，必须坐车，不能徒步。颜修文，孔子得意弟子颜渊。传说他死后在阴间做了修文郎的官，出自王隐《晋书》。子哭之哀，语出《论语·先进》。颜渊短命而死，孔子哭得很伤心。全句意思是地狱很悲惨，不堪再听到哭声。

五判①。刀花树,是俺九棘三槐②。脸娄搜风髯③赳赳。眉剔竖电目崖崖④。少不得中书鬼考,录事神差⑤。比著阳世那金州判、银府判、铜司判、铁院判⑥,白虎临官⑦,一样价打贴刑名催伍作⑧;实则俺阴府里注湿生,牒化生,准胎生,照卵生⑨,青蝇报赦⑩,十分的磊齐

---

① 《楼炭经》,是俺六科五判:《楼炭经》,一部有关刑法的古书,据唐段公路《北户录》卷一《绯猿》条载:"《楼炭经》云:鸟有四千五百种,兽有二千四百种。"以《楼炭经》为据,判处犯鬼投胎成飞鸟或走兽。六科,即六条,汉设刺史,颁行六条诏书,以考察官吏,以六条问事。见《汉书·百官公卿表》颜师古注引《汉官典职仪》。五判,即五刑,笞、杖、流、徒、死五种不同的刑罚。

② 刀花树,是俺九棘三槐:刀花树,刀山地狱。九棘三槐,原本"棘、槐",树名。古代皇宫外朝种植棘树和槐树,作为臣子朝见皇帝时所居位置的标志。此处是指审判犯鬼的审判厅。

③ 髯:两腮的胡子。

④ 崖崖:形容目光炯炯。

⑤ 少不得中书鬼考,录事神差:中书,官名,掌撰拟、缮写之事。此指掌管文书的吏人。考,考选。录事,管记录、缮写的小吏。全句意思是有很多吏员协助判官审理鬼魂。

⑥ 金州判、银府判、铜司判、铁院判:州、府、司、院,由低到高官署名。州判、府判、司判、院判,分别是州府司院的判官。金、银、铜、铁,是指判官贪污的不同程度,越在下级衙门越有钱。

⑦ 白虎临官:白虎当值,当有灾祸。白虎,特指迷信传说中的凶神。《协纪辨方书》引《人元秘枢经》:"白虎者,岁中凶神也。常居岁后四辰。"

⑧ 一样价打贴刑名催伍作:一样价,一样地。打贴,料理、打点、处治,打贴刑堂,量刑、判刑的意思。伍作,即仵作,旧时官府中检验命案死尸的人。

⑨ 注湿生,牒化生,准胎生,照卵生:注、牒、准、照,当动词用,判明、批准。佛经说世界万物出生有四种方式,胎生、卵生、湿生(如昆虫依湿气而受形)、化生(无所依托,忽然出现的)。

⑩ 青蝇报赦:东晋时,前秦苻坚要行大赦,同王猛、苻融密议。苻坚亲自写大赦文书。忽然一只大苍蝇嗡嗡飞来,停在笺上,挥去又来。苻坚大赦天下的文告还没公布,消息已经传遍全城了。原来是这个苍蝇化为黑衣人把消息传出去了。事见《晋书·苻坚载记》。

功德转三阶①。威凛凛人间掌命，颤巍巍天上消灾。

叫掌案的，这簿上开除②都也明白。还有几宗人犯，应该发落了？（贴扮吏上）"人间勾令史，地下列功曹③。"禀爷，因缺了殿下，地狱空虚三年。则有枉死城④中轻罪男子四名，赵大、钱十五、孙心、李猴儿；女囚一名，杜丽娘：未经发落。（净）先取男犯四名。（生、末、外、老旦扮四犯，丑押上）（丑）男犯带到。（净点名介）赵大有何罪业，脱在枉死城？（生）鬼犯没甚罪。生前喜歌唱些。（净）一边去。叫钱十五。（末）鬼犯无罪。则是做了一个小小房儿，沉香泥壁⑤。（净）一边去。叫孙心。（老旦）鬼犯些小年纪，好使些花粉钱⑥。（净）叫李猴儿。（外）鬼犯是有些罪，好男风⑦。（丑）是真。便在地狱里，还勾上这小孙儿。（净恼介）谁叫你插嘴！起去伺候。（做写簿介）叫鬼犯听发落。（四犯同跪介）（净）俺初权印，且不用刑。赦你们卵生去罢。（外）鬼犯们禀问恩爷，这个卵是什么卵？若是回回卵，又生在边方去了。（净）咦，还想人身？向蛋壳里走去。（四犯泣介）哎。被人宰了！（净）也罢，不教阳间宰吃你。赵大喜歌唱，贬做黄莺儿。（生）好了。做莺莺小姐⑧去。（净）钱十五住香泥房子。也罢，准你去燕窠里受用，做个小小燕

---

① 磊齐功德转三阶：磊齐功德，形容功高德厚。转三阶，官升三级。
② 开除：开列。
③ 人间勾令史，地下列功曹：人间死了一个令史，来到阴间做了功曹。勾，招魂摄魄，死去。
④ 枉死城：阴司里拘禁枉死鬼的地方。
⑤ 沉香泥壁：把沉水香这种高级香料涂抹在墙壁上。
⑥ 花粉钱：嫖妓的费用。
⑦ 男风：男色。
⑧ 莺莺小姐：唐人传奇《会真记》和杂剧《西厢记》的女主角，从黄莺联想到莺莺。

儿。（末）恰好做飞燕娘娘①哩。（净）孙心使花粉钱，做个蝴蝶儿。（外）鬼犯便和孙心同做蝴蝶去。（净）你是那好男风的李猴，着你做蜜蜂儿去，屁窟里长拖一个针。（外）哎哟，叫俺钉谁去？（净）四位虫儿听分付：

【油葫芦】蝴蝶呵，你粉版花衣②胜翦裁；蜂儿呵，你忒利害，甜口儿咋③着细腰捱；燕儿呵，斩④香泥弄影钩帘内；莺儿呵，溜笙歌警梦纱窗外：恰好个花间四友⑤无拘碍。则阳世里孩子们轻薄，怕弹珠儿打的呆，扇梢儿扑的坏，不枉了你宜题入画高人爱，则教你翅挪儿展将春色闹场来⑥。

（外）俺做蜂儿的不来，再来叮肿你个判官脑。（净）讨打。（外）可怜见小性命。（净）罢了。顺风儿放去，快走快走。（净噗气⑦介）（四人做各色飞下）（净做向鬼门嘘气映声⑧介）（丑带旦上）"天台有路难逢俺，地狱无情欲恨谁？"女鬼见。（净抬头背介⑨）这女鬼到有几分颜色！

【天下乐】猛见了荡地惊天女俊才，哈也么哈⑩，来俺里来。（旦叫

---

① 飞燕娘娘：汉成帝的皇后赵飞燕，古代美人，从燕子联想到赵飞燕。
② 粉版花衣：形容蝴蝶的翅膀色彩斑斓。花衣，彩色的衣服。
③ 咋：同"啑"，吮吸。
④ 斩：同"蘸"，沾。
⑤ 花间四友：指莺、燕、蜂、蝶。
⑥ "怕弹珠儿打的呆"四句：分别写莺、蝴蝶、燕子、蜜蜂在人间遭遇。翅挪儿，翅膀，蜜蜂飞动着嗡嗡作响，使春天显得很热闹。
⑦ 噗气：吹气。
⑧ 映声：小声。
⑨ 背介：舞台旁白，其他角色听不到而观众却能听到。
⑩ 哈（hāi）也么哈：语气词，此处表示判官看到杜丽娘美貌惊喜的神情。哈，笑。

苦介）（净）血盆中叫苦观自在①。（丑耳语介）判爷权收做个后房夫人。（净）咦②，有天条，擅用囚妇者斩。则你那小鬼头胡乱筛③，俺判官头何处买？（旦叫哎介）（净回身）是不曾见他粉油头忒弄色④。

叫那女鬼上来。

【那吒令】瞧了你润风风粉腮⑤，到花台、酒台？溜些些短钗⑥，过歌台、舞台？笑微微美怀，住秦台、楚台⑦？因甚的病患来？是谁家嫡支派？这颜色不像似在泉台⑧。

（旦）女囚不曾过人家⑨，也不曾饮酒，是这般颜色。则为在南安府后花园梅树之下，梦见一秀才，折柳一枝，要奴题咏。留连婉转，甚是多情。梦醒来沈吟，题诗一首："他年若傍蟾宫客，不是梅边是柳边。"为此感伤，坏了一命。（净）谎也。世有一梦而亡之理？

【鹊踏枝】一溜溜⑩女婴孩，梦儿里能宁耐⑪！谁曾挂圆梦招牌⑫，谁

---

① 血盆中叫苦观自在：血盆，地狱名。观自在，观世音菩萨，此处以菩萨的美女形象比喻杜丽娘。
② 咦：叹词，用于打招呼或叹息。戏曲中多表示喝斥或唾弃。
③ 胡乱筛：胡说乱扯。
④ 粉油头忒弄色：粉油头，指年轻女子。弄色，撒娇、卖弄风情。
⑤ 润风风粉腮：杜丽娘脸蛋娇嫩妩媚，所以下句问她饮酒没有。润风风，娇嫩、丰满貌。
⑥ 溜些些短钗：短钗微斜下坠，所以下句问她唱歌跳舞没有。溜，下滑。
⑦ 秦台、楚台：秦台，秦国弄玉和萧史同居地方。楚台，楚王与巫山神女欢会的地方。
⑧ 泉台：阴间。
⑨ 过人家：出嫁。
⑩ 一溜溜：一点点大。
⑪ 能宁耐：有这样本事。
⑫ 谁曾挂圆梦招牌：意思是谁曾和你圆梦。古人认为梦与人的吉凶祸福有很大关系，解释梦境中吉凶，谓之圆梦。

和你拆字道白①?哈也么哈,那秀才何在?梦魂中曾见谁来?

（旦）不曾见谁。则见朵花儿闪下来,好一惊。（净）唤取南安府后花园花神勘问。（丑叫介）（末扮花神上）"红雨数番春落魄②,《山香》一曲女消魂③。"老判大人请了。（举手介）（净）花神,这女鬼说是后花园一梦,为花飞惊闪而亡。可是?（末）是也。他与秀才梦的绵缠,偶尔落花惊醒。这女子慕色而亡。（净）敢便是你花神假充秀才,迷误人家女子?（末）你说俺着甚迷他来?（净）你说俺阴司里不知道呵!

【后庭花滚】但寻常春自在,怎司花忒弄乖。眨眼儿偷元气艳楼台④。克性子费春工淹酒债⑤。恰好九分态,你要做十分颜色。数着你那胡弄的花色儿来。（末）便数来。碧桃花⑥。（净）他惹天台。（末）红梨花⑦。（净）扇妖怪。（末）金钱花。（净）下的财⑧。（末）绣球花。

---

① 拆字道白:拆字,又称"测字""破字""相字"等,一种占卜方法。拆解汉字的偏旁笔画并作出解说,来占卜吉凶。

② 落魄:潦倒失意。此指春残。

③ 《山香》一曲女消魂:《山香》,古代曲名,即《舞山香》。传说王母娘娘宴请众仙,仙女舞"山香",曲未终,花纷纷落下。事见《仇池笔记》。

④ 眨眼儿偷元气艳楼台:艳,使楼台艳丽。意思是眨眼儿间偷走了天地间的元气,化成了千花百草,使亭台楼阁变得更加艳丽。

⑤ 克性子费春工淹酒债:意思是陶醉于花酒之间,是花神的本性,应该克制一点。

⑥ 碧桃花:花后一般不结桃,花多重瓣,花色艳丽无比,是观赏桃花中的极品。戏曲中常以碧桃花下指男女欢会的地方,所以下句说"惹天台"。

⑦ 红梨花:意思是红梨花会招引妖怪。元张寿卿《谢金莲诗酒红梨花》杂剧,描述的是北宋赵汝舟慕妓女谢金莲之名,托太守刘辅介绍。刘恐赵恋谢误了科考,使谢冒名王同知之女,与赵夜间会面,次日却令人告知赵,说他昨夜所见到的是女鬼,赵大惊,逃去赴考。后赵中状元,刘辅设宴使赵谢见面,并说明真相,使二人成婚。剧中谢赵两次见面时,都持有红梨花,故以此名。

⑧ 下的财:旧俗订婚时男方送给女方的财礼。

（净）结得采。（末）芍药花①。（净）心事谐。（末）木笔花。（净）写明白。（末）水菱花。（净）宜镜台。（末）玉簪花。（净）堪插戴。（末）蔷薇花。（净）露②渲腮。（末）腊梅花。（净）春点额③。（末）蕑春花。（净）罗袂裁。（末）水仙花④。（净）把绫袜踹。（末）灯笼花。（净）红影筛。（末）酴醾花⑤。（净）春醉态。（末）金盏花。（净）做合卺杯。（末）锦带花。（净）做裙褶带。（末）合欢花⑥。（净）头懒抬。（末）杨柳花⑦。（净）腰恁摆。（末）凌霄花。（净）阳壮的哈。（末）辣椒花。（净）把阴热窄。（末）含笑花。（净）情要来。（末）红葵花。（净）日得他爱。（末）女萝花。（净）缠的歪。（末）紫薇花⑧。（净）痒的怪。

---

① 芍药花：语出《诗·郑风·溱洧》："维士与女，伊其相谑，赠之以芍药。"后把芍药与爱情相连。

② 露：蔷薇露，古时妇女常用的化妆品。用蔷薇露来湿润脸颊。

③ 春点额：即梅花妆，又称落梅妆，古妇女之妆饰。女子在额上贴一梅花形的花子妆饰，此妆容从南北朝时期开始盛行。相传南朝宋武帝女寿阳公主卧于含章殿檐下，梅花落于公主额上，成五出之花，拂之不去，自后有梅花妆。这种装扮传到民间，成为民间女子、官宦小姐及歌伎舞女们争相效仿的时尚妆容，一直到唐五代都非常流行。事见《太平御览》卷九七〇。

④ 水仙花：由水仙花联想到水仙洛神，所以下句说"把绫袜踹"。

⑤ 酴醾（túmí）花：花名。亦因颜色似酒，故从酉部。由花联系到酴醾酒，一种经几次复酿而成的甜米酒，也称重酿酒。或是用酴醾花熏香或浸渍的酒。

⑥ 合欢花：落叶乔木，叶子似槐，它的小叶到晚上就合拢，故又称夜合、合昏。由合欢联想到结婚。

⑦ 杨柳花：杨柳的摇摆喻女子腰身灵活。

⑧ 紫薇花：又称痒痒花、痒痒树，一种被广泛种植的观花树种。紫薇花树姿优美，树干光滑洁净，花色艳丽。据说用手抚摸，枝叶就会摇动。所以下句说"痒的怪"。

（末）宜男花①。（净）人美怀。（末）丁香花。（净）结半䩞②。（末）豆蔻花。（净）含着胎③。（末）奶子花。（净）摸着奶。（末）栀子花。（净）知趣乖。（末）柰子花。（净）恣情奈。（末）枳壳花。（净）好处揑。（末）海棠花④。（净）春困怠。（末）孩儿花。（净）呆笑孩。（末）姊妹花。（净）偏妒色。（末）水红花。（净）了不开⑤。（末）瑞香花。（净）谁要采⑥。（末）旱莲花。（净）怜再来⑦。（末）石榴花。（净）可留得在？几桩儿你自猜。哎，把天公无计策。你道为什么流动⑧了女裙钗，划地里牡丹亭又把他杜鹃花魂魄洒？

（末）这花色花样，都是天公定下来的。小神不过遵奉钦依，岂有故意勾人之理？且看多少女色，那有玩花而亡。（净）你说自来女色，没有玩花而亡。数你听着。

【寄生草】花把青春卖，花生锦绣灾。有一个夜舒莲，扯不住留

---

① 宜男花：萱草的别名。古时认为妇女佩戴它可以生男孩。
② 丁香花、结半䩞（xǐ）：丁香的花蕾如结。丁香的花苞极似人的愁心，所以常用来表示愁思的一种情结。结半䩞，花蕾开了一半。
③ 豆蔻花、含着胎：豆蔻花又名含胎花。事见《事文类聚》后集卷十二引《姚令威业话》。胎，指苞蕾。
④ 海棠花：古人以海棠花形容美人春困。
⑤ 水红花、了不开：水红花，即蓼花，蓼、了谐音，故引出"了不开"。
⑥ 瑞香花、谁要采：瑞、谁谐音，故引出"谁要采"。
⑦ 旱莲花、怜再来：旱莲花，即小连翘。莲、怜谐音。怜，爱人。
⑧ 流动：感动。下文女裙钗指杜丽娘。

仙带①；一个海棠丝，蔫不断香囊怪②；一个瑞香风赶不上非烟在③。你道花容④那个玩花亡？可不道你这花神罪业随花败。

（末）花神知罪，今后再不开花了。（净）花神，俺这里已发落过花间四友，付你收管。这女囚慕色而亡，也贬在燕莺队里去罢。（末）禀老判，此女犯乃梦中之罪，如晓风残月⑤。且他父亲为官清正，单生一女，可以耽饶。（净）父亲是何人？（旦）父亲杜宝知府，今升淮扬总制之职。（净）千金小姐哩。也罢，杜老先生分上，当奏过天庭，再行议处。（旦）就烦恩官替女犯查查，怎生有此伤感之事？（净）这事情注在断肠簿上。（旦）劳再查女犯的丈夫，还是姓柳姓梅？（净）取婚姻簿查来。（作背查介）是。有个柳梦梅，乃新科状元也。妻杜丽娘，前系幽欢，后成明配。

---

① 有一个夜舒莲，扯不住留仙带：夜舒莲，疑指夜舒荷，汉灵帝时南国进贡的一种荷花。花大如盖，高一丈有余，荷叶夜舒昼卷，一茎有四莲丛生。又因这种莲荷在月亮出来后叶子才舒展开，月神名望舒，又叫望舒荷。东汉灵帝荒淫，建裸游馆。里面有流香渠，渠中种植夜舒荷。事见《类说》引《拾遗记·夜舒荷》。留仙带，疑指留仙裙，即有皱褶的裙，今之百褶裙与它类似。汉成帝皇后赵飞燕爱穿裙装，一天她在笙歌鼓乐中翩翩起舞，突然间狂风大作，她像风筝一样飘起来，宫女慌忙追赶去抓她的裙角，赵飞燕的裙子被抓出褶皱，但穿上皱纹的裙子更漂亮了，从此，宫女们盛行穿折叠出褶皱的裙子，美其名曰留仙裙。事见《赵后外传》。此句意思是说赵飞燕玩花而亡。

② 一个海棠丝，蔫不断香囊怪：海棠丝，《太真外传》载："明皇登沉香亭。召太真（杨贵妃）。时宿酒未醒，命高力士及侍儿扶掖而至，醉颜残妆，钗横鬓乱，不能再拜。明皇笑曰：海棠春睡未足耶？"香囊怪，据《顾氏文房小说·杨太真外传》载，杨贵妃在马嵬驿死于乱军之中，香消玉殒。平定安史之乱后，唐明皇把贵妃的骸骨重新安葬。墓开，只见锦香囊一个。

③ 一个瑞香风赶不上非烟在：步非烟，也作步飞烟，是唐传奇《非烟传》中的女主角，是唐懿宗时期临淮武公业的爱妾，武公业公务繁忙，无暇及家。邻家子赵象因见非烟容止纤丽，故以诗文相赠，非烟也回赠诗文，日久生情。事发，非烟被武公业打死。事见《太平广记》卷四九一《非烟传》。

④ 花容：美人。

⑤ 如晓风残月：比喻不着痕迹、不可捉摸的事。

清光绪十二年同文书局石印本《牡丹亭还魂记》图

相会在红梅观中。不可泄漏。(回介)有此人和你姻缘之分。我今放你出了枉死城,随风游戏,跟寻此人。(末)杜小姐,拜了老判。(旦叩头介)拜谢恩官,重生父母。则俺那爹娘在扬州,可能勾一见?(净)使得。

【幺篇】他阳禄①还长在,阴司数未该。禁烟花一种春无赖②,近柳梅一处情无外。望椿萱一带天无碍。则这水玻璃,堆起望乡台③,可哨见纸铜钱,夜市扬州界④?

花神,可引他望乡台随意观玩。(旦随末登台,望扬州哭介)那是扬州,俺爹爹奶奶呵,待飞将去。(末扯住介)还不是你去的时节。(净)下来听分付。功曹给一纸游魂路引⑤去,花神休坏了他的肉身也。(旦)谢恩官。

【赚尾】(净)欲火近干柴,且留的青山在⑥,不可被雨打风吹日晒。则许你傍月依星将天地拜,一任你魂魄来回。脱了狱省的勾牌⑦,接著活免的投胎。那花间四友你差排,叫莺窥燕猜,倩蜂媒蝶采,敢守的那破棺星⑧圆梦那人来。(净下)

(末)小姐回后花园去来。

---

① 阳禄:阳寿。
② 禁烟花一种春无赖:烟花,春天景色。无赖,无奈,无可奈何。春天的景色容易让人情思,应该禁绝。
③ 则这水玻璃,堆起望乡台:水玻璃,形容水色。此暗指扬州。望乡台,迷信的人所说阴间的一座台,新死的人的灵魂在上面能看见阳间家中情况。意思是说在望乡台上遥望父母所在扬州,只见白茫茫一片水色。
④ 可哨见纸铜钱,夜市扬州界:可瞧见扬州夜市里有人在烧纸钱?
⑤ 路引:古代的通行凭证。
⑥ 且留的青山在:语出谚语:"留得青山在,不怕没柴烧。"此处是说杜丽娘肉身没有毁坏,将来可以还魂。
⑦ 勾牌:迷信传说中地府勾捉生人的拘票。
⑧ 破棺星:星名,此指起坟开棺救活杜丽娘的人。

（末）醉斜乌帽发如丝，许　浑

（旦）尽日灵风不满旗。李商隐

（净）年年检点人间事，罗　邺

（合）为待萧何作判司①。元　稹

---

①　下场诗四句：醉斜乌帽发如丝，语出唐许浑《送萧处士归缑岭别业》："醉斜乌帽发如丝，曾看仙人一局棋。"尽日灵风不满旗，语出唐李商隐《重过圣女祠》："一春梦雨常飘瓦，尽日灵风不满旗。"年年检点人间事，语出唐罗邺《赏春》："年年点检人间事，唯有春风不世情。"为待萧何作判司，语出唐元稹《酬孝甫见赠十首》："亲情书札相安慰，多道萧何作判司。"

第二十四出　拾　画

【金珑璁】（生上）惊春谁似我？客途中都不问其他。风吹绽蒲桃褐①，雨淋殷杏子罗②。今日晴和，晒衾单兀自有残云涴③。

"脉脉梨花春院香，一年愁事费商量。不知柳思④能多少？打叠腰肢斗沈郎⑤。"小生卧病梅花观中，喜得陈友知医，调理痊可。则这几日间春怀郁闷，何处忘忧？早是⑥老姑姑到也。

【一落索】（净上）无奈女冠何，识的书生破。知他何处梦儿多？每日价欠伸⑦千个。秀才安稳⑧！

（生）日来病患较些⑨，闷坐不过。偌大梅花观，少甚园亭消遣。（净）此后有花园一座，虽然亭榭荒芜，颇有闲花点缀。则留散闷，不许

---

① 风吹绽蒲桃褐：绽，衣缝脱线解开，引申为裂开。蒲桃，葡萄。褐，粗布或粗布衣服。蒲桃褐，印染有葡萄花样的粗布衣服。

② 雨淋殷杏子罗：雨水把印有杏花的罗衫淋得褪色了，斑斑点点。殷，红色。

③ 晒衾单兀自有残云涴：把还有湿渍的衾被拿出来晾晒。衾，被子。

④ 柳思：春思。

⑤ 打叠腰肢斗沈郎：意思是说自己瘦。梦梅姓柳，以柳腰自比。打叠，打点。斗，比较。沈郎，南朝沈约，因多病腰围损瘦，后因以"沈腰"作为腰围瘦减的代称。

⑥ 早是：幸是。

⑦ 欠伸：指打呵欠，伸懒腰。语出《仪礼·士相见礼》："凡侍坐君子，君子欠伸，问日之早晏，以食具告。"

⑧ 安稳：安定平稳。问候语。

⑨ 较些：病较好一些。

清光绪十二年同文书局石印本《牡丹亭还魂记》图

伤心。（生）怎的得伤心也！（净作叹介）是这般说。你自去游便了。从西廊转画墙而去，百步之外，便是篱门。三里之遥，都为池馆。你尽情玩赏，竟日消停①，不索老身陪去也。"名园随客到，幽恨少人知。"（下）（生）既有后花园，就此迤逦②而去。（行介）这是西廊下了。（行介）好个葱翠的篱门，倒了半架。（叹介）〔集唐〕"凭阑仍是玉阑干王初，四面墙垣不忍看张隐。想得当时好风月韦庄，万条烟罩③一时干李山甫。"（到介）呀，偌大一个园子也。

【好事近】则见风月暗消磨，画墙西正南侧左。（跌介）苍苔滑擦，倚逗④着断垣低垛，因何蝴蝶门儿落合⑤？原来以前游客颇盛，题名在竹林之上。客来过，年月偏多，刻画尽琅玕⑥千个。咳，早则是寒花绕砌，荒草成窠。

怪哉，一个梅花观，女冠之流，怎起的这座大园子？好疑惑也。便是这湾流水呵！

【锦缠道】门儿锁，放着这武陵源⑦一座。怎好处教颓堕！断烟中见水阁摧残，画船抛躲，冷秋千尚挂下裙拖。又不是曾经兵火，似这般狼籍呵，敢断肠人远、伤心事多？待不关情么，恰湖山石畔留著你打磨陀⑧。

---

① 竟日消停：整日在那里赏玩。
② 迤逦：曲折连绵，此处当慢慢讲。
③ 万条烟罩：形容柳条繁多。
④ 倚逗：任凭。
⑤ 蝴蝶门儿落合：一种双扇门的样式。落合，门闩着。
⑥ 琅玕：似玉的美石。亦形容竹之青翠，指竹。
⑦ 武陵源：武陵郡人的世外桃源，此指美丽的后花园。
⑧ 打磨陀：消磨时光，逍遥自在。

好一座山子哩。（窥介）呀，就里一个小匣儿。待把左侧一峰靠著，看是何物？（作石倒介）呀，是个檀香匣儿。（开匣看画介）呀，一幅观世音喜相。善哉，善哉！待小生捧到书馆，顶礼①供养，强如埋在此中。

【千秋岁】（捧匣回介）小嵯峨②，压的旃檀合③，便做了好相观音俏楼阁。片石峰前，那片石峰前，多则是飞来石④，三生因果。请将去炉烟上过⑤，头纳地，添灯火，照的他慈悲我。俺这里尽情供养，他于意云何⑥？

（到介）到了观中，且安置阁儿上，择日展礼。（净上）柳相公多早了！

【尾声】（生）姑姑，一生为客恨情多，过冷澹园林日午殂⑦。老姑姑，你道不许伤心，你为俺再寻一个定不伤心何处可。

（生）僻居虽爱近林泉，　伍　乔

（净）早是伤春梦雨天。　韦　庄

（生）何处邀将归画府？谭用之

---

① 顶礼：指跪下，两手伏地，以头顶对着所尊敬的人的脚，是佛教徒最高的敬礼。

② 嵯峨：形容山势高峻。此指假山。下文楼阁，亦指假山。

③ 旃檀合：旃檀，又名檀香、白檀，是一种古老而又神秘的珍稀树种，檀香木香味醇和，历久弥香，素有香料之王之美誉。合，同"盒"。

④ 飞来石：即杭州西湖灵隐寺前飞来峰。灵隐一带的山峰怪石嵯峨，风景绝异，印度僧人慧理称："此乃中天竺国灵鹫山之小岭，不知何以飞来？"因此称为"飞来峰"。此指假山。

⑤ 请将去炉烟上过：请画像，并薰了香，叩头礼拜。

⑥ 于意云何：佛家语，意思是以为如何。

⑦ 殂：走，移动。此指日落西斜。

（合）三峰花半碧堂悬①。钱　起

---

① 下场诗四句：僻居虽爱近林泉，语出唐伍乔《僻居酬友人》："僻居虽爱近林泉，幽径闲居碧藓连。"早是伤春梦雨天，语出唐韦庄《长安清明》："蚤是伤春梦雨天，可堪芳草更芊芊。"蚤，同"早"。何处邀将归画府，语出唐谭用之《贻钓鱼李处士》："何处邀将归画府，数茎红蓼一渔船。"三峰花半碧堂悬，语出唐钱起《题嵩阳焦道士石壁》："三峰花畔碧堂悬，锦里真人此得仙。"

第二十五出　忆　女

【玩仙灯】（贴上）睹物怀人，人去物华销尽。道的个"仙果难成，名花易陨"。（叹介）恨兰昌殉葬无因①，收拾起烛灰香烬。

自家杜府春香是也。跟随公相夫人到扬州。小姐去世，将次三年。俺看老夫人那一日不作念，那一日不悲啼。纵然老公相暂时宽解，怎散真愁？莫说老夫人，便是俺春香想起小姐平常恩养，病里言词，好不伤心也。今乃小姐生忌②之辰，老夫人分付香灯，遥望南安浇奠。早已安排。夫人，有请。

【前腔】（老旦上）地老天昏，没处把老娘安顿。思量起举目无亲，招魂有尽。（哭介）我的丽娘儿也！在天涯老命难存，割断的肝肠寸寸。

〔苏幕遮〕"岭云沉，关树杳。（贴）春思无凭，断送人年少。（老旦）子母千回肠断绕。绣夹书囊，尚带余香袅。（贴）瑞烟清，银烛皎。（老旦）绣佛灵辰，血泪风前祷。（哭介）（合）万里招魂魂可到？则愿的

---

① "恨兰昌"句：唐人传奇故事，张云容是杨贵妃侍女，申天师给她绛雪丹服之，教其死后为大棺通穴，百年后，遇生人交精气，再生，可为地仙。后死，如法葬兰昌宫。宫女萧凤台、刘兰翘，向为九仙媛所毒杀，同藏云容穴侧。百年后，薛昭在兰昌宫遇到三美女。云容向昭备说生前事及申天师语，昭叹异。昭为启椟，遂活，同归金陵。事见《太平广记》卷六十九《传奇·张云容》。此处意思是春香没有死，不能葬在杜丽娘墓侧。

② 生忌：死者的生日。旧俗于是日设祭，并忌娱乐。

人天净处超生早。"（老旦）春香，自从小姐亡过，俺皮骨空存，肝肠痛尽。但见他读残书本，绣罢花枝，断粉零香，余簪弃展，触处无非泪眼，见之总是伤心。算来一去三年，又是生辰之日。心香①奉佛，泪烛浇天。分付安排，想已齐备。（贴）夫人，就此望空顶礼。（老旦拜介）〔集唐〕"微香冉冉泪涓涓李商隐，酒滴灰香似去年陆龟蒙。四尺孤坟何处是许浑？南方归去再生天沈佺期。"杜安抚之妻甄氏，敬为亡女生辰，顶礼佛爷。愿得杜丽娘皈依②佛力，早早生天。（起介）春香，祷告了佛爷，不免将此茶饭，浇奠小姐。

【香罗带】（老旦）丽娘何处坟？问天难问。梦中相见得眼儿昏，则听的叫娘的声和韵也，惊跳起，猛回身，则见阴风几阵残灯晕。（哭介）俺的丽娘人儿也，你怎抛下的万里无儿白发亲！

【前腔】（贴拜介）名香叩玉真③，受恩无尽，赏春香还是你旧罗裙。（起介）小姐临去之时，分付春香，长叫唤一声。今日叫他，"小姐，小姐呵"，叫的一声声小姐可曾闻也？（老旦、贴哭介）（合）想他那情切，那伤神，恨天天生割断俺娘儿直恁忍！（贴回介）俺的小姐人儿也，你可还向旧宅里重生何处身？

（贴跪介）禀老夫人，人到中年，不堪哀毁。小姐难以生易死，夫人无以死伤生。且自调养尊年，与老相公同享富贵。（老旦哭介）春香，你可知老相公年来因少男儿，常有娶小之意？止因小姐承欢膝下，百事因循。如今小姐丧亡，家门无托。俺与老相公闷怀相对，何以为情？天呵！

---

① 心香：佛教语。谓中心虔诚，如供佛之焚香。
② 皈依：佛教名词。信仰佛教者的入教仪式。因对佛、法、僧三宝表示归顺依附，故亦称三皈依。
③ 玉真：仙人。

（贴）老夫人，春香愚不谏贤，依夫人所言，既然老相公有娶小之意，不如顺他，收下一房，生子为便。（老旦）春香，你见人家庶出①之子，可如亲生？（贴）春香但蒙夫人收养，尚且非亲是亲，夫人肯将庶出看成，岂不无子有子？（老旦）好话，好话。

（老）曾伴残蛾到女儿，徐　凝

（贴）白杨今日几人悲。杜　甫

（老）须知此恨消难得，温庭筠

（合）泪滴寒塘蕙草时②。廉　氏

---

① 庶出：妾所生的子女。

② 下场诗四句：曾伴残蛾到女儿，语出唐徐凝《语儿见新月》："娟娟水宿初三夜，曾伴愁蛾到语儿。"白杨今日几人悲，语出唐杜甫《存殁口号二首》："玉局他年无限笑，白杨今日几人悲。"须知此恨消难得，语出唐温庭筠《李羽处士故里》："终知此恨销难尽，辜负南华第一篇。"泪滴寒塘蕙草时，语出唐廉氏《寄征人》："谁知独夜相思处，泪滴寒塘蕙草时。"

第二十六出 玩 真

（生上）"芭蕉叶上雨难留，芍药梢头风欲收。画意无明偏著眼，春光有路暗抬头。"小生客中孤闷，闲游后园。湖山之下，拾得一轴小画，似是观音大士，宝匣庄严。风雨淹旬，未能展视。且喜今日晴和，瞻礼①一会。（开匣，展画介）

【黄莺儿】 秋影挂银河，展天身，自在波②。诸般好相能停妥③。他直身在补陀④，咱海南人遇他。（想介）甚威光不上莲花座？再延俄⑤，怎湘裙直下一对小凌波⑥？

是观音，怎一对小脚儿？待俺端详一会。

【二郎神慢】 些儿个，画图中影儿则度⑦。著了，敢谁书馆中吊下

---

① 瞻礼：瞻仰礼拜。
② 自在波：自在，观自在菩萨。波，同"呵"。
③ 诸般好相能停妥：诸般好相，佛教语，指佛陀所具有的三十二种相和八十种好。停妥，停当妥帖。
④ 补陀：即普陀。与山西五台山、四川峨眉山、安徽九华山并称为中国佛教四大名山，是观世音菩萨教化众生的道场。普陀山是浙江舟山群岛的一个小岛，普陀山是印度话的简称，具足称是普陀洛迦山，中国话叫小白华山。传说是善财童子第二十八参观世音菩萨说法的圣地。
⑤ 延俄：耽搁片时，此处有犹豫不定之意。
⑥ 小凌波：指女人小脚。曹植《洛神赋》："凌波微步，罗袜生尘。"相传观音菩萨是大脚，故柳梦梅产生疑问。
⑦ 度：猜度。

幅小嫦娥，画的这俜停倭妥①。是嫦娥，一发该顶戴了。问嫦娥折桂人有我？可是嫦娥，怎影儿外没半朵祥云托？树皴儿又不似桂丛花琐②？不是观音，又不是嫦娥，人间那得有此？成惊愕，似曾相识，向俺心头摸。

待俺瞧，是画工临的，还是美人自手描的？

【莺啼序】问丹青何处娇娥，片月影光生毫末③？似恁般一个人儿，早见了百花低躲④。总天然意态难模，谁近得把春云⑤淡破？想来画工怎能到此！多敢他自己能描会脱⑥。

且住，细观他帧首⑦之上，小字数行。（看介）呀，原来绝句一首。（念介）"近睹分明似俨然⑧，远观自在若飞仙。他年得傍蟾宫客，不在梅边在柳边。"呀，此乃人间女子行乐图也。何言"不在梅边在柳边"？奇哉怪事哩！

【集贤宾】望关山梅岭天一抹，怎知俺柳梦梅过？得傍蟾宫知怎么？待喜呵，端详停和⑨，俺姓名儿直么费嫦娥定夺？打磨诃⑩，敢则是梦魂中真个。好不回盼小生！

【黄莺儿】空影落纤娥，动春蕉，散绮罗。春心只在眉间锁，

---

① 俜停倭妥：美女。俜停，即娉婷，姿态美好貌或借指姿容美好的女子。倭妥，即委佗，美好貌。
② 树皴儿又不似桂丛花琐：树皴儿，树木开裂的表皮。花琐，细碎的花朵，此指桂花。
③ 毫末：笔端。毫，细毛，毛笔用毛制成，毛笔可称为毫。
④ 早见了百花低躲：百花见了她的美貌感觉羞惭。
⑤ 春云：喻女子的美发。
⑥ 脱：描画。
⑦ 帧首：画的上端。帧，书画、书刊的装潢设计。
⑧ 俨然：非常像，简直就是某物，像真的一样。
⑨ 停和：消停，细看一会。
⑩ 打磨诃：即打磨陀，徘徊、思量。

春山翠拖①，春烟淡和。相看四目谁轻可②！恁横波③，来回顾影不住的眼儿睃。

却怎半枝青梅在手，活似提掇小生一般？

【啼莺序】他青梅在手诗细哦，逗春心一点蹉跎。小生待画饼充饥④，小姐似望梅止渴⑤。小姐，小姐，未曾开半点幺荷⑥，含笑处朱唇淡抹，韵情多。如愁欲语，只少口气儿呵。

小娘子画似崔徽，诗如苏蕙⑦，行书逼真卫夫人。小子虽则典雅，怎到得⑧这小娘子！蓦地相逢，不免步韵⑨一首。（题介）"丹青妙处却天然，不是天仙即地仙。欲傍蟾宫人近远，恰些春在柳海边。"

---

① 春山翠拖：眉毛用翠黛轻抹。春山，春日山色黛青，喻指妇人姣好的眉毛。

② 轻可：轻易、等闲。可，语助词。

③ 恁横波：恁，这样。横波，横流的水波。喻女子眼神流动，如水横流。借指妇女之目。

④ 画饼充饥：画个饼来解除饥饿。比喻用空想来安慰自己。语出晋陈寿《三国志·魏书·卢毓传》："选举莫取有名，名如画地作饼，不可啖也。"此处是观赏画像以自慰。

⑤ 望梅止渴：原意是梅子酸，人想吃梅子就会流口水，因而止渴。后比喻愿望无法实现，用空想安慰自己。语出南朝宋刘义庆《世说新语·假谲》："魏武行役，失汲道，三军皆渴，乃令曰：前有大梅林，饶子，甘酸可以解渴。士卒闻之，口皆出水，乘此得及前源。"此处是指杜丽娘题诗"不在梅边在柳边"所表示的对爱情的向往。

⑥ 幺荷：原指莲心。荷花蕾，形容女子嘴唇。幺，小。

⑦ 苏蕙：字若兰，魏晋三大才女之一，据《晋书·列女传》载，其夫窦滔做秦州刺史，因事被流放。她织锦为回文，共841字。纵横反复，皆成章句，名《璇玑图》，寄给丈夫。

⑧ 到得：及得。

⑨ 步韵：次韵，是和诗的一种方式，不仅使用被和诗的韵，还必须用被和诗韵脚上的那几个字，并且韵字的先后次序都要和被和诗一样，就是步步跟随之意。

【簇御林】他能绰斡①,会写作。秀入江山人唱和。待小生狠狠叫他几声:"美人,美人!姐姐,姐姐!"向真真啼血你知么?叫的你喷嚏似天花唾。动凌波,盈盈欲下——不见影儿那。

咳,俺孤单在此,少不得将小娘子画像,早晚玩之、拜之,叫之、赞之。

【尾声】拾的个人儿先庆贺,敢柳和梅有些瓜葛?小姐小姐,则被你有影无形看杀我。

不须一向恨丹青,白居易

堪把长悬在户庭。伍　乔

惆怅题诗柳中隐,司空图

添成春醉转难醒②。章　碣

---

① 绰斡:此当绘画讲。

② 下场诗四句:不须一向恨丹青,语出唐白居易《琴曲歌辞·昭君怨》:"自是君恩薄如纸,不须一向恨丹青。"堪把长悬在户庭,语出唐伍乔《观华夷图》:"笔端尽现寰区事,堪把长悬在户庭。"惆怅题诗柳中隐,语出唐司空图《汴柳半枯因悲柳中隐》:"惆怅题诗柳中隐,柳衰犹在自无身。"添成春醉转难醒,语出唐章碣《雨》:"锁却暮愁终不散,添成春醉转难醒。"

清光绪十二年同文书局石印本《牡丹亭还魂记》图

第二十七出　魂　游

【挂真儿】（净扮石道姑上）台殿重重春色上。碧雕阑映带银塘。扑地香腾①，归天磬响②。细展度人经藏③。

〔集唐〕"几年红粉④委黄泥雍裕之，十二峰⑤头月欲低李涉。折得玫瑰花一朵李建勋，东风吹上窈娘堤⑥罗虬。"俺老道姑看守杜小姐坟庵⑦，三年之上。择取吉日，替他开设道场⑧，超生玉界⑨。早已门外竖立招幡⑩，看有何人来到。

【太平令】（贴扮小道姑，丑扮徒弟上）岭路江乡，一片彩云扶月

---

① 扑地香腾：遍地升起香烟。扑地，遍地。
② 归天磬响：磬响声穿透云天。归天，同"沸天"，形容声音极度喧腾。
③ 经藏：经卷。藏，道教、佛教经典的总称。
④ 红粉：妇女化妆用的胭脂和粉，旧时借指年轻妇女、美女。此借指杜丽娘。
⑤ 十二峰：指川（今为渝）、鄂边境巫山的十二座峰。峰名分别为：望霞、翠屏、朝云、松峦、集仙、聚鹤、净坛、上升、起云、飞凤、登龙、圣泉。
⑥ 窈娘堤：在今河南洛阳。窈娘，即孙窈娘。唐武则天时左司郎中乔知之婢。窈娘貌美，善歌。后为武承嗣所夺。乔知之愤痛成疾，作《绿珠篇》以讽。窈娘得诗，悲惋自杀。见唐孟棨《本事诗·情感》及《新唐书·外戚传·武承嗣》。后借指美女。
⑦ 坟庵：设于墓地的庙庵。
⑧ 道场：道士或和尚诵经超度亡人的仪式。
⑨ 玉界：天空、仙境。
⑩ 招幡：举起垂直悬挂的窄长的旗子挥来挥去来招引魂魄。招，举手上下挥动叫人来。幡，一种窄长的旗子垂直悬挂。

上。羽衣青鸟①闲来往。（丑）天晚，梅花观歇了罢。（贴）南枝外有鹊炉②香。

小道姑乃韶阳郡碧云庵主是也，游方到此。见他庄严幡引，榜示道场，恰好登坛，共成好事。（见介）〔集唐〕（贴）"大罗天③上柳烟含鱼玄机，（净）你毛节④朱幡倚石龛王维。（贴）见向溪山求住处韩愈，（净）好哩，你半垂檀袖学通参⑤，女光。"小姑姑从何而至？（贴）从韶阳郡来，暂此借宿。（净）东头房儿，有个岭南柳相公养病。则下厢房可矣。（贴）多谢了。敢问今夕道场，为何而设？（净叹介）则为"杜衙小姐去三年，待与招魂上九天⑥"。（贴）这等呵！"清醮坛场⑦今夜好，敢将香火助真仙。"（净）这等却好。（内鸣钟鼓介）（众）请老师父拈香。（净）南斗注生真妃⑧，东岳受生夫人⑨殿下。（拈香拜介）

【孝南歌】钻新火，点妙香。虔诚为因杜丽娘。（众拜介）香霭绣幡幢，细乐风微扬。仙真呵，威光无量，把一点香魂，早度人天上。

---

① 羽衣青鸟：指云游的小道姑和她的徒弟。羽衣，常称道士或神仙所着衣为羽衣。借指道士。青鸟，神话传说中为西王母取食传信的神鸟。
② 鹊炉：即鹊尾炉，一种长柄香炉。语出南朝齐王琰《冥祥记》："每听经，常以鹊尾香炉置膝前。"
③ 大罗天：道教所称三十六天中最高一重天。
④ 毛节：即氂节。道士用来表示法力的符节。
⑤ 檀袖：红袖。指妇女的红色衣袖。通参：修道，参佛。
⑥ 九天：天的最高处，形容极高。传说古代天有九重，也作九重天、九霄。
⑦ 清醮坛场：道士设坛祈祷的一种宗教仪式。醮，道士设坛念经做法事。
⑧ 南斗注生真妃：南斗，星名。民间广泛信仰的神仙，专司延寿之事。真妃，道教女仙的称号。
⑨ 东岳受生夫人：东岳，即东岳大帝，道教所奉东岳庙中的泰山神。迷信谓其掌管人间一切生物生死。东岳夫人是其配偶，主管人死后往生。

清光绪十二年同文书局石印本《牡丹亭还魂记》图

怕未尽凡心,他再作人身想。做儿郎,做女郎,愿他永成双。再休似少年亡。

(净)想起小姐生前爱花而亡,今日折得残梅,安在净瓶供养。(拜神主介)

【前腔】瓶儿净,春冻阳。残梅半枝红蜡装。小姐呵!你香梦与谁行?精神忒孤往!(众)老师兄,你说净瓶像什么,残梅像什么?(净)这瓶儿空像,世界包藏,身似残梅样,有水无根,尚作余香想。(众)小姐,你受此供呵,教你肌骨凉,魂魄香。肯回阳,再住这梅花帐?

(内风响介)(净)奇哉怪哉,冷窣窣①一阵风打旋也。(内鸣钟介)(众)这晚斋时分,且吃了斋,收拾道场。正是:"晓镜抛残无定色,晚钟敲断步虚声②。"(众下)

【水红花】(魂旦作鬼声,掩袖上)则下得望乡台如梦俏魂灵,夜荧荧、墓门人静。(内犬吠,旦惊介)原来是赚花阴小犬吠春星③。冷冥冥④,梨花春影。呀,转过牡丹亭、芍药阑,都荒废尽,爹娘去了三年也。(泣介)伤感煞断垣荒迳。望中何处也?鬼灯青。(听介)兀的有人声也啰⑤。

---

① 窣窣:象声词。形容细小的声音。
② 步虚声:传说中神仙于空中的诵经声。后指道士育经礼赞的一种腔调。语出南朝宋刘敬叔《异苑》卷五:"陈思王游山,忽闻空里颂经声。清远道亮,解音者则而写之,为神仙声。道士效之,作步虚声也。"
③ 赚花阴小犬吠春星:小狗看到花影摇动,误以为人来,向着天空叫。赚,骗。
④ 冷冥冥:指环境阴冷。冥冥,昏暗貌。
⑤ 也啰:衬词,无意义。

〔添字昭君怨〕"昔日千金小姐，今日水流花谢。这淹淹惜惜杜陵花①，太亏他。生性独行无那②，此夜星前一个。生生死死为情多。奈情何！"奴家杜丽娘女魂是也。只为痴情慕色，一梦而亡。凑的③十地阎君奉旨裁革，无人发遣，女监三年。喜遇老判，哀怜放假。趁此月明风细，随喜一番。呀，这是书斋后园，怎做了梅花庵观？好伤感人也。

【小桃红】咱一似断肠人和梦醉初醒。谁偿咱残生命也。虽则鬼丛中姊妹不同行，窣地的把罗衣整④。这影随形，风沈露，云暗斗，月勾星⑤，都是我魂游境也。到的这花影初更，（内作丁冬声，旦惊介）一霎价心儿瘆⑥，原来是弄风铃台殿冬丁。

好一阵香也。

【下山虎】我则见香烟隐隐，灯火荧荧。呀，铺了些云霞？，不由人打个吘挣⑦。是那位神灵，原来是东岳夫人，南斗真妃。（作稽首⑧介）仙真仙真，杜丽娘鬼魂稽首。魆魆地⑨投明证明，好替俺朗朗的超生注生。再看这青

---

① 淹淹惜惜杜陵花：淹淹惜惜，形容多情样子。杜陵，地名，即乐游原。在今陕西西安东南。古为杜伯国。秦置杜县，汉宣帝筑陵于东原上，因名杜陵。唐代诗人杜甫曾住此，故代指杜甫。杜丽娘是杜甫后裔，故用杜陵花借指杜家的女儿杜丽娘。

② 无那：无奈。

③ 凑的：碰到。

④ 窣地的把罗衣整：把拂地的罗衣整理一下。

⑤ "这影随形"四句：描写花园夜景，影子随着身形，寒风凝结露水，云彩遮盖北斗，星星绕着月亮。

⑥ 瘆：使人害怕，可怕。

⑦ 吘挣：寒噤。

⑧ 稽首：古时的一种跪拜礼，叩头至地，是九拜中最恭敬的一种。

⑨ 魆（xū）魆地：暗暗地。

词①上,原来就是石道姑在此住持。一坛斋意,度俺生天。道姑道姑,我可也生受你呵。再瞧这净瓶中,咳,便是俺那冢上残梅哩。梅花呵!似俺杜丽娘半开而谢,好伤情也。则为这断鼓零钟金字经②,叩动俺黄粱境③。俺向这地坼④里梅根逬几程,透出些儿影。(泣介)姑姑们这般至诚,若不留些踪影,怎显的俺鉴知他,就将梅花散在经台之上。(撒花介)抵甚么一点香销万点情。

想起爹娘何处,春香何处也?呀,那边厢有沉吟叫唤之声,听怎来?(内叫介)俺的姐姐呵!俺的美人呵!(旦惊介)谁叫谁也?再听。(内又叫介)(旦叹介)

【醉归迟】生和死,孤寒命。有情人叫不出情人应。为什么不唱出你可人⑤名姓?似俺孤魂独趁,待谁来叫唤俺一声。不分明,无倒断⑥,再消停。(内又叫介)(旦)咳,敢边厢甚么书生,睡梦里语言胡呓⑦?

【黑蟆令】不由俺无情有情,凑著叫的人三声两声,冷惺忪红泪飘零。呀,怕不是梦人儿梅卿柳卿?俺记著这花亭水亭,趁的这风清月清。

---

① 青词:亦作青辞。是道教举行斋醮时献给上天的奏章祝文。一般为骈俪体,用红色颜料写在青藤纸上,要求形式工整和文字华丽,故又称绿章。

② 金字经:以金泥书写之经卷。

③ 黄粱境:梦境。语出唐沈既济《枕中记》,卢生在邯郸旅店住宿,梦中享尽富贵荣华,等到醒来,主人蒸的黄粱还没有熟,所以称黄粱梦。比喻虚幻的梦想。黄粱,粟米名。即黄小米。

④ 地坼:土地的裂缝。坼,裂开。

⑤ 可人:可爱的人。

⑥ 无倒断:没有了结,无休无止。

⑦ 胡呓:胡言乱语。

则这鬼宿前程，盼得上三星四星①？

待即行寻趁，奈斗转参横②，不敢久停呵！

【尾声】为什么闪摇摇春殿灯？（内叫介）殿上响动。（丑虚上望介）（又作风起介）（旦）一弄儿绣幡飘迥，则这几点落花风是俺杜丽娘身后影。

（旦作鬼声下）（丑打照面③，惊叫介）师父们，快来，快来！（净、贴惊上）怎生大惊小怪？（丑）则这灯影荧煌，躲著瞧时，见一位女神仙，袖拂花幡，一闪而去。怕也，怕也！（净）怎生模样？（丑打手势介）这多高，这多大，俊脸儿，翠翘金凤④，红裙绿袄，环珮玎珰，敢是真仙下降？（净）咳，这便是杜小姐生时样子。敢是他有灵活现。（贴）呀，你看经台之上，乱糁⑤梅花，奇也，异也！大家再祝赞他一番。

【忆多娇】（众）风灭了香，月到廊。闪闪尸尸⑥魂影儿凉。花落在春宵情易伤。愿你早度天堂，早度天堂，免留滞他乡故乡。

（贴）敢问杜小姐为何病亡？以何缘故而来出现？

【尾声】（净）休惊恍⑦，免问当。收拾起乐器经堂。你听波，兀

---

① 则这鬼宿前程，盼得上三星四星：意思是我做了鬼，婚姻前程能有几分拿得准呢？鬼宿，星宿名，此指鬼。前程，指婚姻。三星四星，三分四分。三星，语出《诗·唐风·绸缪》："绸缪束薪，三星在天。"这首诗描写了情人在晚上相会。四星，秤尾端所钉的四星，引申为下梢、下场、前程等义。

② 斗转参横：北斗转向，参宿打横。指天快亮的时候。语出三国魏曹植《善哉行》："月没参横，北斗阑干。"斗，北斗星。参，参宿，二十八宿之一。

③ 打照面：碰面。这里指丑和旦在舞台上做面对面碰到的动作。

④ 翠翘金凤：翠翘，古代妇人首饰的一种。状似翠鸟尾上的长羽，故名。金凤，金凤形状的头钗。

⑤ 糁：洒，散落。

⑥ 闪闪尸尸：一会出现一会消失。

⑦ 惊恍：神魂不定，精神恍惚。

的冷窣窣珮环风还在回廊那边响。

（净）心知不敢辄形相，曹　唐

（贴）欲话因缘恐断肠。天竺牧童

（丑）若使春风会人意，罗　邺

（合）也应知有杜兰香①。罗　虬

---

① 下场诗四句：心知不敢辄形相，语出唐曹唐《小游仙诗九十八首》："万树琪花千圃药，心知不敢辄形相。"欲话因缘恐断肠，这句诗出自三生石的故事。语出天竺牧童，即圆泽化身。"身前身后事茫茫，欲话因缘恐断肠。"若使春风会人意，语出唐罗邺《叹平泉》："若遣春风会人意，花枝尽合向南开。"也应知有杜兰香，语出唐罗虬《比红儿诗》："从到世人都不识，也应知有杜兰香。"杜兰香，神话中的仙女名。语出晋干宝《搜神记》卷一《杜兰香别传》。

第二十八出　幽媾

【夜行船】（生上）瞥下天仙何处也？影空蒙似月笼沙。有恨徘徊，无言窨约。早是夕阳西下。

"一片红云下太清①，如花巧笑玉娉婷。凭谁画出生香面？对俺偏含不语情。"小生自遇春容，日夜想念。这更阑②时节，破些工夫，吟其珠玉③，玩其精神。倘然梦里相亲，也当春风一度。（展画玩介）呀，你看美人呵，神含欲语，眼注微波。真乃"落霞与孤鹜齐飞，秋水共长天一色④"。

【香遍满】晚风吹下，武陵溪边一缕霞，出落个人儿风韵杀。净无瑕，明窗新绛纱。丹青小画叉，把一幅肝肠挂。

小姐小姐，则被你想杀俺也。

【懒画眉】轻轻怯怯一个女娇娃，楚楚臻臻像个宰相衙⑤。想他春心无那对菱花，含情自把春容画，可想到有个拾翠人儿也逗著他？

【二犯梧桐树】他飞来似月华，俺拾的愁天大。常时夜夜对月而眠，

---

① 太清：天空。
② 更阑：快要天亮、黎明了。更，旧时夜间计时单位，一夜分五更，每更约两小时。阑，将尽。
③ 珠玉：比喻妙语或美好的诗文。
④ 落霞与孤鹜齐飞，秋水共长天一色：语出唐王勃《滕王阁序》。此处引用，取"秋水"一词与前面"眼注微波"关联。
⑤ 楚楚臻臻像个宰相衙：整洁华丽像个宰相家的小姐。

这几夜呵，幽佳，婵娟隐映的光辉杀。教俺迷留没乱①的心嘈杂，无夜无明怏②著他。若不为擎奇怕涴的丹青亚③，待抱著你影儿横榻。

想来小生定是有缘也。再将他诗句朗诵一番。（念诗介）

【浣沙溪】拈诗话，对会家④。柳和梅有分儿些⑤。他春心迸出湖山罅，飞上烟绡萼绿华⑥。则是礼拜他便了。（拈香拜介）僸倖⑦杀，对他脸晕眉痕心上掐，有情人不在天涯。

小生客居，怎勾姐姐风月中片时相会也。

【刘泼帽】恨单条⑧不惹的双魂化，做个画屏中倚玉蒹葭⑨。小姐呵，你耳朵儿云鬟月侵芽⑩，可知他一些些都听的俺伤情话？

【秋夜月】堪笑咱，说的来如戏耍。他海天秋月云端挂，烟空翠

---

① 迷留没乱：心情迷乱而没有头绪。
② 怏：心情郁闷、闷闷不乐。
③ 若不为擎奇怕涴的丹青亚：意思是若不把画高举起来，怀抱着卧睡，会把画弄脏压坏。擎奇，捧托，高举。奇，助词。亚，同"压"。
④ 拈诗话，对会家：意思是杜丽娘的诗是为他这个知心的人写的。会家，行家，精通某种技艺的人。此指诗人。
⑤ 有分儿些：有些儿缘分。
⑥ 飞上烟绡萼绿华：意思是好像女仙飞上了画幅，化成画像。烟绡，指轻纱似的薄烟。萼绿华，中国古代传说中道教女仙名，简称萼绿。自言是九嶷山中得道女子罗郁。
⑦ 僸倖：烦恼、折磨。
⑧ 单条：单幅的条幅。
⑨ 做个画屏中倚玉蒹葭：意思是恨不得化成画中人，和她在一起。蒹葭，没有长穗的芦苇。倚玉蒹葭，芦苇靠在玉树旁。比喻一丑一美不能相比。典出南朝宋刘义庆《世说新语·容止》："魏明帝使后弟毛曾与夏侯玄并坐，时人谓蒹葭倚玉树。"原文喻毛曾，此处是柳梦梅自比。
⑩ 耳朵儿云鬟月侵芽：意思是用云遮住月亮喻杜丽娘美发掩耳。芽，月牙，新月。侵，遮掩。

影遥山抹。只许他伴人清暇,怎教人佻达①。

【东瓯令】俺如念咒,似说法。石也要点头②,天雨花③。怎虔诚不降的仙娥下?是不肯轻行踏。(内作风起,生按住画介)待留仙怕杀风儿刮,粘嵌著锦边牙④。

怕刮损他,再寻个高手临他一幅儿。

【金莲子】闲喷牙⑤,怎能够他威光水月生临榻⑥?怕有处相逢他自家,则问他许多情,与春风画意再无差。

再把灯剔起细看他一会。(照介)。

【隔尾】敢人世上似这天真多则假⑦。(内作风吹灯介)(生)好一阵冷风袭人也。险些儿误丹青风影落灯花。罢了,则索睡掩纱窗去梦他。

(打睡介)(魂旦上)"泉下长眠梦不成。一生余得许多情。魂随月下丹青引,人在风前叹息声。"妾身杜丽娘鬼魂是也。为花园一梦,想念而终。当时自画春容,埋于太湖石下。题有"他年得傍蟾宫客,不在梅边在柳边。"谁想魂游观中几晚,听见东房之内,一个书生高声低叫:"俺的姐姐,俺的美人。"那声音哀楚,动俺心魂。悄然蓦入⑧他房中,则见高

---

① 佻达:挑逗,戏谑。
② 石也要点头:晋末高僧竺道生曾于苏州虎丘寺立石为徒,讲《涅盘经》。至微妙处,石皆点头。事见《事类统编》卷六十三。
③ 天雨花:相传南朝梁金陵城南门外高座寺的云光法师常在雨花台上设坛说法,说得生动绝妙,感动了佛祖,天上竟落花如雨。事见《舆地胜记》。
④ 锦边牙:嵌在裱好的画幅上端的丝带,供张挂用。
⑤ 闲喷牙:亦作闲磕牙。讲闲话、空话,多嘴。
⑥ 威光水月生临榻:意思是怎样才能够使画中美人活生生地来到我的床前。威光水月,本指水月观音,此指画中美人。生临榻,活着来到床前。
⑦ 敢人世上似这天真多则假:意思是大概人世间像天仙那样美的人是没有的。天真,天仙。多则假,多半是假的。
⑧ 蓦入:迈入。

清光绪十二年同文书局石印本《牡丹亭还魂记》图

挂起一轴小画。细玩之，便是奴家遗下春容。后面和诗一首，观其名字，则岭南柳梦梅也。梅边柳边，岂非前定乎！因而告过了冥府判君，趁此良宵，完其前梦。想起来好苦也。

【朝天懒】怕的是粉冷香销泣绛纱，又到的高唐馆玩月华。猛回头羞飒鬓儿鬤①，自擎拿。呀，前面是他房头了。怕桃源路径行来诧，再得俄旋试认他。

（生睡中念诗介）"他年若傍蟾宫客，不在梅边在柳边。"我的姐姐呵。（旦）（听打悲介）

【前腔】是他叫唤的伤情咱泪雨麻，把我残诗句没争差。难道还未睡呵？（瞧介）（生又叫介）（旦）他原来睡屏中作念猛嗟牙②。省喧哗，我待敲弹翠竹窗棂下。

（生作惊醒，叫"姐姐"介）（旦悲介）待展香魂去近也。（生）呀，户外敲竹之声，是风是人？（旦）有人。（生）这咱时节有人，敢是老姑姑送茶来？免劳了。（旦）不是。（生）敢是游方的小姑姑么？（旦）不是。（生）好怪，好怪，又不是小姑姑。再有谁？待我启门而看。（生开门看介）

【玩仙灯】呀，何处一娇娃，艳非常使人惊诧。

（旦作笑闪入）（生急掩门）（旦敛衽③整容见介）秀才万福。（生）小娘子到来，敢问尊前何处，因何夤夜④至此？（旦）秀才，你猜来。

---

① 羞飒鬓儿鬤：形容发鬓歪斜。
② 睡屏中作念猛嗟牙：意思是睡梦中因想念而嗟叹。睡屏中，床上，此引申睡梦中。作念，想念，挂念。嗟牙，嗟讶、嗟叹。
③ 敛衽：整理衣襟，表示恭敬。代指妇女行礼。
④ 夤夜：深夜。

【红衲袄】（生）莫不是莽张骞犯了你星汉槎①，莫不是小梁清夜走天曹②罚？（旦）这都是天上仙人，怎得到此。（生）是人家彩凤暗随鸦③？（旦摇头介）（生）敢甚处里绿杨曾系马④？（旦）不曾一面。（生）若不是认陶潜眼挫的花⑤，敢则是走临邛道数儿差⑥？（旦）非差。（生）想是求灯的？可是你夜行无烛⑦也，因此上待要红袖分灯向碧纱？

【前腔】（旦）俺不为度仙香空散花⑧，也不为读书灯闲濡蜡。俺

---

① 张骞犯了你星汉槎：传说汉张骞乘水上浮木到银河与牛郎织女相会。事见晋张华《博物志》。你，以织女比杜丽娘。

② 梁清：神话传说中织女侍儿梁玉清。传说曾被太白星带着私奔至下界，俩人还生一子。天帝怒而命五岳下界搜捕，后来太白归位，梁玉清被谪于北斗下终日舂米。事见《太平广记》卷三十九《女仙四·梁玉清》。天曹：道家所称天上的官署。

③ 彩凤暗随鸦：凤，凤凰。鸦，乌鸦。美丽的凤鸟跟了丑陋的乌鸦。比喻女子嫁给才貌配不上的人。语出《事文类聚》卷十六《武人置妾》："杜大中起于行伍，妾能词，有'彩凤随鸦'之句。"

④ 绿杨曾系马：意思是曾在什么地方下马去看过她。语出宋姜夔词《月下笛·与客携壶》："曾游处。但系马垂杨，认郎鹦鹉。"

⑤ 认陶潜眼挫的花：意思是找情郎看错了人。陶潜，晋代大诗人，曾作《桃花源记》。所写桃花源和刘晨、阮肇遇仙女的桃源名字一样，故后人把陶潜和刘、阮故事附会在一起，被用作情郎的代称。眼挫，眼角，眼梢。眼挫的花，眼花看错。

⑥ 走临邛道数儿差：意思是私奔走错了路。走临邛，西汉蜀郡临邛的冶铁巨商卓王孙之女卓文君与司马相如相爱，从临邛出走成都。后以走临邛代指私奔。临邛，今四川邛崃。以盐、铁著名。

⑦ 夜行无烛：语出《礼记·内则》："女子出门……夜行以烛，无烛则止。"

⑧ 散花：同"散华"，寺院做法事时，为供养佛祖而将花和叶四处散落。

不似赵飞卿旧有瑕①，也不似卓文君新守寡。秀才呵，你也曾随蝶梦②迷花下。（生想介）是当初曾梦来。（旦）俺因此上弄莺簧赴柳衙③。若问俺妆台何处也，不远哩，刚刚在宋玉东邻④第几家。

（生作想介）是了。曾后花园转西，夕阳时节，见小娘子走动哩。（旦）便是了。（生）家下有谁？

【宜春令】（旦）斜阳外，芳草涯，再无人有伶仃的爹妈。奴年二八，没包弹⑤风藏叶里花。为春归惹动嗟呀，瞥见你风神俊雅。无他，待和你翦烛临风，西窗闲话⑥。

（生背介）奇哉，奇哉，人间有此艳色！夜半无故而遇明月之珠，怎生发付！

【前腔】他惊人艳，绝世佳。闪一笑风流银蜡⑦。月明如乍，问今夕何年星汉槎？金钗客寒夜来家，玉天仙人间下榻。（背介）知

---

① 赵飞卿旧有瑕：赵飞卿，疑指汉成帝的皇后赵飞燕。相传她贫贱时，曾和射鸟者相好私通。事见《赵飞燕外传》。

② 蝶梦：喻迷离惝恍的梦境。语出《庄子·齐物论》："昔者庄周梦为蝴蝶，栩栩然蝴蝶也，自喻适志与！不知周也。"

③ 弄莺簧赴柳衙：莺簧，黄莺的鸣声。以其声如笙簧奏乐，故称。簧，乐器里用金属或其他材料制成的发声薄片。柳衙，成行排列的柳树，其成行列如排衙。此指柳梦梅住处。

④ 宋玉东邻：即宋玉东墙。喻指貌美多情的女子。战国楚宋玉《登徒子好色赋》谓宋玉东邻有一女，容貌姣好为楚国之冠，登墙窥视宋玉三年而宋玉不与之交往。

⑤ 没包弹：谓无可批评、指摘，没有缺陷。包拯不遗余力地弹劾贪官污吏和有失职责的官员，人们管那些为官清廉、没有被包拯弹劾过的官员叫"没包弹"。

⑥ "翦烛临风"二句：语出唐李商隐《夜雨寄北》："何当共剪西窗烛，却话巴山夜雨时。"

⑦ 银蜡：蜡烛。

他,知他是甚宅眷的孩儿,这迎门调法①?

待小生再问他。(回介)小娘子夤夜下顾小生,敢是梦也?(旦笑介)不是梦,当真哩。还怕秀才未肯容纳。(生)则怕未真。果然美人见爱,小生喜出望外。何敢却乎?(旦)这等真个盼著你了。

【耍鲍老】幽谷寒涯,你为俺催花连夜发②。俺全然未嫁,你个中知察,拘惜的好人家。牡丹亭,娇恰恰;湖山畔,羞答答;读书窗,淅喇喇③。良夜省陪茶,清风明月知无价④。

【滴滴金】(生)俺惊魂化,睡醒时凉月些些。陡地荣华,敢则是梦中巫峡⑤?亏杀你走花阴不害些儿怕,点苍苔不溜些儿滑,背萱亲不受些儿吓,认书生不著些儿差。你看斗儿斜,花儿亚,如此夜深花睡罢。笑咖咖,吟哈哈,风月无加。把他艳软香娇做意儿耍,下的⑥亏他?便亏他则半霎。

(旦)妾有一言相恳,望郎恕罪。(生笑介)贤卿有话,但说无妨。(旦)妾千金之躯,一旦付与郎矣,勿负奴心。每夜得共枕席,平生之愿足矣。(生笑介)贤卿有心恋于小生,小生岂敢忘于贤卿乎?(旦)还有一言。未至鸡鸣,放奴回去。秀才休送,以避晓风。(生)这都领命。只问姐姐贵姓芳名?

---

① 调法:花头,花招。
② 催花连夜发:语出唐武则天《腊日宣诏幸上苑》:"花须连夜发,莫待晓风吹。"
③ 淅喇喇:风吹窗纸发出声音。喇,形容忽然发出的声音
④ 清风明月知无价:语出唐李白《襄阳歌》:"清风明月不用一钱买。"无价,极言珍贵。
⑤ 巫峡:此指巫山,男女欢会。
⑥ 下的:忍得,忍心。

【意不尽】（旦叹介）少不得花有根元玉有芽①，待说时惹的风声大。（生）以后准望贤卿逐夜②而来。（旦）秀才，且和俺点勘春风这第一花。

（生）浩态狂香昔未逢，　韩　愈

（旦）月斜楼上五更钟。李商隐

（旦）朝云夜入无行处，李　白

（生）神女知来第几峰③？张子容

---

① 花有根元玉有芽：意思是像花、玉一样有根芽、有来历。
② 逐夜：每夜。
③ 下场诗四句：浩态狂香昔未逢，语出唐韩愈《芍药》："浩态狂香昔未逢，红灯烁烁绿盘笼。"月斜楼上五更钟，语出唐李商隐《无题·来是空言去绝踪》："来是空言去绝踪，月斜楼上五更钟。"朝云夜入无行处，语出唐李白《巫山枕障》："朝云夜入无行处，巴水横天更不流。"神女知来第几峰，语出唐张子容《巫山》："朝云暮雨连天暗，神女知来第几峰。"

第二十九出　旁　疑

【**步步娇**】（净扮老道姑上）女冠儿生来出家相。无对向、没生长①。守著三清像②，换水添香，钟鸣鼓响。赤紧的是那走方娘③，弄虚花扯闲帐？

"世事难拼一个信，人情常带三分疑。"杜老爷为小姐创下这座梅花观，著俺看守三年。水清石见④，无半点瑕疵。止因陈教授老狗，引下个岭南柳秀才，东房养病。前几日到后花园回来，悠悠漾漾的，著鬼著魅一般，俺已疑惑了。凑著个韶阳小道姑，年方念八⑤，颇有风情，到此云游，几日不去。夜来柳秀才房里，唧唧哝哝，听的似女儿声息。敢是小道姑瞒著我去瞧那秀才，秀才逆来顺受了。俺且待他来，打觑⑥他一番。

【**前腔**】（贴扮小道姑上）俺女冠儿俏的仙真样。论举止都停当⑦，

---

① 无对向、没生长：没有配偶、不能生育。
② 三清像：指道观所供奉的三位神仙，即玉清元始天尊、上清灵宝天尊、太清道德天尊（太上老君）。
③ 赤紧的是那走方娘：赤紧的，犹言实在是，真个是。走方娘，指游方的小道姑。
④ 水清石见：清，清澈。见，同"现"，显露。比喻情况搞清楚了，问题的性质也就明白了。
⑤ 念八：十六岁。念，同"廿"。
⑥ 打觑：探看。觑，看、偷看。
⑦ 停当：妥当、完备。

则一点情抛漾①。步斗②风前,吹笙③月上。(叹介)古来仙女定成双,怎生来寒乞相?

(见介)(贴)"常无欲以观其妙,(净)常有欲以观其窍④。"小姑姑,你昨夜游方,游到柳秀才房儿里去。是窍,是妙?(贴)老姑姑这话怎的起?谁曾见来?(净)俺见来。

【剔银灯】你出家人芙蓉淡妆,葤一片湘云鹤氅⑤。玉冠儿斜插笑生香,出落的十分情况。斟量,敢则向书生夜窗,迤逗的幽辉半床⑥?

(贴)向那个书生?老姑姑这话敢不中哩。

【前腔】俺虽然年青试妆,洗凡心冰壶⑦月朗。你怎生剥落⑧的人轻相?比似你半老的佳人停当!(净)倒栽⑨起俺来。(贴)你端详,这

---

① 抛漾:抛弃。此指抛到外面,在外面自由飘荡。
② 步斗:即步斗踏罡,道士礼拜星宿、召遣神灵的一种动作。其步行转折,宛如踏在罡星斗宿之上,故称。罡,北斗七星之柄。斗,北斗星。
③ 吹笙:神话传说,西王母侍女董双成善吹笙,通音律,深得西王母的喜爱,替王母掌管蟠桃园。世传其故宅即临湖妙庭观。双成炼丹宅中,丹成得道,自吹玉笙,驾鹤飞仙。事见《浙江通志》卷一九八。
④ 常无欲以观其妙,常有欲以观其窍:语出《老子》。窍,原作"徼",妙的意思。此处改动,用在调谑。
⑤ 湘云鹤氅:道士服装。湘云,形容衣服淡雅。鹤氅,鸟羽制成的裘,代指道袍。仙鹤是道教常用的图案。
⑥ 幽辉半床:语出元稹《莺莺传》,本指崔莺莺和张生幽会时的月景。此处暗示小道姑到柳梦梅那处幽会。幽辉,形容月光或星光的静谧。
⑦ 冰壶:比喻道心清白无瑕。语出唐王昌龄《芙蓉楼送辛渐》:"洛阳亲友如相问,一片冰心在玉壶。"
⑧ 剥落:此当诋毁、奚落讲。
⑨ 栽:栽赃、诬陷。

女贞观①傍,可放著个书生话长?

（净）哎也,难道俺与书生有账!这梅花观,你是云游道婆,他是云游秀才,你住的,偏他住不的?则是往常秀才夜静高眠,则你到观中,那秀才夜半开门,唧唧哝哝的。不共你说话,共谁来?扯你道箓司②告去。（扯介）（贴）便去。你将前官香火院,停宿外方游棍③。难道偏放过你?（扯介）

【一封书】（末上）闲步白云除④,问柳先生何处居?扣⑤梅花院主。（见扯介）呀,怎两个姑姑争施主⑥?玄牝同门道可道⑦,怎不韫椟而藏姑待姑⑧?俺知道你是大姑他是小姑,嫁的个彭郎港口无⑨?

（净）先生不知。听的柳秀才半夜开门,不住的唧哝。俺好意儿问这小姑:"敢是你共柳秀才讲话哩?"这小姑则答应著"谁共秀才讲话来",便罢;倒嘴骨弄⑩的说俺养著个秀才。陈先生,凭你说,谁引这秀才来?

---

① 女贞观:道观名。道姑陈妙常与书生潘必正相爱,曾在女贞观幽会。事见明高濂《玉簪记》和明赵世杰《古今女史》。
② 道箓司:掌管道教事务的官署名。
③ 游棍:流氓恶棍。
④ 除:台阶。
⑤ 扣:叩问。
⑥ 施主:僧道称施舍财物给佛寺或道观的人,也泛称一般的在家人。
⑦ 玄牝同门道可道:语出《道德经·第六章》。玄牝同门,即玄牝之门,指道生万物,万物由是而出。玄,幽远微妙之意。此处用在调谑。
⑧ 韫椟而藏姑待姑:语出《论语·子罕》:"子贡曰:'有美玉于斯,韫椟而藏诸?求善贾而沽诸?'子曰:'沽之哉,沽之哉!我待贾者也。'"韫椟,藏在柜子里。姑、沽,谐音。此处用在调谑。
⑨ 你是大姑他是小姑,嫁的个彭郎港口无:江西彭泽县有大孤山、小孤山,人们谐音为大姑山、小姑山,旁有彭郎矶。说彭郎是小姑的丈夫。此处是语义双关,指石道姑和小道姑。
⑩ 嘴骨弄:多言多语。

扯他道箓司明白去①。俺是石的。（贴）难道俺是水的②？（末）禁声③，坏了柳秀才体面。俺劝你，

【前腔】教你姑徐徐。撒月招风实也虚？早则是者也之乎，那柳下先生君子儒④，到道箓司牒⑤你去俗还俗，敢儒流们笑你姑不姑⑥。（贴）正是不雅相。（末）好把冠子儿扶水云梳，裂了这仙衣四五铢⑦。

（净）便依说，开手罢。陈先生吃个斋去。（末）待柳秀才在时又来。

【尾声】清绝处，再跼躇⑧。（泪介）咳，糁东风穷泪扑疏疏⑨。道姑，杜小姐坟儿可上去？（净）雨哩。（末叹介）则恨的锁春寒这几点杜鹃花下雨。（下）

（净、贴吊场）（净）陈老儿去了。小姑姑好嚽⑩。（贴）和你再打听谁和秀才说话来。

（净）**烟水何曾息世机！**温庭筠

（贴）**高情雅淡世间稀。**刘禹锡

---

① 明白去：评理去。
② 水的：与上文"石的"相对应，指水性、轻浮、不正派。
③ 禁声：一作喋声，别说、住口。喋闭，口不作声。
④ 柳下先生君子儒：柳下先生，指春秋时期鲁国的儒者展禽，居柳下，死后私谥为惠。他在修道时曾有一个女子对其投怀送抱，但是其不为所动，后人就用柳下惠来形容那些坐怀不乱的人。此借指柳梦梅。君子儒，语出《论语·雍也》。有君子风度的读书人。
⑤ 牒：讼词。此当动词用，当告状讲。
⑥ 姑不姑：是《论语·雍也》中"觚不觚"的谐音。
⑦ 仙衣四五铢：仙衣，道袍。四五铢，道袍的重量。铢，古代重量单位，二十四铢等于旧制一两。
⑧ 跼躇：徘徊不前的样子，犹豫，迟疑。
⑨ 扑疏疏：即扑簌簌，形容眼泪纷纷落下的样子。
⑩ 嚽：者，语尾助词。

（净）陇山鹦鹉能言语，岑　参

（贴）乱向金笼说是非①。僧子兰

---

①　下场诗四句：烟水何曾息世机，语出唐温庭筠《渭上题三首》："烟水何曾息世机，暂时相向亦依依。"烟水，本义是雾霭迷蒙的水面。此指散淡的人，借指道姑。高情雅淡世间稀，语出唐刘禹锡《赠东岳张炼师》："东岳真人张炼师，高情雅淡世间稀。"陇山鹦鹉能言语，语出唐岑参《赴北庭度陇思家》："陇山鹦鹉能言语，为报家人数寄书。"乱向金笼说是非，语出唐僧子兰《鹦鹉》："近来偷解人言语，乱向金笼说是非。"

清光绪十二年同文书局石印本《牡丹亭还魂记》图

第三十出　欢挠

【捣练子】（生上）听漏下半更多，月影向中那。恁时节夜香烧罢么？

"一点猩红一点金①，十个春纤②十个针。止因世上美人面，改尽人间君子心。"俺柳梦梅是个读书君子，一味志诚。只因北上南安，凑着东邻西子③。嫣然一笑，遂成暮雨④之来；未是五更，便逐晓风而去。今宵有约，未知迟早。正是："金莲⑤若肯移三寸，银烛先教刻五分⑥。"则一件，姐姐若到，要精神对付他。偷盹一会，有何不可。（睡介）

【称人心】（魂旦上）冥途挣挫⑦，要死却心儿无那。也则为俺那人儿忒可，教他闷房头守着闲灯火。（入门介）呀，他端然睡瞌，恁春

---

① 猩红：指像猩猩血那样鲜红的颜色。形容女子的嘴唇。
② 春纤：形容女子手指。
③ 西子：即西施，本名施夷光，春秋末期出生于浙江诸暨苎萝村，天生丽质，越国美女，一般称其为西施，后人尊称其西子。
④ 暮雨：原指古代神话传说巫山神女兴云降雨的事。比喻男女的情爱与欢会。
⑤ 金莲：语出《南史·卷五·齐本纪下第五》："凿金为莲花以帖地，令潘妃行其上，曰：'此步步生金莲也。'"形容美人的小脚。
⑥ 银烛先教刻五分：语出唐皮日休《奉和再招》："红蜡先教刻五分。"《南史·王僧儒传》载："竟陵王子良尝夜集学士，刻烛为诗，四韵者即刻一寸，以此为率。"刻烛赋诗，指限时成诗，形容诗才敏捷。
⑦ 挣挫：挣扎，用力支撑。此当受苦讲。

寒也不把绣衾来摸。多应他祇候①着我。

待叫醒他。秀才，秀才！（生醒介）姐姐，失敬也。（起揖介）

【雨中归】（生）待整衣罗，远远相迎个。这二更天风露多，还则怕夜深花睡么②？（旦）秀才，俺那里长夜好难过，缱着你无眠清坐。

（生）姐姐，你来的脚踪儿恁轻，是怎的？〔集唐〕"（旦）自然无迹又无尘朱庆余，（生）白日寻思夜梦频令狐楚。（旦）行到窗前知未寝③无名氏，（生）一心惟待月夫人皮日休。"姐姐，今夜来的迟些。

【绣带儿】（旦）镇消停，不是俺闲情忒慢俄。那些儿忘却俺欢哥④。夜香残，回避了尊亲。绣床偎收拾起生活⑤，停脱⑥。顺风儿斜将金佩拖，紧摘离百忙的淡妆明抹⑦。

（生）费你高情，则良夜无酒奈何？（旦）都忘了。俺携酒一壶，花果二色，在楯栏之上，取来消遣。（旦取酒、果、花上）（生）生受了。是甚果？（旦）青梅数粒。（生）这花？（旦）美人蕉。（生）梅子酸似俺秀才，蕉花红似俺姐姐。串饮一杯。（共杯饮介）

---

① 祇候：等候，恭候。
② 还则怕夜深花睡么：语出宋苏轼《海棠》："只恐夜深花睡去，故烧高烛照红妆。"
③ 行到窗前知未寝：语出唐无名氏《杂诗》："行到阶前知为睡。"
④ 欢哥：犹情哥。女子对所爱男子的昵称。
⑤ 绣床偎收拾起生活：靠着床把针线活收拾好。偎，傍、靠着。生活，针线活。
⑥ 停脱：停当，整理完毕。
⑦ 紧摘离百忙的淡妆明抹：匆忙梳妆打扮，赶紧离开绣房。摘离，离开，脱身。

【白练序】（旦）金荷①、斟香糯②。（生）你酝酿春心玉液波。拼微酡③，东风外翠香红酸④。（旦）也摘不下奇花果，这一点蕉花和梅豆呵，君知么，爱的人全风韵，花有根科⑤。

【醉太平】（生）细哦，这子儿花朵，似美人憔悴，酸子情多。喜蕉心暗展，一夜梅犀点污⑥。如何？酒潮微晕笑生涡。待噇着脸恣情的呜嗫⑦，些儿个，翠偃了情波，润红蕉点，香生梅唾。

【白练序】（旦）活泼、死腾那⑧，这是第一所人间风月窝。咋宵个微芒暗影轻罗，把势儿⑨忒显豁。为什么人到幽期话转多？（生）好睡也。（旦）好月也。消停坐，不妒色嫦娥，和俺人三个。

【醉太平】（生）无多，花影阿那⑩。劝奴奴睡也，睡也奴哥⑪。春宵美满，一霎暮钟敲破。娇娥、似前宵雨云羞怯颤声讹⑫，敢今夜

---

① 金荷：酒杯的美称。金制莲叶形的杯皿，故以荷代杯。
② 香糯：糯米做成的酒。
③ 酡：饮酒后脸色变红，将醉。
④ 酸：以酒做原料再加蒸制成的烈性酒。此形容花的红艳，再以花红喻人酒醉。
⑤ 根科：根株，此当根芽讲。
⑥ 梅犀点污：表面上是把梅子弄脏，隐喻男女欢会。梅犀，梅花的花瓣。
⑦ 待噇着脸恣情的呜嗫：意思是对着脸尽情狂吻。语出金董解元《西厢记诸宫调》卷五："贪欢处呜损脸窝，辨得个噇着，摸着，抱着……恣恣地觑了可喜冤家，忍不得恣情呜嗫。"噇，吻。恣情，纵情。呜嗫，呜咂。
⑧ 活泼、死腾那：要死要活，形容男女欢会情况。
⑨ 把势儿：指男女欢会的姿态。
⑩ 阿那：即婀娜，形容花影摇曳的样子。
⑪ 睡也奴哥：语出宋黄庭坚词《千秋岁》："奴奴睡，奴奴睡也奴奴睡。"奴哥，对女人的昵称。
⑫ 雨云羞怯颤声讹：语出金董解元《西厢记诸宫调》卷五："欲言羞懒颤声讹。"形容男女欢会时声音含糊发颤。

翠鬟轻可。睡则那①,把腻乳微搓,酥胸汗帖,细腰春锁。

（净、贴悄上）（贴）"道可道,可知道?名可名,可闻名②?"（生、旦笑介）（贴）老姑姑,你听秀才房里有人。这不是俺小姑姑了。（净作听介）是女人声,快敲门去。（敲门介）（生）是谁?（净）老道姑送茶。（生）夜深了。（净）相公房里有客哩。（生）没有。（净）女客哩。（生、旦慌介）怎好?（净急敲门介）相公,快开门。地方巡警,免的声扬哩。（生慌介）怎了,怎了!（旦笑介）不妨,俺是邻家女子,道姑不肯干休时,便与他一个勾引的罪名儿。

【隔尾】便开呵须撒和③,隔纱窗怎守的到参儿趖④!柳郎,则管松了门儿。俺影着这一幅美人图那边躲。

（生开门,旦作躲,生将身遮旦,净、贴闯进笑介）喜也。（生）什么喜?（净前看,生身拦介）

【滚遍】（净、贴）这更天一点锣⑤,仙院重门阖。何处娇娥?怕惹的干柴火。（生）你便打睃⑥,有甚著科⑦?是床儿里窝?箱儿里那?袖儿里阁⑧?

----

① 那：哪。
② "道可道"四句：元明戏曲中道姑惯用的上场诗。语出《老子》："道可道,非常道；名可名,非常名。"
③ 便开呵须撒和：意思就是要人开门,也该好好说话。撒和,蒙古语,骡马等牲口饥饿困倦时,解下鞍子,给它喂点草料,让它溜达或打滚一会。引申为说好话。
④ 参儿趖：参星低斜。指夜深。
⑤ 这更天一点锣：晚上起更打锣时间。
⑥ 打睃：睃见、巡看。睃,斜着眼睛看。
⑦ 著科：着了道儿、抓个把柄、看出破绽。
⑧ 窝：窝藏。那：同"挪"。阁：同"搁"。都当藏匿讲。

清光绪十二年同文书局石印本《牡丹亭还魂记》图

（净、贴向前，生拦不住，内作风起，旦闪下介）（生）昏了灯也。（净）分明一个影儿，只这轴美女图在此。古画成精了么？

【前腔】 画屏人踏歌①，曾许你书生和。不是妖魔，甚影儿望风躲？相公，这是什么画？（生）妙娑婆，秀才家随行的香火。俺寂静里暗祈求，你莽吃喝。

（净）是了。不说不知，俺前晚听见相公房内啾啾唧唧，疑惑是这小姑姑。俺如今明白了。相公，权留小姑姑伴话。（生）请了。

【尾声】 （贴）动不动道箓司官了私和②。（生）则欺负俺不分外的③书生欺别个！姑姑，这多半觉美靬靬，则被你奚落杀了我。

（净、贴下）（生笑介）一天好事，两个瓦剌姑④。扫兴，扫兴。那美人呵，好吃惊也！

应陪秉烛夜深游，　曹　松

恼乱春风卒未休。　罗　隐

大姑山远小姑出，　顾　况

更凭飞梦到瀛洲⑤。　胡　宿

---

① 画屏人踏歌：唐人传奇有一书生酒醉醒来，看见画屏上的妇人从画上走下来，在他床前歌舞，他惊叫一声，妇人就回到画上去了。事见《酉阳杂俎·诺皋记》。踏歌，传统的群众歌舞形式。拉手而歌，以脚踏地为节拍。

② 官了私和：官了，去告状，让官府来判决此事。私和，私下和解。这是小道姑斥责老道姑过去怀疑她，要告她去道箓司的话。

③ 不分外的：守本分的。全句意思是只欺负我这个守本分的人。

④ 瓦剌姑：即歪剌骨，古代骂妇女的话。比喻卑劣下贱的人。

⑤ 下场诗四句：应陪秉烛夜深游，语出唐曹松《陪湖南李中丞宴隐溪》："若值主人嫌昼短，应陪秉烛夜深游。"恼乱春风卒未休，语出唐罗隐《柳》："明年更有新条在，绕乱春风卒未休。"大姑山远小姑出，语出唐顾况《小孤山》："大孤山远小孤出，月照洞庭归客船。"更凭飞梦到瀛洲，语出唐胡宿《津亭》："平乐旧欢收不得，更凭飞梦到瀛洲。"

第三十一出　缮　备

【番卜算】（贴扮文官，净扮武官上）边海一边江，隔不断胡尘涨。维扬①新筑两城墙，酾酒临江上②。

请了。俺们扬州府文武官僚是也。安抚杜老大人，为因李全骚扰地方，加筑外罗城③一座。今日落成开宴，杜老大人早到也。

【前腔】（众拥外上）三千客④两行，百二⑤关重壮。（文武迎介）（外）维扬风景世无双，直上层楼望。

（见介）（众）"北门卧护要耆英⑥。（外）恨少胸中十万兵⑦。（众）

---

① 维扬：扬州。语出《尚书·禹贡》："淮海惟扬州。"
② 酾酒临江上：对着大江饮酒抒怀。酾，斟酒。语出宋苏轼《赤壁赋》："酾酒临江，横槊赋诗。"
③ 外罗城：城外的大城。东晋以后建业城外仅竹篱，齐高帝时为防盗建外城，称外罗城。
④ 三千客：典出《史记》四公子本传。战国齐孟尝君、魏信陵君、赵平原君、楚春申君四公子皆喜养士，门下号称有食客三千人。后以三千客形容门客众多。此处喻杜宝幕僚众多、爱贤好客。
⑤ 百二：以二敌百。一说百的一倍。后以喻山河险固之地。典出《史记·高祖本纪》："秦，形胜之国，带河山之险，县隔千里，持戟百万，秦得百二焉。"
⑥ 北门卧护要耆英：意思是防守北门要凭借老将的威名。耆，年老，六十岁以上的人。耆英，年高硕德者。
⑦ 胸中十万兵：即胸中甲兵，胸有韬略，比喻人有用兵的谋略。语出《魏书·崔浩传》："曰：'汝曹视此人，尪纤懦弱，手不能弯弓持矛，其胸中所怀，乃逾于甲兵。'"

天借金山为底柱①。（外）身当铁瓮②作长城。"扬州表里重城，不日成就。皆文武诸公士民之力。（众）此皆老安抚远略奇谋。属官窃在下风③，敢献一杯，效古人城隅④之宴。（外）正好。且向新楼一望。（望介）壮哉，城也！真乃："江北无双堑⑤，淮南第一楼。"（众）请进酒。

【山花子】（众）贺层城顿插云霄敞，雉⑥飞腾映压寒江。据表里山河一方，控长淮万里金汤⑦。（合）敌楼高窥临女墙⑧，临风酾酒旌旆⑨扬。乍想起琼花当年吹暗香⑩，几点新亭⑪，无限沧桑⑫。

---

① 天借金山为底柱：金山，在江苏镇江西北，本是长江中心的小岛。底柱，即砥柱，山名。在三门峡黄河急流中，其形如柱，故名。此以砥柱喻金山，说金山是长江的中流砥柱。

② 铁瓮：铁瓮城，京口（今江苏镇江）北固山前的一座古城，三国时孙权所筑。内外固以砖壁，坚固如金。

③ 下风：风所吹向的那一方，引申为自谦之词。此当下属讲。

④ 城隅：城角，城上的角楼，也指城墙角上作为屏障的女墙。

⑤ 堑：防御用的壕沟，护城河。此当城池讲。

⑥ 雉：古代计算城墙面积的单位，长三丈高一丈为一雉。此指雉堞，古代城墙上掩护守城人用的矮墙，也泛指城墙。

⑦ 金汤：即金城汤池。城、池，城墙和护城河。汤，热水。金属的城墙，滚水的护城河。比喻坚固无比、防守严密的城池。

⑧ 敌楼：城楼，城墙上御敌的城楼。女墙：城墙上呈凹凸形的小墙，房屋外墙高出屋面的矮墙。

⑨ 旌旆：旗帜。旌，古代用羽毛装饰的旗子，又指普通的旗子。旆，古代旗末端状如燕尾的垂旒。

⑩ 琼花当年吹暗香：传说隋炀帝为到扬州赏琼花而下令开凿了大运河，后被宇文化及杀死，隋亡。事见《隋炀帝艳史》。此处是以史为鉴。

⑪ 几点新亭：即新亭对泣，表示痛心国难而无可奈何的心情。新亭，亭名，故址在今南京市的南面。典出南朝宋刘义庆《世说新语·言语》，西晋末年，过江诸人，每至美日，辄相邀新亭，藉卉饮宴。周侯中坐而叹曰："风景不殊，正自有山河之异！"皆相视流泪。

⑫ 沧桑：沧海桑田。沧海，大海。桑田，种桑树的地，泛指农田。意思是大海变成农田，农田变成大海。比喻人世间事物变化极大，或者变化较快。此处为世事变化而发的感叹。

（外）前面高起如霜似雪四五十堆，是何山也？（众）都是各场所积之盐，众商人中纳①。（外）商人何在？（末、老旦扮商人上）"占种海田高白玉，掀翻盐井横黄金②。"商人见。（外）商人么，则怕早晚要动支兵粮，攒紧③上纳。

【前腔】这盐呵，是银山雪障连天晃，海煎成夏草秋粮。平看取盐花灶场，尽支排中纳边商。（合前）

（外）酒罢了。喜的广有兵粮，则要众文武关防如法④。

【舞霓裳】（众）文武官僚立边疆，立边疆。休坏了这农桑，士工商。（合）敢大金家早晚来无状⑤，打贴起⑥炮箭旗枪。听边声风沙迭荡⑦，猛惊起，见蟠花战袍旧边将。

【红绣鞋】（众）吉日祭赛城隍，城隍。归神谢土安康，安康。祭旗纛⑧，犒军装。阵头儿，谁抵当？箭眼里，好遮藏。

【尾声】（外）按三韬把六出旗门放⑨，文和武肃静端详。则等待

---

① 中纳：即入中，宋代募商人入纳粮草于规定的沿边地点，以供军需，给予钞引，使至京师或他处领取现钱或金银、盐、茶、香药等，这是一种官商之间的交易。

② "占种海田高白玉"二句：意思是商人凭借中纳以粮换盐而致富。

③ 攒紧：赶紧。

④ 关防如法：按照法度进行防守，防守严密。

⑤ 无状：侵犯。

⑥ 打贴起：即打叠起，收拾好、安排好。

⑦ 迭荡：即跌荡，放纵不拘。此处是说边境风沙弥漫上空。

⑧ 旗纛（dào）：饰以鸟羽的大旗。纛，古代用毛羽做的舞具或帝王车舆上的饰物。

⑨ 按三韬把六出旗门放：《三略》《六韬》都是古代的兵书。此处三韬当兵法阵图讲。六出旗门，阵图的六个出入口。

海西头①动边烽那一声炮儿响。

　　夹城云暖下霓旄，杜　牧

　　千里崤函一梦劳。谭用之

　　不意新城连嶂起，钱　起

　　夜来冲斗气何高②。谭用之

---

① 海西头：泛指边疆。海西，瀚海之西。
② 下场诗四句：夹城云暖下霓旄，语出唐杜牧《长安杂题长句六首》："南苑草芳眠锦雉，夹城云暖下霓旄。"夹城，两边筑有高墙的通道。故址在今陕西西安，唐开元时筑。从西苑到南内、曲江的通路，夹在两道城墙之间。霓旄，彩色羽毛编织成的旗子。皇帝仪仗的一种。千里崤函一梦劳，语出唐谭用之《途次宿友人别墅》："千里崤函一梦劳，岂知云馆共萧骚。"崤函，古代地名，崤山与函谷关的合称，自古为险要的关隘。相当于今河南洛阳以西至潼关一带。不意新城连嶂起，语出唐钱起《同王员外陇城绝句》："不忆新城连嶂起，唯惊画角入云高。"夜来冲斗气何高，语出唐谭用之《古剑》："惜是真龙懒抛掷，夜来冲斗气何高。"

第三十二出 冥 誓

【月云高】（生上）暮云金阙①，风幡淡摇拽。但听的钟声绝，早则是心儿热。纸帐书生，有分氲兰麝②。咱时还早。荡花阴，单则把月痕遮。（整灯介）溜风光，稳护著灯儿烨。（笑介）"好书读易尽，佳人期未来。"前夕美人到此，并不堤防，姑姑搅攘。今宵趁他未来之时，先到云堂③之上攀话一回，免生疑惑。（作掩门行介）此处留人户半斜，天呵，俺那有心期在那些。（下）

【前腔】（魂旦上）孤神害怯，佩环风定夜。（惊介）则道是人行影，原来是云偷月。（到介）这是柳郎书舍了。呀，柳郎何处也？闪闪幽斋，弄影灯明灭。魂再艳，灯油接；情一点，灯头结。（叹介）奴家和柳郎幽期，除是人不知，鬼都知道。（泣介）竹影寺④风声怎的遮，黄泉路夫妻怎当赊⑤？

"待说何曾说，如犟不奈犟。把持花下意，犹恐梦中身。"奴家虽登鬼录，未损人身。阳禄将回，阴数已尽。前日为柳郎而死，今日为柳郎而

---

① 金阙：道家称天上有黄金阙，为仙人或天帝所居。此指道观。
② 有分氲兰麝：意思是有缘与佳人相会。氲，即氤氲，弥漫充满貌，此是兰麝的香味弥漫整个房间。兰麝，兰与麝香，指名贵的香料。
③ 云堂：僧堂。僧道诵经、设斋吃饭和议事的地方。
④ 竹影寺：疑指竹林寺，相传此寺有影无形，元代有谚语："竹林寺有影无形。"此处是反用，杜丽娘说自己有影，人们会捕风捉影，产生怀疑。
⑤ 赊：长远、长久。

清光绪十二年同文书局石印本《牡丹亭还魂记》图

生。夫妇分缘，去来明白。今宵不说，只管人鬼混缠到甚时节？只怕说时柳郎那一惊呵，也避不得了。正是："夜传人鬼三分话，早定夫妻百岁恩。"

【懒画眉】（生上）画阑风摆竹横斜。（内作鸟声惊介）惊鸦闪落在残红树。呀，门儿开也。玉天仙光降了紫云车①。（旦出迎介）柳郎来也。（生揖介）姐姐来也。（旦）剔灯花这咱望郎爷。（生）直恁的志诚亲姐姐。

（旦）秀才，等你不来，俺集下了唐诗一首。（生）洗耳②。（旦念介）"拟托良媒亦自伤秦韬玉，月寒山色两苍苍薛涛。不知谁唱春归曲曹唐？又向人间魅阮郎刘言史。"（生）姐姐高才。（旦）柳郎，这更深何处来也？（生）昨夜被姑姑败兴，俺乘你未来之时，去姑姑房头看了他动静，好来迎接你。不想姐姐今夜来恁早哩。（旦）盼不到月儿上也。

【太师引】（生）叹书生何幸遇仙提揭③，比人间更志诚亲切。乍温存笑眼生花，正渐入欢肠啖蔗④。前夜那姑姑呵，恨无端风雨把春抄截。姐姐呵，误了你半宵周折，累了你好回惊怯⑤。不嗔嫌，一径的把断红⑥重接。

【锁窗寒】（旦）是不堤防他来的啍嗻⑦，吓的个魂儿收不迭。仗

---

① 紫云车：仙车，神话传说中王母娘娘的座车。全句意思是杜丽娘如同天仙下凡一样。
② 洗耳：洗耳恭听，洗干净耳朵恭恭敬敬听别人讲话。
③ 提揭：即提挈，扶持、提携。此指得到杜丽娘的爱慕。
④ 啖蔗：原similar甘蔗下端比上端甜，从上到下，越吃越甜。典出《晋书·顾恺之传》。此处是柳杜二人正甜蜜的意思。
⑤ 好回惊怯：好一回惊恐。
⑥ 断红：是古代女性用来化浓妆的一种物品。
⑦ 啍嗻：厉害，凶狠。

云摇月躲,画影人遮。则没揣的涩道①边儿,闪人一跌。自生成不惯这磨灭②。险些些,风声扬播到俺家爷,先吃了俺狠尊慈痛决③。

(生)姐姐费心。因何错爱小生至此?(旦)爱的你一品④人才。(生)姐姐敢定了人家?

【太师引】(旦)并不曾受人家红定回鸾帖⑤。(生)喜个甚样人家?(旦)但得个秀才郎情倾意惬。(生)小生到是个有情的。(旦)是看上你年少多情,迤逗俺睡魂难贴。(生)姐姐,嫁了小生罢。(旦)怕你岭南归客路途赊,是做小伏低⑥难说。(生)小生未曾有妻。(旦笑介)少什么旧家根叶,著俺异乡花草填接?

敢问秀才,堂上有人么?(生)先君官为朝散,先母曾封县君。(旦)这等是衙内⑦了。怎恁婚迟?

【锁窗寒】(生)恨孤单飘零岁月,但寻常稳色谁沾籍⑧?那有个

---

① 涩道:刻有花纹的倾斜石砌。无级次,亦可登。涩,急。

② 自生成不惯这磨灭:意思是从小到大没有受到过这般折磨。磨灭,磨难,折磨。

③ 尊慈痛决:尊慈,对自己母亲的敬称。痛决,痛打,严厉的责罚。

④ 一品:第一等。

⑤ 不曾受人家红定回鸾帖:意思是还未订婚。红定,旧俗订婚时,男方送给女方的聘礼。回,回送。鸾帖,写有女方生辰八字的婚帖。女方接受红定,回送鸾帖,表示答应婚约。

⑥ 做小伏低:做妾。

⑦ 衙内:五代及宋初,藩镇的亲卫官有牙内都指挥使、牙内都虞侯等,多以子弟充任。"牙"讹变为"衙"。后因称官府的子弟为衙内。

⑧ 寻常稳色谁沾籍:稳色,美色、美貌。此指美丽的女子。寻常稳色就是一般的女子。沾籍,沾惹。

相如在客，肯驾香车？萧史无家，便同瑶阙①？似你千金笑等闲抛泄，凭说，便和伊青春才貌恰争些，怎做的露水相看佋别②！

（旦）秀才有此心，何不请媒相聘？也省的奴家为你担慌受怕。（生）明早敬造尊庭，拜见令尊令堂，方好问亲于姐姐。（旦）到俺家来，只好见奴家。要见俺爹娘还早。（生）这般说，姐姐当真是那样门庭。（旦笑介）（生）是怎生来？

【红衫儿】 看他温香艳玉神清绝，人间迥别。（旦）不是人间，难道天上？（生）怎独自夜深行，边厢少侍妾③？且说个贵表尊名。（旦叹介）（生背介）他把姓字香沉，敢怕似飞琼④漏泄？姐姐不肯泄漏姓名，定是天仙了。薄福书生，不敢再陪欢宴。尽仙姬留意书生，怕逃不过天曹罚折。

【前腔】（旦）道奴家天上神仙列，前生寿折。（生）不是天上，难道人间？（旦）便作是私奔，悄悄何妨说。（生）不是人间，则是花月之妖。（旦）正要你掘草寻根，怕不待勾辰就月⑤。（生）是怎么说？（旦欲说又

---

① "那有个相如在客"四句：相如，指司马相如。瑶阙，传说中的仙宫。意思是谁肯像卓文君那样和司马相如驾车私奔？萧史不碰上秦弄玉，怎能飞天？这都是解释自己未婚，没有情人。

② "便和伊青春才貌"二句：意思是纵然比你的青春才貌差一些，但既然爱上了，也不会轻易分手。露水，比喻爱情短暂、易于消失。佋别，离别。佋，夫妻分离，特指妇女被遗弃而离去。

③ 侍妾：婢女。

④ 飞琼：指许飞琼。中国古代民间传说中西王母的侍女。她美艳绝伦，曾与女伴偷游人间，在汉泉台下遇到书生郑交甫，相见倾心，摘下了胸前佩戴的明珠相赠，以表爱意。诗人许浑，尝梦登昆仑山，见数人饮酒，诗云："晓入瑶台露气清，坐中唯有许飞琼。"他日复至其梦，飞琼曰："子何故显余姓名于人间？"即改为"天风吹下步虚声"，曰："善。"事见唐孟棨《本事诗》卷二。

⑤ 勾辰就月：意思是盼望佳期就如等待水星出现一样，很不容易。勾辰，即辰勾，水星。喻难遇之事。

止介）不明白辜负了幽期，话到尖头又咽。

〔相思令〕（生）姐姐，你"千不说，万不说。直恁的书生不酬决①，更向谁边说？（旦）待要说，如何说？秀才，俺则怕聘则为妻奔则妾②，受了盟香说。"（生）你要小生发愿，定为正妻，便与姐姐拈香去。

【滴溜子】（生、旦同拜）神天的，神天的，盟香满爇③。柳梦梅，柳梦梅，南安郡舍，遇了这佳人提挈，作夫妻。生同室，死同穴④。口不心齐，寿随香灭。

（旦泣介）（生）怎生吊下泪来？（旦）感君情重，不觉泪垂。

【闹樊楼】你秀才郎为客偏情绝，料不是虚脾⑤把盟誓撇。哎，话吊在喉咙蔫了舌。嘱东君⑥在意者，精神打叠。暂时间奴儿回避趑⑦，些儿待说，你敢扑懞忪害跌⑧。

（生）怎的来？（旦）秀才，这春容得从何处？（生）太湖石缝里。（旦）比奴家容貌争多？（生看惊介）可怎生一个粉扑儿⑨？（旦）可知道，奴家便是画中人也。（生合掌谢画介）小生烧的香到哩。姐姐，你好歹表白一些儿。

---

① 酬决：说清楚，应对决断。
② 聘则为妻奔则妾：语出唐白居易《井底引银瓶》："聘则为妻奔是妾。"
③ 盟香满爇：把香烛点燃进行盟誓。爇，本义烧，可当点燃讲。
④ 生同室，死同穴：语出《诗经·王风·大车》："谷则异室，死则同穴。"
⑤ 虚脾：虚情假意。
⑥ 东君：掌管春天的神。此处杜丽娘以花喻自己，以东君喻柳梦梅。
⑦ 趑：即趑趄，想前进又不敢前进。形容疑惧不决。
⑧ 些儿待说，你敢扑懞忪害跌：意思是我要说出来，害怕你因害怕而跌倒。扑懞忪，犹如扑通一声，形容跌倒。
⑨ 一个粉扑儿：一个模样。

【啄木犯】（旦）柳衙内听根节①。杜南安原是俺亲爹。（生）呀,前任杜老先生升任扬州,怎么丢下小姐?（旦）你罱了灯。（生罱灯介）（旦）罱了灯、余话堪明灭。（生）且请问芳名,青春多少?（旦）杜丽娘小字有庚帖,年华二八,正是婚时节。（生）是丽娘小姐,俺的人那!（旦）衙内,奴家还未是人。（生）不是人,是鬼?（旦）是鬼也。（生惊介）怕也,怕也。（旦）靠边些,听俺消详说。话在前教伊休害怯,俺虽则是小鬼头人半截。

（生）姐姐,因何得回阳世而会小生?

【前腔】（旦）虽则是阴府别,看一面千金小姐,是杜南安那些枝叶。注生妃央及煞回生帖,化生娘点活了残生劫②。你后生儿蘸定俺前生业③。秀才,你许了俺为妻真切,少不得冷骨头着疼热。

（生）你是俺妻,俺也不害怕了。难道便请起你来?怕似水中捞月,空里拈花。

【三段子】（旦）俺三光不灭④。鬼胡由⑤,还动迭⑥,一灵未歇。泼残生,堪转折。秀才可谙经典?是人非人心不别,是幻非幻如何说?虽则似空里拈花,却不是水中捞月。

（生）既然虽死犹生,敢问仙坟何处?（旦）记取太湖石梅树一株。

---

① 根节:缘由。
② "虽则是"五句:意思是虽然阴间和人间不同,但看在我是南安杜太守家小姐份上,判官央请注生妃让我回生,央请化生娘让我复活。注生妃、化生娘,迷信传说中掌管轮回投生的神。央及煞,请求。煞,表示程度。
③ 后生儿蘸定俺前生业:意思是柳梦梅和她有凤缘。后生儿,年青小伙子。蘸,沾惹。业,缘业、缘分。
④ 三光不灭:三光,日、月、星。人死后看不见三光,但杜丽娘死后魂仍在,故说三光不灭。
⑤ 鬼胡由:鬼魂。
⑥ 动迭:走动。

【前腔】爱的是花园后节,梦孤清,梅花影斜。熟梅时节,为仁儿,心酸那些。(生)怕小姐别有走跳处?(旦叹介)便到九泉无屈折,衡①幽香一阵昏黄月。(生)好不冷。(旦)冻的俺七魄三魂②,僵做了三贞七烈③。

(生)则怕惊了小姐的魂怎好?

【斗双鸡】(旦)花根木节,有一个透人间路穴。俺冷香肌早偎的半热。你怕惊了呵,悄魂飞越,则俺见了你回心心不灭。(生)话长哩。(旦)畅好是一夜夫妻,有的是三生话说。

(生)不烦姐姐再三,只俺独力难成。(旦)可与姑姑计议而行。(生)未知深浅,怕一时间攒不沏。

【登小楼】(旦)咨嗟、你为人为彻④。俺砌笼棺勾有三尺叠,你点刚锹和俺一谜掘⑤。就里阴风泻泻,则隔阳世些些。(内鸡鸣介)

【鲍老催】咳,长眠人一向眠长夜,则道鸡鸣枕空设。今夜呵,梦回远塞荒鸡咽⑥,觉人间风味别。晓风明灭,子规声容易吹残月。三分话才做一分说。

【耍鲍老】俺丁丁列列⑦,吐出在丁香舌⑧。你拆了俺丁香结,

---

① 衡:正、真。
② 七魄三魂:道家语,称人之魂魄由"三魂七魄"组成。
③ 三贞七烈:封建社会用来赞誉妇女的贞烈。通常作三贞九烈,此处为与上句对仗,略改。
④ 为人为彻:帮助人要帮助到底。语出谚语:"为人须为彻。"
⑤ 点刚:刀刃由钢制成。一谜:一味。
⑥ 梦回远塞荒鸡咽:语出南唐李璟《摊破浣溪沙·菡萏香销翠叶残》词:"细雨梦回鸡塞远,小楼吹彻玉笙寒。"
⑦ 丁丁列列:形容说话吞吞吐吐。
⑧ 丁香舌:丁香,又称鸡舌香。此处用丁香比舌。

须粉碎俺丁香节。休残慢①,须急节。俺的幽情难尽说。(内风起介)则这一蓊风动灵衣去了也。(旦急下)

(生惊痴介)奇哉,奇哉!柳梦梅做了杜太守的女婿,敢是梦也?待俺来回想一番。他名字杜丽娘,年华二八,死葬后园梅树之下。啐,分明是人道交感,有精有血。怎生杜小姐颠倒自己说是鬼?(旦又上介)衙内还在此?(生)小姐怎又回来?(旦)奴家还有丁宁②。你既以俺为妻,可急视之,不宜自误。如或不然,妾事已露,不敢再来相陪。愿郎留心。勿使可惜。妾若不得复生,必痛恨君于九泉之下矣。

【尾声】(旦跪介)柳衙内你便是俺再生爷。(生跪扶起介)(旦)一点心怜念妾,不著俺黄泉恨你,你只骂俺一句鬼随邪③。(旦作鬼声下,回顾介)

(生吊场,低语介)柳梦梅着鬼了。他说的恁般分明,恁般恓切,是无是有,只得依言而行。和姑姑商量去。

梦来何处更为云？李商隐

惆怅金泥簇蝶裙。韦氏子

欲访孤坟谁引至？刘言史

有人传示紫阳君④。熊孺登

---

① 残慢：懒散，迟慢。
② 丁宁：叮咛，反复地嘱咐。
③ 鬼随邪：形容人着魔似的没主意。
④ 下场诗四句：梦来何处更为云，语出唐李商隐《促漏》："归去定知还向月,梦来何处更为云。"惆怅金泥簇蝶裙,语出唐京兆韦氏子《悼妓诗》："惆怅金泥簇蝶裙,春来犹见伴行云。"欲访孤坟谁引至,语出唐刘言史《怆柳论》："孀妻栖户仍无嗣,欲访孤坟谁引至。"有人传示紫阳君,语出唐熊孺登《赠侯山人》："一见清容惬素闻,有人传是紫阳君。"紫阳君,即紫阳真人,道教供奉的仙人名。

第三十三出　秘　议

【绕池游】（净上）芙蓉冠帔，短发难簪系。一炉香鸣钟叩齿①。

〔诉衷情〕"风微台殿响笙簧。空翠冷霓裳。池畔藕花深处，清切夜闻香。　人易老，事多妨，梦难长。一点深情，三分浅土，半壁斜阳。"俺这梅花观，为着杜小姐而建。当初杜老爷分付陈教授看管。三年之内，则见他收取祭租，并不常川②行走。便是杜老爷去后，谎了一府州县士民人等许多分子③，起了个生祠。昨日老身打从祠前过，猪屎也有，人屎也有。陈最良，陈最良，你可也叫人扫刮一遭儿。到是杜小姐神位前，日逐添香换水，何等庄严清净。正是："天下少信掉书子④，世外有情持素人。"

【前腔】（生上）幽期密意，不是人间世。待声扬徘徊了半日。

（见介）（生）"落花香覆紫金堂。（净）你年少看花敢自伤？（生）

---

① 叩齿：道家所行的祝告仪式之一。叩左齿为鸣天鼓，叩右齿为击天磬，驱祟降妖用之。当门上下八齿相叩，为鸣法鼓，通真、朝奏用之。

② 常川：经常，连续不断。

③ 分子：即份子，若干人均摊等份额的钱同办一件事。

④ 掉书子：即掉书袋，说话或写文章好引用古书言辞来卖弄自己的学识渊博。此指读书人。

弄玉不来人换世。（净）麻姑①一去海生桑。"（生）老姑姑，小生自到仙居，不曾瞻礼宝殿。今日愿求一观。（净）是礼。相引前行。（行到介）（净）高处玉天金阙，下面东岳夫人，南斗真妃②。（内钟鸣，生拜介）"中天积翠玉台遥，上帝高居绛节③朝。遂有冯夷④来击鼓，始知秦女善吹箫。"好一座宝殿哩。怎生左边这牌位上写着"杜小姐神王"，是那位女王？（净）是没人题主⑤哩。杜小姐。（生）杜小姐为谁？

【五更转】（净）你说这红梅院，因何置？是杜参知⑥前所为。丽娘原是他香闺女，十八而亡，就此攒瘗⑦。他爷呵，升任急，失题主，空牌位。（生）谁祭扫他？（净）好墓田，留下有碑记。偏他没头主儿，年年寒食⑧。

（生哭介）这等说起来，杜小姐是俺娇妻呵。（净惊介）秀才当真么？（生）千真万真。（净）这等，知他那日生，那日死了？

---

① 麻姑：又称寿仙娘娘，中国民间供奉的女神，属于道教人物。据《神仙传》载，其为女性，修道于牟州东南姑余山（今山东莱州市），东汉时应仙人王方平之召降于蔡经家，年十八九，貌美，自谓"已见东海三次变为桑田"。故以麻姑喻高寿。

② 南斗真妃：道教供奉的女仙。南斗，星名，即斗宿，有星六颗。在北斗星以南，形似斗，故称。

③ 绛节：传说中上帝或仙君的一种仪仗。

④ 冯夷：传说中的黄河之神，即河伯。

⑤ 题主：亦称点主，旧丧礼，人死后，立一木牌，上写死者名字。用墨笔先写作"某某之神王"，于出殡之前请有名望者用朱笔在"王"字上加点成为"主"字，谓之题主。

⑥ 参知：即参知政事，官职名。宋代，副宰相。明代废除，在布政使下设左右参政，从三品官。

⑦ 攒瘗（cuányì）：暂时浅埋，以待迁葬。

⑧ 寒食：即寒食节，清明节前一二日。是日初为节时，禁烟火，只吃冷食。后世逐渐增加了祭扫坟墓。此指年年没有亲人祭扫。

【前腔】（生）俺未知他生，焉知死①？死多年、生此时。（净）几时得他死信？（生）这是俺朝闻夕死②了可人矣。（净）是夫妻，应你奉事香火。（生）则怕俺未能事人，焉能事鬼③？（净）既是秀才娘子，可曾会他来？（生）便是这红梅院，做楚阳台，偏倍了④你。（净）是那一夜？（生）是前宵你们不做美。（净惊介）秀才着鬼了。难道，难道。（生）你不信时，显个神通你看。取笔来点的他主儿会动。（净）有这事？笔在此。（生点介）看俺点石为人，靠夫作主。

你瞧，你瞧。（净惊介）奇哉，奇哉。主儿真个会动也。小姐呵！

【前腔】则道墓门梅，立着个没字碑，原来柳客神⑤缠住在香炉里。秀才，既是你妻，鼓盆歌、庐墓三年礼⑥。（生）还要请他起来。（净）你直恁神通，敢阎罗是你？（生）少些人夫用。（净）你当夫，他为人，堪使鬼。（生）你也帮一锹儿。（净）大明律⑦：开棺见尸，不分首从皆斩哩。你宋书生是看不着皇明例，不比寻常，穿篱挖壁。

（生）这个不妨，是小姐自家主见。

---

① 未知他生，焉知死：语出《论语·先进》："未知生，焉知死？"
② 朝闻夕死：早晨闻道，晚上死去。形容对真理或某种信仰追求的迫切。语出《论语·里仁》："朝闻道，夕死可矣！"
③ 未能事人，焉能事鬼：语出《论语·先进》。
④ 偏倍了：背着人、不让人知道。
⑤ 柳客神：古代巫蛊术的一种器具，刻柳木作人形。此指柳梦梅。
⑥ 鼓盆歌、庐墓三年礼：鼓盆歌，又称丧鼓、丧鼓歌和打鼓闹丧，中国古代丧礼上放一个盆子当鼓打，唱歌陪丧家的传统民俗活动。战国时期，庄子妻死，鼓盆而歌，则进一步将鼓盆歌走向丧礼。事见《庄子·至乐》。庐墓，古人于父母或师长死后，服丧期间在墓旁搭盖小屋居住，守护坟墓。此处柳梦梅丧妻庐墓三年礼不符合礼制，故用在调笑。
⑦ 大明律：明代的法典，由开国皇帝朱元璋颁行。本剧写宋代故事，却说到明代事，用在调笑。下文"宋书生是看不着皇明例"类此。

清光绪十二年同文书局石印本《牡丹亭还魂记》图

【前腔】是泉下人，央及你。个中人、谁似伊。（净）既是小姐分付，也待我择个日子。（看介）恰好明日乙酉①，可以开坟。（生）喜金鸡玉犬非牛日②，则待寻个人儿，开山力士③。（净）俺有个侄儿癞头鼋可用。只怕事发之时怎处？（生）但回生，免声息，停商议。可有偷香窃玉劫坟贼？这一事，小姐倘然回生，要些定魂汤药。（净）陈教授开张药铺。只说前日小姑姑，党了凶煞④，求药安魂。（生）烦你快去也。这七级浮屠⑤，岂同儿戏。

（净）湿云如梦雨如尘，　崔　橹

（生）初访城西李少君。　陈　羽

（净）行到窈娘身没处，　雍　陶

（生）手披荒草看孤坟⑥。　刘长卿

---

① 乙酉：古代以天干地支记日，乙属天干，酉属地支。
② 喜金鸡玉犬非牛日：古代阴阳堪舆家说法。金鸡，酉日。玉犬，戌日，宜开坟。牛日，丑日，忌开坟。
③ 开山力士：指开坟的人。
④ 党了凶煞：党，冲撞。凶煞，凶神。迷信认为如冲撞了凶神，就会生病。
⑤ 七级浮屠：七层佛塔。浮屠，梵语的音译，即佛塔。造浮屠，葬骨殖，是行功德、做善事。谚语："救人一命，胜造七级浮屠。"
⑥ 下场诗四句：湿云如梦雨如尘，语出唐崔橹《华清宫三首》："红叶下山寒寂寂，湿云如梦雨如尘。"初访城西李少君，语出唐陈羽《游洞灵观》："初访西城礼少君，独行深入洞天云。"李少君，异人，方士。因懂得祭祀灶神求福、种谷得金、长生不老的方术而得到汉武帝的尊重。行到窈娘身没处，语出唐雍陶《洛中感事》："行到窈娘身没处，水边愁见亚枝花。"手披荒草看孤坟，语出唐刘长卿《送李将军》："身逐塞鸿来万里，手披荒草看孤坟。"

第三十四出　诇　药①

（末上）"积年儒学理粗通，书箧成精变药笼。家童唤俺老员外②，街坊唤俺老郎中③。"俺陈最良失馆，依然开药铺。看今日有甚人来？

【女冠子】（净上）人间天上，道理都难讲。梦中虚诳，更有人儿思量泉壤。

陈先生利市④哩。（末）老姑姑到来。（净）好铺面！这"儒医"二字杜太爷赠的。好"道地药材⑤"！这两块土中甚用？（末）是寡妇床头土。男子汉有鬼怪之疾，清水调服良。（净）这布片儿何用？（末）是壮男子的裤裆。妇人有鬼怪之病，烧灰吃了效。（净）这等，俺贫道床头三尺土，敢换先生五寸裆？（末）怕你不十分寡。（净）啐，你敢也不十分壮。（末）罢了，来意何事？（净）不瞒你说，前日小道姑呵！

【黄莺儿】年少不堤防，赛江神，归夜忙。（末）着手了？（净）知他着甚闲空旷⑥？被凶神煞党。年灾月殃，瞑然一去无回向。

---

① 诇（xiòng）药：求药。诇亦有侦察、探听的意思。
② 员外：原指正员以外的官员，后泛指地主豪绅。
③ 郎中：郎中本是官名，即帝王侍从官的通称。郎中作为医生的称呼始自宋代，尊称医生为郎中是南方方言。
④ 利市：本义是买卖所得的正当利润，也含运气好、吉利之意。
⑤ 道地药材：指在一特定自然条件、生态环境的地域内所产的药材，品质佳、疗效好。道地，即地道，功效地道实在、确切可靠。中药店的招牌上常标这四个字。
⑥ 空旷：古代迷信认为空旷无人之地多鬼神。

（末）欠老成哩！（净）细端详，你医王①手段敢对的住活阎王。

（末）是活的，死的？（净）死几日了。（末）死人有口吃药？也罢，便是这烧裆散，用热酒调服下。

【前腔】海上有仙方，这伟男儿深裤裆。（净）则这种药，俺那里自有。（末）则怕姑姑记不起谁阳壮。剪裁寸方，烧灰酒娘②，敲开齿缝把些儿放。不寻常，安魂定魄赛过反精香③。

（净）谢了。

（末）还随女伴赛江神， 于　鹄

（净）争奈多情足病身。 韩　偓

（末）岩洞幽深门尽锁， 韩　愈

（净）隔花催唤女医人④。 王　建

---

① 医王：又称先医，是指医术极精的人。中国神话传说中是指三皇。医王，亦称三皇，即古代传说人物伏羲神农黄帝。道教将其纳入神系后，奉为医王。

② 酒娘：甜米酒。

③ 反精香：即返魂香。传说西海聚窟洲有返魂树，用根煮汁，可制成返魂香，能起死回生。事见《十洲记》。

④ 下场诗四句：还随女伴赛江神，语出唐于鹄《江南曲》："偶向江边采白蘋，还随女伴赛江神。"争奈多情足病身，语出唐韩偓《江楼二首》："风光百计牵人老，争奈多情是病身。"岩洞幽深门尽锁，语出唐韩愈《奉和李相公题萧家林亭》："岩洞幽深门尽锁，不因丞相几人知。"隔花催唤女医人，语出唐王建《宫词一百首》之四十四："白日卧多娇似病，隔帘教唤女医人。"

第三十五出　回　生

【字字双】（丑扮疙童，持锹上）猪尿泡疙疸偌卢胡①，没裤。铧锹儿入的土花疏，没骨②。活小娘不要_去做鬼婆夫，没路。偷坟贼拿到做个地官符③，没趣。

（笑介）自家梅花观主家癞头鼋便是。观主受了柳秀才之托，和杜小姐启坟。好笑，好笑，说杜小姐要和他这里重做夫妻。管他人话鬼话，带了些黄钱④，挂在这太湖石上，点起香来。

【出队子】（净携酒同生上）玉人何处，玉人何处？近墓西风老绿芜。《竹枝歌⑤》唱的女郎苏，杜鹃声啼过锦江无⑥？一窖愁残，三生梦余。

（生）老姑姑，已到后园。只见半亭瓦砾，满地荆榛。绣带重寻，袅袅藤花夜合；罗裙欲认，青青蔓草春长。则记的太湖石边，是俺拾画之

---

① 猪尿泡疙疸偌卢胡：疙疸，同"疙瘩"。卢胡，喉中的笑声。谓笑声发于喉间。此是对癞痢头的嘲弄。

② 没骨：本指中国画传统花卉画的一种画法，直接用颜色或墨色绘成花叶。此处是指没有石头。

③ 地官符：指活埋。道家禳解时写天、地、水三官符，地官符埋入土内。事见《三国志·魏志·张鲁传》注。

④ 黄钱：民间用黄纸制成的祭祀用品。用黄表纸折成，焚化给鬼神的纸钱。

⑤ 竹枝歌：即竹枝词，唐代巴渝一带流行的民歌，大都抒发男女之爱。

⑥ 杜鹃声啼过锦江无：杜鹃声，啼声如"不如归去"。锦江，岷江的支流，在四川。杜丽娘的故乡是四川，故引用。

处。依稀似梦，恍惚如亡。怎生是好？（净）秀才不要忙，梅树下堆儿是了。（生）小姐，好伤感人也。（哭介）（丑）哭甚的。趁时节了。（烧纸介）（生拜介）巡山使者①，当山土地，显圣显灵。

【啄木鹂】 开山纸②草面上铺。烟罩山前红地炉③。（丑）敢太岁头上动土④？向小姐脚跟挖窟。（生）土地公公，今日开山，专为请起杜丽娘。不要你死的，要个活。你为神正直应无妒，俺阳神触煞俱无虑。要他风神笑语都无二，便做着⑤你土地公公女嫁吾。呀，春在小梅株。

好破土哩。

【前腔】（丑净锹土介）这三和土⑥一谜锄。小姐呵，半尺孤坟你在这的无⑦？（生）你们十分小心。（看介）到棺了。（丑作惊丢锹介）到官没活的了。（生摇手介）禁声。（内旦作哎哟介）（众惊介）活鬼做声了。（生）休惊了小姐。（众蹲向鬼门，开棺介）（净）原来钉头锈断，子口⑧登开，小姐敢别处送云雨去了。（内哎哟介）（生见旦扶介）（生）咳，小姐端然在此。异香袭人，幽姿如故。天也，你看正面上那些儿尘渍，斜空处没半米虼蜉⑨。则他暖幽香四片斑斓木，润芳姿半榻黄泉路，养花身五色燕支⑩土。（扶旦软

---

① 巡山使者：神话传说中的山神。
② 开山纸：民间丧葬、埋葬或起坟前焚化的黄纸。
③ 烟罩山前红地炉：焚烧纸钱时，烟火通红，像火炉一样。
④ 太岁头上动土：太岁，木星，因木星每十二年运行一次，称木星为岁星或太岁。古人认为在木星的方向破土动工，就会招灾。
⑤ 便做着：就当作。
⑥ 三和土：即三合土，用糯米汁将泥、沙和石灰搅拌而成，古代用以镶墓。
⑦ 这的：这里。
⑧ 子口：器物与其盖子重叠密合之处。
⑨ 半米虼蜉：半米，半粒米，谓极少。虼蜉，一种大蚂蚁。
⑩ 燕支：即胭脂。一种红色的颜料，妇女用来化妆。泛指红色。

犟介）（生）俺为你款款偎将睡脸扶，休损了口中珠①。

（旦作呕出水银介）（丑）一块花银，二十分多重，赏了癞头罢。（生）此乃小姐龙含凤吐之精，小生当奉为世宝。你们别有酬犒。（旦开眼叹介）（净）小姐开眼哩。（生）天开眼了。小姐呵！

【金蕉叶】（旦）是真是虚？劣梦魂猛然惊遽②。（作掩眼介）避三光业眼③难舒，怕一弄儿巧风吹去。

（生）怕风怎么好？（净扶旦介）且在这牡丹亭内进还魂丹，秀才翦裆。（生翦介）（丑）待俺凑些加味④还魂散。（生）不消了。快快热酒来。

【莺啼序】（调酒灌介）玉喉咙半点灵酥。（旦吐介）（生）哎也，怎生呵落在胸脯。姐姐再进些，才吃下三个多半口还无。（觑介）好了，好了！喜春生颜面肌肤。（旦觑介）这些都是谁？敢是些无端道途⑤，弄的俺不着坟墓？（生）我便是柳梦梅。（旦）眊蒙⑥觑，怕不是梅边柳边人数⑦。

（生）有这道姑为证。（净）小姐可认得道姑么？（旦看不语介）

【前腔】（净）你乍回头记不起俺这姑姑。（生）可记得这后花园？（旦不语介）（净）是了，你梦境模糊。（旦）只那个是柳郎？（生应，旦作认

---

① 口中珠：古代人殓葬时的一种习俗，给死者口中含珠、玉或米，叫作衔口。语出《庄子·外物》："徐别其颊，无伤口中珠。"有钱人家防止尸体腐烂，在死者口中灌入水银，故下文有"呕出水银介"。

② 惊遽：惊醒貌。

③ 业眼：造孽的眼。多于自怨自詈时用之。

④ 加味：中医指在固定的方子里，因病情的需要而加入其他的药。

⑤ 无端道途：此指无赖、歹徒。

⑥ 眊蒙：看不清楚。

⑦ 人数：人。数，此处是语助词。

介)咳,柳郎真信人也。亏杀你拨草寻蛇,亏杀你守株待兔。棺中宝玩收存,诸余①抛散池塘里去。(众)呸!(丢去棺物介)向人间别画个葫芦②。水边头洗除凶物③。(众)亏了小姐整整睡这三年。(旦)流年度,怕春色三分,一分尘土④。

(生)小姐,此处风露,不可久停。好处将息去。

【尾声】死工夫救了你活地狱,七香汤莹了美食相扶⑤。(旦)扶往那里去?(净)梅花观内。(旦)可知道洗棺尘,都是这高唐观中雨。

(生)天赐燕支一抹腮, 罗　隐

(旦)随君此去出泉台。 景舜英

(净)俺来穿穴非无意, 张　祜

(生)愿结灵姻愧短才⑥。 潘　雍

---

① 诸余:其他。

② 向人间别画个葫芦:重新做人。民谚"依样画葫芦",就是模仿,仿效做人。

③ 凶物:此指丧葬用品。

④ 怕春色三分,一分尘土:语出宋苏轼词《水龙吟》:"春色三分,二分尘土,一分流水。"意思是怕青春逝去。

⑤ 七香汤莹了美食相扶:意思是先沐浴然后用美食调养。七香汤,加多种香料供沐浴用的汤水。语出《赵飞燕外传》。莹,使光洁。此处当洗净讲。美食相扶,用好的食物调养。

⑥ 下场诗四句:天赐燕支一抹腮,语出唐罗隐《梅》:"天赐胭脂一抹腮,盘中磊落笛中哀。"随君此去出泉台,《全唐诗》中未见。俺来穿穴非无意,语出唐张祜《题朱兵曹山居》:"我来穿穴非无意,愿向君家作壁鱼。"愿结灵姻愧短才,语出唐潘雍《赠葛氏小娘子》:"曾闻仙子住天台,欲结灵姻愧短才。"灵姻,与神灵结合的婚姻。

清光绪十二年同文书局石印本《牡丹亭还魂记》图

第三十六出　婚　走

【意难忘】(净扶旦上)(旦)如笑如呆,叹情丝不断,梦境重开。(净)你惊香辞地府,舆榇出天台①。(旦)姑姑,俺强挣作②,软哈哈,重娇养起这嫩孩孩。(合)尚疑猜,怕如烟入抱③,似影投怀。

〔画堂春〕(旦)"蛾眉秋恨满三霜④,梦余荒冢斜阳。土花零落旧罗裳,睡损红妆。(净)风定彩云犹怯,火传金炧⑤重香。如神如鬼费端详,除是高唐。"(旦)姑姑,奴家死去三年。为钟情一点,幽契⑥重生。皆亏柳郎和姑姑信心提救。又以美酒香酥,时时将养。数日之间,稍觉精神旺相。(净)好了,秀才三回五次,央俺成亲哩。(旦)姑姑,这事还早。扬州问过了老相公、老夫人,请个媒人方好。(净)好消停⑦的话儿。这也由你。则问小姐前生事可记得些么?

---

① 舆榇出天台:起死回生。舆榇,载棺以随。舆,车。榇,棺材。天台,神话仙境,此指阴间。
② 挣作:用力振作。
③ 如烟入抱:相传春秋时吴王夫差的女儿小玉,与韩重相爱。吴王不许他们成婚,小玉气结而死。韩重在她墓前看见了她,她把明珠送给韩重。当她的母亲上去抱她的时候,她却化烟而逝。事见晋干宝《搜神记》卷十六。本义是因思念之深而出现幻想,想抱住他却发现只是幻觉。比喻对亲人的思念、情感很深。
④ 三霜:三年。
⑤ 炧(xiè):泛指灯烛,此指灯烛熄灭。
⑥ 幽契:冥合,默契。
⑦ 消停:安稳、从容、不匆忙。

【胜如花】（旦）前生事，曾记怀。为伤春病害，困春游梦境难捱。写春容那人儿拾在。那劳承①、那般顶戴，似盼天仙盼的眼哈②，似叫观音叫的口歪。（净）俺也听见些。则小姐泉下怎生得知？（旦）虽则尘埋，把耳轮儿热坏。感一片志诚无奈，死淋侵③走上阳台，活森沙④走出这泉台。

（净）秀才来哩。

【生查子】（生上）艳质久尘埋，又挣出这烟花界⑤。你看他含笑插金钗，摆动那长裙带。

（见介）丽娘妻。（旦羞介）（生）姐姐，俺地窟里扶卿做玉真。（旦）重生胜过父娘亲。（生）便好今宵成配偶。（旦）懵腾⑥还自少精神。（净）起前说精神旺相，则瞒着秀才。（旦）秀才可记的古书云："必待父母之命，媒妁之言⑦。"（生）日前虽不是钻穴相窥，早则钻坟而入了。小姐今日又会起书来。（旦）秀才，比前不同。前夕鬼也，今日人也。鬼可虚情，人须实礼。听奴道来：

【胜如花】青台闭⑧，白日开。（拜介）秀才呵，受的俺三生礼拜，待成亲少个官媒。（泣介）结盏⑨的要高堂人在。（生）成了亲，访令尊

---

① 劳承：亦作"劳成"。殷勤，体贴。对情人的昵称，犹言滑头。
② 眼哈：眼发呆。
③ 死淋侵：即死临侵，发呆、失神的样子。淋侵，助词，加强语气。
④ 活森沙：活泼生动貌。森沙，词尾，加强语气用。
⑤ 挣出这烟花界：活着出现在这繁华的世界。挣，从……中挣脱出来。
⑥ 懵腾：神志不清，迷糊。
⑦ 必待父母之命，媒妁之言：媒妁，说合婚姻的人。媒妁之言，媒人的介绍。语出《孟子·滕文公下》。
⑧ 青台闭：意思是从阴间回到人间。青台，泉台、黄泉。
⑨ 结盏：即合卺，旧时结婚男女同杯饮酒之礼，后泛指结婚。

令堂，有惊天之喜。要媒人，道姑便是。（旦）秀才忙待怎？也曾落几个黄昏陪待。（生）今夕何夕①？（旦）直恁的急色秀才。（生）小姐捣鬼。（旦笑介）秀才捣鬼。不是俺鬼奴台②妆妖作乖。（生）为甚？（旦羞介）半死来回，怕的雨云惊骇。有的是这人儿活在，但将息俺半载身材。（背介）但消停俺半刻情怀。

【不是路】（末上）深院闲阶，花影萧萧转翠苔。（扣门介）人谁在？是陈生探望柳君来。（众惊介）（生）陈先生来了，怎好？（旦）姑姑，俺回避去。（下）（末）忒奇哉，怎女儿声息纱窗外，硬抵门儿应不开？（又扣门介）（生）是谁？（末）陈最良。（开门见介）（生）承车盖③，俺衣冠未整因迟待。（末）有些惊怪。（生）有何惊怪？

【前腔】（末）不是天台，怎风度娇音隔院猜？（净上）原来陈斋长到来。（生）陈先生说里面妇娘声息，则是老姑姑。（净）是了，长生会④，莲花观里一个小姑来。（末）便是前日的小姑么？（净）另是一众。（末）好哩，这梅花观一发兴哩。也是杜小姐冥福所致。因此径来相约，明午整个小盒儿同柳兄往坟上随喜⑤去。暂告辞了。无闲会，今朝有约明朝在，酒滴青娥⑥墓上回。

---

① 今夕何夕：意为今夜是何夜？语出《诗经·唐风·绸缪》："今夕何夕？见此良人。"此诗描写情人约会。
② 鬼奴台：鬼奴胎，犹言小鬼头。奴台，即奴胎，奴婢的自称。
③ 承车盖：承蒙光临。车盖，古代车上遮雨蔽日的篷子，形圆如伞，下有柄。代指坐车的人。
④ 长生会：道观中的法事。
⑤ 整个小盒儿同柳兄往坟上随喜：整个小盒儿，准备一份酒食，此指祭奠用的酒食。小盒儿，食盒，古代盛装食物用的竹木结构器具，内有数层不等。可提可挑。随喜，佛教语。指见人做善事而乐意参加。
⑥ 青娥：美丽的少女。

（生）承拖带，这姑姑点不出个茶儿待①。即来回拜。（末）慢来回拜。（下）

（生）喜的陈先生去了，请小姐有话。（旦上介）（净）怎了，怎了？陈先生明日要上小姐坟去。事露之时，一来小姐有妖冶之名，二来公相无闺阃之教②，三来秀才坐迷惑之讥，四来老身招发掘之罪。如何是了？（旦）老姑姑，待怎生好？（净）小姐，这柳秀才待往临安取应③。不如曲成亲事，叫童儿寻只赣船，寅夜开去，以灭其踪。意下何如？（旦）这也罢了。（净）有酒在此。你二人拜告天地。（拜，把酒介）

【榴花泣】（生）三生一会，人世两和谐。承合卺，送金杯。比墓田春酒这新醅④，才酸⑤转人面桃腮。（旦悲介）伤春便埋，似中山醉梦⑥三年在。只一件来，看伊家龙凤姿容，怎配俺这土木形骸⑦！

（生）那有此话！

---

① 点不出个茶儿待：意思是没有点茶待客。点茶，唐、宋时的一种煮茶方法，犹泡茶。
② 闺阃之教：封建时代对妇女进行的礼教。闺阃，内室，亦特指妇女居住的地方，借指妇女。
③ 取应：应举，参加科举考试。
④ 醅：没滤过的酒。
⑤ 酸：酿酒。
⑥ 中山醉梦：传说中山狄希能造千日酒，饮后醉千日。刘玄石好饮酒，求饮一杯，醉眠千日。家人以为他死了，将其埋葬。千日之后，酒家来人看他。打开棺材，刘玄石刚刚醒来。事见晋干宝《搜神记》卷十九。
⑦ 土木形骸：形体像土木一样。比喻人的本来面目，不加修饰。形骸，人的形体。典出《晋书·嵇康传》。此处是指杜丽娘刚从墓中复生。

【前腔】相逢无路，良夜肯疑猜？眠一柳，当了三槐①。杜兰香真个在读书斋，则柳耆卿不是仙才②。（旦叹介）幽姿暗怀，被元阳鼓的这阴无赖③。柳郎，奴家依然还是女身。（生）已经数度幽期，玉体岂能无损？（旦）那是魂，这才是正身陪奉。伴情哥则是游魂，女儿身依旧含胎。

（外扮舟子歌上）春娘爱上酒家子楼，不怕归迟总弗子愁。推道那家娘子睡，且留教住要梳子头。（又歌）不论秋菊和那春子个花，个个能噇空肚子茶。无事莫教频入子库，一名闲物他也要些子些④。（丑扮疙童上介）船，船，船，临安去。（外）来，来，来。（拢船介）（丑）门外船便，相公篡下小姐班⑤。（净辞介）相公、小姐，小心去了。（生）小姐无人伏侍，烦老姑姑一行，得了官时相报。（净）俺不曾收拾。（背介）事发相连，走为上计。（回介）也罢，相公赏侄儿什么，着他和俺收拾房头，俺伴小姐同去。（丑）使得。（生）便赏他这件衣服。（解衣介）（丑）谢了，事发谁当？（生）则推不知便了。（丑）这等请了。"秃厮儿

---

① 眠一柳，当了三槐：意思是一夜欢爱，就如同功名得中一样。眠一柳，睡了一觉。语出《三辅旧事》："汉武帝苑中有柳状如人，号曰人柳，一日三眠三起。"三槐，相传周代宫廷外种有三棵槐树，三公朝天子时，面向三槐而立。后因以三槐喻三公。此指功名得中。

② 杜兰香、柳耆卿：杜兰香，仙女名。柳耆卿，宋代著名词人柳永，字耆卿。宋元小说戏曲多写到他的风流故事。因姓氏相同，杜兰香喻指杜丽娘，柳耆卿喻指柳梦梅。

③ 元阳：男子。无赖：无奈，不能自已。

④ "春娘爱上酒家子楼"八句：语出唐李昌符《婢仆诗》："春娘爱上酒家楼，不怕归迟总不留。推道那家娘子卧，且留教住待梳头。不论秋菊与春花，个个能噇空腹茶。无事莫教频入库，一名闲物要些些。"噇（chuáng），古代特指大吃大喝。

⑤ 相公篡下小姐班：相公扶小姐下船。

堪充道伴,女冠子权当梅香①。"(下)

【急板令】(众上船介)别南安孤帆夜开,走临安把双飞路排。(旦悲介)(生)因何吊下泪来?(旦)叹从此天涯,从此天涯。叹三年此居,三年此埋。死不能归,活了才回。(合)问今夕何夕?此来、魂脉脉,意哈哈。

【前腔】(生)似倩女返魂②到来,采芙蓉回生并载。(旦叹介)(生)为何又吊下泪来?(旦)想独自谁挨,独自谁挨?翠黯香囊,泥渍金钗。怕天上人间,心事难谐。(合前)

(净)夜深了,叫停船。你两人睡罢。(生)风月舟中,新婚佳趣,其乐何如!

【一撮棹】蓝桥驿③,把奈河桥风月筛。(旦)柳郎,今日方知有人间之乐也。七星版、三星照④,两星⑤排。今夜呵,把身子儿带,情儿迈,

---

① 秃厮儿、女冠子:秃厮儿,秃头小子,指石道姑的侄儿癞头鼋。女冠子,女道姑,指石道姑。《女冠子》《秃厮儿》又是曲牌名,嵌在曲文中,当做一种文字游戏。

② 倩女返魂:唐人传奇张倩娘(倩女)与王宙相爱,王宙赴长安,与倩娘诀别。倩娘相思成病,灵魂离体,半夜追来船上,乃一起出走蜀地。五年后,二人重回倩娘家,灵魂与真人又合而为一。事见《太平广记》卷三五八引《离魂记》、元代郑光祖杂剧《倩女离魂》。

③ 蓝桥驿:唐人传奇裴航路过蓝桥驿,遇见美女云英,老妪告知航,欲娶云英,须以玉杵臼为聘,为捣药百日乃可。后裴航终于找到月宫中玉兔用的玉杵臼,娶了云英,夫妻双双入玉峰,成仙而去。事见《太平广记》卷五十引《传奇·裴航》。

④ 七星版、三星照:七星版,即七星板,旧时停尸床上及棺内放置的木板。上凿七孔,斜凿枕槽一道,使七孔相连,大殓时纳于棺内。三星,星宿,语出《诗·唐风·绸缪》:"三星在天。"

⑤ 两星:指牵牛、织女两星。民间传说每年七月七日是双星过银河相会的日子。此指柳梦梅和杜丽娘两情相悦。

意儿挨。（净）你过河，衣带紧、请宽怀。（生）眉横黛，小船儿禁重载？这欢眠自在，抵多少吓魂台①。

【尾声】情根一点是无生债②。（旦）叹孤坟何处是俺望夫台③？柳郎呵，俺和你死里淘生情似海。

（生）偷去须从月下移，　吴　融

（净）好风偏似送佳期。陆龟蒙

（旦）傍人不识扁舟意，　张　蠙

（净）惟有新人子细知④。戴叔伦

---

① 抵多少吓魂台：意思是胜过阴间许多。抵多少，犹言胜过。吓魂台，指阴司中折磨鬼魂之处。

② "情根"句：无生，佛教语。谓没有生灭，不生不灭。全句意思是有了情根，不能达到无生境界。

③ 望夫台：即望夫石，湖北武昌阳新县北山上有望夫石。相传过去有个贞妇，其丈夫远去从军，她携弱子饯行于武昌北山，立望夫而化为立石。

④ 下场诗四句：偷去须从月下移，语出唐吴融《高侍御话及皮博士池中白莲因成一章寄博士兼奉呈》："看来应是云中堕，偷去须从月下移。"好风偏似送佳期，语出唐陆龟蒙《中秋待月》："转缺霜轮上转迟，好风偏似送佳期。"傍人不识扁舟意，语出唐张蠙《经范蠡旧居》："他人不见扁舟意，却笑轻生泛五湖。"惟有新人子细知，语出唐戴叔伦《抚州被推昭雪答陆太祝三首》："如今谤起翻成累，唯有新人子细知。"

清光绪十二年同文书局石印本《牡丹亭还魂记》图

第三十七出　骇　变

〔集唐〕（末上）"风吹不动顶垂丝雍陶，吟背春城出草迟朱庆余。毕竟百年浑是梦元稹，夜来风雨葬西施韩偓。"俺陈最良。只因感激杜太守，为他看顾小姐坟茔。昨日约了柳秀才到坟上望去，不免走一遭。（行介）"岩扉不掩云长在，院径无媒草自深。"待俺叫门。（叫介）呀，往常门儿重重掩上，今日都开在此。待俺参了圣①。（看菩萨介）咳，冷清清没香没灯的。呀，怎不见了杜小姐牌位？待俺问一声老姑姑。（叫三声介）俗家去了。待俺叫柳兄问他。（叫介）柳朋友！（又叫介）柳先生！一发不应了。（看介）嗄，柳秀才去了。医好了病，来不参，去不辞。没行止，没行止！待俺西房瞧瞧。咳哟，道姑也搬去了。磬儿，锅儿，床席，一些都不见了。怪哉！（想介）是了。日前小道姑有话，昨日又听的小道姑声息，其中必有柳梦梅勾搭事情。一夜去了。没行止②，没行止！由他，由他。到后园看小姐坟去。（行介）

【懒画眉】园深径侧老苍苔，那几所月榭风亭久不开。当时曾此葬金钗③。（望介）呀，旧坟高高儿的，如今平下来了也。缘何不见坟儿在？敢是狐兔穿空倒塌来？

---

① 圣：此指菩萨。
② 行止：品行、德行。
③ 葬金钗：指葬杜丽娘。金钗，妇女插于发髻的金制首饰，由两股合成，借指妇女。

牡丹亭 | 237

清光绪十二年同文书局石印本《牡丹亭还魂记》图

这太湖石,只左边靠动了些,梅树依然。(惊介)咳呀,小姐坟被劫了也。

【朝天子】(放声哭介)小姐,天呵!是什么发冢无情短幸材①?他有多少金珠葬在打眼②来。小姐,你若早有人家,也搬回去了。则为玉镜台无分照泉台③。好孤哉!怕蛇钻骨,树穿骸,不提防这灾。

知道了,柳梦梅岭南人,惯了劫坟。将棺材放在近所,截了一角为记,要人取赎。这贼意思,止不过说杜老先生闻知,定来取赎。想那棺材,只在左近埋下了。待俺寻看。(见介)咳呀,这草窝里不是朱漆板头?这不是大锈钉?开了去。天,小姐骨殖丢在那里?(望介)那池塘里浮着一片棺材。是了,小姐尸骨抛在池里去了。狠心的贼也!

【普天乐】问天天,你怎把他昆池碎劫无余在④?又不欠观音锁骨连环债⑤,怎丢他水月魂骸?乱红衣暗泣莲腮⑥,似黑月重抛业海。待车干池水,捞起他骨殖来。怕浪淘沙碎玉难分派。到不如当初水葬无猜。贼

---

① 短幸材:詈词。指短命薄幸的人。
② 打眼:显眼,容易引人注意。
③ 玉镜台无分照泉台:意思是生前没有受聘,死后没人照管。玉镜台,指晋温峤之玉镜台。温峤北征刘聪,获玉镜台一枚。从姑有女,嘱代觅婿,温有自婚意,因下玉镜台为定。事见《世说新语·假谲》。后引申为婚娶聘礼的代称。
④ 昆池碎劫无余在:意思是尸骨没有一点留下来。昆池,汉武帝在长安凿昆明池,极深,都是灰墨,无复土。有方士说这是劫灰。事见晋干宝《搜神记》卷一三。
⑤ 观音锁骨连环债:即锁骨观音,指遍体骨节相连的菩萨。事见《太平广记》卷一百一《延州妇人》条,说一妇女死后,一西域胡僧见墓焚香礼拜,说是"锁骨菩萨","众人即开墓,视遍身之骨,关结皆如锁状,果如僧言"。此指骨头。
⑥ 乱红衣暗泣莲腮:全句的意思是因杜丽娘的尸骨被抛到河里,莲花瓣也为之哭泣。红衣,荷花瓣的别称。

眼脑①生来毒害,那些个②怜香惜玉,致命图财!

先师云:"虎兕出于柙,龟玉毁于椟中,典守者不得辞其责③。"俺如今先去禀了南安府缉④拿。星夜往淮扬。报知杜老先生去。

【尾声】石虔婆,他古弄里金珠曾见来⑤。柳梦梅,他做得个破周书汲冢⑥才。小姐呵,你道他为甚么向金盖银墙做打家贼?

丘坟发掘当官路, 韩　愈

春草茫茫墓亦无。白居易

致汝无辜由俺罪, 韩　愈

狂眠恣饮是凶徒⑦。僧子兰

---

① 眼脑:眼睛。
② 那些个:那里是、说什么。
③ 虎兕(sì)出于柙(xiá),龟玉毁于椟中,典守者不得辞其责:语出《论语·季氏》,朱熹注:"典守者不得辞其过。"兕,指古代犀牛一类的兽名。柙,关兽的木笼。椟,木柜,匣子。典守者,主管的人。
④ 缉:搜捕,捉拿。
⑤ "石虔婆"二句:虔婆,一般指妓院的鸨母。中国古代传统的女性职业"三姑六婆"中的一种,指开设秦楼楚院、媒介色情交易的妇人,亦即是"淫媒"。此是贱婆,骂妇人的话,指石道姑。古弄里,窟窿里,坟墓里。全句意思是石道姑曾在为杜丽娘装殓时,看到棺材内有金银珠宝。
⑥ 破周书汲冢:西晋咸宁五年汲郡(今河南卫辉市)一个名叫不准的人盗掘了一座战国晚期的魏王墓,获得写在竹简上的各种书籍数十车。事见《晋书·武帝本纪》。此指柳梦梅掘墓。
⑦ 下场诗四句:丘坟发掘当官路,语出唐韩愈《题广昌馆》:"丘坟发掘当官路,何处南阳有近亲。"春草茫茫墓亦无,语出唐白居易《罗敷水》:"芳魂艳骨知何处,春草茫茫墓亦无。"致汝无辜由俺罪,语出唐韩愈《去岁自刑部侍郎以罪贬潮州刺史乘驿赴任……留题驿梁》:"致汝无辜由我罪,百年惭痛泪阑干。"狂眠恣饮是凶徒,语出唐僧子兰《长安伤春》:"霜陨中春花半无,狂游恣饮尽凶徒。"

第三十八出　淮　警

【霜天晓角】（净引众上）英雄出众，鼓噪红旗动。三年绣甲锦蒙茸①，弹剑把雕鞍斜鞚②。

"贼子豪雄是李全，忠心赤胆向胡天。靴尖踢倒长天堑③，却笑江南土不坚。"俺溜金王奉大金之命，骚扰江淮三年。打听大金家兵粮凑集，将次南征，教俺淮扬开路，不免请出贱房计议。中军④快请。（众叫介）大王叫箭坊⑤。（老旦扮军人持箭上）箭坊俱已造完。（净笑恼介）狗才怎么说？（老旦）大王说，请出箭坊计议。（净）胡说！俺自请杨娘娘，是你箭坊？（老旦）杨娘娘是大王箭坊，小的也是箭坊。（净喝介）

【前腔】（丑上）帐莲⑥深拥，压寨的阴谋重。（见介）大王兴也！

---

① 蒙茸：蓬松，杂乱的样子。同"蒙戎"。此处形容衣服散乱、不整齐。是说军中生活紧张匆忙。语出《诗·邶风·旄丘》："狐裘蒙戎。"
② 把雕鞍斜鞚：把战马勒住。雕鞍，本指雕饰有精美图案的马鞍，此代指马。鞚，驾驭，拉住马缰绳。
③ 靴尖踢倒长天堑：语出南宋降元叛将吕文焕答宋太皇太后书："孤城其如弹丸，谓靴尖之踢倒；长江虽曰堑固，欲提鞭而断流。"事见《说郛》卷七引《钱塘遗事》。长天堑，即长江天堑。堑，壕沟。长江为天然的壕沟。形容长江地势险要，不可逾越。
④ 中军：古代行军作战队分上、中、下（或左、中、右）三军，主帅居中军发号施令。
⑤ 箭坊：造弓箭作坊，此指造箭工匠。和"贱房"谐音，用于打诨。贱房，谦称己妻。
⑥ 帐莲：即莲帐，军中营帐。

你夜来鏖战①好粗雄。困的俺垓心②没缝。

　　大王夫,俺睡倦了。请俺甚事商量?(净)闻得金主南侵,教俺攻打淮扬,以便征进。思想扬州有杜安抚镇守,急切难攻。如何是好?(丑)依奴家所见,先围了淮安,杜安抚定然赴救。俺分兵扬州,断其声援,于中取事。(净)高,高!娘娘这计,李全要怕了你。(丑)你那一宗儿不怕了奴家!(净)罢了。未封王号时,俺是个怕老婆的强盗,封王之后,也要做怕老婆的王。(丑)着了。快起兵去攻打淮城。

　　【锦上花】(净)拨转磨旗峰③,促紧先锋。千兵摆列,万马奔冲。鼓通通,鼓通通,噪的那淮扬动。

　　【前腔】(众)军中母大虫④,绰有威风。连环阵势,烟粉牢笼⑤。哈哄哄,哈哄哄,哄的淮扬动。

　　(丑)溜金王听俺分付:军到处,不许你抢占半名妇女。如违,定以军法从事。(净)不敢。

　　(丑)日暮风沙古战场,王昌龄

　　(净)军营人学内家妆。司空图

　　(众)如今领帅红旗下,张建封

---

① 鏖战:激烈地战斗,竭力苦战。
② 垓心:中心。
③ 拨转磨旗峰:改变行军方向。磨旗,摇旗,挥动旗帜。此指开路旗。峰,旗尖。
④ 母大虫:雌老虎。此指李全妻。
⑤ 烟粉牢笼:烟粉,胭脂和香粉,代指女人,此指李全的妻。牢笼,控制一切。

（众）擘破云鬟金凤凰①。曹　唐

---

① 下场诗四句：日暮风沙古战场，语出唐王昌龄《从军行七首》："关城榆叶早疏黄，日暮云沙古战场。"军营人学内家妆，语出唐司空图《歌》："处处亭台只坏墙，军营人学内人妆。"内家妆，宫中女子的妆饰。如今领帅红旗下，语出唐张建封《酬韩校书愈打球歌》："仆本修文持笔者，今来帅领红旌下。"擘破云鬟金凤凰，语出唐曹唐《玉女杜兰香下嫁于张硕》："遗情更说何珍重，擘破云鬟金凤凰。"

清光绪十二年同文书局石印本《牡丹亭还魂记》图

第三十九出　如　杭

【唐多令】（生上）海月①未尘埋，（旦上）新妆倚镜台。（生）卷钱塘风色破书斋。（旦）夫，昨夜天香②云外吹，桂子月中开。

（生）"夫妻客旅闷难开，（旦）待唤提壶酒一杯。（生）江上怒潮千丈雪，（旦）好似禹门③平地一声雷。"（生）俺和你夫妻相随，到了临安京都地面。赁下一所空房，可以理会书史。争奈④试期尚远，客思转深。如何是好？（旦）早上分付姑姑，买酒一壶，少解夫君之闷，尚未见回。（生）生受了，娘子。一向不曾话及：当初只说你是西邻女子，谁知感动幽冥，匆匆成其夫妇。一路而来，到今不曾请教。小姐可是见小生于道院西头？因何诗句上"不是梅边是柳边"，就指定了小生姓名？这灵通委是怎的？（旦笑介）柳郎，俺说见你于道院西头是假。我前生呵！

【江儿水】偶和你后花园曾梦来，擎一朵柳丝儿要俺把诗篇赛。奴正题咏间，便和你牡丹亭上去了。（生笑介）可好哩？（旦笑介）咳，正好中间，落花惊醒。此后神情不定，一病奄奄。这是聪明反被聪明带⑤，真诚不得真

---

① 海月：海生动物名，亦称窗贝。贝壳圆形。此指镜子。
② 天香：祭神、礼佛的香。
③ 禹门：即龙门。地名。在山西河津市西北、陕西韩城市东北。相传为夏禹所凿，故名。古代传说黄河鲤鱼跳过龙门，就会变化成龙。后以跳龙门喻科举得中。
④ 争奈：怎奈。
⑤ 带：带累、拖累、耽误。

清光绪十二年同文书局石印本《牡丹亭还魂记》图

诚在,冤亲做下这冤亲债。一点色情难坏,再世为人,话做了两头分拍①。

【前腔】(生)是话儿听的都呆答孩②。则俺为情痴信及你人儿在。还则怕邪淫惹动阴曹怪,忌亡坟触犯阴阳戒。分③书生领受阴人爱,勾的你色身无坏。出土成人,又看见这帝城风采。

(净提酒上)"路从丹凤城④边过。酒向金鱼馆内沽。"呀,相公、小姐不知:俺在江头沽酒,看见各处秀才,都赴选场去了。相公错过天大好事。(生、旦作忙介)(旦)相公只索快行。(净)这酒便是状元红⑤了。

【小措大】(旦把酒介)喜的一宵恩爱,被功名二字惊开。好开怀这御酒三杯,放着四婵娟人月在⑥。立朝马五更门外,听六街⑦里喧传

---

① 分拍:分说。
② 呆答孩:发呆。答孩,词尾,无意义。
③ 分:应分,应当。
④ 丹凤城:借指长安(今西安)。相传秦穆公的女儿弄玉吹箫引凤,凤鸟落在秦都咸阳,因称咸阳为凤城,后往往以丹凤城代指京城。语出唐殷尧藩《春游》:"路从丹凤楼前过,酒向金鱼馆里赊。"
⑤ 状元红:酒名。此处借酒名之美意,祝愿柳梦梅高中状元。
⑥ 四婵娟人月在:人月都团圆。四婵娟,指花、竹、人、月,语出唐孟郊《婵娟篇》:"花婵娟,泛春泉。竹婵娟,笼晓烟。妓婵娟,不长妍。月婵娟,真可怜。"
⑦ 六街:唐京都长安的六条中心大街。北宋汴京也有六街。后泛指京都的大街和闹市。

人气概。七步才①,蹬上了寒宫八宝台②。沈醉了九重春色③,便看花④十里归来。

【前腔】(生)十年窗下⑤,遇梅花冻九⑥才开。夫贵妻荣八字安排⑦。敢你七香车稳情载⑧,六宫宣有你朝拜⑨。五花诰⑩封你非分外。论四德、似你那三从结愿谐⑪。二指大泥金报喜⑫。打一轮皂

---

① 七步才:指才思敏捷的人。典出南朝宋刘义庆《世说新语·文学》,魏文帝尝令东阿王曹植七步中作诗,不成者行大法。应声便为诗曰:"煮豆持作羹,漉菽以为汁。萁在釜下燃,豆在釜中泣;本是同根生,相煎何太急!"
② 蹬上了寒宫八宝台:意思是登上月宫,折桂中状元。寒宫,即广寒宫,月中仙宫。《酉阳杂俎》卷一载:"月乃七宝合成。"因每句以数字排列,故改七为八。
③ 沈醉了九重春色:意思是中状元后,可以到宫禁饮酒。语出唐杜甫《奉和贾至舍人早朝大明宫》:"九重春色醉仙桃。"九重,宫禁,皇帝的居住地。《楚辞·九辩》:"君之门以九重。"春,喻酒。
④ 看花:唐代进士及第者有在长安城中看花的风俗。语出唐孟郊《登科后》:"春风得意马蹄疾,一日看尽长安花。"
⑤ 十年窗下:科举时代,读书人要取得功名,终年埋头在书本里。形容十年时间闭门苦读。元刘祁《归潜志》卷七:"古人谓十年窗下无人问,一举成名天下知。"
⑥ 冻九:指数九日子。一年中最冷的时候。
⑦ 夫贵妻荣八字安排:意思是人生富贵与八字有关,是命中注定的。八字,即生辰八字,是一个人出生时的干支历日期。
⑧ 七香车稳情载:意思是一定可以考中坐上七香车。七香车,用多种香料涂饰或用多种香木制作的车。亦泛指华美的车。稳情,一定。
⑨ 六宫宣有你朝拜:意思是可以得到皇后的宣召,入宫朝拜。六宫,古代皇后的寝宫,正寝一,燕寝五,合为六宫。
⑩ 五花诰:古代帝王封赠命妇的诏书,是以五色金花绫纸制成,故称。
⑪ 论四德、似你那三从结愿谐:四德,封建礼教指妇女应尊从的四种德行,即妇德、妇言、妇容、妇功。三从,封建礼教认为妇女应该做到在家从父,出嫁从夫,夫死从子。三从四德,中国古代女性的道德规范。
⑫ 泥金报喜:泥金帖子传来殿试录取的喜讯。指考中进士。

盖①飞来。

（旦）夫，我记的春容诗句来。

【尾声】盼今朝得傍你蟾宫客，你和俺倍精神金阶对策②。高中了，同去访你丈人、丈母呵，则道俺从地窟里登仙那大喝采。

（旦）良人的的有奇才，赵　氏

（净）恐失佳期后命催。杜　甫

（生）红粉楼中应计日，杜审言

（合）遥闻笑语自天来③。李　端

---

① 皂盖：古代官员所用的黑色篷伞。
② 你和俺倍精神金阶对策：和，为。金阶对策，即殿试，应考的人在殿试中对答皇帝有关政事经义的策问。自汉起作为取士考试的一种形式。
③ 下场诗四句：良人的的有奇才，语出唐赵氏《夫下第》："良人的的有奇才，何事年年被放回。"的的，确实。恐失佳期后命催，语出唐杜甫《送李八秘书赴杜相公幕》："贪趋相府今晨发，恐失佳期后命催。"红粉楼中应计日，语出唐杜审言《赠苏绾书记》："红粉楼中应计日，燕支山下莫经年。"遥闻笑语自天来，语出唐李端《长门怨》："随分独眠秋殿里，遥闻语笑自天来。"

第四十出　仆　侦

【**孤飞雁**】（净扮郭驼挑担上）世路平消长，十年事老头儿心上。柳郎君翰墨人家长①。无营运，单承望，天生天养，果树成行。年深树老，把园围抛漾②。你索在何方？好没主量③。凄惶，趁上他身衣口粮。

"家人做事兴，全靠主人命。主人不在家，园树不开花。"俺老驼一生依着柳相公种果为主。你说好不古怪：柳相公在家，一株树上摘百十来个果儿；自柳相公去后，一株树上生百十来个虫。便胡乱结几个儿，小厮们偷个尽。老驼无主，被人欺负。因此发个老狠，体探④俺相公过岭北来了，在梅花观养病，直寻到此，早则南安府大封条封了观门。听的边厢⑤人说，道婆为事走了，有个侄儿癞头鼋是小西门住。去寻问他。（行介）"抹过大东路，投至小西门。"（下）

【**金钱花**】（丑扮疙童披衣笑上）自小疙辣郎当⑥，郎当。官司拿俺为姑娘，姑娘。尽了法，脑皮撞。得了命，卖了房。充小厮，串街坊。

---

① 翰墨人：读书人。家长：主人。
② 抛漾：抛弃。
③ 主量：主意，商量。
④ 体探：探访，探听。
⑤ 边厢：旁边，一旁。
⑥ 疙辣郎当：疙辣，疥癞、癞头。郎当，狼狈、颓废的样子。

"若要人不知，除非己不为。"自家癞头鼋便是。这无人所在，表白一会。你说姑娘和柳秀才那事干得好，又走得好！只被陈教授那狗才，禀过南安府，拿了俺去。拷问俺："姑娘那里去了？劫了杜小姐坟哩！"你道俺更不聪明，却也颇颇的①。则掉着头不做声。那乌官喝道："马不吊不肥，人不捞②不直，把这厮上起脑箍来。"哎也，哎也，好不生疼！原来用刑人先捞了俺一架金钟玉磬，替俺方便，禀说这小厮夹出脑髓来了。那乌官喝道："捻上来瞧。"瞧了，大鼻子一颩③，说道："这小厮真个夹出脑浆来了。"他不知是俺癞头上脓。叫松了刑，着保在外。俺如今有了命，把柳相公送俺这件黑海青④穿摆将起来。（唱介）摆摇摇，摆摆摇。没人所在，被俺摆过子桥。（净向前叫揖介）小官唱喏⑤。（丑作不回揖，大笑唱介）俺小官子腰闪价⑥，唱不的子喏。比似⑦你个驼子唱喏，则当伸子个腰。（净）这贼种，开口伤人。难道做小官的背偏不驼？（丑）刮这驼子嘴，偷了你什么？贼？（净作认丑衣介）别的罢了。则这件衣服，岭南柳相公的，怎在你身上？（丑）咳呀，难道俺做小官的，就没件干净衣服，便是岭南柳家的？隔这般一道梅花岭，谁见俺偷来？（净）这衣带上有字。你还不认，叫地方⑧。（扯丑作怕倒介）罢了，衣服还你去啰。（净）耍哩！俺正要问一个人。（丑）谁？（净）柳秀才那里去了？（丑）

---

① 颇颇的：犹很是。
② 捞（zā）：逼迫。
③ 颩（diū）：同"丢"，抛掷。
④ 海青：大袖子的长袍男服。
⑤ 小官唱喏：小官，对别人仆人的尊称。唱喏，古代汉族的一种交际礼俗。男子作揖，并口道颂词，亦叫作声喏。
⑥ 价：了。
⑦ 比似：假使。
⑧ 地方：甲长，地保。

不知。(净三问)(丑三不知介)(净)你不说，叫地方去。(丑)罢了，大路头难好讲话。演武厅去。(行介)(净)好个僻静所在。(丑)咦，柳秀才到有一个。可是你问的不是？你说得像，俺说；你说不像，休想。叫地方，便到官司，俺也只是不说。(净)这小厮到贼。听俺道来：

【尾犯序】提起柳家郎，他俊白庞儿①，典雅行藏②。(丑)是了。多少年纪？(净)论仪表看他，三十不上。(丑)是了。你是他什么人？(净)他祖上、传留下俺栽花种粮。自小儿、俺看成他快长。(丑)原来你是柳大官③。你几时别他，知他做出甚事来？(净)春头别，跟寻至此，闻说的不端详。

(丑)这老儿说的一句句着。老儿，若论他做的事，咦！(丑作扯净耳语)(净听不见介)(丑)呸，左则④无人，要他去。老儿你听者。

【前腔】他到此病郎当。逢着个杜太爷衙教小姐的陈秀才，勾引他养病庵堂，去后园游赏。(净)后来？(丑)一游游到小姐坟儿上。拾得一轴春容，朝思暮想，做出事来。(净)怎的来？(丑)秀才家为真当假，劫坟偷圹⑤。(净惊介)这却怎了？(丑)你还不知。被那陈教授禀了官，围住观门。拖番⑥柳秀

---

① 庞儿：脸庞。
② 行藏：出入或行止。此说人的举止、风度。
③ 柳大官：对柳家管家或仆役的客气称呼。
④ 左则：反正、横竖。
⑤ 圹：墓穴、坟墓。
⑥ 拖番：拖倒。

才，和俺姑娘行了杖。棚琶拶压①，不怕不招。点了供纸②，解上江西提刑廉访司③。问那六案都孔目④，这男女⑤应得何罪？六案请了律令，禀复道，但偷坟见尸者，依律一秋⑥。（净）怎么秋？（丑作按净头介）这等秋。（净惊哭介）俺的柳秀才呵，老驼没处投奔了。（丑笑介）**休慌**。后来遇赦了。便是那杜小姐活转来哩。（净）有这等事！（丑）活鬼头还做了**秀才正房**⑦，俺那死姑娘到做了**梅香伴当**。（净）何往？（丑）临安去，送他上路，赏这领旧衣裳。

（净）吓俺一跳。却早喜也！

【尾声】去临安定是图金榜。（丑）着了。（净）俺勒挣⑧着躯腰走帝乡。（丑）老哥，你路上精细些。现如今一路里画影图形捕凶党。

（净）寻得仙源访隐沦，　朱　湾

（丑）郡城南下是通津。　柳宗元

（净）众中不敢分明说，　于　鹄

---

① 棚琶拶压：刑名。棚琶，亦作"绷扒"，剥去衣服，用绳子绑缚起来。拶压，一种酷刑，使用木棍或类似物体夹犯人的手指或脚趾，使疼痛。

② 点了供纸：在供状上画押，表示认罪。

③ 提刑廉访司：主管一省的刑名、诉讼事务的官衙。宋代是提刑司、元朝是肃政廉访司、明朝称提刑按察使司，此处把不同朝代的官衙混用。

④ 六案都孔目：古代州县衙门中吏、户、礼、兵、刑、工六房的吏员。总其事者称六案孔目。

⑤ 男女：对人的一种蔑称。

⑥ 秋：古代的一种刑罚。

⑦ 正房：正妻。

⑧ 勒挣：振作。

（丑）遥想风流第一人①。王　维

---

① 下场诗四句：寻得仙源访隐沦，语出唐朱湾《寻隐者韦九山人于东溪草堂》："寻得仙源访隐沦，渐来深处渐无尘。"郡城南下是通津，语出唐柳宗元《柳州峒氓》："郡城南下接通津，异服殊音不可亲。"众中不敢分明说，语出唐于鹄《江南曲》："众中不敢分明语，暗掷金钱卜远人。"遥想风流第一人，语出唐王维《同崔傅答贤弟》："更闻台阁求三语，遥想风流第一人。"

第四十一出 耽试

【凤凰阁】(净扮苗舜宾引众上)九边①烽火咤。秋水鱼龙怎化?广寒丹桂吐层花,谁向云端折下?(合)殿闱深锁②,取试卷看详回话。

〔集唐〕"铸时天匠③待英豪谭用之,引手何妨一钓鳌李咸用?报答春光知有处杜甫,文章分得凤凰毛④元稹。"下官苗舜宾便是。圣上因俺香山能辨番回宝色,钦取来京典试⑤。因金兵摇动,临轩策士⑥,问和战守三者孰便?各房⑦俱已取中头卷,圣旨着下官详定。想起来看宝易,看文字

---

① 九边:又称九镇、明朝九边,是中国明朝弘治年间在北部边境沿长城防线陆续设立的九个军事重镇,即辽东镇、蓟州镇、宣府镇、大同镇、太原镇(也称山西镇或三关镇)、延绥镇(也称榆林镇)、宁夏镇、固原镇(也称陕西镇)、甘肃镇九个边防重镇,史称"九边重镇"。九边重镇是明朝同蒙古残余势力防御作战的重要战线。古代戏曲,往往把后代的历史故事编入到前代,故本剧就把明代制度编写入宋代。

② 殿闱深锁:意思是考场关闭。据《梦梁录》卷三载,殿试前三日,宣押知制诰、详定、考试等官赴学士院锁院,命御策题,然后宣押赴殿对策。

③ 铸时天匠:铸造万物的造物主,此指主考官。

④ 凤凰毛:本喻稀有且珍贵的东西。此指好的文章。

⑤ 典试:主持考试之事。

⑥ 临轩策士:皇帝亲试贡士。临轩,皇帝不坐正殿而御前殿。殿前堂陛之间近檐处两边有槛楯,如车之轩,故称。

⑦ 各房:古代科举考试中,设有主考官和分考官。分考官若干人,每一分考官称为一房,负责审阅一部分试卷。各房,指所有的分考官。下文本房,指某一分考官。

清光绪十二年同文书局石印本《牡丹亭还魂记》图

难。为什么来？俺的眼睛，原是猫儿睛，和碧绿琉璃水晶无二。因此一见真宝，眼睛火出。说起文字，俺眼里从来没有。如今却也奉旨无奈，左右，开箱取各房卷子上来。（众取卷上，净作看介）这试卷好少也。且取天字号三卷，看是何如。第一卷，"诏问：'和战守三者孰便？'""臣谨对：'臣闻国家之和贼，如里老①之和事。'"呀，里老和事，和不得，罢；国家事，和不来，怎了？本房拟他状元，好没分晓。且看第二卷，这意思主守。（看介）"臣闻天子之守国，如女子之守身。"也比的小了。再看第三卷，到是主战。（看介）"臣闻南朝之战北，如老阳之战阴②。"此语忒奇。但是《周易》有"阴阳交战"之说。——以前主和，被秦太师③误了。今日权取主战者第一，主守者第二，主和者第三。其余诸卷，以次而定。

【一封书】（净）文章五色讹④。怕冬烘头脑⑤多。总费他墨磨，笔尖花⑥无一个。恁这里龙门日月开无那，都待要尺水翻成一丈波⑦。

---

① 里老：里长，也可指地方上的老年人。
② 老阳之战阴：语义双关，一是指阴阳之间相互作用，二是指男女欢会之事。
③ 秦太师：南宋宰相秦桧。他求和卖国，以莫须有的罪名陷害主战派抗金名将岳飞。
④ 文章五色讹：意思是文章中有各种错误。
⑤ 冬烘头脑：指头脑糊涂迂腐，不明事理的人。冬烘，迂腐、浅陋。此指考生。典出唐佚名《嘲郑薰》："主司头脑太冬烘，错认颜标作鲁公。"
⑥ 笔尖花：文章写得出色之人。典出五代王仁裕《开元天宝遗事·梦笔头生花》："李太白少时，梦所用之笔头上生花，后天才赡逸，名闻天下。"
⑦ "都待要"句：尺水，小股水流，浅水。典出桓谭《新论》："龙无尺水，无以升天；圣人无尺土，无以王天下。"全句意思是考生想依靠科举获取功名。

却也无奈了，也是浪桃花当一科①，池里无鱼可奈何！（封卷介）

【神仗儿】（生上）风尘战斗，风尘战斗，奇材辐辏②。（丑）秀才来的停当，试期过了。（生）呀，试期过了。文字可进呈么？（丑）不进呈，难道等你？道英雄入彀③，恰锁院进呈时候。（生）怕没有状元在里也哥。（丑）不多，有三个了。（生）万马争先，偏骅骝落后④。你快禀，有个遗才⑤状元求见。（丑）这是朝房里面。府州县道，告遗才哩。（生）大哥，你真个不禀？（哭介）天呵，苗老先赍发⑥俺来献宝。止不住卞和⑦羞，对重瞳双泪流。

（净听介）掌门的，这什么所在！拿过来。（丑扯生进介）（生）告遗才的，望老大人收考。（净）哎也，圣旨临轩，翰林院封进。谁敢再收？（生哭介）生员从岭南万里带家口而来。无路可投，愿触金阶而死。（生

---

① 浪桃花当一科：全句意思是即使没有优秀人才，也得进行一次科举考试。浪桃花，即桃花浪，犹桃花汛。传说河津桃花浪起，江海之鱼集聚龙门下，跃过龙门的化为龙，否则点额暴腮。后遂以比喻春闱。一科，一次、一届科举考试。

② 辐辏：亦作辐凑，形容人或物聚集像车辐集中于车毂一样。辐，连结车辆和车毂的直条。辏，聚集。

③ 英雄入彀：天下英雄均已就范。入彀，指进入弓箭的射程以内，比喻就范。亦指应进士考试。典出五代王定保《唐摭言》卷一："尝私幸端门，见新进士缀行而出，喜曰：'天下英雄入我彀中矣。'"

④ 万马争先，偏骅骝落后：骝，赤色的骏马。在万马争先恐后地奔驰中，偏偏是骏马落在后面。指很有才智者反而落榜。

⑤ 遗才：秀才参加乡试，先要经过学道的科考录送，临时添补核准的，称为"遗才"。遗才补考得中，叫录遗。告遗才是要求参加补考。进士考试本是不能录遗，故下文有"府州县道，告遗才哩"。

⑥ 赍发：赠与，资助路费。

⑦ 卞和：又作和氏，春秋时楚国人，和氏璧的发现者。据《韩非子·和氏》载，卞和于荆山上伐薪偶尔得一璞玉，先后献于楚厉王、楚武王，却遭楚厉王、楚武王分别砍去其左右脚，后"泣玉"于荆山之下，始得楚文王识宝，琢成举世闻名的"和氏璧"。留有"卞和献璧""卞和泣玉"等故事。

起触阶，丑止介）（净背介）这秀才像是柳生，真乃南海遗珠也。（回介）秀才上来。可有卷子？（生）卷子备有。（净）这等，姑准收考，一视同仁。（生跪介）千载奇遇。（净念题介）"圣旨：'问汝多士，近闻金兵犯境，惟有和战守三策。其便何如？'"（生叩头介）领圣旨。（起介）（丑）东席舍去。（生写策介）（净再净前卷细观看介）头卷主战，二卷主守，三卷主和。主和的怕不中圣意。（生交卷，净看介）呀，风檐寸晷①，立扫千言。可敬，可敬。俺急忙难看。只说和战守三件，你主那一件儿？（生）生员也无偏主。可战可守而后能和。如医用药，战为表，守为里，和在表里之间。（净）高见，高见。则当今事势何如？

【马蹄花】（生）当今呵，宝驾迟留，则道西湖昼锦游②。为三秋桂子，十里荷香，一段边愁。则愿的"吴山立马"那人休。俺燕云唾手③何时就？若止是和呵，小朝廷羞杀江南。便战守呵，请銮舆略近神州④。

（净）秀才言之有理。

---

① 寸晷：日影移动一寸的时间。形容短暂的时光。晷，日影。

② 宝驾迟留，则道西湖昼锦游：意思是皇帝在杭州停留，错把杭州当自己的故乡汴州。宝驾，天神或帝王的车驾，借指皇帝。昼锦，《汉书·项籍传》载秦末项羽入关，屠咸阳。或劝其留居关中，羽见秦宫已毁，思归江东，曰："富贵不归故乡，如衣锦夜行。"《史记·项羽本纪》作"衣绣夜行"。后遂称富贵还乡为"衣锦昼行"，省作"昼锦"。

③ 燕云唾手：像往手上吐唾沫那样毫不费力就可以收复失地。燕云，五代时期地名，燕指幽州，云指云州，今河北、山西北部一带。五代晋石敬瑭割燕云十六州给契丹。

④ 请銮舆略近神州：意思是请皇帝从临安迁都到比较接近中原的地方。神州，中国，此指中原。銮舆，皇帝的坐车，代指皇帝。

【前腔】圣主垂旒①,想泣玉遗珠一网收。对策者千余人,那些不知时务,未晓天心,怎做儒流。似你呵,三分话点破帝王忧,万言策检尽乾坤漏。(生)小生岭南之士。(净低介)知道了。你钓竿儿拂绰了珊瑚②,敢今番着了鳌头。

秀才,午门③外候旨。(生应出,背介)这试官却是苗老大人。嫌疑之际,不敢相认。"且当青镜明开眼,惟原朱衣暗点头④。"(生下)(净)试卷俱已详定。左右跟随进呈去。(行介)"丝纶阁⑤下文章静,钟鼓楼中刻漏长。"呀,那里鼓响?(内急擂鼓介)(丑)是枢密府⑥楼前边报鼓。(内马嘶介)(净)边报警急。怎了,怎了?(外扮老枢密上)"花萼夹城通御气⑦。芙蓉小苑入边愁。"(见介)(净)老先生奏边事而来?(外)便是。先生为进卷而来?(净)正是。(外)今日之事,以缓急为先后,

---

① 垂旒:古代帝王贵族冠冕前后的装饰,以丝绳系玉串而成。此指统治。

② 钓竿儿拂绰了珊瑚:语出唐杜甫《送孔巢父谢病归游江东兼呈李白》:"诗卷长留天地间,钓竿欲拂珊瑚树。"以取到珊瑚喻科考得中。拂绰,碰到,引申为钓着。

③ 午门:紫禁城正门。

④ 朱衣暗点头:被考试官看中。典出明陈耀文《天中记》卷三十八引《侯鲭录》:"欧阳修知贡举日,每遇考试卷,坐后常觉一朱衣人时复点头,然后其文入格。"

⑤ 丝纶阁:翰林院,古代撰拟朝廷诏令的地方。语出唐白居易《紫薇花》:"丝纶阁下文书静,钟鼓楼中刻漏长。"下文刻漏,一种古代计时器,以铜为壶,底穿一孔,壶中立一有刻度的箭形浮标,从壶中水滴漏而显示箭上的度数而知其时刻。

⑥ 枢密府:即枢密院,宋代最高的军事机构。

⑦ 花萼夹城通御气:花萼,语出唐杜甫《秋兴八首》:"花萼夹城通御气,芙蓉小苑入边愁。"即花萼楼,唐玄宗时的长安宫殿名,当时有"天下第一名楼"的美誉。下句芙蓉苑,即芙蓉园,是唐朝皇家的禁苑,位于长安曲江池南岸。唐代从兴庆宫到曲江芙蓉园修有夹城相通。

僭了。(外叩头奏事介)掌管天下兵马知枢密院事臣谨奏俺主。(内宣介)所奏何事?

【滴溜子】(外)金人的、金人的、风闻入寇。(内)谁是先锋?(外)李全的、李全的、前来战斗。(内)到什么地方了?(外)报到了淮扬左右。(内)何人可以调度?(外)有杜宝现为淮扬安抚。怕边关早晚休,要星忙厮救。

(净叩头奏事介)臣看卷官苗舜宾谨奏俺主。

【前腔】临轩的、临轩的、文章看就,呈御览、呈御览、定其卷首。黄道日①,传胪祗候②。众多官在殿头,把琼林宴③备久。

(内)奏事官午门外伺候。(外、净同起介)(净)老先生,听的金兵为何而动?(外)适才不敢奏知。金主此行,单为来抢占西湖美景。(净)痴鞑子,西湖是俺大家受用的。若抢了西湖去,这杭州通没用了。(内宣介)听旨:朕惟治天下,有缓有急,乃武乃文。今淮扬危急,便着安抚杜宝前去迎敌。不可有迟。其传胪一事,待干戈宁辑,偃武修文。可谕知多士。叩头。(外、净叩头呼"万岁"起介)

(外) 泽国江山入战图, 曹　松

(净) 曳裾终日盛文儒。 杜　甫

---

① 黄道日:吉日。黄道,民间信星命之说。谓青龙、明堂、金匮、天德、玉堂、司命六辰都是吉神。六辰值日的日子,诸事皆宜,不避凶忌,称为黄道日。

② 传胪祗候:科举时代,殿试揭晓唱名的一种仪式。殿试公布名次之日,皇帝至殿宣布,由阁门承接,传于阶下,卫士齐声传名高呼,谓之传胪。祗候,恭候。

③ 琼林宴:为殿试后新科进士举行的宴,始于宋代。宋太平兴国九年(984)至政和二年(1112),天子均于琼林苑赐宴新科进士,故称。

（外）多才自有云霄望，钱　起
（净）其奈边防重武夫①。杜　牧

---

①　下场诗四句：泽国江山入战图，语出唐曹松《己亥岁二首·僖宗广明元年》："泽国江山入战图，生民何计乐樵苏。"曳裾终日盛文儒，语出唐杜甫《又作此奉卫王》："推毂几年唯镇静，曳裾终日盛文儒。"多才自有云霄望，语出唐钱起《送裴颋侍御使蜀》："多才自有云霄望，计日应追鸳鹭行。"其奈边防重武夫，语出唐杜牧《重送》："六宫虽念相如赋，其那防边重武夫。"

第四十二出　移　镇

【夜游朝】（外扮杜安抚引众上）西风扬子津头树，望长淮渺渺愁予①。枕障江南，钩连塞北。如此江山几处？

〔诉衷情〕"砧声②又报一年秋。江水去悠悠。塞草中原何处？一雁过淮楼。天下事，鬓边愁，付东流。不分吾家小杜，清时醉梦扬州③。"自家淮扬安抚使杜宝。自到扬州三载，虽则李全骚扰，喜得大势平安。昨日打听边兵要来，下官十分忧虑。可奈夫人不解事，偏将亡女絮伤心。

【似娘儿】（老旦引贴上）夫主掣兵符，也相从燕幕栖迟④，（叹介）画屏风外秦淮树。看两点金焦⑤，十分眉恨，片影江湖。

（老旦）相公万福。（外）夫人免礼。〔玉楼春〕（老旦）相公："几

---

①　望长淮渺渺愁予：看着茫茫的淮河，内心发愁。语出《楚辞·九歌·湘夫人》："帝子降兮北渚，目眇眇兮愁予。"
②　砧声：捣衣声。
③　不分吾家小杜，清时醉梦扬州：不分，不忿，不服气。小杜，指晚唐诗人杜牧。唐代著名诗人杜甫和杜牧，后人一般称杜甫为老杜，杜牧为小杜。杜宝自称是杜甫后人，故说杜牧是吾家小杜。清时，政治清明的太平盛世。时醉梦扬，语出唐杜牧《遣怀》："十年一觉扬州梦，赢得青楼薄幸名。"描写他在扬州的生活。
④　燕幕栖迟：燕幕，燕巢于幕省称。燕子在帐幕上筑巢。比喻处境非常危险。典出《春秋左传·襄公二十九年》："夫子之在此也，犹燕之巢于幕上。"栖迟，游息。
⑤　金焦：金山和焦山。金山，在江苏镇江北，长江南岸。因唐时裴头陀在江边获金，故称。焦山，在江苏镇江东北，长江中的小岛，与金山对峙，距扬州不远。

年别下南安路,春去秋来朝复暮。(外)空怀锦水故乡情,不见扬州行乐处。(老旦)你摩挲①老剑评今古,那个英雄闲处住?(泪介)(合)忘忧恨自少宜男②,泪洒岭云江外树。"(老旦)相公,我提起亡女,你便无言。岂知俺心中愁恨!一来为若伤女儿,二来为全无子息③。待趁在扬州寻下一房,与相公传后。尊意何如?(外)使不得,部民④之女哩。(老旦)这等,过江金陵女儿可好?(外)当今王事匆匆,何心及此。(老旦)苦杀俺丽娘儿也!(哭介)(净扮报子⑤上)"诏从日月威光远,兵洗⑥江淮杀气高。"禀老爷,有朝报。(外起看报介)枢密院一本,为边兵寇淮事。奉圣旨:便着淮扬安抚使杜宝,刻日渡淮。不许迟误。钦此。呀,兵机紧急,圣旨森严。夫人,俺同你移镇淮安,就此起程也。(丑扮驿丞上)"羽檄⑦从参赞,牙签报驿程⑧。"禀老爷,船只齐备。(内鼓吹介)(上船介)(内禀"合属官吏候送",外分付"起去"介)(外)夫人,又是一江秋色也。

【长拍】天意秋初,天意秋初,金风⑨微度,城阙外画桥烟树。

---

① 摩挲:抚摩。
② 忘忧恨自少宜男:忘忧,即忘忧草,学名萱草,又称黄花菜、宜男花,古代迷信,认为孕妇佩之则生男。宜男又是祝颂妇人多子之辞。此句语意双关。
③ 子息:子嗣。
④ 部民:统属下的民众。
⑤ 报子:即探子,探报消息的人。
⑥ 兵洗:即洗兵,出师遇雨。传说周武王出师遇雨,认为是老天洗刷兵器,后擒纣灭商,战争停息。事见汉刘向《说苑·权谋》。后遂以"洗兵"表示胜利结束战争。此用于激励士气。
⑦ 羽檄:古代军事文书,插鸟羽以示紧急,必须迅速传递。
⑧ 牙签报驿程:牙签,报路程用的驿签。语出唐杜甫《宿青草湖》:"宿桨依农事,邮签报水程。"故此处牙签即邮签,驿馆驿船等夜间报时的更筹。
⑨ 金风:秋风。西方为秋而主金,故称秋风为金风。

看初收泼火①，嫩凉生，微雨沾裾。移画舸浸蓬壶②。报潮生，风气肃，浪花飞吐，点点白鸥飞近渡。风定也，落日摇帆映绿蒲，白云秋窣的鸣箫鼓。何处菱歌③，唤起江湖④？

（外）呀，岸上跑马的什么人？

【不是路】（末扮报子，跑马上）马上传呼，慢橹停船看羽书。（外）怎的来？（末）那淮安府，李全将次逞狂图。（外）可发兵守御么？（末）怎支吾⑤？星飞调度恁安抚。则怕这水路里耽延，你还走旱途。（外）休惊惧。夫人，吾当走马红亭路⑥；你转船归去、转船归去。

（老旦）咳，后面报马又到哩。

【前腔】（丑扮报子上）万骑胡奴，他要堑断长淮塞五湖⑦。老爷快行，休迟误。小的先去也。怕围城缓急要降胡。（下）（老旦哭介）待何如？你星霜满鬓⑧当戎旅，似这烽火连天各路衢。（外）真愁促，怕扬州隔断无归路。再和你相逢何处、相逢何处？

夫人，就此告辞了。扬州定然有警，可径走临安。

---

① 泼火：暑气。
② 蓬壶：即蓬莱。古代神话传说中的海中仙山。此处是说江上美丽景色。
③ 菱歌：采菱之歌。
④ 江湖：此指退隐之心。
⑤ 支吾：应付、对付。
⑥ 红亭路：陆路。红亭，犹长亭。路途中行人休憩、送别之处。
⑦ 五湖：太湖。据《史记河渠书集解》，五湖，湖名耳，实一湖，今太湖是也。
⑧ 星霜满鬓：鬓发全白。星霜，斑白。

【短拍】老影分飞,老影分飞,似参军杜甫①,把山妻②泣向天隅。(老旦哭介)无女一身孤,乱军中别了夫主。(合)有什么命夫命妇③,都是些鳏寡孤独!生和死,图的个梦和书。

【尾声】(老旦)老残生两下里自支吾。(外)俺做的是这地头军府④。(老旦)老爷也,珍重你这满眼兵戈一腐儒。(外下)

(老旦叹介)天呵,看扬州兵火满道。春香,和你径走临安去也。

隋堤风物已凄凉,吴　融

楚汉宁教作战场。韩　偓

闺阁不知戎马事,薛　涛

双双相趁下残阳⑤。罗　邺

---

① 似参军杜甫:杜甫于安史之乱之时,由左拾遗出任华州司功参军,管理地方的祭祀、礼乐、学校、选举等事,杜甫一家离散。
② 山妻:本指隐士的妻子。后多用自称其妻的谦词。
③ 命夫命妇:命夫,古称受有天子爵命的男子。命妇,古时被赐予封号的妇女,一般为官员的母亲、妻子。
④ 地头军府:当地的军事机关,代指当地的军事长官。
⑤ 下场诗四句:隋堤风物已凄凉,语出唐吴融《彭门用兵后经汴路三首》:"隋堤风物已凄凉,堤下仍多旧战场。"隋堤,隋炀帝时沿通济渠、邗沟河岸修筑的御道,道旁植杨柳,后人谓之隋堤。此指在淮扬的这一段。楚汉宁教作战场,语出唐韩偓《秋郊闲望有感》:"可怜广武山前语,楚汉宁教作战场。"闺阁不知戎马事,语出唐薛涛《赠远二首》:"闺阁不知戎马事,月高还上望夫楼。"双双相趁下残阳,语出唐罗邺《仆射陂晚望》:"却美无愁是沙鸟,双双相趁下斜阳。"

第四十三出　御　淮

【六幺令】（外引生、末、众扮军人上）西风扬噪，漫腾腾杀气兵妖。望黄淮秋卷浪云高。排雁阵，展《龙韬》①，断重围杀过河阳②道。

（外）走乏了！众军士，前面何处？（众）淮城近了。（外望介）天呵！〔昭君怨〕"剩得江山一半，又被胡笳吹断。（众）秋草旧长营，血风腥。（外）听得猿啼鹤怨③，泪湿征袍如汗。（众）老爷呵！无泪向天倾，且前征。"（外）众三军，俺的儿，你看咫尺淮城，兵势危急。俺们一边舍死先冲入城，一面奏请朝廷添兵救助。三军听吾号令，鼓勇而行。（众哭应介）谨如军令。

【四边静】（行介）坐鞍心把定中军号，四面旌旗绕。旗开日影摇，尘迷日光小。（合）胡兵气骄，南兵路遥。血晕几重围，孤城怎生料！

（外）前面寇兵截路，冲杀前去。（合下）

---

① 排雁阵，展《龙韬》：雁阵，一种兵阵排列。龙韬，太公望兵法《六韬》之一。泛指兵法、战略。
② 河阳：古地名，今河南省孟州市西。全句意思是收复失地。
③ 猿啼鹤怨：本指猿和鹤凄厉地啼叫。此处代指官兵和百姓的怨声。

牡丹亭 | 267

【前腔】（净引丑、贴扮众军喊上）李将军①射雁穿心落,豹子②翻身嚼。单尖宝镫挑,把追风腻旗儿袅③。(合前)

（净笑介）你看俺溜金王手下,雄兵万余,把淮阴城围了七周遭。好不紧也!（内擂鼓喊介）（净）呀,前路兵风,想是杜安抚来到。分兵一千,迎杀前去。（虚下）（外、众唱"合前"上,净众上打话,单战介）（净叫众摆长阵拦路介）（外叫"众军,冲围杀进城去"介）（净）呀,杜家兵冲入围城去了。且由他。吃尽粮草,自然投降也。（合前）（下）

【番卜算】（老旦、末扮文官上）镇日阵云飘,闪却乌纱帽。（净、丑扮武官上）（净）长枪大剑把河桥。（丑）鼓角如龙叫。

（见介）请了。（更漏子）（老旦）"枕淮楼,临海际。（末）杀气腾天震地。（丑）闻炮鼓,使人惊。插天飞不成。（净）匣中剑,腰间箭,领取背城一战④。（合）愁地道,怕天冲⑤。几时来杜公？"（老旦）俺们是淮安府行军司马,和这参谋,都是文官。遭此贼兵围紧,久已迎接安抚杜老大人,还不见到。敢问二位留守将军,有何计策？（丑）依在下所见,降了他罢。（末）怎说这话？（丑）不降,走为上计。（老旦）走的一个,走不的十个。（丑）这般说,俺小奶奶那一口放那里？（净）锁放大柜子里。（丑）钥匙哩？（净）放俺处。李全不来,替你托妻寄子。（丑）

---

① 李将军：汉代名将李广,善射,号称飞将军。此处是李全自比。
② 豹子：即豹子马。古代的一种马戏,因似恶豹扑食而得名。表演时,让马先行,然后从后面抓住马尾巴跃上马背。宋孟元老《东京梦华录》卷七："或放令马先走,以身追及,握马尾而上,谓之豹子马。"
③ 追风腻旗儿袅：追风,形容旗子迎风飘扬。腻旗,小旗。
④ 背城一战：在城下与敌人决一死战。
⑤ 天冲：装有云梯的一种兵车。冲,冲车,中国古代攻城器械,以冲撞的力量破坏城墙或城门的攻城主要兵器。

李全来哩?(净)替你出妻献子。(丑)好朋友,好朋友!(内擂鼓喊介)(生扮报子上)报,报,报。正南一枝兵马,破围而来。杜老爷到也。(众)快开城门迎接去。"天地日流血,朝廷谁请缨①。"(众并下)

【金钱花】(外引众上)连天杀气萧条,萧条。连城围了周遭,周遭。风喇喇,阵旗飘。叫开城,下吊桥②。(老旦等上)(合)文和武,索迎著。

(老旦等跪介)文武官属,迎接老大人。(外)起来,敌楼相见。(老旦等应,起下)

【前腔】(外)胡尘染惹征袍,征袍。血花风腥宝刀,宝刀。(内擂鼓介)淮安鼓,扬州箫。摆鸾旗③,登丽谯④。(合)排衙了,列功曹。

(到介)(贴扮办事官上)禀老爷升堂。

【粉蝶儿引】(外)万里寄龙韬,那得戍楼清啸⑤?

---

① 请缨:缨,拘系人的绳子。请缨,指请求给他一根长缨,比喻自请杀敌任务。典出《汉书·终军传》:"军自请,愿受长缨,比羁南越而致之于阙下。"

② 吊桥:全部或一部分桥面可以吊起、放下的桥。多用在护城河及军事据点上。

③ 鸾旗:天子仪仗中的旗子。上绣鸾鸟,故称。亦泛指一般仪仗的旗子。

④ 丽谯:华丽的高楼。此指城楼。谯,谯楼,古代城门上建的楼,可以瞭望。

⑤ 戍楼清啸:戍楼,边防驻军的瞭望楼。清啸,清越悠长的啸鸣或鸣叫。典出《晋书·刘琨传》:"晋刘琨在晋阳被胡骑围无计,乃乘月登楼清啸,贼闻皆凄然长。中夜奏胡笳,贼流涕有怀土之切。向晓复吹之,贼并弃走。"

（贴报门介）文武官属进。（老旦等参见介）孤城累卵①，方当万死之危；开府弄丸，来赴两家之难②。凡俺官僚，礼当拜谢。（外）兵锋四起，劳苦诸公，皆老夫迟慢之罪，只长揖便了。（众应起揖介）（外）看来此贼颇有兵机。放俺入城，其中有计。（众）不过穿地道，起云梯，下官粗知备御。（外）怕的是锁城之法耳。（丑）敢问何谓锁城？是里面锁，外面锁？外面锁，锁住了溜金王；若里面锁，连下官都锁住了。（外）不提起罢了。城中兵几何？（净）一万三千。（外）粮草几何？（未）可支半年。（外）文武同心，救援可待。（内擂鼓喊介）（生扮报子上）报，报，李全兵紧围了。（外长叹介）这贼好无理也。

【划锹儿】兵多食广禁③围绕，则要你文班武职两和调。（众）巡城彻昏晓，这军民苦劳。（内喊介）（泣介）（合）那兵风正号，俺军声静悄。（外拜天，众扶同拜介）泪洒孤城，把苍天暗祷。

【前腔】（众）危楼百尺堪长啸，筹边④两字寄英豪。（外）江淮未应小，君侯佩刀⑤。（合前）

（外）从今日起，文官守城，武官出城，随机策应。（丑）则怕大金家兵来了。（外）金兵呵！

---

① 累卵：把蛋重叠起来，随时都有塌下打碎的可能。形容形势极其危险。典出《韩非子·十过》："其君之危，犹累卵也。"
② 开府弄丸，来赴两家之难：开府，古代指高级官员成立府署，选置僚属。此指安抚杜宝。弄丸，古代的一种技艺，两手上下抛接好多个弹丸，不使落地。典出《庄子·徐无鬼》："昔市南宜僚弄丸，而两家之难解。"全句意思是杜宝在两军对垒中很容易取得胜利。
③ 禁：受得住，耐久。
④ 筹边：筹划边境的事务。
⑤ 江淮未应小，君侯佩刀：意思是江淮乃军事重地，自己要亲临兵戎。

【尾声】他看头势而来不定交①,休先倒折了赵家旗号。便来呵,也少不得死里求生那一着敲②。

（净）日日风吹房骑尘,　　　陈　标

（丑）三千犀甲拥朱轮。　　　陈　陶

（外）胸中别有安边计,　　　曹　唐

（众）莫遣功名属别人③。　　　张　籍

---

① 看头势而来不定交：意思是敌人根据具体形势用兵，进退无定。头势，势头，指军事形势。不定交，不定。

② 一着敲：进行生死决战。

③ 下场诗四句：日日风吹房骑尘，语出唐陈标《饮马长城窟》："日日风吹房骑尘，年年饮马汉营人。"三千犀甲拥朱轮，语出唐陈陶《赠容南韦中丞》："十二铜鱼尊画戟，三千犀甲拥朱轮。"朱轮，古代王侯显贵所乘的车子。因用朱红漆轮，故称。胸中别有安边计，语出唐曹唐《羽林贾中丞》："胸中别有安边计，谁睬髭须白似银。"莫遣功名属别人，语出唐张籍《寄宋景》："今君独在征东府，莫遣功名属别人。"

清光绪十二年同文书局石印本《牡丹亭还魂记》图

第四十四出　急　难

【菊花新】（旦上）晓妆台圆梦鹊声高①，闲把金钗带笑敲。博山②秋影摇，盼泥金俺明香暗焦③。

"鬼魂求出世，贫落望登科。夫荣妻贵显，凝盼事如何？"俺杜丽娘跟随柳郎科试，偶逢天子招贤，只这些时还迟喜报。正是："长安咫尺如千里，夫婿迢遥第一人。"

【出队子】（生上）词场凑巧，无奈兵戈起祸苗。盼泥金赚杀玉多娇，他待地窟里随人上九霄。一脉离魂，江云暮潮。

（见介）（旦）柳郎，你回来了。望你高车昼锦，为何徒步而回？（生）听俺道来：

【瓦盆儿】去迟科试，收场锁院散群豪。（旦）咳，原来去迟了。（生）喜逢着旧知交。（旦）可曾补上？（生）亏他满船明月又把去珠淘。（旦喜介）好了。放榜未？（生）恰正在奏龙楼，开凤榜，蹊跷……（旦）怎生蹊

---

① 晓妆台圆梦鹊声高：意思是早起梳妆，听到喜鹊叽叽喳喳的叫声，好像在给我圆梦，这是一个好兆头。鹊声，鹊的鸣叫声。俗谓吉兆。

② 博山：即博山炉，古香炉名。因炉盖上的造型似传闻中的海中名山博山而得名。后作为香炉的代称。

③ 焦：语义双关，一是香炉中的香在燃烧，一是表示杜丽娘心中焦急。

跷?(生)你不知大金家兵起,杀过淮扬来了。忙喇煞细柳营①,权将杏苑抛②,刚则③迟误了你夫人花诰。(旦)迟也不争几时。则问你,淮扬地方,便是俺爹爹管辖之处了?(生)便是。(旦哭介)天也,俺的爹娘怎了!(泣介)(生)直恁的活擦擦④、痛生生,肠断了。比如你在泉路里可心焦?

(旦)罢了。奴有一言,未忍启齿。(生)但说不妨。(旦)柳郎,放榜之期尚远,欲烦你淮扬打听爹娘消耗⑤,未审许否?(生)谨依尊命。奈放小姐不下。(旦)不妨,奴家自会支吾。(生)这等就此起程了。

【榴花泣】(旦)白云亲舍⑥,俺孤影旧梅梢。道香魂恁寂寥,怎知魂向你柳枝销⑦。维扬千里,长是一灵飘。回生事少,爹娘呵,听的俺活在人间惊一跳。平白地凤婿⑧过门,好似半青天鹊影成桥⑨。

【前腔】(生)俺且行且止,两处系心苗。要留旅店伴多娇……(旦)有姑姑为伴。(生)阴人难伴你这冷长宵。把心儿不定,还怕你旧

---

① 忙喇煞细柳营:意思是军事形势紧张。忙喇煞,忙。细柳营,汉文帝时,周亚夫为将军,屯军细柳。帝自劳军,至细柳营,因无军令而不得入。事见《史记·绛侯周勃世家》。后遂称军营纪律严明者为细柳营。细柳,在今陕西咸阳西南。

② 权将杏苑抛:意思是科举榜单未发布。杏苑,指新科进士游宴处。

③ 刚则:恰好。

④ 活擦擦:活生生。

⑤ 消耗:音讯、消息。

⑥ 白云亲舍:亲,指父母。舍,居住。指思念父母。典出《新唐书·狄仁杰传》:"荐授并州法曹参军,亲在河阳。仁杰登太行山,反顾,见白云孤飞,谓左右曰:'吾亲舍其下。'瞻怅久之,云移,乃得去。"

⑦ 魂向你柳枝销:与柳梦梅分别后,杜丽娘神魂颠倒。柳枝,一指柳梦梅,一指离别,古人常有折柳赠别。

⑧ 凤婿:女婿的美称。典出萧史和秦弄玉骑凤上天的恋爱传说。

⑨ 鹊影成桥:民间传说牵牛、织女分居天河两岸,每个七月七日地上的喜鹊飞到天河填河成桥、使之相会。此处指相会的喜悦。

清光绪十二年同文书局石印本《牡丹亭还魂记》图

魂飘。(旦)再不飘了。(生)俺文高中高,怕一时榜下归难到。(旦泣介)俺爹娘呵!(生)你念双亲舍的离情,俺为半子怎惜攀高①。

小姐,卑人拜见岳翁岳母,起头便问及回生之事了。

【渔家灯】(旦叹介)说的来似怪如妖,怕爹爹执古妆乔②。(想介)有了,将奴春容带在身傍。但见了一幅春容,少不的问俺两下根苗。(生)问时怎生打话?(旦)则说是天曹,偶然注定的姻缘到,蓦踏著墓坟开了。(生)说你先到俺书斋才好。(旦羞介)休乔,这话教人笑。略说与梅时贼牢③。

【前腔】(生)俺满意儿待驷马过门④,和你离魂女同归气高。谁承望探高亲去傍干戈,怕寒儒欠整衣毛⑤。(旦)女婿老成些不妨。则途路孤恓,使奴挂念。(生)秋霄,云横雁字斜阳道,向秦淮夜泊魂销。(旦)夫,你去时冷落些,回来报中状元呵……(生)名标,大拜门喧笑,抵多少驸马还朝⑥。

(净上)"雨伞晴兼雨,春容秋复春。"包袱雨伞在此。

【尾声】(拜别介)(旦)秀才郎探的个门楣着。(生)报重生这

---

① 攀高:攀附比自己地位高的人。此指去寻访做大官的岳父杜宝。
② 执古妆乔:执古,固执。妆乔,装腔。
③ 贼牢:鬼灵精。
④ 满意儿待驷马过门:满意儿,一心一意。驷马,四匹马拉的车子。过门,女子出嫁到男家,婚后几天,夫妇到女家去行拜门礼。
⑤ 衣毛:服装。
⑥ 驸马还朝:驸马,即驸马都尉。原为汉代官名。魏晋以后皇帝的女婿必担任驸马都尉一职。后驸马就成为中国古代帝王女婿的称谓。《驸马还朝》和上文《大拜门》,都是曲牌名。

欢声不小。(旦)柳郎,那里平安了便回,休只顾的月明桥上听吹箫①。

(生)不为经时谒丈人,　刘　商

(旦)囊无一物献尊亲。　杜　甫

(生)马蹄渐入扬州路,　章孝标

(旦)两地各伤无限神②。　元　稹

---

①　月明桥上听吹箫:意思是在扬州享乐。语出唐杜牧《寄扬州韩绰判官》:"二十四桥明月夜,玉人何处教吹箫?"

②　下场诗四句:不为经时谒丈人,语出唐刘商《上崔十五老丈》:"看花独往寻诗客,不为经时谒丈人。"囊无一物献尊亲,语出唐杜甫《重赠郑炼》:"郑子将行罢使臣,囊无一物献尊亲。"马蹄渐入扬州路,语出唐章孝标《及第后寄广陵故人》:"马头渐入扬州郭,为报时人洗眼看。"两地各伤无限神,语出唐元稹《寄乐天二首》:"老逢佳景唯惆怅,两地各伤何限神。"

第四十五出　寇　间

【包子令】（老旦、外扮贼兵巡哨上）大王原是小喽罗，喽罗。娘娘原是小旗婆①，旗婆。立下个草朝②忒快活，亏心又去抢山河。（合）转巡罗③，山前山后一声锣。

兄弟，大王爷攻打淮城，要个人见杜安抚打话。大路头影儿没一个，小路头寻去。（唱前合下）

【驻马听】（末雨伞、包袱上）家舍南安，有道为生新失馆。要腰缠十万，教学千年，方才满贯④。俺陈最良为报杜小姐之事，扬州见杜安抚大人。谁知他淮安被围，教俺没前没后。大路上不敢行走，抄从小路而去。学先师传食走胡旋⑤，怯书生避寇遭涂炭⑥。你看树影凋残，猿啼虎啸教人叹。

（老、外上）"明知山有虎，故向虎边行。"乌汉那里去？（拿介）（末）饶命，大王。（外）还有个大王哩。（末）天，天怎了！正是："乌

---

① 旗婆：女兵。
② 草朝：山寨。
③ 巡罗：即巡逻，巡查。
④ 要腰缠十万，教学千年，方才满贯：典出南朝梁殷芸的《殷芸小说·吴蜀人》："腰缠十万贯，骑鹤上扬州。"腰缠，随身携带的财物。贯，用绳索穿钱，每一千文为一贯。比喻钱财极多。
⑤ 先师传食走胡旋：先师，指孔子。传食，辗转受人供养。孔子曾周游列国，受到各地诸侯的供养。走胡旋，奔走不停。胡旋，即胡旋舞，唐代西北民族最盛行的舞蹈之一。由西域传来，节拍欢快，多旋转蹬踏。
⑥ 涂炭：烂泥和炭火，比喻境遇极其困苦。

清光绪十二年同文书局石印本《牡丹亭还魂记》图

鸦喜鹊同行,吉凶全然未保。"(并下)

【普贤歌】(净、丑众上)莽乾坤生俺贼儿顽,谁道贼人胆里单!南朝俺不蛮,北朝俺不番①。甚天公有处安排俺?

(净)娘娘,俺和你围了淮安许时,只是不下。要得个人去淮安打话,兼看杜安抚动定如何。则眼下无人可使哩。(丑)必得杜老儿亲信之人,将计就计,方才可行。

【粉蝶儿】(外绑末上)没路走羊肠,天、天呵,撞入这屠门怎放!

(见介)(外)禀大王,拿的个南朝汉子在此。(净)是个老儿。何方人氏?作何生理②?(末)听禀:

【大迓鼓】生员陈最良,南安人氏,访旧③淮扬。(净)访谁?(末)便是杜安抚。他后堂曾设扶风帐。(丑)你原来他衙中教学。几个学生?(末)则他甄氏夫人,单生下一女。女书生年少亡。(丑)还何人?(末)义女春香,夫人伴房。

(丑笑背介)一向不知杜老家中事体。今日得知,吾有计矣。(回介)这腐儒,且带在辕门外去。(众应,押末下介)(丑)大王,奴家有了一计。昨日杀了几个妇人,可于中取出首级二颗。则说杜家老小,回至扬州,被俺手下杀了。献首在此。故意苏放④那腐儒,传示杜老。杜老心寒,必无守城之意矣。(净)高见,高见。(净起低声分付介)叫中军。(生扮上)(净)俺请那腐儒讲话中间,你可将昨日杀的妇人首级二颗来

---

① 南朝俺不蛮,北朝俺不番:意思是自己是汉人投靠金朝,成了非南非北的人物。蛮,北人对南人的蔑称。番,南人对北人的蔑称。
② 生理:活计、职业。
③ 访旧:探望老朋友。
④ 苏放:释放。

献,则说是杜安抚夫人甄氏和他使女春香。牢记着。(生应下)(净)左右,再拿秀才来见。(众押末上介)(末)饶命,大王。(净)你是个细作①,不可轻饶。(丑)劝大王松了他,听他讲些兵法到好。(净)也罢。依娘娘说,松了他。(众放末缚介)(末叩头介)叩谢大王、娘娘不杀之恩。(净)起来,讲些兵法俺听。(末)卫灵公问陈于孔子②,孔子不对。说道:"吾未见好德如好色者也。"(净)这是怎么说?(末)则因彼时卫灵公有个夫人南子同座,先师所以怕得讲话。(净)他夫人是南子③,俺这娘娘是妇人。(内擂鼓,生扮报子上介)报,报,报!扬州路上兵马,杀了杜安抚家小,径来献首级讨赏。(净看介)则怕是假的。(生)千真万真。夫人甄氏,这使女叫做春香。(末做看认,惊哭介)天呵,真个是老夫人和春香也。(净)哇,腐儒啼哭什么!还要打破淮城,杀杜老儿去。(末)饶了罢,大王。(净)要饶他,除非献了这座淮安城罢。(末)这等容生员去传示大王虎威,立取回报。(丑)大王恕你一刀,腐儒快走。(内擂鼓发喊,开门介)(末作怕介)

【尾声】显威风、记的这溜金王。(净、丑)你去说与杜安抚呵,着什么耀武扬威早纳降。俺实实的要展江山、非是谎。(下)

(末打躬送介)(吊场)活强盗,活强盗。杀了杜老夫人、春香。不免城中报去。

---

① 细作:间谍。
② 卫灵公问陈于孔子:语出《论语·卫灵公》。卫灵公问陈于孔子,孔子对曰:"俎豆之事,则尝闻之矣;军旅之事,未之学也。"陈,即阵,军阵。下文"吾未见好德如好色者也",语出《论语·子罕》,此处与卫灵公事无关,是陈最良东拉西扯。"卫灵公有个夫人南子同座",语出《论语·雍也》。南子是卫灵公的夫人,曾接见孔子。
③ 南子:谐音男子。

海神东过恶风回,李　白

日暮沙场飞作灰。常　建

今日山翁旧宾主,刘禹锡

与人头上拂尘埃①。李山甫

---

① 下场诗四句:海神东过恶风回,语出唐李白《横江词六首》:"海神来过恶风回,浪打天门石壁开。"日暮沙场飞作灰,语出唐常建《塞下曲四首》:"髑髅皆是长城卒,日暮沙场飞作灰。"今日山翁旧宾主,语出唐刘禹锡《送李庚先辈赴选》:"今日山公旧宾主,知君不负帝城春。"山翁,亦称山公。晋代山简,曾为镇南将军,出镇襄阳。洛阳失守,迁徙到夏口驻扎。山简在夏口时,招纳逃亡流落在外的人,长江、汉水的百姓都前往归附他。事见《晋书》卷四十三。此指杜宝。与人头上拂尘埃,语出唐李山甫《下第出春明门》:"深谢灞陵堤畔柳,与人头上拂尘埃。"

第四十六出　折寇

【破阵子】（外戎装佩剑，引众上）接济风云阵势①，侵寻②岁月边陲。（内擂鼓喊介）（外叹介）你看虎咆般炮石连雷碎，雁翅似刀轮③密雪施。李全，李全，你待要霸江山、吾在此。

〔集唐〕"谁能谈笑解重围皇甫冉？万里胡天鸟不飞高骈。今日海门南畔事高骈，满头霜雪为兵机韦庄。"我杜宝自到淮扬，即遭兵乱。孤城一片，困此重围。只索调度兵粮，飞扬金鼓④。生还无日，死守由天。潜坐敌楼之中，追想靖康而后⑤。中原一望，万事伤心。

【玉桂枝】问天何意：有三光不辨华夷，把腥膻吹换人间，这望中原做了黄沙片地？（恼介）猛冲冠怒起，猛冲冠怒起，是谁弄的，江山如是？（叹介）中原已矣，关河困，心事违。也则愿保扬州，济淮水。俺看李全贼数万之众，破此何难？进退迟疑，其间有故。俺有一计可救围，

---

① 风云阵势：古军阵名有风、云等，后以"风云"泛称军阵。据《风后握奇经》载，以天、地、风、云、飞龙、翔鸟、虎翼、蛇蟠为八种阵势。
② 侵寻：渐渐度过。
③ 刀轮：形容刀身弯成半月形。
④ 飞扬金鼓：鸣金击鼓，进行战斗。金鼓，即四金和六鼓。四金指錞、镯、铙、铎。六鼓指雷鼓、灵鼓、路鼓、鼖鼓、鼛鼓、晋鼓。古代军队行军作战时离不开金鼓，命令军队行动与进攻就打鼓，即鸣鼓而攻，而命令军队停止或退回就击钲，即鸣金收兵。金鼓代表行军与战斗的信号。
⑤ 靖康而后：是靖康二年（1127）金人攻破宋朝都城开封，掳走宋徽宗和宋钦宗之后。靖康，宋钦宗年号。

清光绪十二年同文书局石印本《牡丹亭还魂记》图

恨无人与游说。

（内擂鼓介）（净扮报子上）"羽檄场中无雁到，鬼门关上有人来。"好笑，城围的铁桶似紧，有秀才来打秋风，则索报去。禀老爷：有个故人相访。（外）敢是奸细？（净）说是江右①南安府陈秀才。（外）这迂儒怎生飞的进来？快请见。

【浣溪沙】（末上）摆旌旗，添景致，又不是闹元宵鼓炮齐飞。杜老爷在那里？（外出笑迎介）忽闻的千里故人谁？（叹介）原来是先生到此。教俺惊垂泪。（末）老公相头通白了。（合）白首相看俺与伊，三年一见愁眉。（拜介）

（末）〔集唐〕"头白乘驴悬布囊卢纶，（外）故人相见忆山阳②谭用之。（末）横塘③一别千余里许浑，（外）却认并州作故乡④贾岛。"（末）恭谂公相，又苦伤老夫人回扬州，被贼兵所算⑤了。（外惊介）怎知道？（末）生员在贼营中，眼同验过老夫人首级，和春香都杀了。（外哭介）天呵，痛杀俺也！

【玉桂枝】相夫登第，表贤名甄氏吾妻。称皇宣一品夫人，又待伴俺立双忠烈女。想贤妻在日，想贤妻在日，凄然垂泪，俨然冠帔。（外哭倒，众扶介）（末）我的老夫人，老夫人怎了！你将官们也大家哭一声儿么！

---

① 江右：江西。以面朝南为准，左为东，右为西，故古人把江之东称为江左，江之西称为江右。
② 山阳：地名，今河南修武。三国魏嵇康、吕安被司马昭杀害后，他们的好友向秀过嵇的旧居山阳，听到邻人的笛声，怀亡友感音而叹，写了一篇《思旧赋》。后以山阳笛喻悼念、怀念故友。
③ 横塘：古堤名，在今江苏南京西南。
④ 却认并州作故乡：并州，古州名，今山西太原。
⑤ 所算：暗算、杀害。

（众哭介）老夫人呵！（外作恼拭泪介）呀，好没来由！夫人是朝廷命妇，骂贼而死，理所当然。我怎为他乱了方寸，灰了军心？**身为将，怎顾的私？任恓惶，百无悔**。陈先生，溜金王还有话么？（末）不好说得，他还要杀老先生。（外）咳，**他杀俺甚意儿？俺杀他全为国**。

（末）依了生员，两下都不要杀。（做扯外耳语介）那溜金王要这座淮安城。（外）噤声！那贼营中是一个座位，是两个座位？（末）他和妻子连席而坐。（外笑介）这等，吾解此围必矣。先生竟为何来？（末）老先生不问，几乎忘了。为小姐坟儿被盗，径来相报。（外惊介）天呵！冢中枯骨，与贼何仇？都则为那些宝玩害了也。贼是谁。（末）老公相去后，道姑招了个岭南游棍柳梦梅为伴。见物起心，一夜劫坟逃去。尸骨丢在池水中。因此不远千里而告。（外叹介）女坟被发，夫人遭难。正是："未归三尺土，难保百年身。既归三尺土，难保百年坟①。"也索罢了，则可惜先生一片好心。（末）生员拜别老公相后，一发贫薄了。（外叹介）军中仓卒，无以为情。我把一大功劳，先生干去。（末）愿效劳。（外）我久写下咫尺之书②，要李全解散三军之众。余无可使，烦公一行。左右，取过书仪来。倘说得李全降顺，便可归奏朝廷，自有个出身③之处。（杂取书礼介）"儒生三寸舌，将军一纸书。"书仪在此。（末）途费谨领。送书一事，其实怕人。（外）不妨。

---

① "未归三尺土"四句：元明民间谚语，语出元高明《琵琶记》第三十八出。

② 咫尺之书：书信，古代书写用木简，信札之简长盈尺，故称。语出《史记·淮阴侯列传》："而后遣辩士奉咫尺之书，暴其所长于燕，燕必不敢不听从。"

③ 出身：入仕之途。

【榴花泣】兵如铁桶，一使在其中。将折简①、去和戎②。陈先生，你志诚打的贼儿通。虽然寇盗奸雄，他也相机而动。（末）恐游说非书生之事。（外）看他开围放你来，其意可知。你这书生正好做传书用。（末）仗恩台一字长城③，借寒儒八面威风。（风鼓吹介）

【尾声】戍楼羌笛话匆匆。事成呵，你归去朝廷沾寸宠，这纸书敢则是保障江淮第一封。

（外）隔河征战几归人？　刘长卿

（末）五马临流待幕宾。　卢　纶

（外）劳动先生远相访，　王　建

（末）恩波自会惜枯鳞④。　刘长卿

---

① 折简：裁纸写信。

② 和戎：与外敌和好。此戎指李全。

③ 仗恩台一字长城：恩台，古代对长官尊称。一字长城，意思是一言奏效，可比长城。

④ 下场诗四句：隔河征战几归人，语出唐刘长卿《送耿拾遗归上都》："穷海别离无限路，隔河征战几归人。"五马临流待幕宾，语出唐卢纶《送崔琦赴宣州幕》："五马临流待幕宾，美君谈笑出风尘。"劳动先生远相访，语出唐王建《从军后寄山中友人》："劳动先生远相示，别来弓箭不离身。"恩波自会惜枯鳞，语出唐刘长卿《狱中闻收东京有赦》："持法不须张密网，恩波自解惜枯鳞。"枯鳞，即涸鱼，离开水的鱼。比喻处于困境、急待援助的人或物。此处指陈最良。典出《庄子·杂篇·外物》。

第四十七出　围　释

【出队子】（贴扮通事①上）一天之下，南北分开两事家。中间放着个蓼儿洼②，明助着番家打汉家。通事中间，拨嘴撩牙③。

事有足诧，理有必然。自家溜金王麾下一名通事便是。好笑，好笑，俺大王助金围宋，攻打淮城。谁知北朝暗地差人去到南朝讲话！正是："暂通禽兽语，终是犬羊心。"（下）

【双劝酒】（净引众上）横江虎牙④，插天鹰架⑤。擂鼓扬旗，冲车甲马。把座锦城墙、围的阵云花。杜安抚、你有翅难加。

自家溜金王。攻打淮城，日久未下。外势虽然虎踞，心中未免狐疑。一来怕南朝大兵兼程策应，二来怕北朝见责委任无功：真个进退两难。待娘娘到来计议。（丑上）"驱兵捉将蚩尤⑥女，捏鬼妆神豹子妻⑦。"大王，你可听见大金家有人南朝打话，回到俺营门之外了？（净）有这事？（老旦扮番将带刀骑马上）

---

① 通事：古代两国交往时担任传话翻译的官员。
② 蓼儿洼：即梁山泊。后代称山寨。此指李全部队。
③ 拨嘴撩牙：挑拨是非。
④ 虎牙：即牙旗，旗杆上饰有象牙的大旗。泛指军旗。
⑤ 鹰架：饲鹰者栖鹰的木架。
⑥ 蚩尤：中国神话传说上古时代九黎族首领。兽身人语，铜头铁额，骁勇善战，性凶恶，后与黄帝战于逐鹿，兵败被诛。
⑦ 豹子妻：原指男扮女装的黑旋风李逵。此指李全妻。豹子，形容凶猛。

【北夜行船】大北里宣差传站马①，虎头牌滴溜的分花②。（外扮马夫赶上介）滑了，滑了。（老旦）那古里谁家③？跑番了拽喇④。怎生呵，大营盘没个人儿答煞。

（外大叫介）溜金爷，北朝天使到来。（下）（净、丑作慌介）快叫通事请进。（贴上，接跪介）溜金王患病了。请那颜⑤进。（老旦）可才、可才道句儿克卜喇⑥。（下马，上坐介）都儿都儿。（净问贴介）怎么说？（贴）恼了。（净、丑举手，老旦做恼不回介）（指净介）铁力温都答喇⑦。（净问贴介）怎说？（贴）不敢说，要杀了。（净）却怎了？（老旦做看丑笑介）忽伶忽伶。（丑问贴介）（贴）劝娘娘生的妙。（老旦）克老克老。（贴）说走渴了。（老旦手足做忙介）兀该打剌。（贴）叫马乳酒。（老旦）约儿兀只。（贴）要烧羊肉。（净叫介）快取羊肉、乳酒来。（外持酒肉上）（老旦洒洒，取刀割羊肉吃，笑，将羊油手擦胸介）一六兀剌的。（贴）不恼了，说有礼体。（老旦作醉介）锁陀八，锁陀八⑧。（贴）说醉了。（老旦作看丑介）倒喇倒喇。（丑笑介）怎说？（贴）要娘娘唱个曲儿。（丑）使得。

---

① 大北里宣差传站马：大北里，指金朝。宣差，帝王派遣的使者。此指番将自己。站马，驿马，为国家传递公文、军事情报、物资等的马。

② 虎头牌滴溜的分花：虎头牌，犹虎符。刻有虎头形的牌子，持牌者可便宜行事。有金、银、木之分，金人出使必带此牌，是证明身份的一种证件。滴溜，即明滴溜、明晃晃的意思。分花，耀眼。

③ 那古里谁家：意思是那边是什么人。

④ 拽喇：即曳剌，契丹语，兵卒。

⑤ 那颜：亦作那衍、那延。蒙古语的音译，长官。

⑥ 克卜喇：古代北方少数民族语言，语意不详。下文"兀该打剌、约儿兀只、一六兀剌的"同上。

⑦ 铁力温都答喇：蒙古语音译，意思是杀了。

⑧ 锁陀八：醉酒。

【北清江引】呀，哑观音觑着个番答辣，胡芦提笑哈。兀那是都麻①，请将来岸答。撞门儿一句咬儿只不毛古喇。

通事，我斟一杯酒，你送与他。（贴作送酒介）阿阿儿该力。（丑）通事，说甚么？（贴）小的禀娘娘送酒。（丑）着了。（老旦作醉，看丑介）孛知，孛知。（贴）又央娘娘舞一回。（丑）使得，取我梨花枪过来。

【前腔】（持枪舞介）冷梨花点点风儿刮，裊得腰身乍②。胡旋儿打一车，花门折一花。把一个腌哒老那颜风势煞③。

（老旦反背，拍袖笑倒介）忽伶忽伶。（贴扶起老旦介）（老旦摆手倒地介）阿来不来。（贴）这便是唱喏，叫唱一直。（老旦笑，点头招丑介）哈撒哈撒。（贴）要问娘娘。（丑笑介）问什么？（老旦扯丑轻说介）哈撒哈撒兀该毛克喇，毛克喇。（丑笑问贴介）怎说。（贴作摇头介）问娘娘讨件东西。（丑笑介）讨么？（贴）通事不敢说。（老旦笑倒介）古鲁古鲁。（净背叫贴问介）他要娘娘什么东西？古鲁古鲁不住的。（贴）这件东西，是要不得的。便要时，则怕娘娘不舍的。便是娘娘舍的，大王也不舍。便大王舍的，小的也不舍的。（净）甚东西，直恁舍不的？（贴）他这话到明，哈撒兀该毛克喇，要娘娘有毛的所在。（净作恼介）气也，气也。这臊子④好大胆，快取枪来。（净作持花枪赶杀介）（贴扶醉老旦走，老旦提酒壶叫"古鲁古鲁"架住枪介）

【北尾】（净）你那醋葫芦指望把梨花架，臊奴，铁围墙敢靠定你大

---

① 都麻：疑是官名。
② 裊得腰身乍：意思是把腰扭来扭去，以显示俏样儿。
③ 把一个腌哒老那颜风势煞：腌哒老，当时对外国人的蔑称。风势煞，疯样子。
④ 臊子：詈词，臭货的意思。

金家。(搠倒老旦介)则踹着你那几茎儿苫①嘴的赤支砂,把那咽腥臊的噢子儿生搕杀②。

(丑扯住净,放老旦介)(老旦)曳喇曳喇哈里。(指净介)力娄吉丁母剌失,力娄吉丁母剌失。(作闪袖走下介)(净)气杀我也。那曳喇哈的什么?(贴)叫引马的去。(净)怎指着我力娄吉丁母剌失?(贴)这要奏过他主儿,叫人来相杀。(净作恼介)(丑)老大王,你可也当着不着③的。(净)啐,着了你那毛克喇哩。(丑)便许他在那里,你却也忒捻酸④。(净不语介)正是我一时风火性。大金家得知,这溜金王到有些欠稳。(丑)便是番使南朝而回,未必其中有话。(净)娘娘高见何如?(丑)容奴家措思。(内擂鼓介)(贴扮报子上)报,报,报!前日放去的秀才,从淮城中单马飞来。道有紧急,投见大王。(丑)恰好,着他进来。

【缕缕金】(末上)无之奈,可如何!书生承将令,强喽啰⑤。(内喊,末惊跌介)一声金炮响,将人跌蹉。可怜、可怜!密札札干戈,其间放着我。

(贴唱门介)生员进。(末见介)万死一生生员陈最良百拜大王殿下,娘娘殿下。(净)杜安抚献了城池?(末)城池不为希罕,敬来献一座王位与大王。(净)寡人久已为王了。(末)正是官上加官,职上添职。杜

---

① 苫:遮盖。
② 生搕杀:搕,扼,用力掐住。搕杀,扼杀、掐死。
③ 当着不着:该做的事不做,不该做的事却做了。此指李全不该把那颜赶走。
④ 捻酸:吃醋,嫉妒。
⑤ 强喽啰:强作聪明。喽啰,伶俐能干、有本领。

安抚有书呈上。(净看书介)"通家①生杜宝顿首李王麾下。"(问末介)秀才,我与杜安抚有何通家?(末)汉朝有个李、杜②至交,唐朝也有个李、杜契友,因此杜安抚斗胆称个通家。(净)这老儿好意思。书有何言?

【一封书】(读书介)"闻君事外朝,虎狼心,难定交。肯回心圣朝,保富贵,全忠孝。平梁③取采须收好,背暗投明带早超④。凭陆贾,说庄蹻⑤。颙望⑥麾慈即鉴昭。"

(笑介)这书劝我降宋,其实难从。"外密启一通,奉呈尊闻⑦夫人。"(笑介)杜安抚也畏敬娘娘哩。(丑)你念我听。(净看书介)"通家生杜宝敛衽杨老娘娘帐前。"咳也,杜安抚与娘娘,又通家起来。(末)大王通得去,娘娘也通得去。(净)也通得去。只汉子不该说敛衽。(末)娘娘肯敛衽而朝,安抚敢不敛衽而拜!(丑)说的好。细念我听。(净念书介)"通家生杜宝敛衽杨老娘娘帐前:远闻金朝封贵夫为溜金王,并无封号及于夫人。此何礼也?杜宝久已保奏大宋,敕封夫人为讨金娘娘之职。伏惟妆次⑧鉴纳。不宣⑨。"好也,到先替娘娘讨了恩典哩。(丑)陈

---

① 通家:世交。
② 李、杜:指东汉李固、杜乔,两人同在朝做官,交往甚密。下文唐朝李、杜,指诗人李白、杜甫。
③ 平梁:疑指平天冠,一种冠冕。
④ 带早超:疑指早日高升。
⑤ 凭陆贾,说庄蹻:意思是凭着自己具有陆贾那样的雄辩口才,可以说服庄蹻。庄蹻,战国时期反楚起事领袖和楚国将军,楚庄王之苗裔。自立为滇王,到他的后代,才归顺汉朝。庄蹻,此处喻指李全。
⑥ 颙望:盼望。
⑦ 尊闻:对人妻室的敬称。闻,闺门。
⑧ 妆次:古代信函中对妇女的敬称。犹对男子之称足下、阁下等。
⑨ 不宣:不一一细说。古代书信末尾常用套语。

清光绪十二年同文书局石印本《牡丹亭还魂记》图

秀才，封我讨金娘娘，难道要我征讨大金家不成？（末）受了封诰后，但是娘娘要金子，都来宋朝取用。因此叫做讨金娘娘。（丑）这等是你宋朝美意。（末）不说娘娘，便是卫灵公夫人，也说宋朝之美①。（丑）依你说。我冠儿上金子，成色要高。我是带盔儿的娘子②。近时人家首饰浑脱，就一个盔儿③，要你南朝照样打造一付送我。（末）都在陈最良身上。（净）你只顾讨金讨金，把我这溜金王，溜在那里？（丑）连你也做了讨金王罢。（净）谢承了。（末叩头介）则怕大王、娘娘退悔。（丑）俺主意定了。便写下降表，赍发秀才回奏南朝去。

【前腔】（净）归依大宋朝，怕金家成祸苗。（丑）秀才，你担承这遭，要黄金须任讨。（末）大王，你鄱阳湖磬响④收心早，娘娘，你黑海岸回头星宿高⑤。（合）便休兵，随听招。免的名标在叛贼条。

（净）秀才，公馆留饭。星夜草表送行。（举手送末，拜别介）

【尾声】（净）咱比李山儿⑥何足道，这杨令婆⑦委实高。（末）带

---

① 宋朝之美：宋朝，春秋时期宋国公子，以美貌闻名。受到卫灵公宠幸，和卫灵公的夫人南子有私。语出《论语·雍也》。

② 带盔儿的娘子：女将军的意思。盔儿，帽子。

③ 近时人家首饰浑脱，就一个盔儿：意思是我什么首饰都不戴，只戴一个盔儿。浑脱，用小动物的整张皮革制成的囊形帽子。

④ 鄱阳湖磬响：鄱阳湖，中国最大淡水湖，在江西北，湖中有石钟山。此处由钟联想到磬。磬，佛寺中使用的一种钵状物，用铜铁铸成，念经时的打击乐器。此处指归心礼佛，引申为投诚归顺。

⑤ 黑海岸回头星宿高：意思是只要及早回头，重归大宋，你一定会交好运。

⑥ 李山儿：梁山英雄李逵。

⑦ 杨令婆：杨家将故事中宋代名将杨令公的夫人佘太君。此喻指李全妻。

了你这一纸降书，**管取那赵官家欢笑倒**①。（末下）

（净、丑吊场）（净）娘娘，则为失了一边金，得了两条王。人要一个王不能勾，俺领下两个王号。岂不乐哉！（丑）不要慌，还有第三个王号。（净）什么王号？（丑）叫做齐肩一字王②。（净）怎么？（丑）杀哩。（净）随顺他，又杀什么？（丑）你俺两人作这大贼，全仗金鞑子威势。如今反了面，南朝拿你何难。（净作恼介）哎哟，俺有万夫不当之勇，何惧南朝！（丑）你真是个楚霸王，不到乌江不止③。（净）胡说！便作俺做楚霸王，要你做虞美人，定不把赵康王占了你去。（丑）罢，你也做楚霸王不成，奴家的虞美人也做不成。换了题目做。（净）什么题目？（丑）范蠡载西施④。（净）五湖在那里？——去做海贼便了。（丑作分付介）众三军，俺已降顺了南朝。暂解淮围，海上伺候去。（众应介）解围了。（内鼓介）船只齐备了，禀大王起行。（众行介）

【江头送别】淮扬外，淮扬外，海波摇动。东风劲，东风劲，锦帆吹送。夺取蓬莱为巢洞，鳌背上立着旗峰。

【前腔】顺天道，顺天道，放些儿闲空。招安后，招安后，再交兵言重。险做了为金家伤炎宋⑤。权袖手，做个混海痴龙。

（众）禀大王娘娘，出海了。（净）且下了营，天明进发。

---

① 管取那赵官家欢笑倒：管取，一定教。官家，朝廷，官府。赵官家，赵姓皇帝。

② 齐肩一字王：即一字并肩王，拥有与皇帝比肩的地位的一字王。属于王爵的最高一种。此处指平肩一刀，斩首。

③ 你真是个楚霸王，不到乌江不止：楚霸王项羽与刘邦争天下，兵败，与其宠姬虞美人诀别后，在乌江自刎。事见《史记·项羽本纪》。

④ 范蠡载西施：越灭吴后，范蠡携西施泛舟五湖的故事。事见《越绝书》。

⑤ 炎宋：因五德终始说，宋朝为火德，故又称"火宋""炎宋"。

（净）干戈未定各为君，　许　浑

（丑）龙斗雌雄势已分。　常　建

（净）独把一麾江海去，　杜　牧

（众）莫将弓箭射官军①。　窦　巩

---

①　下场诗四句：干戈未定各为君，《全唐诗》未见，待考。龙斗雌雄势已分，语出唐常建《塞下曲四首》："龙斗雌雄势已分，山崩鬼哭恨将军。"独把一麾江海去，语出唐杜牧《将赴吴兴登乐游原一绝》："欲把一麾江海去，乐游原上望昭陵。"麾，旌旗。莫将弓箭射官军，语出唐窦巩《唐州东途作》："天子欲开三面网，莫将弓箭射官军。"

第四十八出　遇　母

【十二时】（旦上）不住的相思鬼,把前身退悔。土臭全消,肉香新长。嫁寒儒客店里孤栖。（净上）又著他攀高谒贵。

〔浣溪沙〕"（旦）寂寞秋窗冷簟纹,（净）明珰①玉枕旧香尘,（旦）断潮归去梦郎频。（净）桃树巧逢前度客②,（旦）翠烟③真是再来人,（合）月高风定影随身。"（旦）姑姑,奴家喜得重生,嫁了柳郎。只道一举成名,回去拜访爹娘。谁知朝廷为着淮南兵乱,开榜稽迟。我爹娘正在围城之内,只得赍发柳郎往寻消耗,撇下奴家钱塘客店。你看那江声月色,凄怆人也。（净）小姐,比你黄泉之下,景致争多。（旦）这不在话下。

【针线厢】虽则是荒村店江声月色,但说着坟窝里前生今世,则这破门帘乱撒星光内,煞强似④洞天黑地。姑姑呵,三不归⑤父母如何的?七件事⑥儿夫家靠谁?心悠曳,不死不活,睡梦里为个人儿。

---

① 明珰：用珠玉串成的装饰品。

② 桃树巧逢前度客：语出唐刘禹锡《再游玄都观》："种桃道士归何处,前度刘郎今又来。"此处前度客,喻指柳梦梅。

③ 翠烟：小玉的亡魂。此处杜丽娘自喻。

④ 煞强似：确实胜过,超过。

⑤ 三不归：无着落,没办法。

⑥ 七件事：日常生活中的七种必需品。语出宋吴自牧《梦粱录·鲞铺》："盖人家每日不可阙者,柴、米、油、盐、酱、醋、茶。"元武汉臣《玉壶春》第一折："早晨起来七件事,柴、米、油、盐、酱、醋、茶。"

清光绪十二年同文书局石印本《牡丹亭还魂记》图

（净）似小姐的罕有。

【前腔】伴着你半间灵位，又守见①你一房夫婿。（旦）姑姑，那夜搜寻秀才，知我闪在那里？（净）则道画帧儿怎放的个人回避，做的事瞒神諕鬼。（旦）昏黑了，你看月儿黑黑的星儿晦，萤火青青似鬼火吹。（旦）好上灯了。（净）没油，黑坐地②，三花两焰，留的你照解罗衣。

（旦）夜长难睡，还向主家借些油去。（净）你院子里坐坐，咱去借来。"合着油瓶盖，踏碎玉莲蓬③。"（下）（旦玩月叹介）

【月儿高】（老旦、贴行路上）江北生兵乱，江南走多半。不载香车稳，跂的鞋鞓断④。夫主兵权，望天涯生死如何判。前呼后拥，一个春香伴。凤髻消除，打不上扬州纂⑤。上岸了到临安。趁黄昏黑影林峦，生忔察⑥的难投馆。

（贴）且喜到临安了。（老旦）咳，万死一逃生，得到临安府。俺女娘无处投，长路多孤苦。（贴）前面象是个半开门儿，蓦⑦了进去。（老旦进介）呀，门房空静，内可有人？（旦）谁？（贴）是个女人声息。待打叫一声开门。

【不是路】（旦惊介）斜倚雕阑，何处娇音唤启关？（老旦）行程晚，女娘们借住霎儿间。（旦）听他言，声音不似男儿汉，待自起开门月下看。（见介）（旦）是一位女娘，请里坐。（老旦）相提盼，人间

---

① 守见：守着、等着。
② 黑坐地：黑暗中坐着。
③ 莲蓬：喻小脚。古代妇女缠足，被称为三寸金莲。
④ 跂的鞋鞓断：跂，拖着走。鞓，皮腰带。此指鞋带。
⑤ 纂：妇女梳在头后边的发髻。
⑥ 生忔察：生疏、陌生。忔察，语助词。
⑦ 蓦：跨越。

天上行方便。(旦)趋迎迟慢。趋迎迟慢。(打照面介)(老旦作惊介)

【前腔】 破屋颓椽，姐姐呵，你怎独坐无人灯不燃？(旦)这闲庭院，玩清光长送过这月儿圆。(老旦背叫贴)春香，这像谁来？(贴惊介)不敢说，好像小姐。(老旦)你快瞧房儿里面，还有甚人？若没有人，敢是鬼也？(贴下)(旦背)这位女娘，好像我母亲，那丫头好像春香。(作回问介)敢问老夫人，何方而来？(老旦叹介)自淮安，我相公是淮扬安抚、遭兵难，我避房逃生到此间。(旦背介)是我母亲了，我可认他？(贴慌上，背语老旦介)一所空房子，通没个人影儿。是鬼，是鬼！(老旦作怕介)(旦)听他说起，是我的娘也。(旦向前哭娘介)(老旦作避介)敢是我女孩儿？急慢了你，你活现了。春香，有随身纸钱，快丢，快丢。(贴丢纸钱介)(旦)儿不是鬼。(老旦)不是鬼，我叫你三声，要你应我一声高如一声。(做三叫三应，声渐低介)(老旦)是鬼也。(旦)娘，你女儿有话讲。(老旦)则略靠远，冷淋侵一阵风儿旋，这般活现。(旦)那些活现？

(旦扯老旦作怕介)儿，手恁般冷。(贴叩头介)小姐，休要捻①了春香。(老旦)儿，不曾广超度你，是你父亲古执。(旦哭介)娘，你这等怕，女孩儿死不放娘去了。

【前腔】 (净持灯上)门户牢拴，为甚空堂人语喧？(灯照地介)这青苔院，怎生吹落纸黄钱？(贴)夫人，来的不是道姑？(老旦)可是。(净惊介)呀，老夫人和春香那里来？这般大惊小怪。看他打盘旋，那夫人呵，怕漆灯无焰②将身远。小姐，恨不得幽室生辉得近前。(旦)姑姑快来，奶奶

---

① 捻：伤害。
② 漆灯无焰：语出唐佚名《沈彬圹篆》："佳城今已开，虽开不葬埋。漆灯犹未灭，留待沈彬来。"漆灯，上了漆的灯，此指夜明灯。

害怕。（贴）这姑姑敢也是个鬼？（净扯老旦，照旦介）**休疑惮。移灯就月端详遍，可是当年人面？**（合）**是当年人面。**

（老旦抱旦泣介）儿呵，便是鬼，娘也舍不的去了。

【前腔】肠断三年，怎坠海明珠去复旋①**？**（旦）**爹娘面，阴司里怜念把魂还。**（贴）小姐，你怎生出的坟来？（旦）**好难言。**（老旦）是怎生来？（旦）**则感的是东岳大恩眷，托梦一个书生把墓踹穿。**（老旦）书生何方人氏？（旦）是岭南柳梦梅。（贴）怪哉，当真有个柳和梅。（老旦）怎同他来此？（旦）他来科选。（老旦）这等是个好秀才，快请相见。（旦）**我央他看淮扬动静去把爹娘探，因此上独眠深院，独眠深院。**

（老旦背与贴语介）有这等事？（贴）便是，难道有这样出跳②的鬼？（老旦回泣介）我的儿呵！

【番山虎】则道你烈性上青天，端坐在西方九品莲，不道③**三年鬼窟里重相见。哭得我手麻肠寸断，心枯泪点穿。梦魂沉乱，我神情倒颠。看时儿立地，叫时娘各天。怕你茶饭无浇奠，牛羊侵墓田。**（合）**今夕何年？今夕何年？咦，还怕这相逢梦边。**

【前腔】（旦泣介）**你抛儿浅土，骨冷难眠。吃不尽爷娘饭，江南寒食天。可也不想有今日，也道不起从前。似这般糊突**④**谜，甚时明白也天！鬼不要，人不嫌，不是前生断，今生怎得连！**（合前）

（老旦）老姑姑，也亏你守着我儿。

---

① 坠海明珠去复旋：意思是女儿死而复生。旋，还、回来。典出《后汉书·孟尝传》。明珠，喻指杜丽娘。
② 出跳：即出挑。多形容青春期男女体态、容貌、智能等。
③ 不道：不料。
④ 糊突：糊涂。

【前腔】（净）近的话不堪提咽,早森森地心疏体寒。空和他做七做中元①,怎知他成双成爱眷?（低与老旦介）我捉鬼拿奸,知他影戏儿做的怎活现?（合）这样奇缘,这样奇缘,打当②了轮回一遍。

【前腔】（贴）论魂离倩女是有,知他三年外灵骸怎全?则恨他同棺椁、少个郎官,谁想他为院君这宅院③。小姐呵,你做的相思鬼穿,你从夫意专。那一日春香不铺其孝筵,那节儿夫人不哀哉醮荐?早知道你撇离了阴司,跟了人上船!（合前）

【尾声】（老旦）感得化生女显活在灯前面。则你的亲爹,他在贼子窝中没信传。（旦）娘放心,有我那信行④的人儿,他穴地通天,打听的远。

想象精灵欲见难,欧阳詹

碧桃何处便骖鸾?薛　逢

莫道非人身不暖,白居易

菱花初晓镜光寒⑤。许　浑

---

① 做七做中元:做七,亦称斋七。古代汉族丧葬风俗,即人死后（或出殡后）,每隔七日做一次佛事,设斋祭奠,依次至七七四十九日除灵止。做中元,在阴历七月十五祭奠亡灵。中元,道教称为中元节,佛教称为盂兰节,民间俗称"鬼节",即农历七月十五日。

② 打当:本是收拾、准备,此当"当作"讲。

③ 为院君这宅院:做了这个宅院里的女主人。院君,即县君。本为对有封号的妇女的称呼。后指一般妇人的尊称。

④ 信行:诚实守信。

⑤ 下场诗四句:想象精灵欲见难,语出唐欧阳詹《题延平剑潭》:"想象精灵欲见难,通津一去水漫漫。"碧桃何处便骖鸾,语出唐薛逢《汉武宫辞》:"绛节几时还入梦,碧桃何处更骖鸾。"莫道非人身不暖,语出唐白居易《戏答皇甫监》:"莫道非人身不暖,十分一盏暖于人。"菱花初晓镜光寒,语出唐许浑《重游飞泉观题故梁道士宿龙池》:"松叶正秋琴韵响,菱花初晓镜光寒。"

第四十九出　淮　泊

【三登乐】（生包袱、雨伞上）有路难投，禁得这乱离时候！走孤寒落叶知秋①。为娇妻思岳丈，探听扬州。又谁料他困守淮扬，索奔前答救②。

〔集唐〕"那能得计访情亲李白？浊水污泥清路尘③韩愈。自恨为儒逢世难卢纶，却怜无事是家贫韦庄。"俺柳梦梅阳世寒儒，蒙杜小姐阴司热宠，得为夫妇，相随赴科。且喜殿试撺过卷子，又被边报耽误榜期。因此小姐呵，闻说他尊翁淮扬兵急，叫俺沿路上体访安危。亲赍一幅春容，敬报再生之喜。虽则如此，客路贫难，诸凡路费之资，尽出圹中之物。其间零碎宝玩，急切典卖不来。有些成器金银，土气销熔有限。兼且小生看书之眼，并不认的等子星儿④。一路上赚骗无多，逐日里支分有尽。得到扬州地面，恰好岳丈大人移镇淮城。贼兵阻路，不敢前进。且喜因循解散，不免迤逗数程。

【锦缠道】早则要、醉扬州寻杜牧，梦三生花月楼，怎知他长淮去休！那里有缠十万顺天风、跨鹤闲游！则索傍渔樵寻食宿、败荷衰

---

① 落叶知秋：语出《淮南子·说山》："见一叶落而知岁之将暮。"
② 答救：搭救。
③ 浊水污泥清路尘：以污泥与清尘比喻人的地位贵贱不同。
④ 等子星儿：等子，即戥子，称小量贵重东西的衡器。星儿，秤杆上表明重量的记号。

柳，添一抹①五湖秋。那秋意儿有许多迤逗②！咱功名事未酬，冷落我断肠闺秀。堪回首？算江南江北有十分愁。

一路行来，且喜看见了插天高的淮城，城下一带清长淮水。那城楼之上，还挂有丈六阔的军门旗号。大吹大擂，想是日晚掩门了。且寻小店歇宿。（丑上）"多挦③白水江湖酒，少赚黄边风月钱。"秀才投宿么？（生进店介）（丑）要果酒，案酒④？（生）天性不饮。（丑）柴米是要的？（生）吃倒算⑤。（丑）算倒吃。（生）花银五分在此。（丑）高银散碎些，待我称一称。（称介，作惊叫介）银子走了。（寻介）（生）怎的大惊小怪？（丑）秀才，银子地缝里走了。你看碎珠儿。（生）这等还有几块在这里。（丑接银又走，三度介）呀，秀才原来会使水银？（生）因何是水银？（背介）是了，是小姐殡殓之时，水银在口。龙含土成珠而上天，鬼含汞成丹而出世，理之然也。此乃见风而化。原初小姐死，水银也死；如今小姐活，水银也活了。则可惜这神奇之物，世人不知。（回介）也罢了。店主人，你将我花银都消散去了，如今一厘也无。这本书是我平日看的，准酒一壶。（丑）书破了。（生）贴你一枝笔，（丑）笔开花了。（生）此中使客往来，你可也听见"读书破万卷"？（丑）不听见。（生）可听见"梦笔吐千花"？（丑）不听见。

【皂罗袍】（生作笑介）可笑一场闲话，破诗书万卷，笔蕊千

---

① 一抹：一片。
② 迤逗：感慨、感触。
③ 挦：即掺，在酒里加水。
④ 果酒，案酒：果酒，精致的酒菜。案酒，普通的下酒菜肴。
⑤ 吃倒算：吃了之后再算账。算，算账，此处指付钱。下文"算倒吃"，意思是先付钱再吃饭。

花。是我差了,这原不是换酒的东西。(丑笑介)"神仙留玉佩,卿相解金貂①。"(生)你说金貂玉佩,那里来的?**有朝货与帝王家,金貂玉佩书无价。**你还不知道,便是**千金小姐,依然嫁他。一朝臣宰,端然拜他。**(丑)要他则甚?(生)**读书人把笔安天下。**

(生)不要书,不要笔,这把雨伞可好?(丑)天下雨哩。(生)明日不走了。(丑)饿死在这里?(生笑介)你认的淮扬杜安抚么?(丑)谁不认的!明日吃太平宴哩。(生)则我便是他女婿来探望他。(丑惊介)喜是相公说的早,杜老爷多早发下请书了。(生)请书那里?(丑)和相公瞧去。(丑请生行介)待小人背褡袱雨伞。(行介)(生)请书那里?(丑)兀的不是!(生)这是告示居民的。(丑)便是。你瞧!

【前腔】"禁为闲游奸诈。"杜老爷是巴上生的:"自三巴②到此,万里为家。不教子侄到官衙,从无女婿亲闲杂。"这句单指你相公:"若有假充行骗,地方禀拿。"下面说小的了:"扶同歇宿,罪连主家。为此须至关防者③。

右示通知。建炎④三十二年五月日示。"你看后面安抚司杜大花押。上面盖着一颗"钦差安抚淮扬等处地方提督军务安抚司使之印",鲜明紫粉。相公,相公,你在此消停,小人告回了。"各人自扫门前雪,休管他家屋上霜。"(下)(生哭介)我的妻,你怎知丈夫到此凄惶无地也。(作

---

① 金貂:汉代高官所佩戴的一种饰物。《后汉书·舆服志下》:"侍中、中常侍加黄金珰,附蝉之饰,貂尾为饰。"晋代散骑常侍阮孚曾以金貂换酒,被弹劾。事见《晋书·阮孚传》。
② 三巴:古地名。巴郡、巴东、巴西的合称。泛指四川。
③ 须至关防者:意思是通告各地。关防,原指印信,此当布告讲。
④ 建炎:公元1127年至1130年,南宋皇帝宋高宗的第一个年号,共计4年。文中建炎三十二年属于虚构。

清光绪十二年同文书局石印本《牡丹亭还魂记》图

望介)呀,前面房子门上有大金字,咱投宿去。(看介)四个字:"漂母①之祠。"怎生叫做漂母之祠?(看介)原来壁上有题:"昔贤怀一饭,此事已千秋②。"是了,乃前朝淮阴侯韩信之恩人也。我想起来,那韩信是个假齐王③,尚然有人一饭,俺柳梦梅是个真秀才,要杯冷酒不能够!像这漂母,俺拜他一千拜。

【莺皂袍】(拜介)垂钓楚天涯,瘦王孙④,遇漂纱。楚重瞳较比这秋波瞎⑤。太史公表他⑥,淮安府祭他,甫能⑦够一饭千金价。看古来妇女多有俏眼儿:文公乞食,僖妻礼他⑧;昭关乞食,相逢浣

---

① 漂母:漂洗衣物的老妇。典出《史记·淮阴侯列传》,韩信年少家贫,受餐于漂母,后韩信为楚王,送千金以为报答。
② 昔贤怀一饭,此事已千秋:昔贤,指韩信。怀,怀念,记住别人的好处。语出唐刘长卿《经漂母墓》:"昔贤怀一饭,兹事已千秋。"
③ 假齐王:秦末,韩信平定齐国后,要求刘邦封他做假齐王。刘邦大怒,但听从张良、陈平计策,反封他为真齐王。事见《史记·淮阴侯列传》。
④ 瘦王孙:指韩信。《史记·淮阴侯列传》载,漂母客气称韩信为王孙,实际他并非贵族出身。
⑤ 楚重瞳较比这秋波瞎:意思是项羽比不上漂母的眼光。楚重瞳,指楚霸王项羽。韩信原是项羽属下,因得不到重用,而投靠刘邦。
⑥ 太史公表他:太史公,《史记》作者司马迁,曾任太史令。表,赞扬。他,指漂母。
⑦ 甫能:刚刚能。
⑧ 文公乞食,僖妻礼他:文公,指春秋晋文公重耳。晋公子重耳曾亡命到外国。向一个农夫讨吃,农夫给他一块泥土。到曹国,曹恭公不予礼待。曹僖妻则谓僖曰:视晋公子的随从,皆有卿相之材,将来必有成就,应该礼待他们。曹僖即从而礼待之。后来公子重耳果然成霸业。事见《左传·僖公二十三年》。

纱①。凤尖头叩首三千下②。

　　起更了，廊下一宿。早去伺候开门。没水梳洗。（看介）好了，下雨哩。

旧事无人可共论，韩　愈
只应漂母识王孙。王　遵
辕门拜手儒衣弊，刘长卿
莫使沾濡有泪痕③。韦洵美

―――――――――――

① 昭关乞食，相逢浣纱：春秋楚国人伍子胥，父兄被平王害死。他亡命逃走，至于陵水，无以糊其口，乞食于吴市。伍子胥过了昭关，来到江北岸，不知渡口设在何方。求一浣纱女指明渡口，浣纱女为了不泄露他的行踪，竟抱石投江而死。事见《史记·范雎蔡泽列传》。昭关，在今安徽含山县西北。春秋时，由楚到吴的交通要道。

② 凤尖头叩首三千下：意思是应该给漂母、僖妻、浣纱女这样品德的女子磕头膜拜。凤尖头，是古代一种女用鞋样。借指女子。

③ 下场诗四句：旧事无人可共论，语出唐韩愈《过始兴江口感怀》："目前百口还相逐，旧事无人可共论。"只应漂母识王孙，语出唐王遵《淮阴》："秦季贤愚混不分，只应漂母识王孙。"辕门拜手儒衣弊，语出唐刘长卿《送秦侍御外甥张篆之福州谒鲍大夫秦侍御与大夫有旧》："辕门拜首儒衣弊，貌似牢之岂不怜。"拜手，亦叫拜首，古代汉族男子一种跪拜礼。在下跪时，两手拱合，低头至手，而不及地。莫使沾濡有泪痕，语出唐韦洵美《答崔素娥》："承恩必若颁时服，莫使沾濡有泪痕。"

第五十出　闹　宴

【梁州令】（外引丑众上）长淮千骑雁行秋，浪卷云浮。思乡泪国倚层楼。（合）看机遘，逢奏凯，且迟留。

〔昭君怨〕"万里封侯岐路，几两英雄草屦①。秋城鼓角催，老将来。烽火平安②昨夜，梦醒家山泪下。兵戈未许归，意徘徊。"我杜宝身为安抚，时值兵冲。围绝救援，贻书解散。李寇既去，金兵不来。中间善后事宜，且自看详停当。分付中军门外伺候。（众下）（丑把门介）（外叹介）虽有存城之欢，实切亡妻之痛。（泪介）我的夫人呵，昨已单本题请他的身后恩典，兼求赐假西归。未知旨意如何？正是："功名富贵草头露，骨肉团圆锦上花。"（看文书介）

【金蕉叶】（生破衣巾携春容上）穷愁客愁，正摇落③雁飞时候。（整容介）帽儿光④整顿从头，还则怕未分明⑤的门楣认否？

---

①　万里封侯岐路，几两英雄草屦：意思是万里封侯、建功立业很艰难。岐路，比喻官场中险易难测的前途。

②　烽火平安：古代在边境建造烽火台，通常台上放置干柴，遇有敌情时则燃火以报警，通过山峰之间的烽火迅速传达讯息。唐代每三十里置一堠，每日初夜举烽火报无事，谓之"平安火"。

③　摇落：凋残，零落。

④　帽儿光：宋元明时期民间赞贺新郎衣帽整洁的谐谑语。亦用作做新郎的隐语。民间谚语："帽儿光光，好做新郎；袖儿窄窄，好做娇客。"

⑤　未分明：夫妻关系未正式建立。语出唐杜甫《新婚别》："妾身未分明，何以见姑嫜。"

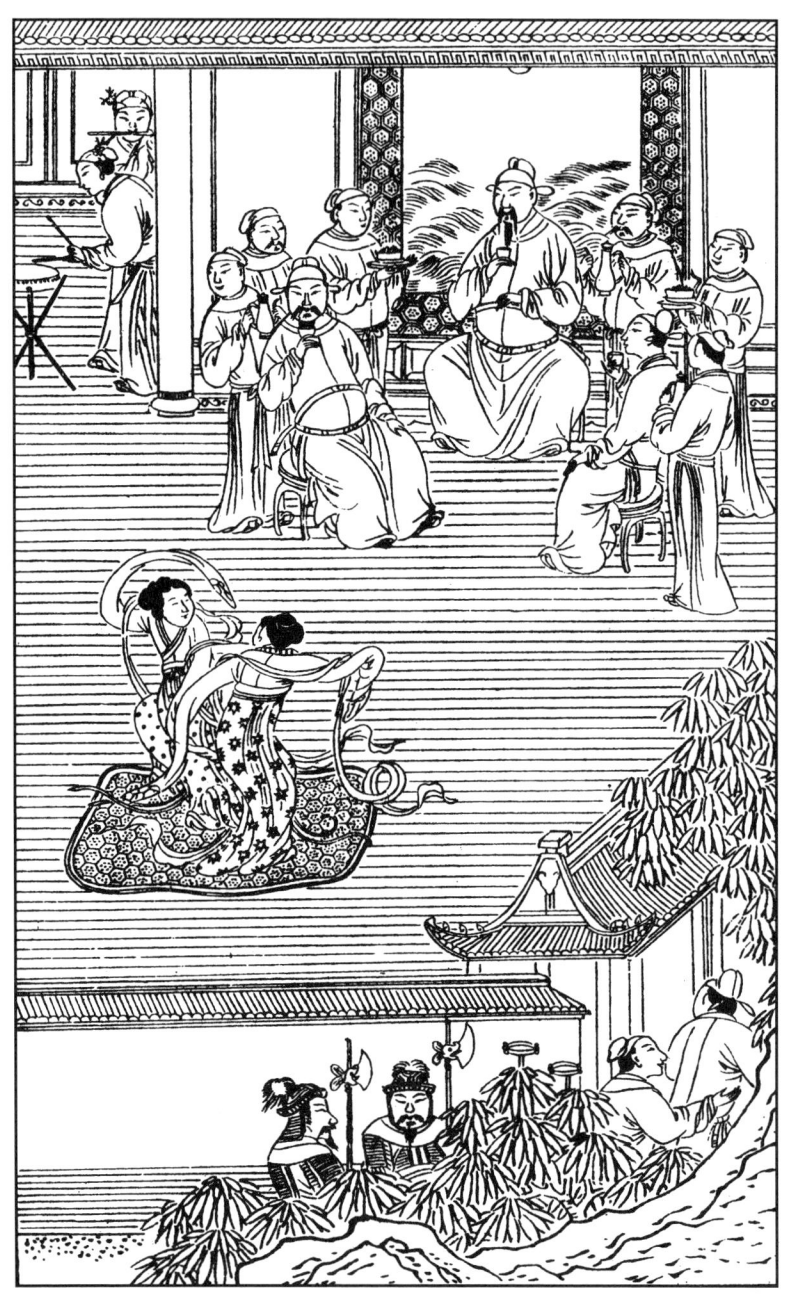

清光绪十二年同文书局石印本《牡丹亭还魂记》图

（丑喝介）甚么人行走？（生）是杜老爷女婿拜见。（丑）当真？（生）秀才无假。（丑进禀介）（外）关防明白了。（问丑介）那人材怎的？（丑）也不怎的。袖着一幅画儿。（外笑介）是个画师。则说老爷军务不闲便了。（丑见生介）老爷军务不闲。请自在。（生）叫我自在，自在不成人了。（丑）等你去，成人不自在。（生）老爷可拜客去么？（丑）今日文武官僚吃太平宴，牌簿都缴了①。（生）大哥，怎么叫做太平宴？（丑）这是各边方年例。则今年退了贼，筵宴盛些。席上有金花树，银台盘，长尺头②，大元宝，无数的。你是老爷女婿，背几个去。（生）原来如此。则怕进见之时，考一首《太平宴诗》，或是《军中凯歌》，或是《淮清颂》，急切怎好？且在这班房③里等着打想一篇，正是"有备无患"。（丑）秀才还不走，文武官员来也。（生下）

【梁州令】（末扮文官上）长淮望断塞垣秋，喜兵甲潜收。贺升平、歌颂许吾流④。（净扮武官上）兼文武，陪将相，宴公侯。请了。

（末）今日我文武官属太平宴，水陆⑤务须华盛，歌舞都要整齐。（末、净见介）圣天子万灵拥辅，老君侯⑥八面威风。寇兵销咫尺之书，军礼设太平之宴。谨已完备，望乞俯容。（外）军功虽卑末难当，年例有

---

① 牌簿都缴了：意思是不会客了。牌簿，指官署里用的会客登记簿。
② 尺头：绫罗绸缎衣料。
③ 班房：古代衙门里衙役当班的地方。此指门房。
④ 吾流：吾辈。
⑤ 水陆：水中和陆地所产的食物。
⑥ 君侯：一种尊称。秦汉时称列侯而为丞相者，汉以后，对达官贵人的敬称。

诸公怎废？难言奏凯，聊用舒怀。（内鼓吹介）（丑持酒上）"黄石兵书①三寸舌，清河雪酒五加皮②。"酒到。

【梁州序】（外浇酒介）天开江左，地冲淮右。气色夜连刁斗③。（末、净进酒介）长城一线，何来得御君侯！喜平销战气，不动征旗，一纸书回寇。那堪羌笛里望神州！这是万里筹边第一楼④。（合）乘塞草，秋风候，太平筵上如淮酒⑤，尽慷慨，为君寿。

【前腔】（外）吾皇福厚。群才策凑，半壁围城坚守。（末、净）分明军令，杯前借箸题筹⑥。（外）我题书与李全夫妇呵，也是燕支却虏⑦，夜月吹篪⑧，一字连环透。不然无效也怎生休！不是天心不聚头。（合前）

---

① 黄石兵书：黄石公，秦汉时隐士，其避秦世之乱，隐居东海下邳。张良因谋刺秦始皇不果，亡匿下邳。黄石公三试张良后，授与《太公兵法》，张良以黄石公所授兵书助汉高祖刘邦夺得天下。事见《史记·留侯世家》。

② 清河雪酒五加皮：清河，地名，在今江苏淮安市。五加皮，中药名。用它浸制的药酒，可以强筋壮骨。

③ 刁斗：古代军队中用的一种器具，用铜制成，又名金柝、焦斗。白天用来烧饭，晚上用来敲击巡更。

④ 万里筹边第一楼：筹边，规划边境的事务。南宋时淮扬曾为边境地区。

⑤ 如淮酒：形容酒多如淮水。语出《左传·昭公十二年》："有酒如淮。"

⑥ 借箸题筹：箸，筷子。原意是借你前面的筷子来指画当前的形势。后比喻为人出谋划策。典出《史记·留侯世家》："请借前箸以筹之。"

⑦ 燕支却虏：燕支，即胭脂，指美女。也即阏氏（yānzhī），汉时匈奴单于之正妻的称号，源于胭脂花，匈奴人认为女人美丽可爱如胭脂。事见《史记·陈丞相世家》，汉高祖刘邦被匈奴围困在平城（今山西大同东）。陈平去游说阏氏，说刘邦想献美女求和。阏氏怕单于得到美女，自己失宠，就劝单于退兵。此喻指李全妻。

⑧ 夜月吹篪：古代一种管制乐器，有八孔。此处借用刘琨的故事，见前注。

（内擂鼓介）（老旦扮报子上）"金貂并入三公府。锦帐谁当万里城？"报老爷奏本已下，奉有圣旨，不准致仕①。钦取老爷还朝，同平章军国大事。老夫人追赠一品贞烈夫人。（末、净）平章乃宰相之职，君侯出将入相，官属不胜欣仰。

【前腔】（末、净送酒介）揽貂蝉②岁月淹留，庆龙虎风云辐辏。君侯此一去呵，看洗兵河汉③，接天高手。偏好桂花时节，天香随马，箫鼓鸣清昼。到长安宫阙里报高秋，可也河上砧声忆旧游？（合前）

（外）诸公皆高才壮岁，自致封侯。如杜宝者，白首还朝，何足道哉！

【前腔】每日价看镜登楼，泪沾衣浑不如旧。似江山如此，光阴难又。猛把吴钩看了，阑干拍遍④，落日重回首。此去呵，恨南归草草也寄东流⑤，（举手介）你可也明月同谁啸庾楼⑥？（合前）

（生上）"腹稿已吟就，名单还未通。"（见丑介）大哥替我再一禀。（丑）老爷正吃太平宴。（生）我太平宴诗也想完一首了，太平宴还未完。（丑）谁叫你想来？（生）大哥，俺是嫡亲女婿，没奈何禀一禀。（丑进禀

---

① 致仕：交还官职，即退休。
② 貂蝉：贵官的冠饰。
③ 洗兵河汉：语出唐杜甫《洗兵马》："安得壮士挽天河，净洗甲兵长不用。"河汉，银河。用银河里的水把兵器洗干净，藏起来不用，使天下得以太平。
④ 猛把吴钩看了，阑干拍遍：吴钩，春秋时期流行的一种弯刀。语出宋辛弃疾词《水龙吟·登建康赏心亭》："落日楼头，断鸿声里，江南游子。把吴钩看了，栏杆拍遍，无人会，登临意。"
⑤ 寄东流：北伐事业如水东流而去。
⑥ 明月同谁啸庾楼：语出《晋书·庾亮传》，晋征西将军庾亮出镇武昌，同僚属于秋夜登上南楼一起谈笑。

牡丹亭 | 313

介）禀老爷，那个嫡亲女婿没奈何①禀见。（外）好打！（丑出作恼，推生走介）（生）"老丈人高宴未终，咱半子礼当恭候。"（下）（旦、贴扮女乐上）"壮士军前半死生，美人帐下能歌舞。"营妓②们叩头。

【节节高】辕门箫鼓啾，阵云收。君恩可借淮扬寇③？貂插首，玉垂腰，金佩肘。马敲金镫也秋风骤，展沙堤④笑拂朝天袖。（合）但卷取江山献君王，看玉京⑤迎驾把笙歌奏。

（生上）"欲穷千里目，更上一层楼。"想歌阑宴罢，小生饥困了。不免冲席而进。（丑拦介）饿鬼不羞？（生恼介）你是老爷跟马贱人，敢辱我乘龙贵婿？打不的你。（生打丑介）（外问介）军门外谁敢喧嚷？（丑）是早上嫡亲女婿叫做没奈何的，破衣、破帽、破褡袱、破雨伞，手里拿一幅破画儿，说他饿的荒了，要来冲席。但劝的都打，连打了九个半，则剩下小的这半个脸儿。（外恼介）可恶。本院自有禁约，何处寒酸，敢来胡赖？（末、净）此生委系乘龙，属官礼当攀凤⑥。（外）一发中他计了。叫中军官暂时拿下那光棍。逢州换驿，递解到临安监候者。（老旦扮中军官应介）（出缚生介）（生）冤哉，我的妻呵！"因贪弄玉为秦赘，且戴儒

---

① 没奈何：指柳梦梅的姓名。
② 营妓：古代军中乐妓。
③ 借淮扬寇：即借寇恂，典出《后汉书·邓寇列传·寇恂》，寇恂治理颍川有政绩，离任后随帝再至颍川，百姓请求再借寇恂留任一年。后用此表示挽留地方官，称赞其有政绩。此处借指挽留杜宝，再镇淮扬。
④ 沙堤：唐代专为宰相通行车马所铺筑的沙面大路。
⑤ 玉京：帝都。
⑥ 攀凤：比喻结交比自己地位高的人。

冠学楚囚①。"（下）（外）诸公不知。老夫因国难分张②，心痛如割。又放着这等一个无名子③来聒噪人，愈生伤感。（末、净）老夫人受有国恩，名标烈史。兰玉自有，不必虑怀。叫乐人进酒。

【前腔】（末、净）江南好宦游。急难休，樽前且进平安酒。看福寿有，子女悠④，夫人又。（外）径醉矣。（旦、贴作扶介）（外泪介）闪英雄泪渍盈盈袖⑤，伤心不为悲秋瘦。（合前）

（外）诸公请了。老夫归朝念切，即便起程。（内鼓乐介）

【尾声】明日离亭一杯酒。（末、净）则无奈丹青圣主求。（外笑介）怕画的上麒麟⑥人白首。

（外）万里沙西寇已平，　　张　乔

（末）东归衔命见双旌。　　韩　翃

（净）塞鸿过尽残阳里，　　耿　沣

---

① 楚囚：本指春秋时被俘到晋国的楚国人钟仪，后泛指囚犯。典出《左传·成公九年》，晋侯观于军府，见钟仪，问之曰："南冠而絷者，谁也？"有司对曰："郑人所献楚囚也。"

② 分张：分离。

③ 无名子：匿名造谤的人。语出《唐摭言》卷一："匿名造谤，谓之无名子。"

④ 悠：众多。

⑤ 闪英雄泪渍盈盈袖：袖，劝酒的乐人的衣袖。语出宋辛弃疾词《水龙吟》："倩何人唤取，红巾翠袖，揾英雄泪？"

⑥ 麒麟：即麒麟阁。汉朝阁名，供奉功臣。汉武帝建于未央宫之中，因汉武帝元狩年间打猎获得麒麟而命名。

牡丹亭 | 315

（众）淮水长怜似镜清①。李　绅

---

①　下场诗四句：万里沙西寇已平，语出唐张乔《再书边事》："万里沙西寇已平，犬羊群外筑空城。"东归衔命见双旌，语出唐韩翃《送康洗马归滑州》："腰佩雕弓汉射声，东归衔命见双旌。"双旌，唐代节度领刺史者出行时的仪仗。泛指高官之仪仗，此处借指杜宝。塞鸿过尽残阳里，语出唐耿沣《塞上曲》："塞鸿过尽残阳里，楼上凄凄暮角声。"淮水长怜似镜清，语出唐李绅《初出汜口入淮》："人心莫厌如弦直，淮水长怜似镜清。"

第五十一出 榜 下

（老旦、丑扮将军持瓜、锤上）"凤舞龙飞作帝京，巍峨宫殿羽林兵①。天门欲放传胪喜，江路新传奏凯声。"请了。圣驾升殿，在此祗候。

【北点绛唇】（外扮老枢密上）整点朝纲，运筹边饷，山河壮。（净扮苗舜宾上）翰苑文章，显豁的②升平象。

请了，恭喜李全纳款③，皆老枢密调度之功也。（外）正此引奏。前日先生看定状元试卷，蒙圣旨武偃文修，今其时矣。（净）正此题请。呀，一个老秀才走将来。好怪，好怪！（末破衣巾捧表上）"先师孔夫子，未得见周王。本朝圣天子，得睹我陈最良。"非小可也。（见外、净介）生员陈最良告揖。（净惊介）又是遗才告考么？（末）不敢，生员是这枢密老大人门下引奏的。（外）则这生员，是杜安抚叫他招安了李全，便中带有降表。故此引见。（内响鼓，唱介）奏事官上御道。（外前跪，引末后跪、叩头介）（外）掌管天下兵马知枢密院事臣谨奏：恭贺吾主，圣德天威。淮寇来降，金兵不动。有淮扬安抚臣杜宝，敬遣南安府学生员臣陈最良奏事，带有李全降表进呈。微臣不胜欢忻④！（内介）杜宝招安李全一事，就着生员陈最良详奏。（外）万岁！（起介）（末）带表生员臣陈最

---

① 羽林兵：侍卫，皇帝的禁军。
② 显豁的：显出。
③ 纳款：归顺，降服。纳，接纳。款，投诚。
④ 忻：高兴，喜欢。

良谨奏：

【驻云飞】淮海维扬，万里江山气脉长。那安抚机谋壮，矫诏①从宽荡。嗏，李贼快迎降，他表文封上。金主闻知，不敢兵南向。他则好看花到洛阳②，咱取次擒胡到汴梁③。

（内介）奏事的午门候旨。（末）万岁！（起介）（净跪介）前廷试着看详文字官臣苗舜宾谨奏：

【前腔】殿策贤良④，榜下诸生候久长。乱定人欢畅，文运天开放。嗏，文字已看详，胪传⑤须唱。莫遣夔龙⑥，久滞风云望。早是蟾宫桂有香，御酒封题菊半黄。

（内介）午门外候旨。（净）万岁！（起行介）今当榜期，这些寒儒，却也候久。（外笑介）则这陈秀才夹带⑦一篇海贼文字，到中得快。（内介）圣旨已到，跪听宣读。"朕闻李全贼平，金兵回避。甚喜，甚喜。此乃杜宝大功也。杜宝已前有旨，钦取回京。陈最良有奔走口舌之才，可充黄门奏事官，赐其冠带。其殿试进士，于中柳梦梅可以状元。金瓜仪从，杏苑赴宴。谢恩。"（众呼"万岁"起介）（众扮杂取冠带上）"黄门旧是

---

① 矫诏：假传的皇帝诏书。
② 他则好看花到洛阳：金兵不敢南下，只能占领洛阳。古代洛阳以牡丹花著称，故以看花借指占领。
③ 取次擒胡到汴梁：意思是将要打败金兵，进军汴梁。取次，将要。
④ 殿策贤良：即贤良方正，汉代选拔人才的科目之一。此指进士科。贤良，才能、德行好。
⑤ 胪传：专指传告皇帝诏旨。
⑥ 夔龙：相传为舜的二臣名。夔为乐官，龙为谏官。后喻指辅弼良臣。典出《书·舜典》："伯拜稽首，让于夔龙。"孔传："夔龙，二臣名。"
⑦ 夹带：原指偷带考试相关材料，此指捎带，调谑用。

黉门客①，蓝袍新作紫袍②仙。"（末作挽冠服介）二位老先生，告揖。（外、净贺介）恭喜，恭喜。明日便借重新黄门唱榜了。（末）适间宣旨，状元柳梦梅何处人？（净）岭南人，此生遭际的奇异。（外）有甚奇异？（净）其日试卷看详已定，将次进呈。恰好此生午门外放声大哭，告收遗才。原来为搬家小到京迟误。学生权收他在附卷进呈，不想点中状元。（外）原来有此！（末背想介）听来敢便是那个、那个柳梦梅？他那有家小？是了，和老道姑做一家儿。（回介）不瞒老先生，这柳梦梅也和晚生有旧。（外、净）一发可喜可贺了。

（净）榜题金字射朝晖，　郑　畋

（外）独奏边机出殿迟。　王　建

（末）莫道官忙身老人，　韩　愈

（合）曾经卓立在丹墀③。元　稹

---

① 黉门客：生员，秀才。
② 紫袍：古代官服，唐代规定亲王及三品以上官员服紫袍。
③ 下场诗四句：榜题金字射朝晖，语出唐郑畋《下直早出》："偏觉石台清贵处，榜悬金字射晴晖。"独奏边机出殿迟，语出唐王建《赠王枢密》："长承密旨归家少，独奏边机出殿迟。"莫道官忙身老人，语出唐韩愈《早春呈水部张十八员外二首》："莫道官忙身老大，即无年少逐春心。"曾经卓立在丹墀，语出唐元稹《酬孝甫见赠十首》："曾经绰立侍丹墀，绽蕊宫花拂面枝。"

第五十二出　索　元

【吴小四】（净扮郭驼伞、包上）天九万，路三千。月余程，抵半年①。破虱装衣担压肩，压的头脐匾又圆，扢喇察②龟儿爬上天。

谢天，老驼到了临安。京城地面，好不繁华。则不知柳秀才去向，俺且往天街上瞧去。呀，一伙臭军踢秃秃③走来，且向回避。正是："不因渔父引，怎得见波涛！"（下）

【六幺令】（老旦、丑扮军校旗、锣上）朝门榜遍，怎生状元柳梦梅不见？又不是黄巢下第题诗赸④。排门⑤的问，刻期宣⑥，再因循敢淹答⑦了杏园公宴。

（老旦笑介）好笑，好笑，大宋国一场怪事。你道差不差⑧？中了状元干鳖煞⑨。你道奇不奇？中了状元啰唣唏⑩。你道兴不兴？中了状元胡

---

① "天九万"四句：语出《庄子·逍遥游》："鹏之徙于南冥也，水击三千里，抟扶摇而上者九万里，去以六月息者也。"此处主要形容路远。

② 扢喇（gǔlǎ）察：象声词，形容爬行的声音。

③ 踢秃秃：象声词，形容脚步声。

④ 黄巢下第题诗赸：意思是黄巢参加进士考试，没有考中，题了一首诗就走了。事见《新编五代史平话》。赸，离去、走开。

⑤ 排门：挨家逐户。

⑥ 刻期宣：皇帝将限期召见他。刻期，即克期，在严格规定的期限内。

⑦ 淹答：延误、耽误。下文"淹了"，同义。

⑧ 差不差：糟糕不糟糕。

⑨ 干鳖煞：即干瘪。没有意思、没有兴味。

⑩ 啰唣唏：即啰唣，吵闹，引申为有麻烦。唏，语助词。

厮脛①。你道山不山②？中了状元一道烟③。天下人古怪，不像岭南人。你瞧这驾牌上："钦点状元岭南柳梦梅，年二十七岁，身中材，面白色。"这等明明道着，却普天下找不出这人？敢家去哩，亡化哩，睡觉哩？则淹了琼林宴席面见。（丑）哥，人山人海，那里淘气去？俺们把一位带了儒巾吃宴去。正身④出来，算还他席面钱。（老）使不得，羽林卫宴老军替得，琼林宴进士替不得。他要杏苑题诗。（丑）哥，看见几个状元题诗哩。依你说叫去。（行叫介）状元柳梦梅那里？（叫三次介）（老旦）长安东西十二门，大街都无人应，小胡同叫去。（丑）这苏木胡同有个海南会馆。叫地方问去。（叫介）（内应介）老长官贵干？（老旦、丑）天大事，你在睡梦哩！听分付。

【香柳娘】问新科状元，问新科状元。（内）何处人？（众）广南⑤乡贯。（内）是何名姓？（众）柳梦梅面白无巴缝⑥。（内）谁寻他来？（众）是当今驾传，是当今驾传。要得柳如烟⑦，才开杏花宴。（内）俺这一带铺子都没有，则瓦市⑧王大姐家歇着个番鬼。（众）这等，去，去，去。（合）柳梦梅也天，柳梦梅也天。好几个盘旋，影儿不见。（下）

〔集句〕（贴扮妓上）"残莺何事不知秋李后主？日日悲看水独流王昌龄。便从巴峡穿巫峡杜甫，错把杭州作汴州林升。"奴家王大姐是也。开个

---

① 胡厮脛：胡行乱走。
② 山：奇怪。
③ 一道烟：一溜烟跑了。
④ 正身：本人。
⑤ 广南：即岭南道。
⑥ 巴缝：疤痕。
⑦ 柳如烟：形容春光。春天三月是殿试放榜的时候。柳，亦指柳梦梅。
⑧ 瓦市：宋元明都市中娱乐和买卖杂货的集中场所。妓院也在此。

门户①在此。天,一个孤老②不见,几个长官撞的来。(老旦、丑上)王大姐喜哩。柳状元在你家。(贴)什么柳状元?(众)番鬼哩。(贴)不知道。(众)地方报哩。

【前腔】笑花牵柳眠,笑花牵柳眠。(贴)昨日有个鸡③,不着裤去了。(众)原来十分形现。敢柳遮花映做葫芦缠④。有状元么?(贴)则有个状匾。(丑)房儿里状匾去。(进房搜介)(众诨,贴走下介)(众)找烟花状元,找烟花状元。热赶⑤在谁边,毛臊打⑥教遍。去罢。(合前)(下)

【前腔】(净拐杖上)到长安日边⑦,到长安日边。果然风宪⑧,九街三市排场遍。柳相公呵,他行踪杳然,他行踪杳然。有了俏家缘⑨,风声儿落谁店?少不的大道上行走。那柳梦梅也天!(老旦、丑上)柳梦梅也天!好几个盘旋,影儿不见。

(丑作撞跌净,净叫介)跌死人,跌死人!(丑作拿净介)俺们叫柳梦梅,你也叫柳梦梅。则拿你官里去。(净叩头介)是了,梅花观的事发了。小的不知情。(众笑介)定说你知情!是他什么人?(净)听禀:老

---

① 门户:妓院。明黄尊素《说略》:"门户二字,伎院名也。"
② 孤老:俗称妍夫、嫖客。
③ 鸡:指江西籍的嫖客。《陔余丛考》卷三十八《混号》载,明代官场调侃,称江西人为腊鸡或鸡。
④ 葫芦缠:胡缠。
⑤ 热赶:即热赶郎,对嫖客的戏称。
⑥ 毛臊打:即打氉氉(màosào),进士未考中而吃酒解闷。语出《唐摭言》卷一。氉氉,烦恼、愁闷。
⑦ 日边:即京都。比喻京师附近或帝王左右。
⑧ 风宪:风纪法度。此指市容整饬。
⑨ 俏家缘:俏丽的妻子。家缘,家业、家产。代指妻子。

儿呵!

【前腔】替他家种园,替他家种园,远来探看。(众作忙)可寻着他哩?(净)猛红尘透不出东君面。(众)你定然知他去向。(净)长官可怜,则听是他到南安,其余不知。(众)好笑,好笑!他到这临安应试,得中状元了。(净惊喜介)他中了状元,他中了状元!踏的菜园穿①,攀花上林苑②。

长官,他中了状元,怕没处寻他!(众)便是哩。(合前)(众)也罢,饶你这老儿,协同寻他去。

(老)一第由来是出身,　　郑　谷

(丑)五更风水失龙鳞。　　张　曙

(净)红尘望断长安陌,　　韦　庄

(合)只在他乡何处人③?　　杜　甫

---

① 踏的菜园穿:意思是苦日子熬出头了。典出《笑林》:"有人常食蔬茹,忽食羊肉,梦五藏神曰:'羊踏破菜园。'"后以"踏菜园"形容长期素食,生活清苦。

② 攀花上林苑:中了状元。花,桂花。攀花,折桂,中了状元。上林苑,皇帝的御花园。汉司马相如有《上林赋》。

③ 下场诗四句:一第由来是出身,语出唐郑谷《卷末偶题三首》:"一第由来是出身,垂名俱为国风陈。"五更风水失龙鳞,语出唐张曙《下第戏状元崔昭纬》:"千里江山陪骥尾,五更风水失龙鳞。"龙鳞,此处指状元。红尘望断长安陌,语出唐韦庄《春日》:"红尘遮断长安陌,芳草王孙暮不归。"只在他乡何处人,语出唐杜甫《戏作寄上汉中王二首》:"秋风褭褭吹江汉,只在他乡何处人。"

第五十三出　硬　拷

【风入松慢】(生上)无端雀角①土牢中。是什么孔雀屏风②?一杯水饭东床③用,草床头绣褥芙蓉④。天呵,系颈的是定昏店,赤绳羁凤⑤;领解⑥的是蓝桥驿,配递⑦乘龙。

〔集唐〕"梦到江南身旅羁方干,包羞忍耻是男儿杜牧。自家妻父犹如此孙元晏,若问傍人那得知崔颢!"俺柳梦梅因领杜小姐言命,去淮扬谒见杜安抚。他在众官面前,怕俺寒儒薄相,故意不行识认,递解临安。想他

---

① 雀角:雀的喙。狱讼,被人诬控。语出《诗·召南·行露》:"谁谓雀无角,何以穿我屋。谁谓女无家,何以速我狱。"
② 孔雀屏风:即雀屏中选。借指许婚,选为女婿。典出《旧唐书·高祖窦皇后传》,北周大将窦毅想把女儿嫁给真正的贤士,于是他在屏风上画两只孔雀,让求婚的人各射两箭,唐高祖李渊射中了孔雀的眼睛,于是窦毅将女儿嫁给了李渊。
③ 东床:女婿。典出晋代大书法家王羲之袒腹东床的传说。事见《世说新语·雅量》。
④ 草床头绣褥芙蓉:意思是一床稻草替代了新女婿床上的芙蓉绣褥。
⑤ 定昏店,赤绳羁凤:赤绳是一种赤色绳子。中国古代民间传说中月下老人以此系男女之足,使成夫妇。事见《续玄怪录·定婚店》:"韦固少未娶,旅次宋城,遇老人倚囊而坐,向月检书。因问之。答曰:'此幽明之书。'固曰:'然则君何主?'曰:'主天下之婚姻耳。'因问囊中赤绳子,曰:'此以系夫妇之足,虽仇家异域,此绳一系之,终不可易。'"凤,柳梦梅自喻。
⑥ 领解:押解。
⑦ 配递:即递解。古代押往远处的犯人,由沿途各地方官衙派差役,一站转一站地轮番押送。

将次下马,提审之时,见了春容,不容不认。只是眼下凄惶①也。(净扮狱官,丑扮狱卒持棍上)"试唤皋陶②鬼,方知狱吏尊。"咄!淮安府解来囚徒那里?(生见举手介)(净)见面钱?(生)少有。(丑)入监油?(生)也无。(净恼介)哎呀,一件也没有,大胆来举手。(打介)(生)不要打,尽行装检去便了。(丑检介)这个酸鬼,一条破被单,裹一轴小画儿。(看画介)(丑)是轴观音,送奶奶供养去。(生)都与你去,则留下轴画儿。(丑作抢画,生扯介)(末扮公差上)"僵杀乘龙婿,冤遭下马威。"狱官那里?(丑揖介)原来平章府祗候哥。(末票未介)平章府提取送解犯人一名,及随身行李赴审。(丑)人犯在此,行李一些也无。(生)都是这狱官搬去了。(末)搬了几件?拿狗官平章府去。(净、丑慌叩头介)则这轴画、被单儿。(末)这狗官!还了秀才,快起解去。(净、丑应介)(押生行介)老相公,你便行动些儿。"略知孔子三分礼,不犯萧何六尺条③。"(下)

【唐多令】(外引众上)玉带蟒袍红,新参近九重。耿秋光长剑倚崆峒④。归到把平章印总,浑不是、黑头公⑤。

---

① 凄惶:悲伤不安。

② 皋陶:传说皋陶是舜帝和夏朝初期的一位贤臣,被舜任命为掌管刑法的理官,以正直闻名天下。后人把他当作狱神。

③ 孔子三分礼、萧何六尺条:意思是遵礼守法,不至于犯罪。礼是孔子教学的重要内容。萧何,根据秦代九章律制定了汉代法律。六尺条,用六尺竹简书写法律条令。

④ 耿秋光长剑倚崆峒:意思是靠着崆峒山,拔出寒光闪闪的长剑。语出唐杜甫《投赠哥舒开府二十韵》:"防身一长剑,将欲倚崆峒。"崆峒,山名,在甘肃,是中国武术发祥地之一。

⑤ 黑头公:少年而居高位者。指人年少有为。语出《世说新语·识鉴》:"诸葛道明初过江左,自名道明,名亚王、庾之下。先为临沂令,丞相谓曰:'明府当为黑头公。'"

〔集唐〕"秋来力尽破重围罗邺。入掌银台护紫微①李白。回头却叹浮生事李中,长向东风有是非罗隐。"自家杜平章。因淮扬平寇,叨蒙圣恩,超迁相位。前日有个棍徒,假充门婿。已着递解临安府监候。今日不免取来细审一番。(净、丑押生上)(杂扮门官唱门介)临安府解犯人进。(见介)(生)岳丈大人拜揖。(外坐笑介)(生)人将礼乐为先。(众大呼喝介)(生长叹介)

【新水令】则这怯书生剑气吐长虹,原来丞相府十分尊重,声息②儿忒汹涌。咱礼数缺通融,曲曲躬躬;他那里半抬身全不动。

(外)寒酸,你是那色人数③?犯了法,在相府阶前不跪!(生)生员岭南柳梦梅,乃老大人女婿。(外)呀,我女已亡故三年。不说到纳采下茶④,便是指腹裁襟⑤,一些没有。何曾得有个女婿来?可笑,可恨!祗候们与我拿下。(生)谁敢拿!

【步步娇】(外)我有女无郎,早把他青年送⑥。划口儿⑦轻调哄。

---

① 入掌银台护紫微:银台,宫门名。唐代翰林院、学士院都在银台门附近,后因以银台门指代翰林院。紫微,即紫微省,唐官署名。唐开元元年取天文紫微垣之义,改中书省为紫微省,中书令为紫微令。省中种紫薇花,故亦称紫薇省。
② 声息:声势。
③ 那色人数:何种人等。
④ 纳采下茶:古代婚俗,男方送聘礼给女方称为纳采,也叫下茶。采、茶,都是聘礼。
⑤ 指腹裁襟:即指腹割衿,预定婚约。指腹,指腹为婚。割衿,就是割取幼儿衣襟为信物,预定婚约。
⑥ 送:死去。
⑦ 划口儿:胡言乱语。

便做是我远房门婿呵,你岭南,吾蜀中,牛马风①遥,甚处里丝萝②共?敢一棍儿③走秋风!指说关亲、骗的军民动。

（生）你这样女婿,眠书雪案④,立榜云霄,自家行止用不尽,定要秋风老大人?（外）还强嘴!搜他裹袱里,定有假雕书印,并赃拿贼。（丑开袱介）破布单一条,画观音一幅。（外看画惊介）呀,见赃了。这是我女孩儿春容。你可到南安,认的石道姑么?（生）认的。（外）认的个陈教授么?（生）认的。（外）天眼恢恢⑤,原来劫坟贼便是你。左右采下打。（生）谁敢打?（外）这贼快招来。（生）谁是贼?老大人拿贼见赃,不曾捉奸见床来。

【折桂令】你道证明师⑥一轴春容。（外）春容分明是殉葬的。（生）可知道是苍苔石缝,迸坼了云踪⑦?（外）快招来。（生）我一谜的承供,供的是开棺见喜,攒煞逢凶⑧。（外）圹中还有玉鱼、金碗。（生）有金碗呵,两口儿同匙受用;玉鱼呵,和我九泉下比目⑨和同。（外）还有哩。（生）玉碾的玲珑,金锁的玎玲。（外）都是那道姑。（生）则那石姑姑他识趣拿奸纵,却不似你杜爷爷逞拿贼威风。

---

① 牛马风:风马牛,互不相干。
② 丝萝:即菟丝与女萝。两者均为蔓生植物,缠绕于草木,不易分开,故比喻结为婚姻。
③ 一棍儿:光棍。
④ 眠书雪案:勤奋苦读。雪案,孙康因家贫,常映雪读书。
⑤ 天眼恢恢:语出《老子》:"天网恢恢,疏而不失。"恢恢,宽阔广大的样子。
⑥ 证明师:证据。
⑦ 迸坼了云踪:意思是假山倒塌了,露出了画像。云踪,云雨踪,此指画像。
⑧ 攒煞逢凶:欲福反祸。意思是救活了杜丽娘,自己反被当贼下狱。
⑨ 比目:比目鱼。传说比目鱼须并肩而行,喻情爱深挚的夫妻。

清光绪十二年同文书局石印本《牡丹亭还魂记》图

（外）他明明招了。叫令史取过一张坚厚官绵纸，写下亲供："犯人一名柳梦梅，开棺劫财者斩。"写完，发与那死囚，于斩字下押个花字。会成一宗文卷，放在那里。（贴扮吏取供纸上）禀老爷定个斩字。（外写介）（贴叫生押花字）（生不伏介）（外）你看这吃敲才①！

【江儿水】眼脑儿天生贼②，心机使的凶。还不画花？（生）谁惯来。（外）你纸笔砚墨则好招详③用。（生）生员又不犯奸盗。（外）你奸盗诈伪机谋中。（生）因令爱之故。（外）你精奇古怪虚头弄④。（生）令爱现在。（外）现在么，把他玉骨抛残心痛。（生）抛在那里？（外）后苑池中，月冷断魂波动。

（生）谁见来？（外）陈教授来报知。（生）生员为小姐费心，除了天知地知，陈最良那得知！

【雁儿落】我为他礼春容、叫的凶，我为他展幽期、耽怕恐，我为他点神香、开墓封，我为他唾灵丹、活心孔，我为他偎熨的体酥融，我为他洗发的神清莹，我为他度情肠、款款通，我为他启玉肱、轻轻送，我为他轻温香、把阳气攻，我为他抢性命、把阴程进。神通，医的他女孩儿能活动。通也么通，到如今风月两无功⑤。

（外）这贼都说的是甚么话？着鬼了。左右，取桃条打他，长流水喷他。（丑取桃条上）"要的门无鬼，先教园有桃。"桃条在此。（外）高吊起打。（众吊起生，作打介）（生叫痛，转动，众诨、打鬼介、喷水介）

---

① 吃敲才：骂人的话，该打死的家伙。敲，打死。
② 眼脑儿天生贼：天生贼眼。眼脑儿，眼睛。
③ 招详：供认罪状。
④ 虚头弄：弄虚作假。
⑤ 风月两无功：戏曲中常用语，指爱情落空。

（净扮郭驼拐杖同老旦、贴扮军校持金瓜上）"天上人间忙不忙？开科失却状元郎。"一向找寻柳梦梅，今日再寻不见，打老驼。（净）难道要老驼赔？买酒你吃，叫去罢。（叫介）状元柳梦梅那里？（外听介）（众叫下）（外问丑介）（丑）不见了新科状元，圣旨着沿街寻叫。（生）大哥，开榜哩。状元谁？（外恼介）这贼闲管，掌嘴，掌嘴。（丑掌生嘴介）（生叫冤屈介）（老旦、贴、净依前上）"但闻丞相府，不见状元郎。"咦，平章府打喧闹哩。（听介）（净）里面声息，像有俺家相公哩！（众进介）（净向前见哭介）吊起的是我家相公也！（生）列位救我。（净）谁打相公来？（生）是这平章。（净将拐杖打外介）拼老命打这平章。（外恼介）谁敢无礼？（老旦、贴）驾上的①，来寻状元柳梦梅。（生）大哥，柳梦梅便是小生。（净向前解生，外扯净跌介）（生）你是老驼，因何至此？（净）俺一径来寻相公，喜的中了状元。（生）真个的！快向钱塘门外报与杜小姐知道。（老旦、贴）找着了状元，俺们也报知黄门官奏去。"未去朝天子，先来激相公。"（下）（外）一路的光棍去了。正好拷问这厮，左右再与俺吊将起。（生）待俺分诉些，难道状元是假得的？（外）凡为状元者，有登科录②为证。你有何据？则是吊了打便了。（生叫苦介）（净扮苗舜宾引老旦、贴扮堂候官，捧冠袍带上）"踏破草鞋无觅处，得来全不费工夫。"老公相住手，有登科录在此。

【侥侥犯】（净）则他是御笔亲标第一红，柳梦梅为梁栋。（外）敢不是他？（净）是晚生本房取中的。（生）是苗老师哩，救门生一救！（净笑介）你

---

① 驾上的：奉旨办差之人。
② 登科录：古代科举制度中殿试文件的汇编。亦称殿试录，始于唐代登科记，宋以后名登科录，载有进士姓名与诸科人数。

高吊起文章钜公①,打桃枝受用。告过老公相,军校,快请状元下吊。(贴放,生叫"疼煞"介)(净)可怜,可怜!是斯文倒吃尽斯文痛,无情棒打多情种。(生)他是我丈人。(净)原来是倚太山压卵②欺鸾凤。

(老旦)状元悬梁、刺股。(净)罢了,一领宫袍遮盖去。(外)什么宫袍,扯了他!

【收江南】(外扯住冠服介)(生)呀,你敢抗皇宣骂敕封,早裂绽我御袍红。似人家女婿呵,拜门也似乘龙。偏我帽光光走空,你桃夭夭煞风③。(老旦替生冠服插花介)(生)老平章,好看我插宫花帽压君恩重。

(外)柳梦梅怕不是他。果是他,便童生应试,也要候案④。怎生殿试了,不候榜开,来淮扬胡撞?(生)老平章是不知。为因李全兵乱,放榜稽迟。令爱闻得老平章有兵寇之事,着我一来上门,二来报他再生之喜,三来扶助你为官。好意成恶意,今日可是你女婿了?(外)谁认你女婿来!

【园林好】(净众)嗔怪你会平章的老相公,不刮目破窑中吕蒙⑤。忒做作、前辈们性重。(笑介)敢折倒你丈人峰?

---

① 文章钜公:钜,同"巨",大。文章大家。形容文才出众之人。语出唐李贺《高轩过》:"云是东京才子,文章巨公。"

② 太山压卵:太山,即泰山。泰山压在蛋上。比喻力量相差极大,强大的一方必然压倒弱小的一方。语出《晋书·孙惠传》:"猛兽吞狐,泰山压卵,因风燎原,未足方也。"又泰山是岳父的别称,此处语义双关。

③ 桃夭夭煞风:语出《诗经·周南·桃夭》:"桃之夭夭,灼灼其华。"夭夭,绚丽茂盛的样子。

④ 候案:等候榜出。

⑤ 不刮目破窑中吕蒙:刮目,指另眼看待,用新眼光看人。典出《三国志·吴志·吕蒙传》:"士别三日,即更刮目相待。"破窑,宋吕蒙正出身贫寒,曾经和寇准一起在破窑读书,体会了人间冷暖。此处是有意将吕蒙、吕蒙正两人事混在一起。

（外）悔不将劫坟贼监候奏请为是。

【沽美酒】（生笑介）你这孔夫子把公冶长陷缧绁中①。我柳盗跖②打地洞向鸳鸯冢。有日呵，把燮理阴阳问相公③，要无语对春风。则待列笙歌画堂中，抢丝鞭御街拦纵。把穷柳毅赔笑在龙宫④，你老夫差失敬了韩重。我呵，人雄气雄，老平章深躬浅躬，请状元升东转东⑤。呀，那时节才提破了牡丹亭杜鹃残梦。

老平章请了，你女婿赴宴去也。

【北尾】你险把司天台失陷了文星空⑥，把一个有对付的玉洁冰清烈火烘⑦。咱想有今日呵，越显的俺玩花柳的女郎能，则要你那打桃条的相公懂。（下）

（外吊场）异哉，异哉！还是贼，还是鬼？堂候官，去请那新黄门陈

---

① 公冶长陷缧绁中：公冶长，齐国人，孔子弟子。缧绁，捆绑犯人的黑绳索。借指监狱。语出《论语·公冶长》："子谓公冶长，可妻也。虽在缧绁之中，非其罪也。以其子妻之。"

② 柳盗跖（zhí）：跖，春秋时期农民起义领袖，被诬为大盗。又名柳下跖。《庄子·杂篇·盗跖第二十九》载，跖为鲁国大夫柳下惠之弟。此处借用，指柳梦梅盗墓。

③ 燮理阴阳问相公：燮理，协和治理。燮理阴阳，指调和、理顺阴阳。借指宰相治理国家。相公，指杜宝。语出《尚书·周官》："立太师、太傅、太保。兹惟三公，论道经邦，燮理阴阳。"

④ 穷柳毅赔笑在龙宫：柳毅，戏曲人物，柳毅传书搭救洞庭龙女，后与其结为夫妻。元尚仲贤《柳毅传书》杂剧即取材于此。

⑤ 升东转东：请上坐。古代东为主位，西为宾位。

⑥ 你险把司天台失陷了文星空：意思是你险些害死新科状元，使司天台看不见天上的文星。古代迷信，状元是文曲星下凡。

⑦ 把一个有对付的玉洁冰清烈火烘：有对付，有才能的。冰清玉洁，即冰清玉润，原指晋乐广卫玠翁婿俩操行洁白。此仅指女婿柳梦梅。典出《晋书·卫玠传》："玠妻父乐广，有海内重名，议者以为'妇公冰清，女婿玉润'。"烈火烘，指吊打虐待。

老爷到来商议。(丑)知道了。"谒者有如鬼①,状元还似人。"(下)(末扮陈黄门上)"官运精神老不眠,早朝三下听鸣鞭。多沾圣主随朝米,不受村童学俸钱。"自家陈最良。因奏捷,圣恩可怜,钦授黄门。此皆杜老相公抬举之恩,敬此趣②谢。(丑上见介)正来相请,少待通报。(进报见介)(外笑介)可喜,可喜!"昔为陈白屋③,今作老黄门。"(末)"新恩无报效,旧恨有还魂。"适间老先生三喜临门:一喜官居宰辅,二喜小姐活在人间,三喜女婿中了状元。(外)陈先生教的好女学生,成精作怪哩!(末)老相公葫芦提④认了罢。(外)先生差矣!此乃妖孽之事。为大臣的,必须奏闻灭除为是。(末)果有此意,容晚生登时奏上取旨何如?(外)正合吾意。

(外)夜读沧州怪亦听,陆龟蒙

(末)可关妖气暗文星。司空图

(外)谁人断得人间事?白居易

(末)神镜高悬照百灵⑤。殷文圭

---

① 谒者有如鬼:谒者,官名,春秋战国时国君左右掌传达等事的近侍,相当于黄门官。语出《战国策·楚策》:"谒者难得见如鬼。"

② 趣:同"趋"。

③ 白屋:古代平民的住屋,因无色彩装饰,故名。借指平民。

④ 葫芦提:亦作葫芦蹄、葫芦题,糊涂。

⑤ 下场诗四句:夜读沧州怪亦听,语出唐陆龟蒙《和袭美为新罗弘惠上人撰灵鹫山周禅师碑送归诗》:"春过异国人应写,夜读沧洲怪亦听。"可关妖气暗文星,语出唐司空图《戊午三月晦二首》:"笔砚近来多自弃,不关妖气暗文星。"谁人断得人间事,语出唐白居易《天老》:"谁人断得人间事,少夭堪伤老又悲。"神镜高悬照百灵,语出唐殷文圭《省试夜投献座主》:"辟开公道选时英,神镜高悬鉴百灵。"

第五十四出　闻　喜

【绕池游】（贴上）露寒清怯，金井吹梧叶，转不断辘轳①情劫。

咳，俺小姐为梦见书生，感病而亡，已经三年。老爷与老夫人，时时痛他孤魂无靠。谁知小姐到活活的跟着个穷秀才，寄居钱塘江上。母子重逢。真乃天上人间，怪怪奇奇，何事不有！今日小姐分付安排绣床，温习针指。小姐早来到也。

【绕红楼】（旦上）秋过了平分②日易斜，恨辞梁燕语周遮③。人去空江，身依客舍，无计七香车。

"秋风吹冷破窗纱，夫婿扬州不到家。玉指泪弹江北草，金针闲刺岭南花。"春香，我同柳郎至此，即赴试闱。虎榜④未开，扬州兵乱。我星夜赍发柳郎，打听爹娘消息。且喜老萱堂不意而逢，则老相公未知下落。想柳郎刻下可到，料今番榜上高题。须先剪下罗衣，衬其光彩。（贴）绣床停当，请自尊裁。（旦裁衣介）裁下了，便待缝将起来。（缝介）（贴）小姐，俺淡口儿闲嗑，你和柳郎梦里、阴司里，两下光景何如？

【罗江怨】（旦）春园梦一些，到阴司里有转折。梦中逗的影儿别，阴司较追的情儿切。（贴）还魂时像怎的？（旦）似梦重醒，猛回头

---

① 辘轳：安在井上绞起汲水斗的器具。
② 秋过了平分：过了秋分。秋分，节气名，农历每年九月二十三日或二十四日，秋分之后，昼短夜长。
③ 周遮：噜苏，唠叨。
④ 虎榜：即龙虎榜，就是进士榜。

放教跌。(贴)阴司可也有好耍子处?(旦)一般儿轮回路,驾香车,爱河边题红叶。便则到鬼门关逐夜的望秋月。

【前腔】(贴)你风姿恁惹邪①,情肠害劣②。小姐,你香魂逗出了梦儿蝶,把亲娘肠断了影中蛇③。不道燕冢④荒斜,再立起鸳鸯舍。则问你会书斋灯怎遮?送情怀酒怎赊?取喜时,也要那破头梢一泡血。

(旦)蠢丫头,幽欢之时,彼此如梦,问他则甚!呀,奶奶来的恁忙也!

【玩仙灯】(老旦慌上)人语闹吱嗻,听风声,似是女孩儿关节。儿,听见外厢喧嚷,新科状元是岭南柳梦梅。(旦)有这等事!

【前腔】(净忙走上)旗影儿走龙蛇,甚宣差教来近者!

(见介)奶奶、小姐,驾上人来。俺看门去也!(下)

【入赚】(外、丑扮军校持黄旗上)深巷门斜,抓不出状元门第也。这是了。(敲门介)(老旦)声息儿恁怔忡⑤!把门儿偷瞥。(启门,校冲开介)(老旦)那衙门来的?(校)星飞不迭。你看这旗,看这旗影

---

① 惹邪:形容极其美丽。
② 劣:苦。
③ 影中蛇:即杯弓蛇影,典出汉应劭《风俗通义·怪神》,应郴请杜宣饮酒,挂在墙上的弓映在酒杯里,杜宣以为杯中有蛇,疑心喝下了蛇,心忧而病,后杜宣知道是墙上的弓的影子,病就好了。全句意思是杜丽娘没有真死,却害得她母亲心酸肠断。
④ 燕冢:是南朝宋妓女姚玉京的故事。玉京从良,嫁襄州小吏卫敬瑜,瑜溺水而死,玉京守志养舅姑。常有双燕巢梁间,雄燕在外觅食为鸷鸟击获,剩下一只雌燕孤飞悲鸣。玉京用红线系在雌燕足上,秋去春来,年年如此。初春,雌燕如期而至,却不见女主人。玉京的小姑便将燕子引到嫂嫂的坟墓前。哀伤重情的燕子守在姚玉京的墓前,低回哀鸣,绝食而死。事见《事文类聚》后集卷四十五《燕女坟》条。唐李公佐有《燕女坟记》。此指杜丽娘墓。
⑤ 怔忡:惊恐不安。

儿头势别。是黄门官把圣旨教传泄。（老旦叫介）儿，原来是传圣旨的。（旦上）斗胆相询，金榜何时揭？可有柳梦梅名字高头列？（校）他中了状元。（旦）真个中了状元？（校）则他中状元，急节里遭磨灭。（旦惊介）是怎生？（校）往淮扬触犯了杜参爷，扭回京把他做劫坟茔的贼决。（老旦）我儿，谢天谢地，老爷平安回京了。他那知世间有此重生之事。（旦）这却怎了？（校）正高吊起猛桃条细抽掣，被官里人抢去游街①歇。（旦）恰好哩。（校）平章他势大，动本了。说劫坟之贼，不可以作状元。（旦）状元可也辨一本儿？（校）状元也有本。那平章奏他恶茶白赖②把阴人窃。那状元呵，他说头带魁罡③不受邪。便是万岁爷听了成痴呆。（旦）后来？（校）侥幸有个陈黄门，是平章爷的故人。奏准，要平章、状元和小姐三人，驾前勘对，方取圣裁。（老旦）呀，陈黄门是谁？（校）是陈最良，他说南安教授曾官舍。因此杜平章抬举他掌朝班、通御谒。（老旦）一发诧异哩。（校）便是他着俺们来宣旨。分付你家一更梳洗，二鼓吃饭，三鼓穿衣，四更走动。到得五更三点彻，响打珰翠佩，那是朝时节。（旦）独自个怕人。（校）怕则么！平章宰相你亲爷，状元妻妾。俺去了。（旦）再说些去。（校）明朝金阙，讨你幅撞门红④去了也。（下）（旦）娘，爹爹高升，柳郎高中。小旗儿报捷，又是平安贴。把神天叩谢，神天叩谢。

【滴溜子】（拜介）当日的、当日的、梅根柳叶，无明路、无明

---

① 游街：从唐代开始，新进士在众人簇拥下，在大街上跨马游行，以示荣耀。
② 恶茶白赖：亦作恶叉白赖，耍无赖，无理取闹。
③ 头带魁罡：魁，魁星，主文运、文章的奎星。罡，罡星，北斗星。古时迷信说法，状元受魁星和北斗星的护佑，不受邪侵害。
④ 撞门红：求见者入门时给守门者的赏钱。

路、曾把游魂再叠。果应梦、花园后折①。甫能够进到头，抢了捷。鬼趣里因缘，人间判贴②。

【前腔】（老旦）虽则是、虽则是、希奇事业，可甚的、可甚的、惊劳驾帖③？他道你、是花妖害怯，看承的柳抱怀④做花下劫。你那爹爹呵，没得个符儿再把花神召摄。

【尾声】女儿，紧簪束扬尘舞蹈⑤摇花颊。（旦）叫我奏个甚么来？（老旦）有了你活人硬证无虚胁。（旦）少不的万岁君王听臣妾。

（净扮郭驼上）"要问鼋鼍窟，还过乌鹊桥⑥。"两日再寻个钱塘门不着。正好撞着老军，说知夫人下处。抖擞了进去。（见介）（老旦）你是谁？（净）状元家里的老驼，特来恭喜。（旦）辛苦，你可见状元么？（净）俺往平章府抢下了状元，要夫人去见朝也。

（老旦）往事闲征梦欲分，　韩　偓

（旦）今晨忽见下天门。　张　籍

（净）分明为报精灵辈，　贯　休

---

① 后折：后面。
② 判贴：判，决断。贴，靠近，团圆。
③ 驾帖：圣旨。
④ 柳抱怀：即坐怀不乱。《荀子·大略》载，柳下惠在修道时曾有一个女子对其投怀送抱，但是其不为所动。此处喻指柳梦梅做人正派。
⑤ 扬尘舞蹈：古代是最为隆重的礼仪。臣见君的礼仪，是戏曲中夸张手法。
⑥ 要问鼋鼍窟，还过乌鹊桥：语出唐杜甫《玉台观》："江光隐见鼋鼍窟，石势参差乌鹊桥。"鼋鼍，大鳖和猪婆龙。鼋鼍窟，原指江海的深处，此指钱塘江边。乌鹊桥，原指牛郎织女相会鹊桥，此指临安的一座桥。

（旦）淡扫蛾眉朝至尊①。张　祜

---

①　下场诗四句：往事闲征梦欲分，语出唐韩溉《松》："倚空高槛冷无尘，往事闲征梦欲分。"今晨忽见下天门，语出唐张籍《朝日敕赐百官樱桃》："仙果人间都未有，今朝忽见下天门。"分明为报精灵辈，语出唐贯休《归东阳临岐上杜使君七首》："分明为报精灵辈，好送旌旗到凤池。"淡扫蛾眉朝至尊，语出唐张祜《集灵台·其二》："却嫌脂粉污颜色，淡扫蛾眉朝至尊。"

第五十五出　圆　驾

（净、丑扮将军持金瓜上）"日月光天德，山河壮帝居。"万岁爷升朝，在此直殿。

北【点绛唇】（末上）宝殿云开，御炉烟霭，乾坤泰。（回身拜介）日影金阶，早唱道黄门拜。

〔集唐〕"鸾凤旌旗拂晓陈韦元旦，传闻阙下降丝纶刘长卿。兴王会净妖氛气杜甫，不问苍生问鬼神李商隐。"自家大宋朝新除授①一个老黄门陈最良是也。下官原是南安府饱学秀才。因柳梦梅发了杜平章小姐之墓，径往扬州报知。平章念旧，着俺说平李寇，告捷效劳，蒙圣恩钦赐黄门奏事之职。不想平章回朝，恰遇柳生投见。当时拿下，递解临安府监候。却说柳生先曾撺过卷子，中了状元。找寻之间，恰好状元吊在杜府拷问。当被驾前官校人等冲破府门，抢了状元，上马而去，到也罢了。又听的说俺那女学生杜小姐也返魂在京。平章听说女儿成了个色精，一发恼激。央俺题奏一本，为诛除妖贼事。中间劾奏柳梦梅系劫坟之贼，其妖魂托名亡女，不可不诛。杜老先生此奏，却是名正言顺。随后柳生也奏一本，为辨明心迹事。都奉有圣旨："朕览所奏，幽隐奇特。必须返魂之女，面驾敷陈，取旨定夺。"老夫又恐怕真是杜小姐返魂，私着官校传旨与他。五更朝见。正是："三生石上看来去，万岁台前辨假真。"道犹未了，平章、状元早

---

① 除授：拜官授职。

清光绪十二年同文书局石印本《牡丹亭还魂记》图

到。

【前腔】(外、生幞头①、袍、笏同上介)(外)有恨妆排,无明耽带②,真奇怪。(生)哑谜难猜,今上亲裁划。

岳丈大人拜揖。(外)谁是你岳丈!(生)平章老先生拜揖。(外)谁和你平章?(生笑介)古诗云:"梅雪争春未肯降,骚人阁笔费平章③。"今日梦梅争辩之时,少不的要老平章阁笔。(外)你罪人咬文哩。(生)小生何罪?老平章是罪人。(外)俺有平李全大功,当得何罪?(生)朝廷不知,你那里平的个李全,则平的个"李半"。(外)怎生止平的个"李半"?(生笑介)你则哄的个杨妈妈退兵,怎哄的全!(外恼作扯生介)谁说?和你官里讲去。(末作慌出见介)午门之外,谁敢喧哗!(见介)原来是杜老先生。这是新状元。放手,放手。(外放生介)(末)状元何事激恼了老平章?(外)他骂俺罪人,俺得何罪?(生)你说无罪,便是处分④令爱一事,也有三大罪。(外)那三罪?(生)太守纵女游春,一罪。(外)是了。(生)女死不奔丧,私建庵观,二罪。(外)罢了。(生)嫌贫逐婿,刁打钦赐状元,可不三大罪?(末笑介)状元以前也罪过些。看下官面分,和了罢。(生)黄门大人,与学生有何面分?(末笑介)状元不知,尊夫人请俺上学来。(生)敢是鬼请先生?(末)状元忘旧了。(生认介)老黄门可是南安陈斋长?(末)惶恐,惶恐。(生)呀,

---

① 幞头:又名折上巾、软裹,一种包裹头部的纱罗软巾,通常为青黑色,也称乌纱,俗称乌纱帽。宋代广为流行,后发展为官纱。

② 有恨妆排,无明耽带:妆排,播弄,挑拨玩弄。无明,佛家语,无缘无故。意思是因被播弄而生恨,无缘无故遇到这样的麻烦。

③ 梅雪争春未肯降,骚人阁笔费平章:平章,即评章,评论,此处语义双关,兼指官名平章。语出宋卢梅坡《雪梅·其一》:"梅雪争春未肯降,骚人阁笔费评章。"

④ 处分:处置。

先生，俺于你分上不薄，如何妄报俺为贼？做门馆报事不真；则怕做了黄门，也奏事不以实。（末笑）今日奏事实了。远望尊夫人将到，二公先行叩头礼，（内唱礼介）奏事官齐班。（外、生同进叩头介）（外）臣杜宝见。（生）臣柳梦梅见。（末）平身。（外、生立左右介）（旦上）"丽娘本是泉下女，重瞻天日向丹墀。"

黄钟北【醉花阴】平铺着金殿琉璃翠鸳瓦，响鸣梢半天儿刮剌①。（净、丑喝介）甚的妇人冲上御阶？拿了！（旦惊介）似这般狰狞汉，叫喳喳。在阎浮殿见了些青面獠牙，也不似今番怕。（末）前面来的是女学生杜小姐么？（旦）来的黄门官像陈教授，叫他一声："陈师父，陈师父！"（末应介）是也。（旦）陈师父喜哩！（末）学生，你做鬼，怕不惊驾？（旦）嗫声。再休提探花鬼乔作衙②，则说状元妻来面驾。

（净、丑下）（内）奏事人扬尘舞蹈。（旦作舞蹈、呼"万岁，万岁"介）（内）平身。（旦起）（内）听旨：杜丽娘是真是假，放着伊父杜宝，状元柳梦梅，出班识认。（生觑旦作悲介）俺的丽娘妻也。（外觑旦，作恼介）鬼乜些③真个一模二样，大胆，大胆！（作回身跪奏介）臣杜宝谨奏：臣女亡已三年，此女酷似，此必花妖狐媚，假托而成。俺王听启：

南【画眉序】臣女没年多④，道理阴阳岂重活？愿吾皇向金阶一打，立见妖魔。（生作泣）好狠心的父亲！（跪奏介）他做五雷般严父的规

---

① 响鸣梢半天儿刮剌：鸣梢，挥鞭梢作响，使人肃静。皇帝视朝、宴会等用之。刮剌，形容响声长而远。
② 乔作衙：即乔坐衙。假装坐堂问事，谓装模作样摆架子。此处是说柳梦梅不是盗掘女坟的贼人。
③ 鬼乜些：鬼。乜些，语尾助词。
④ 没年多：没，即殁，死亡。年多，多年。

模,则待要一下里把声名煞抹①。(起介)(合)便阎罗包老难弹破,除取旨前来撒和②。

(内)听旨:朕闻人行有影,鬼形怕镜。定时台上有秦朝照胆镜③。黄门官,可同杜丽娘照镜。看花阴之下,有无踪影回奏。(末应,同旦对镜介)女学生是人是鬼?

北【喜迁莺】(旦)人和鬼教怎生酬答?形和影现托着面菱花。(末)镜无改面,委系人身。再向花街取影而奏。(行看影介)(旦)波查④。花阴这答,一般儿莲步回莺印浅沙。(末奏)杜丽娘有踪有影,的系人身。(内)听旨:丽娘既系人身,可将前亡后化事情奏上。(旦)万岁!臣妾二八年华,自画春容一幅。曾于柳外梅边,梦见这生。妾因感病而亡。葬于后园梅树之下。后来果有这生,姓柳名梦梅,拾取春容,朝夕挂念。臣妾因此出现成亲。(悲介)哎哟,凄惶煞!这底是⑤前亡后化,抵多少阴错阳差。

(内)听旨:柳状元质证,丽娘所言真假?因何预名梦梅?(生打躬呼"万岁"介)

南【画眉序】臣南海乏丝萝,梦向娇姿折梅萼。果登程取试,养病南柯。因借居南安府红梅院中,游其后苑,拾得丽娘春容。因而感此真魂,成其人道。(外跪介)此人欺诳陛下,兼且点污臣之女也。论臣女呵,便死葬向水口廉贞,肯和生人做山头撮合⑥!(合)便阎罗包老难弹破,除取旨前来

---

① 把声名煞抹:把不好的名声抹掉。煞抹,即抹煞。
② 撒和:调停、调解。
③ 照胆镜:传说秦始皇有一面宝鉴,能见人肝胆,女子有邪心,则胆张心动。事见东晋葛洪《西京杂记》卷三。
④ 波查:艰辛、磨难,此当叹词用。
⑤ 这底是:这确实是。
⑥ 山头撮合:古代谓男女不正当的结合。撮合,拉拢说合,媒人撮合。

撒和。

（内）听旨：朕闻有云："不待父母之命，媒妁之言，则国人父母皆贱之。"杜丽娘自媒自婚，有何主见？（旦泣介）万岁！臣妾受了柳梦梅再活之恩。

北【出队子】 真乃是**无媒而嫁**。（外）谁保亲？（旦）**保亲的是母丧门**①。（外）送亲的？（旦）送亲的是**女夜叉**。（外）这等胡为！（生）这是阴阳配合正理。（外）正理，正理！花你那蛮儿一点红嘴哩！（生）老平章，你骂俺岭南人吃槟榔②，其实柳梦梅唇红齿白。（旦）嗏声。眼前活立着个女孩儿，亲爷不认。到做鬼三年，有个柳梦梅认亲。则你这辣生生**回阳附子较争些**，为什么翠呆呆下气的槟榔俊煞了他？爹爹，你不认呵，有娘在。（指鬼门）现放着实丕丕③贝母开谈亲阿妈。

（老旦上）多早晚④女儿还在面驾。老身踱入正阳门⑤叫冤去也。（进见跪伏介）万岁爷，杜平章妻一品夫人甄氏见驾。（外、末惊介）那里来的？真个是俺夫人哩。（外跪介）臣杜宝启，臣妻已死扬州乱贼之手，臣已奏请恩旨褒封。此必妖鬼捏作母子一路，白日欺天。（起介）（生）这个婆婆，是不曾认的他。（内）听旨：甄氏既死于贼手，何得临安母子同居？（老旦）万岁！（起介）

南【滴溜子】（老旦）扬州路、扬州路、遭兵劫夺，只得向、只

---

① 丧门：丛辰名，主死丧的凶神。
② 槟榔：药名，可食用，或入药，消食、下气，闽、广喜食，多吃会使牙齿变黑。下文附子、贝母都是药名，仅取子、母的意思。
③ 实丕丕：亦作实坯坯、实呸呸，实实在在。
④ 多早晚：什么时候了。时间很晚的意思。
⑤ 正阳门：即北京前门。原名丽正门，明正德年间改名正阳门。此处泛指宫门。

得向、长安住托。不想到钱塘夜过,黑撞着丽娘儿魂似脱。少不的子母肝肠,死同生活。

(内)听甄氏所奏,其女重生无疑。则他阴司三载,多有因果之事。假如前辈做君王臣宰不臻的,可有的发付他?从直奏来。(旦)这话不题罢了,提起都有。(末)女学生,"子不语怪①"。比如阳世府部州县,尚然磨刷卷宗②,他那里有甚会案处!

北【刮地风】(旦)呀,那阴司一桩桩文簿查,使不着你猾律拿喳③。是君王有半副迎魂驾,臣和宰玉锁金枷。(末)女学生,没对证。似这般说,秦桧老太师在阴司里可受的?(旦)也知道些。说他的受用呵,那秦太师他一进门,忒楞楞的黑心捶敢捣了千下,渐另另的紫筋肝剁作三花。(众惊介)为甚剁作三花?(旦)道他一花儿为大宋,一花为金朝,一花儿为长舌妻④。(末)这等长舌夫人有何受用?(旦)若说秦夫人的受用,一到了阴司,捋去了凤冠霞帔,赤体精光。跳出个牛头夜叉,只一对七八寸长指弧⑤儿,轻轻的把那撒道⑥儿搯,长舌揸。(末)为甚?(旦)听的是东窗事发⑦。(外)鬼说也。且问你,鬼乜邪,人间私奔,自有条法。阴司可有?(旦)有的是。柳梦梅七十条,爹爹发落过了,女儿阴司

---

① 子不语怪:孔子不说神怪之事。语出《论语·述而》:"子不语怪、力、乱、神。"

② 磨刷卷宗:磨刷,勘察、查看。元代由肃政廉访使清查所属各衙门处理狱讼案件有无拖延枉曲,称刷卷。卷宗,案子。

③ 猾律拿喳:即幹剌挑茶,惹事生非。

④ 长舌妻:指宋秦桧妻王氏,设计陷害岳飞。长舌,搬弄是非。

⑤ 指弧:指尖。弧,弓弩两端系弦之处。

⑥ 撒道:脚。

⑦ 东窗事发:比喻阴谋已败露。传说秦桧杀害岳飞时,曾与妻子王氏在东窗下定计。秦桧死后,他的鬼魂对方士说:"麻烦你转告我夫人,东窗事发了。"事见元刘一清《钱塘遗事》。

收赎。**桃条打,罪名加,做尊官勾管了帘下**①。则道是没真场风流罪过些。有甚么饶不过这娇滴滴的女孩家。

（内）听旨：朕细听杜丽娘所奏,重生无疑。就着黄门官押送午门外,父子夫妻相认,归第成亲。（众呼"万岁"行介）（老旦）恭喜相公高转了。（外）怎想夫人无恙！（旦哭介）我的爹呵！（外不理介）青天白日,小鬼头远些,远些！陈先生,如今连柳梦梅俺也疑将起来,则怕也是个鬼。（末笑介）是踢斗鬼。（老旦喜介）今日见了状元女婿,女儿再生,二十分喜也。状元,先认了你丈母罢。（生揖介）丈母光临,做女婿的有失迎待,罪之重也。（旦）官人恭喜,贺喜。（生）谁报你来？（旦）到得陈师父传旨来。（生）受你老子的气也。（末）状元,认了丈人翁罢。（生）则认的十地阎君为岳丈。（末）状元,听俺分劝一言。

南【滴滴金】你夫妻赶着了**轮回磨**②,便君王使的个**随风柁**③,那平章怕不做**赔钱货**④。到不如娘共女,翁和婿,明**交割**⑤。（生）老黄门,俺是个贼犯。（末笑介）你得便宜人,偏会**撒科**⑥。则道你偷天把桂影那,**不争多**⑦先偷了地窟里花枝朵。

（旦欢介）陈师父,你不教俺后花园游去,怎看上这攀桂客来？（外）鬼乜邪,怕没门当户对,看上柳梦梅什么来！

北【四门子】（旦笑介）是看上他戴乌纱象简朝衣挂,笑、笑、

---

① 勾管了帘下：意思是被公差欺辱。帘下,帘下人,左右。
② 轮回磨：死后还魂。迷信传说中的阴司十殿转轮王。磨,轮回。
③ 随风柁：即随风转舵。比喻顺势或乘便行事。
④ 赔钱货：古代对女孩子的贬称。因出嫁时娘家要备送嫁妆,故名。
⑤ 交割：买卖双方结清货款。此指把事情搞清楚。
⑥ 撒科：撒赖。
⑦ 不争多：差不多,此处是想不到的意思。

笑,笑的来眼媚花。爹娘,人间白日里高结彩楼,招不出个官婿。你女儿睡梦里、鬼窟里选着个状元郎,还说门当户对!则你个杜杜陵①惯把女孩儿吓,那柳柳州他可也门户风华。爹爹,认了女孩儿罢。(外)离异了柳梦梅,回去认你。(旦)叫俺回杜家,刬了柳衙。便作你杜鹃花,也叫不转子规红泪洒。(哭介)哎哟,见了俺前生的爹,即世嬷②,颠不刺③俏魂灵立化。

(旦作闷倒介)(外惊介)俺的丽娘儿!(末作望介)怎那老道姑来也?连春香也活在?好笑,好笑!我在贼营里瞧甚来?

南【鲍老催】(净扮石姑同贴上)官前定夺,官前定夺。(打望介)原来一众官员此。怎的起状元、小姐嘴骨都④站一边?(净)眼见他乔公案断的错,听了那乔教学⑤的嘴儿嗑。(末)春香贤弟也来了。这姑姑是贼。(净)啐,陈教化,谁是贼?你报老夫人死哩,春香死哩!做的个纸棺材,舌锹拨。(向生介)柳相公喜也。(生)姑姑喜也。这丫头那里见俺来?(贴)你和小姐牡丹亭做梦时有俺在。(生)好活人活证。(净、贴)鬼团圆不想到真和合,鬼挪揄不想做人生活。老相公,你便是鬼三台⑥,费评跋。(净、贴并下)

(末)朝门之下,人钦鬼伏之所,谁敢不从!少不得小姐劝状元认了平章,成其大事。(且作笑劝生介)柳郎,拜了丈人罢!(生不伏介)

北【水仙子】(旦)呀呀呀,你好差。(扯生手、按生肩介)好好

---

① 杜杜陵:指杜甫,因居长安杜陵,自称杜陵布衣。此指杜宝。
② 即世嬷:今生的娘。
③ 颠不刺:风流。
④ 嘴骨都:嘴巴噘着、鼓起。
⑤ 乔教学:指陈最良。乔,无赖,狡诈。
⑥ 鬼三台:阎罗王。三台,三公,大官。

好，点着你玉带腰身把玉手叉。（生）几百个桃条！（旦）拜、拜、拜，拜荆条①曾下马。（扯外介）（旦）扯、扯、扯，做泰山倒了架。（指生介）他、他、他，点黄钱聘了咱。俺、俺、俺，逗寒食吃了他茶。（指末介）你、你、你，待求官、报信则把口皮喳。（指生介）是是是，是他开棺见椁渐除罢。（指外介）参参参，你可也骂够了咱这鬼乜邪。

（丑扮韩子才冠带捧诏上）圣旨已到，跪听宣读。"据奏奇异，敕赐团圆。平章杜宝，进阶一品。妻甄氏，封淮阴郡夫人。状元柳梦梅，除授翰林院学士。妻杜丽娘，封阳和县君。就着鸿胪官②韩子才送归宅院。"叩头谢恩。（丑见介）状元恭喜了。（生）呀，是韩子才兄。何以得此？（丑）自别了尊兄，蒙本府起送先儒③之后，到京考中鸿胪之职，故此得会。（生）一发奇异了。（末）原来韩老先也是旧朋友。（行介）

南【双声子】（众）姻缘诧，姻缘诧，阴人梦黄泉下。福分大，福分大，周堂④内是这朝门下。齐见驾，齐见驾，真喜洽，真喜洽。领阳间诰敕，去阴司销假。

北【尾】（生）从今后把牡丹亭梦影双描画。（旦）亏杀你南枝挨暖俺北枝花。则普天下做鬼的有情谁似咱！

杜陵寒食草青青，韦应物

羯鼓声高众乐停。李商隐

更恨香魂不相遇，郑琼罗

---

① 拜荆条：相传楚文王无道。大臣葆申用一束荆条，跪着鞭打文王的背，作为处分。事见《吕氏春秋·直谏》。此指柳梦梅被桃条抽打。
② 鸿胪官：官名，职掌朝祭礼仪。
③ 先儒：此指韩愈。
④ 周堂：阴阳家语，易于嫁娶的吉日。

春肠遥断牡丹亭。白居易

千愁万恨过花时，僧无则
人去人来酒一卮。元　稹
唱尽新词欢不见，刘禹锡
数声啼鸟上花枝①。韦　庄

---

①　下场诗八句：此八句诗借旦角之口，抒发该剧作者的思想情感。杜陵寒食草青青，语出唐韦应物《寒食寄京师诸弟》："把酒看花想诸弟，杜陵寒食草青青。"羯鼓声高众乐停，语出唐李商隐《龙池》："龙池赐酒敞云屏，羯鼓声高众乐停。"更恨香魂不相遇，语出唐郑琼罗《叙幽冤》："春生万物妾不生，更恨香魂不相遇。"春肠遥断牡丹亭，语出唐白居易《见元九悼亡诗，因以此寄》："夜泪暗销明月幌，春肠遥断牡丹庭。"千愁万恨过花时，语出唐僧无则《百舌鸟二首》："千愁万恨过花时，似向春风怨别离。"人去人来酒一卮，语出唐元稹《病醉》："那知下药还沽底，人去人来剩一卮。"唱尽新词欢不见，语出唐刘禹锡《踏歌词四首》："唱尽新词欢不见，红霞映树鹧鸪鸣。"数声啼鸟上花枝，语出唐韦庄《晏起》："开户日高春寂寂，数声啼鸟上花枝。"

竇娥冤

前　言

关汉卿是元代杂剧的奠基人，与白朴、马致远、郑光祖并称"元曲四大家"。号已斋（或云一斋）、已斋叟。解州人（今山西运城）。关于其籍贯还有大都（今北京）及祁州（今河北安国）说。他的生卒年也是一个聚讼未决的问题，一般认为他生于金末，卒于元成宗大德初年。《录鬼簿》称关汉卿"驱梨园领袖，总编修师首，捻杂剧班头"，他本人在《一枝花·不伏老》中说"我是个普天下的郎君领袖，盖世界浪子班头"，还说"我是个蒸不烂、煮不熟、捶不扁、炒不爆、响当当一粒铜豌豆"。寥寥数句体现了他在元杂剧中的地位，彰显了他性格中的孤傲和战斗精神。

关汉卿生活的时代，政治昏暗腐败，社会动荡不安，老百姓处于水深火热之中。他的种种剧作真实再现了当时的社会环境，洋溢着浓浓的时代气息。其笔下既有对官场黑暗的无情揭露，也有对百姓抗争的热情讴歌。慷慨悲歌与乐观奋争是关汉卿剧作的主旋律。在他的剧作中，塑造最为出色的是一些普通妇女形象，比如窦娥、妓女赵盼儿、杜蕊娘、少女王瑞兰、寡妇谭记儿、婢女燕燕等，在描述她们悲惨遭遇的同时，也刻画她们正直、善良、聪明、机智的性格，赞美她们强烈的反抗意志，歌颂她们敢于斗争、至死不屈的精神。

据《录鬼簿》所记，关汉卿有杂剧六十余种，今存十八种。今存者，有《感天动地窦娥冤》《望江亭中秋切鲙》《赵盼儿风月救风尘》《包待制智斩鲁斋郎》《包待制三勘蝴蝶梦》《杜蕊娘智赏金线池》《钱大尹智宠谢天香》《温太真玉镜台》《尉迟恭单鞭夺槊》《关大王独赴单刀会》《王闰香夜月四春园》《刘夫人庆赏五侯宴》《邓夫人苦痛哭存孝》《山神庙裴度还带》《状元堂陈母教子》《闺怨佳人拜月亭》《诈妮子调风月》《关张双赴西蜀梦》。其余已经散佚，而《簿》中存目者尚有四十余种，不一一概述。此外，他在散曲上也颇有成就，有十余套曲，三十余小令传世。

关汉卿是我国历史上最伟大的剧作家，是中国戏曲的奠基人，后世尊之为"曲圣"。近百年来他的剧作被翻译为多种文字，广泛传播到世界各地，外国人称其为"东方的莎士比亚"。他的作品不唯是我们中华民族的瑰宝，更是整个人类社会的财富。

在关汉卿的诸多剧目中，最有代表性、传播最为广泛者，当推《窦娥冤》。该剧是元杂剧四大悲剧之一，也是我国十大古典悲剧之一。它的题目是《秉鉴持衡廉访法》，正名是《感天动地窦娥冤》。百余个剧种都改编、演出过此剧。全剧一楔四折，取材于东汉"东海孝妇"的民间故事。各折大致剧情如下。楔子：女主角窦端云自小因父亲窦天章为考取功名无钱还债，被送至蔡家当童养媳，并改名窦娥。第一折：婚后不到两年，窦娥丈夫去世，与婆婆蔡婆相依为命。蔡婆向赛卢医讨债不成,反而差点被勒死,恰获张驴儿父子所救。张驴儿是个无赖,趁机搬进蔡家,威逼窦娥婆媳与其父子成亲,被窦娥严词拒绝。第二折:蔡婆想吃羊肚汤,张驴儿欲借此机会毒死蔡婆从而霸占窦娥。他向赛卢医讨来毒药,不料反被父亲误食,毒死乃父。于是张驴儿诬告窦娥杀人。窦娥被严刑逼供,不忍婆婆连同受罪,含冤招认,被判斩刑。第三折:窦娥被押赴刑场。临刑前,窦娥为表明冤屈,指天为誓,死后血溅白练不沾于地、六月飞雪掩其尸首、楚州大旱三年,全部应验。第四折:三年后,窦娥冤魂向已经担任廉访使的父亲控诉,案件得以重审。赛卢医发配充军,昏官桃杌被革职永不叙用,张驴儿被凌迟处死。窦娥冤情昭彰得雪。全剧结束。

作者运用这段故事,真实而深刻地反映了元蒙统治下社会的黑暗、残酷与混乱。成功塑造了"窦娥"这个悲剧主人公形象,使其成为被压迫、被剥削、被损害的妇女代表,同时也是社会底层善良、坚强并走向反抗的妇女典型。全剧主题思想深刻,既洋溢着浓郁的生活气息,又充满着奇异的浪漫色彩,具有震撼人心的艺术力量。

本次校注,参考了诸多已有的研究成果,谨表感谢。校注中存在的不足之处,敬祈批评。

校注者

楔　子①

（卜儿②蔡婆上，诗云）花有重开日，人无再少年。不须长富贵，安乐是神仙。老身③蔡婆婆是也，楚州④人氏，嫡亲三口儿家属。不幸夫主亡逝已过，止有一个孩儿，年长八岁，俺娘儿两个，过其日月，家中颇有些钱财。这里一个窦秀才，从去年间我借了二十两银子，如今本利该银四十两。我数次索取，那窦秀才只说贫难，没得还我。他有一个女儿，今年七岁，生得可喜，长得可爱，我有心看上他，与我家做个媳妇，就准⑤了这四十两银子，岂不两得其便。他说今日好日辰，亲送女儿到我家来，老身且不索钱去，专在家中等候，这早晚⑥窦秀才敢待⑦来也。（冲末⑧扮窦天章引正旦⑨扮端云上，诗云）读尽缥缃万卷书，可怜贫杀马相如；汉庭

---

① 楔子：戏曲、小说的引子。一般放在篇首，用以点明、补充正文，或者引出正文。
② 卜儿：宋元俗语，指老妇人。清焦循《剧说》："卜儿者，妇人之老者也。"宋元戏曲中扮演老妇人者通称"卜儿"。
③ 老身：中老年妇人的自称。
④ 楚州：今江苏淮安。
⑤ 准：折充，抵充。
⑥ 早晚：此谓时候。
⑦ 敢待：将会，就要。
⑧ 冲末：又称二末。元杂剧角色名。末，剧中男角，犹京剧中的"生"。
⑨ 正旦：俗称"青衣"。中国戏曲中旦行的一种，北方剧种多称青衣，南方剧种多称正旦。按照传统来说，青衣在旦行里占着最主要的位置，所以叫正旦。其扮演的一般都是端庄正派的人物，多为贤妻良母或贞节烈女。

一日承恩召,不说当垆说《子虚》①。小生姓窦,名天章,祖贯长安京兆②人也。幼习儒业,饱有文章;争奈③时运不通,功名未遂。不幸浑家④亡化⑤已过,撇下这个女孩儿,小字端云,从三岁上亡了他母亲,如今孩儿七岁了也。小生一贫如洗,流落在这楚州居住。此间一个蔡婆婆,他家广有钱财,小生因无盘缠,曾借了他二十两银子,到今本利该对还他四十两。他数次问小生索取,教我把甚么还他,谁想蔡婆婆常常着人来说,要小生女孩儿做他儿媳妇。况如今春榜⑥动,选场⑦开,正待上朝取应⑧,又苦盘缠缺少。小生出于无奈,只得将女孩儿端云送于蔡婆婆做儿媳妇去。(做叹科⑨,云)嗨!这个那里是做媳妇?分明是卖与他一般。就准了他那先借的四十两银子,分外但得些少东西,勾小生应举之费,便也过望了。说话之间,早来到他家门首。婆婆在家么?(卜儿上,云)秀才请家里坐,老身等候多时也。(做相见科,窦天章云)小生今日一径⑩

---

① "读尽缥缃(piǎoxiāng)万卷书"以下四句:这是关于司马相如和卓文君的典故。司马相如来卓文君家做客,卓文君看上了他,二人私奔,在成都卖酒。后来汉武帝读了司马相如的《子虚赋》,大为赞赏,召其为官。事具《史记·司马相如列传》。缥缃,书卷。缥,淡青色;缃,浅黄色。古时常用淡青、浅黄色的丝帛做书囊或书衣,因以代指书卷。马相如,即司马相如,西汉文学家。当垆,卓文君坐在垆前卖酒。垆,摆放酒瓮的土台子。此四句唱出了窦天章希望摆脱困境,功成名就的理想。

② 长安京兆:即长安及其附近地区。元初置京兆府于长安城中。

③ 争奈:怎奈,无奈。

④ 浑家:古人谦称自己妻子的一种说法。意思是不懂事、不知进退的人。

⑤ 亡化:去世。

⑥ 春榜:春试中试的名榜。

⑦ 选场:科举考试的考场。

⑧ 取应:参加科举考试。

⑨ 科:古典戏曲剧本中指示角色表演动作的用语。

⑩ 一径:径直。

感天動地竇娥冤雜劇

元大都關漢卿撰
明吳興臧晉叔校

楔子

(卜兒蔡婆上詩云)花有重開日人無再少年不須長富貴安樂是神仙老身蔡婆婆是也楚州人氏嫡親三口兒家屬不幸夫主亡逝已過止有一箇孩兒年長八歲俺娘兒兩箇過其日月家中頗有些錢財這裏一箇竇秀才從去年間我借了二十

明万历刻《元曲选》本《窦娥冤》图

的将女孩儿送来与婆婆,怎敢说做媳妇,只与婆婆早晚使用。小生目下就要上朝进取功名去,留下女孩儿在此,只望婆婆看觑①则个②。(卜儿云)这等,你是我亲家了。你本利少我四十两银子,兀的③是借钱的文书,还了你;再送你十两银子做盘缠。亲家,你休嫌轻少。(窦天章做谢科,云)多谢了婆婆,先少你许多银子,都不要我还了,今又送我盘缠,此恩异日必当重报。婆婆,女孩儿早晚④呆痴⑤,看小生薄面,看觑女孩儿咱⑥。(卜儿云)亲家,这不消你嘱咐,令爱到我家,就做到亲女儿一般看承他,你只管放心的去。(窦天章云)婆婆,端云孩儿该打呵,看小生面则骂几句;当骂呵,则处分几句。孩儿,你也不比在我跟前,我是你亲爷⑦,将就的你;你如今在这里,早晚若顽劣呵,你只讨那打骂吃。儿嚛⑧,我也是出于无奈。(做悲科,唱)

---

① 看觑(qù):看顾,照料。
② 则个:句末语助词,有便了之意。
③ 兀的:这,这个。
④ 早晚:此泛指某个时候。
⑤ 呆痴:憨顽,不听话。
⑥ 咱:用在祈使句末,表示祈使语气,相当于"吧"。
⑦ 爷:古时多指父亲。
⑧ 嚛(yo):或"呦"的误写。语气词。

【仙吕①·赏花时②】我也只为无计营生四壁贫，因此上割舍得亲儿在两处分。从今日远践洛阳尘③，又不知归期定准，则落的无语暗消魂。（下）

（卜儿云）窦秀才留下他这女孩儿与我做媳妇儿，他一径上朝应举去了。（正旦做悲科，云）爹爹，你直下的④撇了我孩儿去也！（卜儿云）媳妇儿，你在我家，我是亲婆，你是亲媳妇，只当自家骨肉一般。你不要啼哭，跟着老身前后执料⑤去来。（同下）

---

① 仙吕：古代宫调的一种。宫调是音乐的各种调式，宫调不同，音调就不同。宫调和现代的 C 大调、D 大调、E 大调等属于同类。我国古代有宫、商、角（jué）、徵（zhǐ）、羽、变宫、变徵七声，七声为相对音高，而非绝对音高。对于绝对音高，古人是用七声配"十二律"来确定的。十二律由低到高依次为：黄钟、大吕、太簇、夹钟、姑洗（xiǎn）、中吕、蕤（ruí）宾、林钟、夷则、南吕、无射（yì）、应钟。其中黄钟、太簇、姑洗、蕤宾、夷则、无射为阳六律，简称律；大吕、夹钟、中吕、林钟、南吕、应钟为阴六律，简称吕。宫声配十二律，得到十二宫（黄钟宫、大吕宫、太簇宫……）；商、角、变徵、徵、羽、变宫六声配十二律，得到七十二调（黄钟商、大吕商、太簇商……）。以宫声为主的调式称宫，以其余六声为主的调式称调。十二宫加七十二调凡八十四宫调。而实际上古人并没有用到这么多宫调，常用的有五宫（仙吕、南吕、中吕、黄钟、正宫）四调（大石、双调、商调、越调），合称九宫调。这九宫调对应不同的感情色彩。本剧楔子、第一折宫调用"仙吕"，第二折用"南吕"，第三折用"正宫"，第四折用"双调"。这四折的感情色彩依次为清新绵邈、感叹伤悲、惆怅雄壮、健捷激枭。在元杂剧中一般每一折的唱词必属同一宫调。

② 赏花时：曲牌名。俗称"牌子"。和词牌是词的乐谱一样，曲牌是曲的乐谱。本剧中的《赏花时》《点绛唇》《混江龙》《油葫芦》等都是曲牌。每一个曲牌在字数、平仄、押韵上都有基本定式。曲牌大多来自民间，其中一部分由词发展而来，故曲牌名多有与词牌名相同者。

③ 洛阳尘：本唐代乐府名。后用来比喻功名利禄等尘俗之事。

④ 直下的：真的舍得。

⑤ 执料：操持、照料。

第 一 折①

（净②扮赛卢医③上，诗云）行医有斟酌，下药依《本草》④；死的医不活，活的医死了。自家姓卢，人道我一手好医，都叫做赛卢医。在这山阳县⑤南门开着生药局⑥。在城有个蔡婆婆，我问他借了十两银子，本利该还他二十两，数次来讨这银子，我又无的还他。若不来便罢，若来呵，我自有个主意。我且在这药铺中坐下，看有甚么人来？（卜儿上，云）老身蔡婆婆。我一向⑦搬在山阳县居住，尽也静办⑧。自十三年前窦天章秀才留下端云孩儿与我做儿媳妇，改了他小名，唤做窦娥。自成亲之后，不上二年，不想我这孩儿害弱症⑨死了。媳妇儿守寡，又早三个年头，服孝

---

① 折：杂剧一本分四折，一折等于后来的一出。
② 净：戏剧角色之一。一般扮演性格刚烈粗鲁或奸险的人物。俗称"花脸"。
③ 赛卢医：即赛扁鹊。卢医，春秋战国时期名医扁鹊的别称。扁鹊，姬姓，秦氏，名缓，字越人。渤海郡郑（今河北沧州市任丘市）人。由于他的医术高超，所以当时的人们借用了黄帝时神医"扁鹊"的名号来称呼他。剧中赛卢医本姓卢，含双关之意。
④ 《本草》：始见于《汉书·平帝纪》，古代中药类书籍多称本草。
⑤ 山阳县：今属陕西省商洛市。
⑥ 生药局：药材店，同时也为人治病。
⑦ 一向：过去的某段时间到现在。
⑧ 静办：安宁，清净。
⑨ 弱症：胎中缺乏营养，先天不足，或生后乳食不足，而后天失调所致。其症状不同，然统名之弱症，亦谓之软症。

将除①了也。我和媳妇儿说知,我往城外赛卢医家索钱去也。(做行科,云)蓦过隔头②,转过屋角,早来到他家门首。赛卢医在家么?(卢医云)婆婆,家里来。(卜儿云)我这两个银子长远了,你还了我罢。(卢医云)婆婆,我家里无银子,你跟我庄上去取银子还你。(卜儿云)我跟你去。(做行科)(卢医云)来到此处,东也无人,西也无人,这里不下手,等甚么?我随身带的有绳子。兀那婆婆,谁唤你哩?(卜儿云)在那里?(做勒卜儿科。孛老③同副净④张驴儿冲上,赛卢医慌走下。孛老救卜儿科)(张驴儿云)爹,是个婆婆,争些⑤勒杀了。(孛老云)兀那婆婆,你是那里人氏?姓甚名谁?因甚着这个人将你勒死?(卜儿云)老身姓蔡,在城人氏,止有个寡媳妇儿,相守过日。因为赛卢医少我二十两银子,今日与他取讨;谁想他赚⑥我到无人去处,要勒死我,赖这银子。若不是遇着老的和哥哥呵,那得老身性命来。(张驴儿云)爹,你听的他说么?他家还有个媳妇哩。救了他性命,他少不得要谢我,不若你要这婆子,我要他媳妇儿,何等两便?你和他说去。(孛老云)兀那婆婆,你无丈夫,我无浑家,你肯与我做个老婆,意下如何?(卜儿云)是何言语!待我回家多备些钱钞相谢。(张驴儿云)你敢是不肯,故意将钱钞哄我?赛卢医的绳子还在,我仍旧勒死了你吧。(做拿绳科)(卜儿云)哥哥,待我慢慢地寻思咱。(张驴儿云)你寻思些甚么?你随我老子,我便要你

---

① 除:去除。
② 蓦过隔头:蓦过,走过。隔头,墙角或转弯的地方。
③ 孛(bó)老:元剧中一般指身份卑微的老头儿。
④ 副净:又称架子花脸。顾名思义是以工架(动作、造型)表演为主。
⑤ 争些:差点儿,几乎。
⑥ 赚:诓骗。

媳妇儿。(卜儿背云①) 我不依他,他又勒杀我。罢罢罢,你爷儿两个随我到家中去来。(同下)（正旦上,云）妾身姓窦,小字端云,祖居楚州人氏。我三岁上亡了母亲,七岁上离了父亲,俺父亲将我嫁与蔡婆婆为儿媳妇,改名窦娥。至十七岁与夫成亲,不幸丈夫亡化,可早三年光景,我今二十岁也。这南门外有个赛卢医,他少俺婆婆银子,本利该二十两,数次索取不还,今日俺婆婆亲自索取去了。窦娥也,你这命好苦也呵!(唱)

【仙吕·点绛唇】满腹闲愁,数年禁受②,天知否?天若是知我情由,怕不待和天瘦。

【混江龙】则问那黄昏白昼,两般儿忘餐废寝几时休?大都来③昨宵梦里,和着这今日心头。地久天长难过遣,旧愁新怅几时休?则这业艰苦,双眉皱,越觉的情怀冗冗④,心绪悠悠。

(云)似这等忧愁,不知几时是了也呵!(唱)

【油葫芦】莫不是八字该载着一世忧,谁似我无尽头。须知道人心不似水长流。我从三岁母亲身亡后,到七岁与父分离久,嫁的个同住人,他可又拔着短筹⑤;撇的俺婆妇每⑥都把空房守,端的⑦个有谁问,有谁瞅⑧。

---

① 背云:即背躬。戏曲中角色背着台上其他角色对观众说的话。犹旁白。
② 禁受:经受,忍受。
③ 大都来:多半是,大抵。
④ 冗冗:杂乱,纷扰。
⑤ 拔着短筹:抽得数目小的筹码。比喻短命早死。
⑥ 每:同"们",宋元口语。
⑦ 端的:到底,究竟。多见于早期白话。
⑧ 瞅(chǒu):顾视,理睬。

【天下乐】莫不是前世里烧香不到头,今也波①生招祸尤,劝今人早将来世修。我将这婆伺养,我将这服孝守,我言词须应口。

(云)婆婆索钱去了,怎生这早晚不见回来?(卜儿同孛老、张驴儿上)(卜儿云)你爷儿两个且在门首,等我先进去。(张驴儿云)奶奶②,你先进去,就说女婿在门首哩。(卜儿见正旦科)(正旦云)奶奶回来了,你吃饭么?(卜儿做哭科,云)孩儿,你教我怎生说波③!(正旦唱)

【一半儿】为甚么泪漫漫不住点儿流?莫不是为索债与人家惹争斗?我这里连忙迎接慌问候,他那里要说缘由。(卜儿云)羞人答答的,教我怎生说波!(正旦唱)则见他一半儿徘徊一半儿丑④。

(云)婆婆,你为甚么烦恼啼哭那?(卜儿云)我问赛卢医讨银子去,他赚我到无人去处,行起凶来,要勒死我。亏了一个张老并他儿子张驴儿,救得我性命。那张老就要我招他做丈夫,因这等烦恼。(正旦云)婆婆,这个怕不中么?你再寻思咱:俺家里又不是没有饭吃,没有衣穿,又不是少欠钱债,被人催逼不过;况你年纪高大,六十以外的人,怎生又招丈夫那?(卜儿云)孩儿也,你说的岂不是?但是我的性命全亏他这爷儿两个救的,我也曾说道:待我到家,多将些钱物酬谢你救命之恩。不知他怎生知道我家里有个媳妇儿,道我婆媳妇又没老公,他爷儿两个又没老婆,正是天缘天对。若不随顺他,依旧要勒死我。那时节我就慌张了,莫说自己许了他,连你也许了他。儿也,这也是出于无奈。(正旦云)婆

---

① 也波:衬词,无义。
② 奶奶:对已婚妇女的尊称。
③ 波:语气助词。相当于"呀""啊"。
④ 一半儿徘徊一半儿丑:"一半儿……一半儿……"是"一半儿"曲牌尾句的句式。丑,羞惭之意。

婆，你听我说波。（唱）

【后庭花】遇时辰我替你忧，拜家堂我替你愁；梳着个霜雪般白鬏髻①，怎将这云霞般锦帕兜？怪不的女大不中留。你如今六旬左右，可不道到中年万事休！旧恩爱一笔勾，新夫妻两意投，枉教人笑破口。

（卜儿云）我的性命都是他爷儿两个救的，事到如今，也顾不得别人笑话了。（正旦唱）

【青哥儿】你虽然是得他、得他营救，须不是笋条②、笋条年幼，刬③的便巧画蛾眉成配偶。想当初你夫主遗留，替你图谋，置下田畴④，早晚羹粥，寒暑衣裘，满望你鳏寡⑤孤独，无捱无靠，母子每到白头。公公也，则落得干生受⑥。

（卜儿云）孩儿也，他如今只待过门⑦，喜事匆匆的，教我怎生回得他去？（正旦唱）

【寄生草】你道他匆匆喜，我替你倒细细愁：愁则愁兴阑删咽不下交欢酒，愁则愁眼昏腾扭不上同心扣，愁则愁意朦胧睡不稳芙蓉褥。你待要笙歌引至画堂⑧前，我道这姻缘敢落在他人后。

---

① 鬏髻（díjì）：脑后头发盘成的髻。
② 笋条：尚未展枝叶的新竹。比喻人年轻俊秀。
③ 刬（chǎn）：怎么，平白无故。
④ 田畴：泛指田地。
⑤ 鳏寡（guānguǎ）：老而无妻或无夫的人。
⑥ 干生受：生财有道而无福消受。谓白辛苦。
⑦ 过门：婚嫁习俗。此谓将媳妇娶进门。
⑧ 画堂：泛指华丽的堂舍。唐崔颢《王家少妇》诗："十五嫁王昌，盈盈入画堂。"本句"笙歌引至画堂前"，谓成婚之意。

（卜儿云）孩儿也，再不要说我了，他爷儿两个都在门首等候，事以至此，不若连你也招了女婿罢。（正旦云）婆婆，你要招你自招，我并然①不要女婿。（卜儿云）那个是要女婿的？争奈他爷儿两个自家挺过门来，教我如何是好？（张驴儿云）我们今日招过门去也。帽儿光光，今日做个新郎；袖儿窄窄，今日做个娇客②。好女婿，好女婿，不枉了，不枉了。（同孛老入拜科）（正旦做不礼科，云）兀那厮，靠后！（唱）

【赚煞】我想这妇人每休信那男儿口，婆婆也，怕没的贞心儿自守，到今日招着个村老子③，领着个半死囚。（张驴儿做嘴脸科，云）你看我爷儿两个这等身段，尽也选得女婿过。你不要错过了好时辰，我和你早些儿拜堂罢。（正旦不礼科，唱）则被你坑杀人燕侣莺俦④。婆婆也，你岂不知羞！俺公公撞府冲州⑤，阄闯⑥的铜斗儿家缘⑦百事有。想着俺公公置就，怎忍教张驴儿情受⑧？（张驴儿做扯正旦拜科，正旦推跌科，唱）兀的不是俺没丈夫的妇女下场头。（下）

（卜儿云）你老人家不要恼懆，难道你有活命之恩，我岂不思量报

---

① 并然：决然，全然。
② "帽儿光光"以下四句：宋元时期民间赞贺新郎衣帽整洁的戏谑之语。亦用作做新郎的隐语。娇客，女婿。
③ 村老子：粗俗的老头子。
④ 燕侣莺俦（chóu）：形容男女欢爱如燕莺般谐和相伴。典出元徐琰《青楼十咏·小酌》："结凤世鸾交凤友，尽今生燕侣莺俦。"
⑤ 撞府冲州：犹言走江湖，跑码头。形容经历丰富，见过世面。
⑥ 阄闯（zhèngchuài）：拼命挣得。
⑦ 铜斗儿家缘：殷实的家产。铜斗，方形有柄的盛酒器具。形容富足而牢固。家缘，家业、家产。
⑧ 情受：承受，继承。

你?只是我那媳妇儿气性最不好惹的,既是他不肯招你儿子,教我怎好招你老人家?我如今拼的好酒好饭养你爷儿两个在家,待我慢慢的劝化俺媳妇儿;待他有个回心转意,再做区处①。(张驴儿云)这歪剌骨②便是黄花女儿,刚刚扯的一把,也不消这等使性,平空的推了我一交,我肯干罢③!就当面赌个誓与你:我今生今世不要他做老婆,我也不算好男子。(词④云)美妇人我见过万千向外⑤,不似这小妮子生得十分惫赖⑥;我救了你老性命死里重生,怎割舍得不肯把肉身陪待?(同下)

---

① 区处:处理,筹划安排。
② 歪剌骨:亦作"歪辣骨""歪剌姑"。喻卑劣下贱之人。旧时多用于妇女。
③ 干罢:善罢甘休。
④ 词:指下场词。
⑤ 向外:以外,开外。
⑥ 惫(bèi)赖:泼辣,无赖。

第 二 折

（赛卢医上，诗云）小子太医出身，也不知道医死多人，何尝怕人告发，关了一日店门？在城有个蔡家婆子，刚少他二十两花银，屡屡亲来索取，争些撚断脊筋①。也是我一时智短，将他赚到荒村，撞见两个不识姓名男子，一声嚷道："浪荡乾坤②，怎敢行凶撒泼，擅自勒死平民！"吓得我丢了绳索，放开脚步飞奔。虽然一夜无事，终觉失精落魂；方知人命关天关地，如何看做壁上灰尘。从今改过行业，要得灭罪修因③，将以前医死的性命，一个个都与他一卷超度④的经文。小子赛卢医的便是。只为要赖蔡婆婆二十两银子，赚他到荒僻去处，正待勒死他，谁想遇见两个汉子，救了他去。若是再来讨债时节，教我怎生见他？常言道的好："三十六计，走为上计。"喜得我是孤身，又无家小连累，不若收拾了细软行李，打个包儿，悄悄的躲到别处，另做营生，岂不干净？（张驴儿上，云）自家张驴儿，可奈那窦娥百般的不肯随顺我；如今那老婆子害病，我讨服毒药，与他吃了，药死那老婆子，这小妮子好歹做我的老婆。（做行科，云）且住，城里人耳目广，口舌多，倘见我讨毒药，可不嚷出事来？我前日看见南门外有个药铺，此处冷静，正好讨药。（做到科，叫云）太医哥

---

① 撚（niǎn）断脊筋：谓讨债催逼得紧。撚，驱逐，践踏。
② 浪荡乾坤：政治清明，天下太平。此谓光天化日之下。
③ 灭罪修因：消除罪孽，修来福分。
④ 超度：佛教或道教借诵经或做法事，帮助死者脱离苦难。

哥,我来讨药的。(赛卢医云)你讨甚么药?(张驴儿云)我讨服毒药。(赛卢医云)谁敢合①毒药与你?这厮②好大胆也。(张驴儿云)你真个不肯与我药么?(赛卢医云)我不与你,你就怎地我?(张驴儿做拖卢云)好呀,前日谋死蔡婆婆的,不是你来?你说我不认的你哩?我拖你见官去。(赛卢医做慌科,云)大哥,你放我,有药有药。(做与药科,张驴儿云)既然有了药,且饶你罢。正是:"得放手时须放手,得饶人处且饶人。"(下)(赛卢医云)可不悔气!刚刚讨药的这人,就是救那婆子的。我今日与了他这服毒药去了,以后事发,越越要连累我;趁早儿关上药铺,到涿州③卖老鼠药去也。(下)

(卜儿上,做病伏几科)(孛老同张驴儿上,云)老汉自到蔡婆婆家来,本望做个接脚④,却被他媳妇坚执不从。那婆婆一向收留俺爷儿两个在家同住,只说好事不在忙,等慢慢里劝转他媳妇,谁想他婆婆又害起病来。孩儿,你可曾算我两个的八字⑤,红鸾天喜⑥几时到命哩?(张驴儿云)要看什么天喜到命!只赌本事,做得去自去做。(孛老云)孩儿也,蔡婆婆害病好几日了,我与你去问病波。(做见卜儿问科,云)婆婆,你今日病体如何?(卜儿云)我身子十分不快哩。(孛老云)你可想些甚么吃?(卜儿云)我思量些羊肚儿汤吃。(孛老云)孩儿,你对窦娥说,做

---

① 合:配制。
② 这厮:贬义词。这家伙,这小子。
③ 涿(zhuō)州:今属河北保定。
④ 接脚:丈夫死后妇女在家再招丈夫。
⑤ 八字:即生辰八字,一个人出生时的干支历日期。年干和年支组成年柱,月干和月支组成月柱,日干和日支组成日柱,时干和时支组成时柱,一共四柱,四个干和四个支共八个字。故又称四柱八字。
⑥ 红鸾天喜:红鸾星、天喜星是旧时星命家所说的吉星。红鸾星在命,主聪明、温和秀丽、婚姻早发;天喜星在命,主容貌俊美。

些羊肚儿汤与婆婆吃。（张驴儿向古门①云）窦娥，婆婆想羊肚儿汤吃，快安排将来。（正旦持汤上，云）妾身窦娥是也。有俺婆婆不快，想羊肚汤吃，我亲自安排了与婆婆吃去。婆婆也，我这寡妇人家，凡事要避些嫌疑，怎好收留那张驴儿父子两个？非亲非眷的，一家儿同住，岂不惹外人谈议？婆婆也，你莫要背地里许了他亲事，连我也累做不清不洁的。我想这妇人心好难保也呵！（唱）

【南吕·一枝花】他则待一生鸳帐眠，那里肯半夜空房睡；他本是张郎妇，又做了李郎妻。有一等妇女每相随，并不说家克计②，则打听些闲是非；说一会不明白打凤的机关，使了些调虚嚣捞龙的见识③。

【梁州第七】这一个似卓氏般当垆涤器④，这一个似孟光般举案齐眉⑤；说的来藏头盖脚多伶俐，道着难晓，做出才知。旧恩忘却，新爱偏宜；坟头上土脉犹湿，架儿上又换新衣。那里有奔丧处

---

① 古门：戏曲舞台上的上场门和下场门。亦名鬼门。因其出入者皆是已死之古人。
② 家克计：持家之事。
③ "说一会不明白打凤的机关"二句：打凤、捞龙，本谓寻找、物色难得的人才。此则谓闲聊一些毫不关己、虚假伪诈的事情。虚嚣，虚假、伪诈。
④ 似卓氏般当垆涤器：参《楔子》"读尽缥缃万卷书"注。
⑤ 似孟光般举案齐眉：这是关于东汉梁鸿与妻孟光的典故。《后汉书·梁鸿传》："为人赁舂，每归，妻为具食，不敢于鸿前仰视，举案齐眉。"案，古时有脚的托盘。

哭倒长城①？那里有浣纱时甘投大水②？那里有上山来便化顽石③？可悲，可耻，妇人家直恁④的无仁义，多淫奔，少志气；亏杀前人在那里，更休说本性难移。

（云）婆婆，羊肚儿汤做成了，你吃些儿波。（张驴儿云）等我拿去。（做接尝科，云）这里面少些盐醋，你去取来。（正旦下）（张驴儿放药科）（正旦上，云）这不是盐醋？（张驴儿云）你倾下些。（正旦唱）

【隔尾】你说道少盐欠醋无滋味，加料添椒才脆美。但愿娘亲早痊济，饮羹汤一杯，胜甘露灌体，得一个身子平安倒大来⑤喜。

（孛老云）孩儿，羊肚汤有了不曾？（张驴儿云）汤有了，你拿过去。（孛老将汤云）婆婆，你吃些汤儿。（卜儿云）有累你。（做呕科，云）我如今打呕，不要这汤吃了，你老人家吃罢。（孛老云）这汤特地做来与你吃的，便不要吃，也吃一口儿。（卜儿云）我不吃了，你老人家请吃。（孛老吃科）（正旦唱）

【贺新郎】一个道你请吃，一个道婆先吃，这言语听也难听，

---

① 奔丧处哭倒长城：这是孟姜女为寻夫哭倒长城的故事。中国民间四大爱情故事之一，其余三个分别是《牛郎织女》《梁山伯与祝英台》和《白蛇传》。

② 浣纱时甘投大水：这是关于伍子胥和浣纱女的传说。公元前528年前后，楚平王听信谗言，将大将伍奢（伍子胥父）全家抄斩，唯独伍子胥幸免。他在奔逃过程中迷失了方向，见一女子在河边浣纱，便上前问路，浣纱女给伍子胥指明了去往吴国的道路。伍子胥行走片刻，见浣纱女立在原地，心中起疑，便又折回。浣纱女知其心意，转身跳入水中，以舍生取义。伍子胥奔吴的事件在《史记·楚世家》中略有记载。

③ 上山来便化顽石：这是关于望夫石的传说。望夫石是个广泛流传的民间故事（有不少版本），妇人站于山石之上，向远方眺望，盼望其夫归来，日久年深，化作石头仍保持着遥望的姿势。

④ 直恁：犹言竟然如此。

⑤ 倒大来：非常，无比。

我可是气也不气!想他家与咱家有甚的亲和戚?怎不记旧日夫妻情意,也曾有百纵千随?婆婆也,你莫不为黄金浮世宝,白发故人稀①,因此上把旧恩情全不比新知契②。则待要百年同墓穴,那里肯千里送寒衣。

(孛老云)我吃下这汤去,怎觉昏昏沉沉的起来?(做倒科)(卜儿慌科,云)你老人家放精神着,你扎挣着些儿。(做哭科,云)兀的不是死了也!(正旦唱)

【斗虾蟆】空悲戚,没理会,人生死,是轮回。感着这般病疾,值着这般时势;可是风寒暑湿,或是饥饱劳役;各人证候③自知,人命关天关地;别人怎生替得,寿数非干今世。相守三朝五夕,说甚一家一计④。又无羊酒段匹,又无花红财礼;把手⑤为活过日,撒手如同休弃。不是窦娥忤逆,生怕旁人议论。不如听咱劝你,认个自家悔气,割舍的一具棺材停置,几件布帛收拾,出了咱家门里,送入他家坟地。这不是你那从小儿年纪指脚的夫妻⑥,我其实不关亲无半点恓惶⑦泪。休得要心如醉,意似痴,便这等嗟嗟怨怨,哭哭啼啼。

---

① 黄金浮世宝,白发故人稀:黄金是世俗之人所宝贵的,从小相交到白头的朋友是少有的。表示难得之意。此则是窦娥讥讽蔡婆为了贪图眼前欢娱而忘却前夫恩爱的意思。
② 知契:知己,好友。
③ 证候:中医学的专用术语。一切有相互关联的症状的总称。
④ 一家一计:一夫一妻的家庭生活或财产。可引申为一家人。
⑤ 把手:相互握着手。
⑥ 指脚的夫妻:结发夫妻。
⑦ 恓惶:悲伤的样子。

（张驴儿云）好也啰！你把我老子药死了，更待干罢！（卜儿云）孩儿，这事怎了也？（正旦云）我有什么药在那里？都是他要盐醋时，自家倾在汤儿里的。（唱）

【隔尾】 这厮搬调①咱老母收留你，自药死亲爷待要唬吓谁？（张驴儿云）我家的老子，倒说是我做儿子的药死了，人也不信。（做叫科，云）四邻八舍听着：窦娥药杀我家老子哩。（卜儿云）罢么，你不要大惊小怪的，吓杀我也。（张驴儿云）你可怕么？（卜儿云）可知怕哩。（张驴儿云）你要饶么？（卜儿云）可知要饶哩。（张驴儿云）你教窦娥随顺了我，叫我三声嫡嫡亲亲的丈夫，我便饶了他。（卜儿云）孩儿也，你随顺了他罢。（正旦云）婆婆，你怎说这般言语？（唱）我一马难将两鞍鞴②。想男儿在日，曾两年匹配，却教我改嫁别人，其实做不得。

（张驴儿云）窦娥，你药杀了俺老子，你要官休？要私休？（正旦云）怎生是官休？怎生是私休？（张驴儿云）你要官休呵，拖你到官司，把你三推六问，你这等瘦弱身子，当不过拷打，怕你不招认药死我老子的罪犯！你要私休呵，你早些与我做了老婆，倒也便宜了你。（正旦云）我又不曾药死你老子，情愿和你见官去来。（张驴儿拖正旦、卜儿下）（净扮孤③引祗候④上，诗云）我做官人胜别人，告状来的要金银；若是上司当

---

① 搬调：怂恿，挑拨。
② 一马难将两鞍鞴：喻一女不事二夫。
③ 孤：元杂剧中扮演官员的角色。
④ 祗（zhī）候：比较高级的衙役。

刷卷①,在家推病不出门。下官楚州太守桃杌②是也。今早升厅坐衙,左右,喝撺厢③。(祗候吆喝科)(张驴儿拖正旦、卜儿上,云)告状,告状。(祗候云)拿过来。(做跪见。孤亦跪科,云)请起。(祗候云)相公,他是告状的,怎生跪着他?(孤云)你不知道,但来告状的,就是我的衣食父母。(祗候吆喝科,孤云)那个是原告?那个是被告?从实说来。(张驴儿云)小人是原告张驴儿,告这媳妇儿,唤做窦娥,合毒药下在羊肚汤儿里,药死了俺的老子。这个唤做蔡婆婆,就是俺的后母。望大人与小人做主咱。(孤云)是那一个下的毒药?(正旦云)不干小妇人事。(卜儿云)也不干老妇人事。(张驴儿云)也不干我事。(孤云)都不是,敢是我下的毒药来?(正旦云)我婆婆也不是他后母,他自姓张,我家姓蔡。我婆婆因为与赛卢医索钱,被他赚到郊外,勒死我婆婆,却得他爷儿两个救了性命,因此我婆婆收留他爷儿两个在家,养膳终身,报他的恩德。谁知他两个倒起不良之心,冒认婆婆做了接脚,要逼勒小妇人作他媳妇。小妇人元④是有丈夫的,服孝未满,坚执不从。适值我婆婆患病,着小妇人安排羊肚儿汤吃。不知张驴儿那里讨得毒药在身,接过汤来,只说

---

① 刷卷:元代由肃政廉访使清查所属各衙门处理狱讼案件有无拖延枉曲,谓之刷卷。

② 桃杌(wù):梼(táo)杌的俗写。《史记·五帝本纪》:"颛顼氏有不才子,不可教训,不知话言,天下谓之梼杌。"裴骃、张守节皆以为梼杌即鲧。张氏并云:"凶顽不可教训,不从诏令,故谓之梼杌。"窃以为,"桃杌"在此有两层意思,一者言此地方官凶狠,二者蕴含了作者关汉卿华夷之辨的思想。前者毋庸赘言,后者何故?知者,鲧因反对禅让,反对征讨苗蛮,被华夏一系排斥,被指为蛮夷。而元代即是蒙古族的政权,这在传统士人的观念里是无法接受的。所以"桃杌"一词还反映了作者夷夏大防的思想。

③ 喝撺(hècuān)厢:宋元时衙门开庭审案时,衙役站立两旁大声吆喝,以威慑告状受审的人。

④ 元:通"原"。

明万历刻《元曲选》本《窦娥冤》图

少些盐醋，支转小妇人，暗地倾下毒药。也是天幸，我婆婆忽然呕吐，不要汤吃，让与他老子吃，才吃的几口，便死了。与小妇人并无干涉，只望大人高抬明镜①，替小妇人做主咱。（唱）

【牧羊关】大人你明如镜，清似水，照妾身肝胆虚实。那羹本五味俱全，除了此百事不知。他推道尝滋味，吃下去便昏迷。不是妾讼庭上胡支对，大人也，却教我平白地说甚的？

（张驴儿云）大人详情：他自姓蔡，我自姓张，他婆婆不招俺父亲接脚，他养我父子两个在家做甚么？这媳妇年纪儿虽小，极是个赖骨顽皮，不怕打的。（孤云）人是贱虫，不打不招。左右，与我选大棍子打着。（祗候打正旦，三次喷水科）（正旦唱）

【骂玉郎】这无情棍棒教我捱不的。婆婆也，须是你自做下，怨他谁？劝普天下前婚后嫁婆娘每，都看取我这般傍州例②。

【感皇恩】呀！是谁人唱叫扬疾③，不由我不魄散魂飞。恰消停，才苏醒，又昏迷。捱千般打拷，万种凌逼，一杖下，一道血，一层皮。

【采茶歌】打的我肉都飞，血淋漓，腹中冤枉有谁知！则我这小妇人毒药来从何处也？天哪！怎么的覆盆不照太阳晖④！

（孤云）你招也不招？（正旦云）委的⑤不是小妇人下毒药来。（孤

---

① 高抬明镜：喻执法者判案公正严明。
② 傍州例：旧时判案，除根据法律以外，也可参照前此同类案件的判例。此谓例子、榜样。
③ 唱叫扬疾：高声吆喝。
④ 覆盆不照太阳晖：民谚。太阳照不进倒扣的盆里。喻衙门暗无天日。
⑤ 委的：的确。

云）既然不是你，与我打那婆子。（正旦忙云）住住住，休打我婆婆，情愿我招了罢。是我药死公公来。（孤云）既然招了，着他画了伏状①，将枷来枷上，下在死囚牢里去。到来日判个斩字，押付市曹典刑②。（卜儿哭科，云）窦娥孩儿，这都是我送了你性命，兀的不痛杀我也！（正旦唱）

【黄钟尾】我做了个衔冤负屈没头鬼，怎肯便放了你好色荒淫漏面贼③！想人心不可欺，冤枉事天地知，争到头，竞到底，到如今待怎的？情愿认药杀公公，与了招罪。婆婆也，我怕把你来便打的，打的来怎的。我若是不死呵，如何救得你？（随祗候押下）

（张驴儿做叩头科，云）谢青天老爷做主！明日杀了窦娥，才与小人的老子报的冤。（卜儿哭科，云）明日市曹中杀窦娥孩儿也，兀的不痛杀我也！（孤云）张驴儿，蔡婆婆，都取保状，着随衙听候。左右，打散堂鼓，将马来，回私宅去也。（同下）

---

① 伏状：承认罪状的书面供词。
② 市曹典刑：市曹，热闹的街市。典刑，受死刑。
③ 漏面贼：形容坏人已经坏到使人一望便知，脸上像刻了字一样。古代罪犯面部刺字，谓之"漏面"。

第 三 折

（外①扮监斩官上，云）下官监斩官是也。今日处决犯人，着②做公的③把住巷口，休放往来人闲走。（净扮公人，鼓三通，锣三下科。刽子磨旗④、提刀、押正旦带枷上）（刽子云）行动些⑤，行动些，监斩官去法场上多时了。（正旦唱）

【正宫·端正好】 没来由犯王法，不提防遭刑宪⑥，叫声屈动地惊天。顷刻间游魂先赴森罗殿⑦，怎不将天地也生埋怨。

【滚绣球】 有日月朝暮悬，有鬼神掌著生死权。天地也只合把清浊分辨，可怎生糊突了盗跖⑧颜渊⑨：为善的受贫穷更命短，造恶的享富贵又寿延。天地也，做得个怕硬欺软，却元来也这般顺水

---

① 外：角色名，"外末"的简称。扮演老年男子。
② 着（zhuó）：命令，派遣。
③ 做公的：衙门的差役。
④ 磨旗：摇旗。
⑤ 行动些：犹言动作快些。表催促。
⑥ 刑宪：刑罚。
⑦ 森罗殿：阎罗殿。
⑧ 盗跖（zhí）：春秋时期率领盗匪数千人的大盗。传说原名展雄，姬姓，展氏，名跖。又名柳下跖、柳展雄。在先秦古籍中被称为盗跖或桀跖。是鲁孝公儿子公子展的后裔，因以展为氏。当时鲁国贤臣柳下惠之弟。此谓坏人。
⑨ 颜渊：孔门弟子。七十二贤之首。此谓好人。

推船。地也,你不分好歹何为地。天也,你错勘①贤愚枉做天!哎,只落得两泪涟涟。

(刽子云)快行动些,误了时辰也。(正旦唱)

【倘秀才】则被这枷纽②的我左侧右偏,人拥的我前合后偃③。我窦娥向哥哥行④有句言。(刽子云)你有甚么话说?(正旦唱)前街里去心怀恨,后街里去死无冤,休推辞路远。

(刽子云)你如今到法场上面,有甚么亲眷要见的,可教他过来,见你一面也好。(正旦唱)

【叨叨令】可怜我孤身只影无亲眷,则落的吞声忍气空嗟怨。(刽子云)难道你爷娘家也没的?(正旦云)止有个爹爹,十三年前上朝取应去了,至今杳无音信。(唱)早已是十年多不睹爹爹面。(刽子云)你适才要我往后街里去,是什么主意?(正旦唱)怕则怕前街里被我婆婆见。(刽子云)你的性命也顾不得,怕他见怎的?(正旦云)俺婆婆若见我披枷带锁赴法场餐刀⑤去呵,(唱)枉将他气杀也么哥⑥,枉将他气杀也么哥。告哥哥,临危好与人行方便。

(卜儿哭上科,云)天哪,兀的不是我媳妇儿!(刽子云)婆子靠后。(正旦云)既是俺婆婆来了,叫他来,待我嘱咐他几句话咱。(刽子云)

---

① 错勘:错误地判定。
② 纽:通"扭"。此谓拘禁、挟制。
③ 前合后偃:身体晃动,站立不稳的样子。
④ 哥哥行(háng):哥哥那边。哥哥,对一般男子的尊称。行,宋元口语里自称或者称呼别人的词后面有时加"行"字,如"我行""他行",其意思大致相当于"这边""那边"或"这里""那里"。
⑤ 餐刀:吃刀、挨刀。
⑥ 也么哥:亦作"也末哥""也波哥"。元明戏曲中常用的句末语气词,无义。可帮助押韵,也可凑字数。

明万历刻《元曲选》本《窦娥冤》图

那婆子,近前来,你媳妇要嘱付你话哩。(卜儿云)孩儿,痛杀我也。(正旦云)婆婆,那张驴儿把毒药放在羊肚儿汤里,实指望药死了你,要霸占我为妻。不想婆婆让与他老子吃,倒把他老子药死了。我怕连累婆婆,屈招了药死公公,今日赴法场典刑。婆婆,此后遇着冬时年节①,月一十五②,有瀽③不了的浆水饭,瀽④半碗儿与我吃;烧不了的纸钱,与窦娥烧一陌儿⑤。则是看你死的孩儿面上。(唱)

【快活三】念窦娥葫芦提当罪愆⑥,念窦娥身首不完全,念窦娥从前已往干家缘⑦;婆婆也,你只看窦娥少爷无娘面。

【鲍老儿】念窦娥服侍婆婆这几年,遇时节将碗凉浆奠;你去那受刑法尸骸上烈⑧些纸钱,只当把你亡化的孩儿荐⑨。(卜儿哭科,云)孩儿放心,这个老身都记得。天哪,兀的不痛杀我也!(正旦唱)婆婆也,再也不要啼啼哭哭,烦烦恼恼,怨气冲天。这都是我做窦娥的没时没运,不明不暗⑩,负屈衔冤。

(刽子做喝科,云)兀那婆子靠后,时辰到了也。(正旦跪科)(刽子

---

① 冬时年节:即冬至。二十四节气中的一个节气。习俗冬至大于年。明叶盛《水东日记·京都贺节礼》:"初,京都最重冬年节贺礼。不问贵贱,奔走往来者数日。"
② 月一十五:每月初一和十五。
③ 瀽:或为误字。此字本应有"吃"的含义。
④ 瀽(jiǎn):泼、倾倒。
⑤ 一陌儿:旧时一百纸钱之称。亦泛指一串纸钱。
⑥ 念窦娥葫芦提当罪愆(qiān):葫芦提,也作"葫芦蹄""葫芦题"。意即糊涂。宋元时口语,元曲中常用。罪愆,罪过、过失。
⑦ 干家缘:操持家务。
⑧ 烈:焚烧。
⑨ 荐:进献、祭献。
⑩ 不明不暗:事实真相被歪曲而不清楚因由。

开枷科）（正旦云）窦娥告监斩大人，有一事肯依窦娥，便死而无怨。（监斩官云）你有什么事？你说。（正旦云）要一领净席，等我窦娥站立，又要丈二白练①，挂在旗枪②上。若是我窦娥委实冤枉，刀过处头落，一腔热血休半点儿沾在地下，都飞在白练上者。（监斩官云）这个就依你，打甚么不紧③。（刽子做取席站④科，又取白练挂旗上科）（正旦唱）

【耍孩儿】不是我窦娥罚下这等无头愿⑤，委实的冤情不浅。若没些儿灵圣与世人传，也不见得湛湛青天。我不要半星热血红尘洒⑥，都只在八尺旗枪素练悬。等他四下里皆瞧见，这就是咱苌弘化碧⑦，望帝啼鹃⑧。

（刽子云）你还有甚的说话，此时不对监斩大人说，几时说那？（正旦再跪科，云）大人，如今是三伏天道⑨，若窦娥委实冤枉，身死之后，天降三尺瑞雪，遮掩了窦娥尸首。（监斩官云）这等三伏天道，你便有冲天的怨气，也召不得一片雪来，可不胡说！（正旦唱）

【二煞】你道是暑气暄⑩，不是那下雪天；岂不闻飞霜六月因

---

① 白练：白色熟绢。
② 旗枪：旗杆头。
③ 打甚么不紧：没什么要紧。
④ 站：此谓让窦娥站在席上。
⑤ 罚下这等无头愿：发誓。
⑥ 红尘洒：洒在地上。
⑦ 苌（cháng）弘化碧：苌弘，周朝贤臣。后蒙冤为人所杀，传说其血化为碧玉。《庄子·外物》："人主莫不欲其臣之忠，而忠未必信，故伍员流于江，苌弘死于蜀，藏其血三年而化为碧。"
⑧ 望帝啼鹃：相传战国时蜀王杜宇称帝，号望帝，为蜀治水有功，后禅位臣子，退隐西山，死后化为杜鹃，啼声凄切。后常指悲哀凄惨的啼哭。
⑨ 三伏天道：即三伏天。
⑩ 暄（xuān）：炎热。

邹衍①？若果有一腔怨气喷如火，定要感得六出冰花②滚似锦，免着我尸骸现；要什么素车白马，断送③出古陌荒阡？

（正旦再跪科，云）大人，我窦娥死的委实冤枉，从今以后，着这楚州亢旱④三年！（监斩官云）打嘴！那有这等说话！（正旦唱）

【一煞】你道是天公不可期，人心不可怜，不知皇天也肯从人愿。做甚么三年不见甘霖降？也只为东海曾经孝妇冤⑤。如今轮到你山阳县。这都是官吏每无心正法，使百姓有口难言。

（刽子做磨旗科，云）怎么这一会儿天色阴了也？（内⑥做风科，刽子云）好冷风也！（正旦唱）

【煞尾】浮云为我阴，悲风为我旋，三桩儿誓愿明题遍。（做哭科，云）婆婆也，直等待雪飞六月，亢旱三年呵，（唱）那其间才把你个屈死的冤魂这窦娥显。

（刽子做开刀，正旦倒科）（监斩官惊云）呀，真个下雪了，有这等异事！（刽子云）我也道平日杀人，满地都是鲜血，这个窦娥的血，都飞

---

① 飞霜六月因邹衍：邹衍，战国时人。《文选》卷三十九《诣建平王上书》李善注引《淮南子》："邹衍尽忠于燕惠王，惠王信谮而系之。邹子仰天而哭，正夏而天为之降霜。"后常用"六月飞霜"来表示冤狱。

② 六出冰花：指雪花。雪的结晶体一般有六角，是为"六出"。

③ 断送：发送。此谓殡葬。

④ 亢旱：大旱。

⑤ 东海曾经孝妇冤：东海孝妇是古老的民间故事。见于《列女传》与《汉书·于定国传》。故事梗概：孝妇很早死了丈夫，又没有儿子，但赡养婆婆非常周到。婆婆因不想拖累她，上吊自缢。而孝妇却由此入狱，并屈打成招，最终被太守杀死。孝妇被斩时，许下三宗愿，如系冤杀，血将倒流、六月飞雪、大旱三年。后皆应验。新太守亲自祭奠孝妇之墓并表彰其德行，天才下起雨来。东海孝妇的故事对后世影响深远，本剧即是在此基础上创作出来的。

⑥ 内：舞台的后台。

在那丈二白练上,并无半点落地,委实奇怪。(监斩官云)这死罪必有冤枉,早两桩儿应验了,不知亢旱三年的说话,准也不准?且看后来如何。左右,也不必等待雪晴,便与我抬他尸首,还了那蔡婆婆去罢。(众应科,抬尸下)

第 四 折

（窦天章冠带引丑①张千、祗从②上，诗云）独立空堂思黯然，高峰月出满林烟，非关有事人难睡，自是惊魂夜不眠。老夫窦天章是也。自离了我那端云孩儿，可早十六年光景。老夫自到京师，一举及第③，官拜参知政事④。只因老夫廉能清正，节操坚刚，谢圣恩可怜，加老夫两淮⑤提刑肃政廉访使⑥之职，随处审囚刷卷，体察滥官污吏，容老夫先斩后奏。老夫一喜一悲，喜呵，老夫身居台省⑦，职掌刑名，势剑金牌⑧，威权万里；悲呵，有端云孩儿，七岁上与了蔡婆婆为儿媳妇，老夫自得官之后，使人往楚州问蔡婆婆家，他邻里街坊道，自当年蔡婆婆不知搬在那里去了，至今音信皆无。老夫为端云孩儿，啼哭的眼目昏花，忧愁的须发斑白。今日来到这淮南地面，不知这楚州为何三年不雨？老夫今在这州厅安歇。张千，说与那州中大小属官，今日免参，明日早见。（张千向古门云）一应大小属官，今日免参，明日早见。（窦天章云）张千，说与那六

---

① 丑：传统戏曲中的角色名称。
② 祗从：犹侍从。
③ 及第：科举考试应试中选，因榜上题名有甲乙次第，故名。
④ 参知政事：相当于副宰相。
⑤ 两淮：淮南、淮北的合称。泛指今江苏、安徽两省淮河南北的地方。
⑥ 提刑肃政廉访使：巡查当地吏治得失以及刑狱等事。
⑦ 台省：汉的尚书台，三国魏的中书省，都是代表皇帝发布政令的中枢机关。后因以"台省"代指政府的中央机构。
⑧ 势剑金牌：皇帝授予大臣全权处理要案的两种信物。谓官员的地位很高，权力很大。

房吏典①，但有合刷照文卷，都将来，待老夫灯下看几宗波。（张千送文卷科，窦天章云）张千，你与我掌上灯，你每都辛苦了，自去歇息罢。我唤你便来，不唤你休来。（张千点灯，同祗从下）（窦天章云）我将这文卷看几宗咱。"一起犯人窦娥，将毒药致死公公。……我才看头一宗文卷，就与老夫同姓，这药死公公的罪名，犯在十恶不赦②，俺同姓之人，也有不畏法度的。这是问结了的文书，不看他罢。我将这文卷压在底下，别看一宗咱。（做打呵欠科，云）不觉的一阵昏沉上来，皆因老夫年纪高大，鞍马劳困之故，待我搭伏③定书案，歇息些儿咱。（做睡科。魂旦④上，唱）

【双调·新水令】我每日哭啼啼守住望乡台⑤，急煎煎把仇人等待，慢腾腾昏地里走，足律律⑥旋风中来，则被这雾锁云埋，撺掇⑦的鬼魂快。

（魂旦望科，云）门神户尉⑧不放我进去。我是廉访使窦天章女孩儿，因我屈死，父亲不知，特来托一梦与他咱。（唱）

【沉醉东风】我是那提刑的女孩，须不比现世的妖怪。怎不容

---

① 六房吏典：指县里主持吏、户、礼、兵、刑、工各部门的胥吏。
② 十恶不赦：古代的"十恶"，谓十种不可赦免的重大罪行，谋反、大逆、谋叛、恶逆、不道、大不敬、不孝、不睦、不义、内乱。
③ 搭伏：身体向前倚靠俯伏。
④ 魂旦：扮演女鬼的角色。
⑤ 望乡台：迷信的一种说法。谓新死人的灵魂在此台上能看见阳间家中的情况。
⑥ 足律律：快速旋转。多用来形容风。
⑦ 撺掇：催逼，催促。
⑧ 门神户尉：即门神。一般为秦琼和尉迟恭。

我到灯影前，却拦截在门桯①外？（做叫科，云）我那爷爷呵！（唱）柱自有势剑金牌，把俺这屈死三年的腐骨骸，怎脱离无边苦海！

（做入见哭科，窦天章亦哭科，云）端云孩儿，你在那里来？（魂旦虚下）（窦天章做醒科，云）好是奇怪也，老夫才合眼去，梦见端云孩儿，恰便似来我跟前一般，如今在那里？我且再看这文卷咱。（魂旦上，做弄灯科）（窦天章云）奇怪，我正要看文卷，怎生这灯忽明忽灭的！张千也睡着了，我自己剔灯咱。（做剔灯，魂旦翻文卷科，窦天章云）我剔的这灯明了也。再看几宗文卷。"一起犯人窦娥，药死公公。……"（做疑怪科，云）这一宗文卷，我为头看过，压在文卷底下，怎生又在这上头？这几时问结了的，还压在底下，我别看一宗文卷波。（魂旦再弄灯科，窦天章云）怎么，这灯又是半明半暗的，我再剔这灯咱。（做剔灯，魂旦再翻文卷科）（窦天章云）我剔的这灯明了，我另拿一宗文卷看咱。"一起犯人窦娥，药死公公。……"呸！好是奇怪！我才将这文书分明压在底下，刚剔了这灯，怎生又翻在面上？莫不是楚州后厅里有鬼么？便无鬼呵，这桩事必有冤枉。将这文卷再压在底下，待我另看一宗如何？（魂旦又弄灯科，窦天章云）怎生这灯又不明了？敢有鬼弄这灯？我再剔一剔去。（做剔灯科，魂旦上，做撞见科，窦天章举剑击桌科，云）呸！我说有鬼！兀那鬼魂，老夫是朝廷钦差带牌走马肃政廉访使，你向前来，一剑挥之两段。张千，亏你也睡的着，快起来，有鬼有鬼。兀的不吓杀老夫也。（魂旦唱）

【乔牌儿】则见他疑心儿胡乱猜，听了我这哭声儿转惊骇。哎，你个窦天章恁的威风大，且受你孩儿窦娥这一拜。

---

① 门桯（tīng）：门槛。

（窦天章云）兀那鬼魂，你道窦天章是你父亲，"受你孩儿窦娥拜"，你敢错认了也！我的女儿叫做端云，七岁上与了蔡婆婆为儿媳妇。你是窦娥，名字差了，怎生是我女孩儿？（魂旦云）父亲，你将我与了蔡婆婆家，改名做窦娥了也。（窦天章云）你便是端云孩儿，我不问你别的，这药死公公，是你不是？（魂旦云）是你孩儿来。（窦天章云）嗏声，你这小妮子，老夫为你啼哭的眼也花了，忧愁的头也白了，你划地犯下了十恶大罪，受了典刑。我今日官居台省，职掌刑名，来此两淮审囚刷卷，体察滥官污吏，你是我亲生之女，老夫将你治不的，怎治他人？我当初将你嫁与他家呵，要你三从四德：三从者，在家从父，出嫁从夫，夫死从子；四德者，事公姑，敬夫主，和妯娌，睦街坊。今三从四德全无，划地犯了十恶大罪。我窦家三辈无犯法之男，五世无再婚之女，到今日被你辱没祖宗世德，又连累我的清名。你快与其我细吐真情，不要虚言支对，若说的有半厘差错，牒发①你城隍祠内，着你永世不得人身，罚在阴山，永为饿鬼。（魂旦云）父亲停嗔息怒，暂罢狼虎之威，听你孩儿慢慢的说一遍咱。我三岁上亡了母亲，七岁上离了父亲，你将我送与蔡婆婆做儿媳妇。至十七岁与夫配合，才得两年，不幸儿夫亡化，和俺婆婆守寡。这山阳县南门外有个赛卢医，他少俺婆婆二十两银子。俺婆婆去取讨，被他赚到郊外，要将婆婆勒死，不想撞见张驴儿父子两个，救了俺婆婆性命。那张驴儿知道我家有个守寡的媳妇，便道："你婆儿媳妇既无丈夫，不若招我父子两个。"俺婆婆初也不肯，那张驴儿道："你若不肯，我依旧勒死你。"俺婆婆惧怕，不得已含糊许了。只得将他父子两个领到家中，养他过世。有张驴儿数次调戏你女孩儿，我坚执不从。那一日俺婆婆身子不快，想羊

---

① 牒（dié）发：依据官府的文书押送。

肚儿汤吃,你孩儿安排了汤。适值张驴儿父子两个问病,道:"将汤来我尝一尝。"说:"汤便好,只少些盐醋。"赚的我去取盐醋,他就暗地里下了毒药,实指望药杀俺婆婆,要强逼我成亲。不想俺婆婆偶然发呕,不要汤吃,却让与老张吃,随即七窍流血药死了。张驴儿便道:"窦娥药死了俺老子,你要官休要私休?"我便道:"怎生是官休?怎生是私休?"他道:"要官休,告到官司,你与俺老子偿命。若私休,你便与我做老婆。"你孩儿便道:"好马不鞴双鞍,烈女不更二夫,我至死不与你做媳妇,我情愿和你见官去。"他将你孩儿拖到官中,受尽三推六问,吊拷绷扒①,便打死孩儿也不肯认。怎当州官见你孩儿不认,便要拷打俺婆婆,我怕婆婆年老,受刑不起,只得屈认了。因此押赴法场,将我典刑。你孩儿对天发下三桩誓愿:第一桩,要丈二白练挂在旗枪上,若系冤枉,刀过头落,一腔热血休滴在地下,都飞在白练上;第二桩,现今三伏天道,下三尺瑞雪,遮掩你孩儿尸首;第三桩,着他楚州大旱三年。果然血飞上白练,六月下雪,三年不雨,都是为你孩儿来。(诗云)不告官司只告天,心中怨气口难言,防他老母遭刑宪,情愿无辞认罪愆。三尺琼花骸骨掩,一腔热血练旗悬,岂独霜飞邹衍屈,今朝方表窦娥冤。(唱)

【雁儿落】你看这文卷曾道来不道来,则我这冤枉要忍耐如何耐?我不肯顺他人,倒着我赴法场;我不肯辱祖上,倒把我残生坏。

【得胜令】呀,今日个搭伏定摄魂台②,一灵儿怨哀哀。父亲也,你现掌着刑名事,亲蒙圣主差。端详这文册,那厮乱纲常当合

---

① 吊拷绷扒:古代的一种刑罚。强行脱去衣服,捆绑后吊起来拷打。绷,捆绑。扒,脱掉。
② 摄魂台:迷信的一种说法。能镇摄死人灵魂的台子。

败。便万剐了乔才①,还道报冤仇不畅快。

(窦天章做泣科,云)哎,我屈死的儿,则被你痛杀我也!我且问你:这楚州三年不雨,可真个是为你来?(魂旦云)是为你孩儿来。(窦天章云)有这等事!到来朝我与你做主。(诗云)白头亲苦痛哀哉,屈杀了你个青春女孩,只恐怕天明了,你且回去,到来日我将文卷改正明白。(魂旦暂下)(窦天章云)呀,天色明了也。张千,我昨日看几宗文卷,中间有一鬼魂来诉冤枉。我唤你好几次,你再也不应,直恁的好睡那。(张千云)我小人两个鼻子孔一夜不曾闭,并不听见女鬼诉什么冤状,也不曾听见相公呼唤。(窦天章做叱科,云)嗯!今早升厅坐衙,张千,喝撺厢者。(张千做吆喝科,云)在衙人马平安,抬书案。(禀云)州官见。(外扮州官入参科)(张千云)该房吏典见。(丑扮吏入参见科)(窦天章问云)你这楚州一郡,三年不雨,是为着何来?(州官云)这个是天道亢旱,楚州百姓之灾,小官等不知其罪。(窦天章做怒科,云)你等不知罪么!那山阳县有用毒药谋死公公犯妇窦娥,他问斩之时,曾发愿道:"若是果有冤枉,你楚州三年不雨,寸草不生。"可有这件事?(州官云)这罪是前升任桃州②守问成的,现有文卷。(窦天章云)这等糊突③的官,也着他升去!你是继他任的,三年之中,可曾祭这冤妇么?(州官云)此犯系十恶大罪,元不曾有祠,所以不曾祭得。(窦天章云)昔日汉朝有一孝妇守寡,其姑④自缢身死,其姑女告孝妇杀姑。东海太守将孝妇斩了。只为一妇含冤⑤,致令三年不雨。后于公治狱,仿佛见孝妇抱卷哭于厅

---

① 乔才:无赖、恶棍。
② 桃州:今安徽广德。
③ 糊突:糊涂。
④ 姑:丈夫的母亲,即婆婆。
⑤ "只为一妇含冤"以下数句:参第三折"东海曾经孝妇冤"注。

前，于公将文卷改正，亲祭孝妇之墓，天乃大雨。今日你楚州大旱，岂不正与此事相类？张千，分付该房签牌①下山阳县，着拘张驴儿、赛卢医、蔡婆婆一起人犯，火速解审，毋得违悮片刻者。（张千云）理会的。（下）（丑扮解子②押张驴儿，蔡婆婆同张千上，禀云）山阳县解到审犯听点。（窦天章云）张驴儿。（张驴儿云）有。（窦天章云）蔡婆婆。（蔡婆婆云）有。（窦天章云）怎么赛卢医是紧要人犯不到？（解子云）赛卢医三年前在逃，一面着广捕③批缉拿去了，待获日解审。（窦天章云）张驴儿，那蔡婆婆是你的后母么？（张驴儿云）母亲好冒认的？委实是。（窦天章云）这药死你父亲的毒药，卷上不见有合药的人，是那个的毒药？（张驴儿云）是窦娥自合就的毒药。（窦天章云）这毒药必有一个卖药的医铺，想窦娥是个少年寡妇，那里讨这药来？张驴儿，敢是你合的毒药么？（张驴儿云）若是小人合的毒药，不药别人，倒药死自家老子？（窦天章云）我那屈死的儿嘞，这一节是紧要公案，你不自来折辩，怎得一个明白，你如今冤魂却在那里？（魂旦上，云）张驴儿，这药不是你合的，是那个合的？（张驴儿做怕科，云）有鬼有鬼，撮盐入水，太上老君，急急如律令④，敕⑤。（魂旦云）张驴儿，你当日下毒药在羊肚儿汤里，本意药死俺婆婆，要逼勒我做浑家⑥，不想俺婆婆不吃，让与你父亲吃，被药死了，你今日还敢赖哩！（唱）

---

① 签（qiān）牌：可做证明的牌子。
② 解子：解差。押解犯人的狱卒。
③ 广捕（bǔ）：通缉，通缉令。
④ "有鬼有鬼"以下四句：这是模仿道士用符法咒语来驱鬼的动作和话语。
⑤ 敕（chì）：依照律令迅速执行。
⑥ 浑家：妻子，老婆。

【川拨棹】猛见了你这吃敲材①,我只问你这毒药从何处来?你本意待暗里栽排,要逼勒我和谐,倒把你亲爷毒害,怎教咱替你耽②罪责?

(魂旦做打张驴儿科)(张驴儿做避科,云)太上老君,急急如律令,敕。大人说这毒药必有个卖药的医铺,若寻得这卖药的人来,和小人折对③,死也无词。(丑扮解子解赛卢医上,云)山阳县续解到犯人一名赛卢医。(张千喝云)当面④。(窦天章云)你三年前要勒死蔡婆婆,赖他银子,这事怎么说?(赛卢医叩头科,云)小的要赖蔡婆婆银子的情是有的,当被两个汉子救了,那婆婆并不曾死。(窦天章云)这两个汉子你认的他叫做什么名姓?(赛卢医云)小的认便认的,慌忙之际,可不曾问他名姓。(窦天章云)现有一个在阶下,你去认来。(赛卢医做下认科,云)这个是蔡婆婆。(指张驴儿云)想必这毒药事发了。(上云)是这一个,容小的诉禀:当日要勒死蔡婆婆时,正遇见他爷儿两个,救了那婆婆去。过得几日,他到小的铺中讨服毒药,小的是念佛吃斋人,不敢做昧心的事,说道:"铺中只有官料药⑤,并无什么毒药。"他就睁着眼道:"你昨日在郊外要勒死蔡婆婆,我拖你见官去。"小的一生最怕的是见官,只得将一服毒药,与了他去。小的见他生相是个恶的,一定拿这药去药死了人,久后败露,必然连累,小的一向逃在涿州地方,卖些老鼠药。刚刚是老鼠被药杀了好几个,药死人的药,其实再也不曾合。(魂旦唱)

---

① 吃敲材:该打的家伙。
② 耽:承担、担当。
③ 折对:对质、对证。
④ 当面:元明时官场用语。谓上堂见官。
⑤ 官料药:官方允许经营的药物。

【七弟兄】你只为赖财,放乖,要当灾①。(带云)这毒药呵,(唱)原来是你赛卢医出卖张驴儿买,没来由填做我犯由牌②,到今日官去衙门在。

(窦天章云)带那蔡婆婆上来。我看你也六十外人了,家中又是有钱钞的,如何又嫁了老张,做出这等事来?(蔡婆婆云)老妇人因为他爷儿两个救了我的性命,收留他在家养膳过世。那张驴儿常说要将他老子接脚进来,老妇人并不曾许他。(窦天章云)这等说,你那媳妇就不该认做药死公公了。(魂旦云)当日问官要打俺婆婆,我怕他年老受刑不起,因此就认做药死公公,委实是屈招个!(唱)

【梅花酒】你道是咱不该,这招状供写的明白。本一点孝顺的心怀,倒做了惹祸的胚胎。我只道官吏每还复勘,怎将咱屈斩首在长街!第一要素旗枪鲜血洒,第二要三尺雪将死尸埋,第三要三年旱示天灾,咱誓愿委实大。

【收江南】呀,这的是衙门从古向南开,就中无个不冤哉。痛杀我娇姿弱体闭泉台③,早三年以外,则落的悠悠流恨似长淮④。

(窦天章云)端云儿也,你这冤枉我已尽知,你且回去。待我将这一起人犯,并原问官吏,另行定罪,改日做个水陆道场⑤,超度你生天便了。(魂旦拜科,唱)

【鸳鸯煞尾】从今后把金牌势剑从头摆,将滥官污吏都杀坏,

---

① 当灾:该当蒙受灾难。
② 犯由牌:公布罪状的牌子。
③ 泉台:坟墓、墓穴。
④ 长淮:淮河。
⑤ 水陆道场:起源于三国,而盛行于金元明清的一种重要佛事。

与天子分忧,万民除害。(云)我可忘了一件,爹爹,俺婆婆年纪高大,无人侍养,你可收恤家中,替你孩儿尽养生送死之礼,我便九泉之下,可也瞑目。(窦天章云)好孝顺的儿也。(魂旦唱)嘱付你爹爹,收养我奶奶,可怜他无妇无儿,谁管顾年衰迈。再将那文卷舒开,(带云)爹爹,也把我窦娥名下,(唱)屈死的于伏①罪名儿改。(下)

(窦天章云)唤那蔡婆婆上来。你可认得我么?(蔡婆婆云)老妇人眼花了,不认的。(窦天章云)我便是窦天章。适才的鬼魂,便是我屈死的女孩儿端云。你这一行人,听我下断:张驴儿毒杀亲爷,奸占寡妇,合拟凌迟②,押赴市曹中,钉上木驴③,剐一百二十刀处死。升任州守桃杌,并该房吏典,刑名违错,各杖一百,永不叙用。赛卢医不合④赖钱,勒死平民,又不合修合毒药,致伤人命,发烟瘴地面⑤,永远充军。蔡婆婆我家收养,窦娥罪改正明白。(词云)莫道我念亡女与他灭罪消愆,也只可怜见楚州郡大旱三年。昔于公曾表白⑥东海孝妇,果然是感召得灵雨如泉。岂可便推诿道天灾代有,竟不想人之意感应通天。今日个将文卷重行改正,方显的王家法不使民冤。

---

① 于伏:似当作"招伏"。招认之意。
② 凌迟:古代的一种极刑。俗谓千刀万剐。
③ 木驴:用来钉住犯人手脚的刑架。
④ 不合:不该。
⑤ 烟瘴地面:有瘴气、毒雾的地方。
⑥ 表白:为其辩白。

题目① 秉鉴持衡②廉访法
正名 感天动地窦娥冤

---

① 题目：元杂剧常在末尾用四句或两句概括全文内容。前者谓之"题目"，后者谓之"正名"。"正名"即全剧名。
② 秉鉴持衡：秉鉴，手持镜子。持衡，主持公道。谓为官清正廉明。

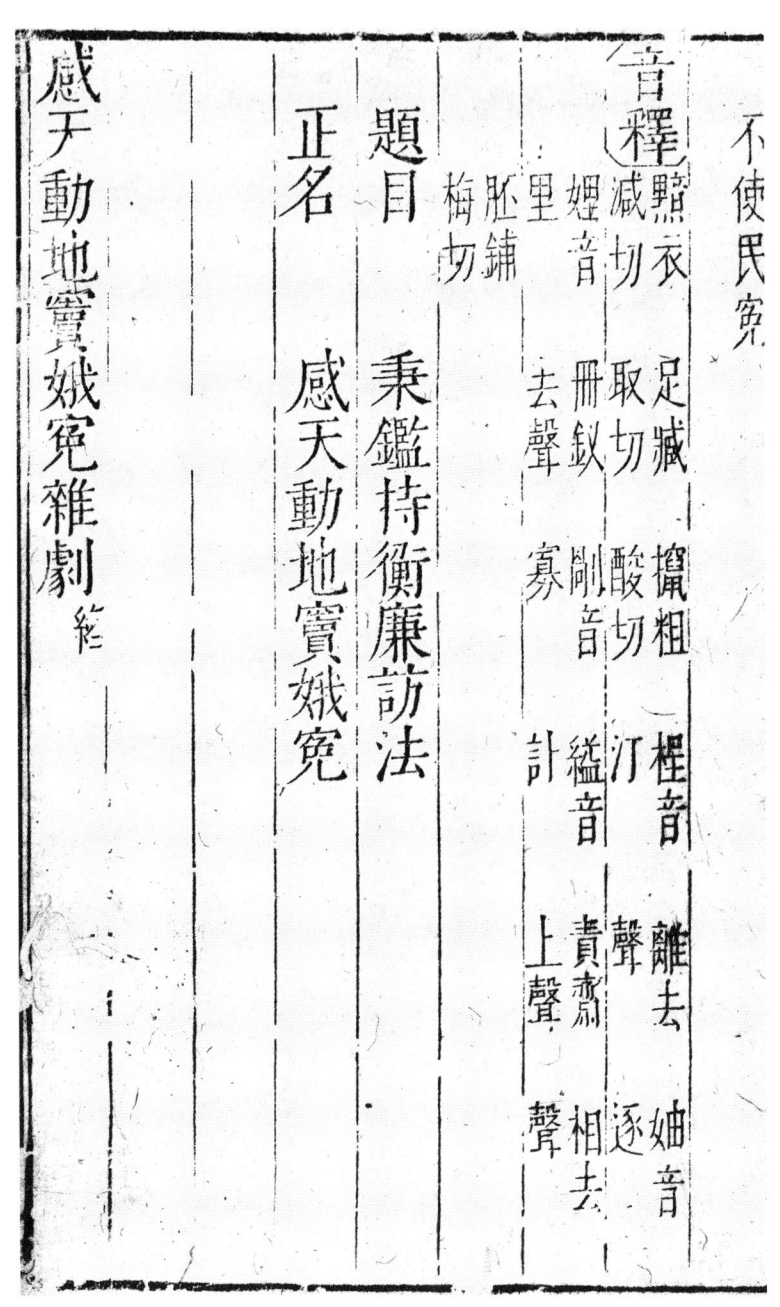

明万历刻《元曲选》本《窦娥冤》图

家藏文库书目（持续更新中）

大学　中庸	黄庭坚诗选
三国志选注译（上、中、下）	陆游诗文选
水经注	王阳明诗文选（上、下）
唐才子传	花间集（上、下）
商君书	晏殊　晏几道词选
孔子家语	欧阳修词选
法言	苏轼词选
随园食单	秦观词
板桥杂记	周邦彦词
抱朴子内篇	姜夔词
大唐西域记（上、下）	豪放词
洛阳伽蓝记	婉约词
地藏经　药师经	先秦散文选
东坡志林	唐宋散文选
朱子读书法	晚明散文选
武林旧事　附《增补武林旧事》	唐人小说选
徐霞客游记（上、下）	牡丹亭　窦娥冤
曾国藩家书	西厢记　桃花扇
梁启超家书	喻世明言
古诗十九首　乐府诗选	警世通言
阮籍诗选	聊斋志异
庾信选集	镜花缘
孟浩然诗选	儒林外史
李杜诗选（上、下）	千家诗
韩愈诗选	帝鉴图说
柳宗元诗选	四字鉴略
杜牧诗选	声律启蒙　笠翁对韵
苏轼诗文选	重订增广贤文　名贤集